珠江文化丛书

珠江—南海文化书系

总主编 ● 黄伟宗

副总主编 ● 司徒尚纪 王元林

珠江文派记住乡愁书链

珠江文海

——海外粤籍华人作家记住乡愁作品选析

龙扬志◎主编

广东省珠江文化研究会◎组编

广東旅游出版社
GUANGDONG TRAVEL & TOURISM PRESS
悦读书·悦旅行·悦享人生
中国·广州

图书在版编目（CIP）数据

珠江文海：海外粤籍华人作家记住乡愁作品选析/龙扬志主编．—广州：广东旅游出版社，2018.8
ISBN 978-7-5570-1441-4

Ⅰ.①珠… Ⅱ.①龙… Ⅲ.①华文文学—作品综合集—世界 Ⅳ.①I11

中国版本图书馆 CIP 数据核字（2018）第 164090 号

《珠江—南海文化书系》工程承蒙广东省佛山市南海区区委、区政府鼎力支持，特此鸣谢！

珠江文海
ZHUJIANG WENHAI

出 版 人：刘志松
策划编辑：官　顺
执行策划：彭　超
责任编辑：姚韵媚　彭　超
封面设计：邓传志
责任技编：刘振华　冼志良
责任校对：李瑞苑

广东旅游出版社出版发行
（广州市越秀区环市东路 338 号银政大厦西楼 12 楼　邮编：510180）
邮购电话：020-87348243
广东旅游出版社图书网
www.tourpress.cn
广州家联印刷有限公司
（广州天河吉山村坑尾路自编 3-2 号）
787 毫米×1092 毫米　16 开　18 印张　360 千字
2018 年 8 月第 1 版第 1 次印刷
定价：88.00 元

对本书提供版权的作家及其家属表示诚挚的谢意，未及联系上的作者及家属见书后请尽快与编者联系。

《珠江文化丛书》总序：

多学科交叉的立体文化工程

黄伟宗

一个国家、一个民族、一个地域、一个地方的特点，从总体精神上说，实则是文化特点。其特点的形成，是由不同的地理条件（尤其是水的条件）和气候条件，使得人们有不同的生存方式、生产方式与生活方式，而长期造成的不同的精神意识、思维方式、人情风俗和道德观念，等等。这些属于文化范畴的特征，既决定着又体现于每个国家、每个民族、每个地域、每个地方的政治、经济与文化的实体、措施与形态，以及自然科学、人文科学的研究思想和文学艺术的创作与研究中。正如法国 19 世纪著名理论家丹纳在《艺术哲学》中所说："要了解艺术家的趣味和才能，要了解为什么在绘画或戏剧中选择某部门，为什么特别喜爱某种典型、某种色彩，表现某种感情，就应当到群众中的思想感情和风俗习惯中去探求。由此我们可以定一条规则：要了解一件艺术品，一个艺术家，一群艺术家，就必须正确地设想他们所属的时代的精神和风俗概况。这是艺术最后的解释，也是决定一切的根本原因。"

当今世界已经进入了文化时代，也即是改变了过去只是以政治观点和政治利益去认识与把握一切，代之以从文化意识与方式去认识和把握一切的时代。西方各国现代文化学的兴起，学派林立，形成热潮，蔚然成风；中国的"文化热"也从文艺创作而蔓延于各行各业、各种学科、各个地域、各个地方，以至人们日常生活的衣、食、住、行各个方面。其中，水流地域文化研究，如：黄河文化、长江文化、黑龙江文化等的研究，正在悄悄兴起，这是一种很值得注意的动向，是一个很有意义、很有前途的文化与学术领域。因为这个领域的研究，将会给每个水流地域总体特征做出科学的解释，找出其历史与现实和将来的契合点，并以多学科的并行和交叉研究论证的方法，将这些契合点科学化、综合化、立体化、实用化，使其可作为决策的依据或出发点，作为具有实用价值的新产品或具有可操作性的方略，具有可转化为生产力的科学理论或文化精品。

广东省珠江文化研究会，正是适应这样的文化时代潮流和需要，于2000年6月28日在广州正式成立的。宗旨是研究与弘扬珠江文化。因为珠江是中国的第三大河，其水流地域文化覆盖整个华南与南海诸多港湾和群岛，在中华民族历史及现代的文化上有重大贡献和重要地位。按照当今国内外公认的水流地域文化理论，当某种水流地域文化形成之后，除覆盖其本身水域之外，还覆盖其周边地区。由此，珠江文化的覆盖地域，不仅是作为中心的珠江三角洲地区，以及汇合为珠江的西江、东江、北江的各自流域地带，还包括韩江流域的潮汕地区、南渡河流域的雷州半岛，南海诸岛和北部湾、海南岛、香港和澳门；如从水流的源头而言，除西江流经的广西之外，尚有西江的源头云南、贵州，北江的源头湖南，东江的源头江西，韩江的源头福建等，可见地域之广，水量之丰富，文化组成成分之多样而复杂，历史的发展和演变过程又极其曲折坎坷，在新时期的改革开放中发展又极其迅速，因而以珠江文化作为一个研究领域，不仅是应时之需，而且是天地广阔，前景无限的。

珠江文化有着明显的特点。首先是它的多元性和兼容性，这特点似乎与珠江是多条江河自西、北、东之流而交汇的水态有关，是多元而后交汇汇聚兼容于一体之中：从历史上说，由土著的百越文化与来自五岭以北的华夏文化、荆楚文化、巴蜀文化、吴越文化，以及来自海外的印度文化、波斯文化、阿拉伯文化、西洋文化的先后结合与交融；从当今的珠江水流地域的文化类型而言，除比较明显的粤文化地区有着广府文化、客家文化、福佬文化和新起的深圳及珠江三角洲地区的移民文化之外，尚有可称之为珠江亚文化的滇云文化、黔贵文化、八桂文化、海湾文化、琼州文化等，都是多元而相容于珠江文化的范畴中。其二是海洋性和开放性，珠江的总体形象，既是交汇型的，又是放射型的，它既像是蜘蛛网似的覆盖于整个水流地域，像是多龙争珠似的争汇于其中交汇中心（广州），而其中心又像是一颗明珠，每条河流又像是道道明珠发射出的光芒那样，向四面八方喷射。特别是珠江有众多出海口，即许多所谓“门”，如虎门、崖门、磨刀门等，仅珠江口就有八个门，可见珠江与南海是连成一体的；沿海港湾和港口甚多，也都同珠江水系密切连接，所以，从古至今珠江流域是陆路、沿海与海外的交通和交流枢纽，“海上丝绸之路”最早在此出发，而且数千年一直不衰：大量移民由此散布海外，海外文化也由此最早涌入，所以，海洋文化与开放意识是特别强的。其三是前沿性和变通性，一方面由于珠江文化水系与海洋密切连接，海港特多，与西方和海外文化接收特快特多，因而前沿性也特强；另一方面，相对而言作为中国文化中心的中原文化，地理距离较远，又有以五岭为代表的崇山峻岭之隔，交通不便，由此而受中原文化控制偏少，同时也由于中原文化在这一带与海洋文化及本土文化碰撞的缘故，也就造成了相接于前沿性的变通性。此外尚有其他特点，有待深入研究，在此不一一列举。仅由此即可见，对珠江文化特点的研究，以及将这样的研究成果转化为决策依据、地域建设的方案与行为，转化为科学规划的文化产业，都是大有作为、必有成效的。

本着研究与弘扬珠江文化的宗旨，广东省珠江文化研究会组织了著名的文化学家、文史学家、考古学家、人类学家、语言学家、民俗学家、地理学家、海洋学家、气象学家、建筑学家、生物学家等学科的专家学者，以及著名的作家、编辑家、新闻出版家等，分别组成学术委员会、创作委员会、书画艺术委员会、地域企业文化委员会、影视出版委员会、规划策划委员会和理事会，既分工而又交叉地进行珠江文化的研究和宣传，将其作为一项长期的多学科交叉的立体工程去进行。为此目的，我们依靠和组织各种力量，撰写、编辑、出版《珠江文化丛书》。

2000—2005 年出版著作：1.《珠江传》（司徒尚纪著）；2.《珠江文化论》（黄伟宗著）；3.《开海》（洪三泰、谭元亨、戴胜德著）；4.《千年国门》（谭元亨、洪三泰、戴胜德、刘慕白著）；5.《中国古代海上丝绸之路诗选》（陈永正编注）；6.《广府海韵——珠江文化与“海上丝绸之路”》（谭元亨著）；7.《交融与辉映——中国学者论“海上丝绸之路”》（黄鹤、秦柯编）；8.《东方的发现——外国学者谈海上丝绸之路与中国》（徐肖南、施军、唐笑之编译）；9.《广东海上丝绸之路史》（黄启臣等编著）；10.《珠江文化与史地研究》（司徒尚纪著）；11.《祝福珠江》（洪三泰、谭元亨著）；12.《通天之路》（洪三泰主编）；13. 长篇小说《女海盗》（洪三泰著）；14.《岭南文化古都论》（谭元亨编著）；15.《岭南状元传及诗文选注》（仇江、曾燕闻、李福标编注）；16.《东方奥斯维辛纪事》（谭元亨著）；17.《日军细菌战：黑色［波字 8604］》（谭元亨编著）；18.《中国文化史观》（谭元亨著）；19.《客家圣典：一个大迁徙民系的文化史》（谭元亨著）；20.《客家文化之谜》（谭元亨著）；21.《岭南文化艺术》（谭元亨著）；22.《呼唤史识——当代长篇创作的史观研究》（谭元亨著）；

23.《广府寻根》（谭元亨著）；24.《南方城市美学意象》（谭元亨著）；25.《世界著名思想家的命运》（谭元亨主编、主笔）；26.《当代思维论》（谭元亨著）；27.《城市建筑美学》（谭元亨著）；28.《海峡两岸客家文学论》（谭元亨著）；29.《古代中外交通史略》（陈伟明、王元林著）。

2005—2006年出版的《珠江文化丛书》“十家文谭”专辑，包括：1.《珠江文化系论》（黄伟宗著）；2.《珠江文化的历史定位》（朱崇山编）；3.《海上丝路的研究开发》（周义编）；4.《泛珠三角与珠江文化》（司徒尚纪著）；5.《海上丝路与广东古港》（黄启臣著）；6.《粤语与珠江文化》（罗康宁著）；7.《岭南文化珠江来》（张镇洪著）；8.《珠江诗雨》（洪三泰著）；9.《珠江远眺》（谭元亨著）；10.《珠江流韵》（戴胜德著）。“十家”，是以十位学者之所长从十个学科探析珠江文化之意。当然了，珠江文化研究会的专家学者不是仅有这些学科，还有：11.《断裂与重构——东西思维方式比较》（谭元亨著）；12.《顺德人》（谭元亨著），《城市建筑美学》（谭元亨著）；13.《广信：岭南文化古都论》（谭元亨主编）；14.《客商》（谭元亨著）；15.《国家祭祀与海上丝路遗迹——广州南海神庙研究》（王元林著）。

2007—2008年出版著作：1.《百年宝安》（洪三泰、谭元亨、戴胜德著）；2.《良溪——“后珠玑巷”》（黄伟宗、周惠红主编）；3.《南江文化纵横》（张富文著）；4.《郁南：南江文化论坛》（黄伟宗、金繁丰主编）；5.《珠江文踪》（黄伟宗著）；6.《客家图志》（谭元亨著）；7.《顺德乡镇企业史话》（谭元亨著）。

2009—2010年出版著作：1.《海上丝路的辉煌》（黄伟宗、薛桂荣主编）；2.《瑶乡乳源文化铭作选》（梁健、邓建华主编）；3.《千年雄州　璀璨文化》（林楚欣、许志新主编）；4.《湛江海上丝绸之路史》（陈立新编著）；5.《西江历史文化之旅》（江门日报等主编）；6.《风岗：客侨文化论坛》（黄伟宗、朱国和主编）；7.《中国珠江文化史》上、下册（黄伟宗、司徒尚纪主编）；8.《黄伟宗文存》上、中、下册（黄伟宗著）；9.《创会十年——广东省珠江文化研究会成立十周年庆典文集》（黄伟宗主编）；10.《客家文化史》上、下册（谭元亨著）；11.《十三行新论》（谭元亨著）；12.《广东客家史》上、下册（谭元亨著）；13.《客家文化大典》（谭元亨著）；14.《客家经典读本》（谭元亨著）。

2011—2012年出版著作：1.《客家第一珠玑巷——风岗第二届客侨文化论坛》（黄伟宗、朱国和主编）；2.《云浮：中国石都文粹》（黄伟宗主编）；3.《封开：广府首府论坛》（黄伟宗、张浩主编）；4.《海上敦煌在阳江》（黄伟宗、谭忠健主编)；5.《雷州文化研究论集》(蔡平主编)；6.《中国风岗客侨文化系列丛书——风岗排屋楼》(张永雄主编)；7.《国门十三行》(谭元亨著)；8.《客家与华文文学》(谭元亨著)；9.《肝胆相照——饶彰风与邓文钊》(谭元亨著)；10.《华南两大族群的文化人类学建构 》(谭元亨著)；11.《雷区 1988：中国市场经济的超前探索者》(谭元亨著)；12.《开洋》(谭元亨著)；13.《岭海名胜记校注》(王元林古籍标点校勘注释)；14.《内联外接的商贸经济：岭南港口与腹地、海外交通关系研究》(王元林著)。

2013 年出版著作：1.《中国禅都文化丛书》(黄伟宗、吴伟鹏主编)，包括六分册：《出生圆寂地》(罗康宁著)、《顿悟开承地》(戴胜德著)、《坛经形成地》(郑佩瑗著)、《农禅丛林地》(谭元亨著)、《报恩般若地》(洪三泰著)、《禅意当下地》(冯家广著)；2.《中国南海文化研究丛书》(黄伟宗主编)，包括六分册：《中国南海海洋文化论》(谭元亨著)、《中国南海海洋文化史》(司徒尚纪著)、《中国南海海洋文化传》(戴胜德著)、《中国南海古人类文考》(张镇洪、邱立诚著)、《中国南海商贸文化志》(潘义勇著)、《中国南海民俗风情文化辨》(蒋明智著)；3.《广府文化大典》(谭元亨主编，陈其光、郑佩瑗副主编)；4.《广府人——首届世界广府人恳亲大会广府文化论坛论文集》(谭元亨等主编)；5.《广府寻根　祖地珠玑——广东省广府学会成立大会论文集》(黄伟宗等主编)；6.《广侨文化论——台山中国首届广侨文化论坛文集》(黄伟宗、邝俊杰主编)；7.《十三行习俗与商业禁忌》(谭元亨著)；8.《东莞历史名人》(王元林等主编)。

2014 年出版著作：1.《海上丝绸之路研究书系》第一辑［开拓篇］(黄伟宗总主编) 包括四部书：《海上丝绸之路的研究开发》(周义主编)、《海上丝绸之路与海洋文化纵横论》(黄伟宗著)、《广东海上丝绸之路史》(黄启臣主编)、《中国古代海上丝绸之路诗选》(陈永正编注)；2.《海上丝绸之路画集》(谢鼎铭著)；3.《雷州文化概论》(司徒尚纪著)；4.《中国地域文化通览・广东卷》(司徒尚纪主编)；5.《海国商道》(谭元亨著)；6.《十三行习俗与商业禁忌》(谭元亨著)；7.《 广府人史纲》(谭元亨著)；8.《城市晨韵 》(谭元亨著)；9.《袁崇焕评传》(王元林、梁珊珊著)。

2015 年出版著作：《海上丝绸之路研究书系》第二辑［星座篇］(黄伟宗总主编)，包括十六部书：1.《徐闻古港——海上丝绸之路第一港》(刘正刚著)；2.《南海港群——广东海上丝绸之路古港》(王潞、周鑫著)；3.《海陆古道——海陆丝绸之路对接通道》(王元林著)；4.《海上敦煌——南海 1 号及其他海上文物》

（崔勇、肖顺达著）；5.《沧海航灯——岭南宗教信仰文化传播之路》（郑佩瑗著）；6.《十三行——明清300年的曲折外贸之路》（谭元亨著）；7.《侨乡“三楼”——华人华侨之路的丰碑》（司徒尚纪著）；8.《古锦今丝——广东丝绸业的“前世今生”》（刘永连、谢汝校著）；9.《香茶陶珠——特产及其文化交流之路》（冯海波著）；10.《广交会——海上丝绸之路的新生和发展》（陈韩晖、吴哲、黄颖川著）；11.《一带一路世界客都——世界客商与21世纪海上丝绸之路研讨会论文集》（黄伟宗主编，肖伟承、王元林副主编）；12.《中国珠江文化简史》（司徒尚纪著）；13.《珠江粤语与文化探索》（郑佩瑗著）；14.《珠江文化之旅》（谭元亨著）；15.《珠江文行》（黄伟宗著）；16.《珠江文珠》（黄伟宗著）。

2016年出版著作：1.《珠江文痕——黄伟宗文存续补》（黄伟宗著）；2.《梧州：岭南文化古都》（王元林等编）；3.《佛山：海上丝绸之路丝绸陶瓷冶铁大港》（王元林等编）；4.《“一带一路”广东要览》（王培楠主编）。

2017年出版著作：1.《珠江文痕》（《黄伟宗文存》续补，黄伟宗著）；2.《珠江文明的八代灯塔》（《珠江文明灯塔书链》首部，黄伟宗、王元林主编）；3.《珠江文典》（《珠江文派与记住乡愁书链》首部，黄伟宗、李俏梅编著）；4.《罗定：南江古道与“一带一路”文化论坛论文集》（王元林、刘炳权主编）；5.《海上丝绸之路研究书系·史料汇编》（王元林主编）内含四册：《秦汉至五代卷》（周永卫、冯小莉、张立鹏编）《宋元卷》（孙廷林、王元林编）《明代卷》（衷海燕、唐元平编）《清代卷》（刘正刚、钱源初编）。

2018年出版著作：1.《珠江文派与记住乡愁——南海西樵论坛论文集2》（黄伟宗、王元林主编）；2.《养生文明与生态文明——南海西樵论坛论文集3》（黄伟宗、王元林主编）。3.《珠江民歌》（肖伟承编著）；4.《珠江文潮》（梁少锋、易文翔编著）；5.《珠江上古学说学派》（司徒尚纪、许桂灵编著）；6.《珠江学派与理学心学——南海西樵论坛论文集4》（黄伟宗、王元林主编）。

（黄伟宗，广东省人民政府参事、广东省海上丝绸之路研究开发项目组组长、广东省珠江文化研究会创会会长、中山大学教授，《海上丝绸之路研究书系》《珠江文化丛书》及《珠江—南海文化书系》总主编，是享受国务院特殊津贴的作家、文艺理论批评家、文化学者。）

《珠江—南海文化书系》总序：

建造珠江文明新高地的立体文化工程

黄伟宗

2016年8月，应新上任的广东省佛山市南海区委书记黄志豪同志（他同时是佛山市委常委、常务副市长）的邀请，笔者偕同司徒尚纪和王元林教授，以省政府参事室特聘参事、省海上丝绸之路研究开发项目组和省珠江文化研究会负责人的身份，对南海的历史文化进行了新的考察，提交了省政府参事建议，题目是：《竖起“珠江文明八代灯塔”，照亮南海千年海上丝路——关于佛山市南海区历史文化的调研报告》，受到了省领导徐少华和佛山市领导鲁毅、朱伟等领导同志的重视和批示。为践行这项建议和贯彻省市领导的批示，佛山市南海区委区政府与珠江文化研究会达成共识，并得到广东旅游出版社支持，将陆续出版《珠江—南海文化书系》项目，作为逐步建造珠江文明新高地的一项学术举措。本项目之所以冠上“珠江—南海”文化书系，首先是由于主办的是珠江文化研究会和南海区委区政府，还在于书系的学术范畴和视野，是覆盖南中国珠江水系的珠江文化和广义的南海文化（古代涵盖广东全境的“南海郡”，以及与珠江“江海一体”的南中国海文化）。

这项工程，我们拟分列三个书链项目进行：

一、“珠江文明八代灯塔”书链：照亮南海千年海上丝绸之路

为南海西樵山做出“珠江文明的八代灯塔”定位的依据，是我们从最近的考察中发现，在珠江文明发展史上，从南海西樵山发端并影响珠江文明的重大

文化现象，起码有八个。也即是说，南海西樵山文化，在珠江文明发展进程的八个历史节点上（也即是“八代”），起到导航或聚焦性作用，堪称“灯塔”，应当从文化学术上将这“八代灯塔”竖立起来，并以切实的战略举措将其发扬光大。

这个定位用“灯塔”之比喻，是以其地理历史实际的形象说法。因为西樵山位于珠江连接南海的前沿地带，是珠三角平原上矗立的一座高峰大山，其地理位置正如为从南海进出珠江航船导航的“灯塔”。所称“八代”之“代”，既有“朝代”之意，但又不固定某个朝代的历史时限，而是以某种文化现象萌起和发展的时段为“一代”；所以，有些是跨两个朝代为“一代”，有些是同一朝代中有两个“一代”。本文所称的“西樵”，既是指地理之“山”，更多是指文化之“山”；所称之“灯塔”，实际是指在珠江文明史上具有领航聚焦一代文明作用和地位之里程碑式的明灯、高峰。

具体的“八代灯塔”是：

第一代——新石器时代初期的人类智人与江海文明之源。

1958年在西樵山发现新石器时代的石斧、石核、尖状器等遗物遗址之后，至1986年冬天的30余年间，一批又一批的考古学者和考古部门反复考察论证确定，西樵山出土的新石器时代石器及其遗址，真实存在年代距今8000年以上，是珠江三角洲以至华南地区年代最早的一个，所以称之为“珠江流域从野蛮到文明航程中的灯塔”。西樵山新石器时代初期的智人文明，不仅是新石器时代珠江文明的灯塔，而且是以后各代珠江文明的历史源头和奠基石，因为它奠定和揭示了珠江文化海洋性特强之特质，照亮了南海千年海上丝绸之路的航道。

第二代——秦汉时代南海郡制开始的封建文明。

据《南海县志》载：秦始皇帝三十三年（公元前214年），掠取陆梁地，设桂林、象郡、南海三郡。南海郡建制从此始建。同时在郡下设县，如龙川、四会等。这是在整个岭南地域实施郡县制的开始，标志着原称的“交趾”地带，正式被纳入秦代版图，意味着当时岭南土著百越族的部落时代结束，开始进入封建文明时代。其中西樵山在这进化中发挥了促进作用。这种进化，尤为突出地表现在：一是在秦始皇统一岭南之后不久，即在广西桂林兴安县建造灵渠；二是赵佗统治岭南近百年，既促进了百越族部落文化迈向封建文化，也促进了珠江文明的进化和发展；三是汉武帝统一岭南之时，即派黄门译长从广信（今封开、梧州）到徐闻、合浦出海，正式揭开了海上丝绸之路的历史篇章。

从上可见，以首建南海郡制为标志的封建文明，在珠江流域的岭南地区起到了从原始部落社会进入封建社会的历史转型作用，又起到促进珠江文化更大的发展进化，所以具有领航聚焦珠江文明的“灯塔”意义。

第三代——东晋时代的道教、佛教与养生文明。

最近对南海西樵山文化考察，最明显的收获，莫过于对东晋时代著名道教理论家葛洪在南海遗迹的发现。葛洪不仅在学术上是做出多方面贡献的医学和化学科学家，又是对儒、道、释三家兼容并包的思想家，是最早并典型体现珠江文化领先包容特质的大家，无论在科学上或思想上都堪称古代珠江文化泰斗，他的科学成就和文化精神，堪称珠江文化在东晋时代的顶峰，是领航一代的珠江文明灯塔。1998 年 3 月 17 日，南海西樵山 72 山峰的最高峰，竖起高大的观音塑像。观音文化是东晋时代从海外传入，有“南海观音”之称。所以这座观音塑像，是寓意千年南海佛教和海上丝绸之路文化内蕴的现代形象，同时也是聚焦展现珠江文化与海洋文化特质的亮丽灯塔。葛洪文化与观音文化，都在南海千年史上具有灯塔般的导航意义。

第四代——唐宋时代的村落、移民与农耕文明。

广东自古是移民的开发地，古村落大都是移民落地生根的群居。南海西樵从唐宋开始即有这种古村落，既标志珠江农耕文明的转型，又是岭南宗族化姓氏化村落的形成和发展之基础。明代以后，南海西樵农村出现了种茶、采石、桑基鱼塘等专业化和商业化现象，并有书院、族教、家教的兴起，又出现了仕宦、功名世家，以及大量海外移民世家等现象，典型地代表和体现了广东古村落从农耕文明到商业文明、书院文明、海洋文明的进程，也是南海千年海上丝绸之路发展进程的体现。所以，这也当是唐宋时代珠江文明的一座灯塔。

第五代——明代的理学、书院与学术文明。

明代中叶，西樵山被誉为“理学圣地”与“理学名山”，主要是因为湛若水、方献夫、霍韬等理学大家在出任朝廷高级官员前后，曾在西樵山寓居、著述、办书院、讲理学多年，成就卓著，蜚声天下，充分体现了珠江文化江海一体特质和“照四方”的影响，从而使其成为“有明”一代的珠江文明灯塔。三位大家同时在西樵山办四大书院讲学，明代理学大儒陈白沙、王阳明也先后到访，天下名士云集，声威遐迩，从而使西樵山被誉为与湖南的岳麓山、江西庐山齐名的“理学名山”；他们的理论与实践，都很有珠江文化开创性、实效性特点，在明代的珠江文明史上，起到开时代风气之先的领航作用。而且，三位理学大家掀起兴办书院之风，更是率先开创平等竞争和求真务实的学术风气。这些学术思想和风气，反映了商品经济在岭南萌起的现实，同时也体现了南海西樵的学术文明，在明代的珠江文明史上起到灯塔作用。

第六代——明清时代的桑基鱼塘与生态文明。

桑基鱼塘是西樵山及珠江三角洲从明代开始首创的一种生产方式。所谓桑基鱼塘，简单地解释是：塘基种桑，塘中养鱼；桑叶养蚕，蚕屎养鱼。这种始创于围海造田的水利和土地的使用方式，是南海西樵首创，对于珠江三角洲以至所有滨海地域都有普遍意义的创举，标志着珠江文明由此进入自觉的科学农耕时代。明清时代南海西樵从果基鱼塘到桑基鱼塘的转型，而且形成高潮，是由于丝绸旺销全国和海外所促使，同时也表明了南海西樵又在丝绸产销上起到一代领航作用。这就在更深的层面上，展现了珠江文化重商性的特点和海上丝路的光辉。另外，这种闻名世界的生产方式，被公认为是一种资源利用率极高的生态农业系统，也是一种自然资源循环利用的生态环境保护系统，是一种综合性的科学生态文明的开创。

第七代——清代的丝绸机器与工业文明。

1873 年，南海简村人陈启沅回到家乡，创办了国内第一家蒸汽缫丝厂——继昌隆缫丝厂，西樵纺织业第一个采用机器缫丝新法，掀起了纺织业第一轮工业革命，使中国缫丝业以手工作坊式走向企业规模化管理、机械化生产和系统化经营，翻开了中国纺织业的新篇章，也可以说是揭开了珠江工业文明的新史页。由此新式缫丝业之风，从南海向珠江三角洲以至珠江流域各地吹去，又竖起了珠江文明的一代灯塔，发射出海上丝绸之路的新光辉。而且，陈启沅创办机器缫丝厂被称为“中国民族资本现代缫丝工业中最早的商办缫丝厂”，而且被认为是“最早的民族资本现代工业”，是“珠江三角洲商品生产近代化的起点”。这些定位，是专业学者们基于多年研究的学术成果提出的。可见陈启沅兴办继昌隆缫丝厂的创举，还在中国民族资本现代工业和珠江三角洲商品生产近代化上都具有开创意义，所以，称之为珠江文明一代灯塔是当之无愧的。

第八代——晚清时代的“经世”与“维新”文明。

南海的朱次琦和康有为两师徒先后倡导的“经世”与“维新”文明，可谓珠江文明第八代灯塔，也是古代珠江文明最后一座灯塔。朱次琦主张“资治救世，经世致用”和“实学致用”。这种主张之所以影响深远，在于针砭了当时流行空谈的学术空气，反映了务实救世的心声，尤其是在新旧转型最前沿的珠江三角洲地区，更具有黑暗中见到一盏明灯的意义。康有为紧接着在朱次琦从旧学寻求“经世致用”之学失败以后，提出“维新变法”之新学，并不惜以生命去付诸实践，莫不令人敬仰。在当今南海九江的朱次琦纪念堂上，有副后人写的楹联“千秋新学开南海，万世名儒仰九江”，可谓全面地表达了南海西樵人民对这两位大乡贤的高度评价和仰慕之情，也印证了笔者将朱、康两师徒并列为古代珠江文明最后一代“双星”灯塔的依据和人心所在。

如果说以上“珠江文明八代灯塔”是珠江文明发展史上八个节点，也即是八个历史高地的话，那么，我们现在将其发现和竖立起来，同时从南海千年海上丝绸之路的高度将其被淹没的光辉放射出来，并且将其作为当今“21 世纪海上丝绸之路”建设的组成部分，纳入“一带一路”世界战略，不就是进行建造珠江文明新高地，以至为南海西樵再竖起新的一代“灯塔”吗?

这项书链，主要以举办论坛方式进行，以每次论坛均出版一册论文集的举措完成。大致在总体论坛进行之后，争取每代文明办一次论坛，亦可合并或抽出两三代文明举办论坛，以 3 ～ 5 册论文集构成书链出版。如：可合并明清桑基鱼塘与生态文明、清代丝绸机器与工业文明举办论坛，以建造海上丝路与丝绸文化高地；可抽取东晋葛洪和观音文化举办养生文明论坛，以竖起南道、南佛“灯塔”；抽取明代的理学、书院与学术文明举办论坛，作为重振“理学名山”声威，建造“南学”圣地的一项举措。

二、珠江文派之“记住乡愁”书链：以“珠江恋”凝现珠江文派并构建粤人心灵世界的“互联网”

南海西樵，文才辈出，文章誉世。据《南海县志》载，明清时代曾登此山的大名人陈白沙、湛若水、戚继光、袁枚、李调元、丘逢甲，以及南海乡贤方献夫、霍韬、屈大均、朱次琦、康有为、詹天佑等，都是流传千古的文章大家。现当代的文化名人郭沫若、董必武、赵朴初、何香凝、贺敬之等，也都在西樵山留下足迹和诗文，欧阳山、草明、陈残云、秦牧、华嘉、冯乃超、冼玉清、曾昭旋、陈芦荻、易巩、黄施民、何求等著名广东作家，还有许多默默上山未列入志册的著名文人，或者在此地出生，或者在此地留下足迹文踪。尤其是珠江文派泰斗欧阳山，童年时代从湖北荆州入籍广东南海，并且自青年时代到老年时代都多次到过南海，整个人生历程与南海有千丝万缕的联系，他的代表作品《三家巷》《苦斗》中，大篇幅写到“南海震南村”，以及在此出生的“生观音”般的美女胡柳、胡杏姐妹；20 世纪 50 年代他写的中篇小说《前途似锦》，就是在南海体验生活之作，写的也是南海的故事。因此可以说，南海西樵是岭南（珠江）文化和文学的名家圣地与活动中心之一，是岭南（珠江）文化之海、文学之山，是“珠江文派”发祥地之一。所以在这里举办珠江文派论坛，编辑出版珠江文派书链，以倡导珠江文派，作为建造珠江文明新高地工程的重要组成部分，是最适合的。

珠江文派书链何以要冠上“记住乡愁”之语？众所周知，“望得见山，看得见水，记得住乡愁”，是习近平总书记在全国城镇化进程中提出的号召。如果说这个号召是要求农村在现代化进程中保持原有山清水秀的自然环境和传统文化风情的话，那么，对于文学创作来说，则是要求作家创造出能够使人“记得住”山水乡情的艺术作品。鼓励各地开展“记住乡愁”创作，正是实现全国地域文化与文学创作多样化的重要途径，也是鼓励或发现文学流派的重要途径。所以，从“记住乡愁”创作入手，正是发现和倡导珠江文派的重要途径。

乡愁，即乡情、乡恋。每个人都有生长或久居的故乡，都有思恋或憧憬的心灵故乡。正如中央电视台曾播出的专题片《记住乡愁》主题歌词所言：乡愁是“记得土地芳香”之故乡儿女“追寻”的“一生情”，又是“年深外境犹吾境，日久他乡即故乡”之游子多少次“叩问”的“一朵云”。乡愁是一种中国传统文化，是中国人普遍具有的民族情、故土恋。乡愁所念之故乡，既是哺育乡人生长之母亲河的“一碗水”，又是乡人心灵世界中共饮共醉的“一杯酒”；既是分布世界各地华人华侨心灵世界的凝聚点、互联网，又是聚居各地异乡人之间心灵世界的交叉点、相通语。乡愁，尤其对于“文章本是有情物”的文学作品而言，简直是不可欠缺的文化与情感元素；对于每个地域的文化和文学，更是对其进行挖掘或体现本土特质的文化艺术要津，是造成和体现地域之间在文化与文学上差异和特色之重要所在，也即是发现和造就地域性文学流派的重要途径。

这对于广东文学创作来说，是具有特重特强指导意义的。因为广东有史以来一直是移民大省，本土先民是从南海海岛移居上岸的百越（南越）族，现有广府、客家、福佬（潮汕）三大民系，都是秦汉以后逐步从中原南下入粤的移民，港澳同胞大多数的祖籍是广东，遍布世界的华人华侨百分之七十是广东人，现居广东的近亿人口也有近十分之三来自全国各地。无论是历代祖居、移外定居，还是新入定居的广东人，都有各自“记住乡愁”之情，这种乡情尽管千差万别、人人有异，但都凝聚在“珠江情”的基本点上。因为珠江是广东的母亲河，是广东古今山水风情与“记住乡愁”凝聚点，是东南西北中先后入粤民系的生活交叉点、相通语，是历代迁入或移外的粤人心灵世界之凝聚点、互联网。所以，这是探究广东地域文化特质的关键，是造就广东文学创作特色以至文学流派的凝聚点。因此，我们以珠江文派“记住乡愁”书链，既展现和证实珠江文派的存在及其来龙去脉，又进而探求和展现珠江文化在广东文学中的内蕴、根基及其向海外的扩散和影响，也即是：以“珠江情”凝现珠江文派，并构建境内或境外所有新老粤人心灵世界的“互联网”。

这套书链的首部《珠江文典》，以选析20世纪20—80年代欧阳山、陈残云、秦牧等28位广东新文学经典作家“记住乡愁”代表作品（侧重散文、短篇小说和节选中长篇小说，下同），证实珠江文派的存在，并从这批典范作品中分析出这批经典作家成员，部分是走南闯北的岭南人，部分是多年前来自五湖四海的“老广”的作家群，在创作上大都是以“珠江情”为“记住乡愁”的聚焦点、互联网，凝聚在创作中都有写作气派相通之“五气”，即：“天气”，包括自然气候环境和时代精神之“气”；“地气”，即广东独特的风土习俗之“气”；“人气”，包括在千姿百态的作家风格、人物典型、乡里亲情之间相通之“人气”；“珠气”，即珠江文化气质、特质、内涵相通之“气”；“海气”，即海洋文化及宽宏如海纳百川之大“气”（详见《珠江文典》跋）。这“五气”是这批广东作家群相通为“派”的血脉，是珠江文派的风骨和特质。故曰：珠江文派者，写作气派相通之广东作家群是也。

《珠江文典》所展示和证实的是珠江文派成熟的一代。为了更深层次地证实和展示其来龙去脉，我们进而分别从纵向、横向和根向组编这个书链系列。

从纵向上，一是以《珠江文流》探索和展现珠江文派的源起发祥之流，选析20世纪10—40年代的近现代广东前锋作家的代表作品，从梁启超首倡“文学界革命”“小说界革命”，到欧阳山首倡的“粤语文学”“大众小说”，追溯珠江文派之“来龙”。二是以《珠江文粹》，选析20世纪70—90年代陈国凯、杨干华、吕雷等新时期广东精英作家们的代表作品，以及以《珠江文潮》选析20世纪90年代至21世纪20年代的跨世纪崛起的广东作家代表作品，以探析和展现珠江文派的发展轨迹之“去脉”，同时也揭示“记住乡愁”文化的心灵世界互联网的上下纵深开拓之走向。

从横向上，一方面，以《珠江诗派》选析现当代广东著名诗人记住乡愁代表作品，并以《珠江文评》选析现当代文学评论家有关珠江文派和记住乡愁的重要著述，以扩大珠江文派的艺术空间和领域，并提供理论支撑；另一方面，以《珠江文港》选析香港、澳门两特区作家记住乡愁代表作品，包括在两特区的粤籍作家作品，并以《珠江文海》，选析海外粤籍华人华侨作家记住乡愁的代表作品，从而探索和展现珠江文派在地域上的扩展和影响，也显示出记住乡愁是遍布港澳和海外华人华侨心灵世界的凝聚点、互联网。

从根向上，即是寻找珠江文派和“记住乡愁”文化之根。19 世纪法国著名理论家丹纳在《艺术哲学》中指出：“要了解艺术家的趣味和才能，要了解为什么在绘画或戏剧中选择某部门，为什么特别喜爱某种典型，某种色彩，某种感情，就应当到群众中的思想感情和风俗习惯中去探求。由此我们可以定一条规则：要了解一件艺术品，一个艺术家，一群艺术家，就必须正确地设想他们所属的时代精神和风俗概况。这是艺术最后的解释，也是决定一切的根本原因。”由此，在书链系列中特地编入《珠江民俗》《珠江民艺》《珠江民歌》三部著作，探求决定珠江文化和记住乡愁之“所属的时代的精神和风俗概况”及“群众中的思想感情和风俗习惯”，找出珠江文派和记住乡愁文化在时代精神、群众思想感情和风俗习惯中之“文根”，也可以说是建造珠江文明高地的一项根基建设。

三、历代珠江学派——南学书链：以“粤海风”梳理“南学”文化学术体系和源脉

“南学”之词，最早作为实指广东及珠江流域之文化学术概念而提出的，是 20 世纪 40 年代在北京任教的著名学者陈寅恪。据司徒尚纪教授在《泛珠三角与珠江文化》一书中披露：1933 年 12 月，陈寅恪在读了岑仲勉著作后致同是岭南学者陈垣教授的一封信中指出：“此君想是粤人，中国将来恐只有南学，江淮已无足言，更不论黄河流域矣。”从这史料可见：陈寅恪之意是“肯定南学，并预见它会超过黄河流域之北学”。这是最明确提出并高度评价“南学”之论。从全信可以看出，陈寅恪是指“粤人”的著作，而且是从“黄河流域之北学”而对应提出“南学”概念的，所以其内涵实指“粤人”学者，并有对应“黄河流域之北学”而提出珠江流域之“南学”之意；所言之“学”，亦应包含学术风气、成就、风格、传统、系统的南方（岭南）特色，也即是将会成为与“北学”比肩的“南学”学派之意。可惜陈寅恪这高瞻远瞩之见和殷切期待，

一直未受重视。奇怪的是，陈寅恪于20世纪40年代末南来中山大学20余年之久，一直未能再言此见，不知何故。

笔者以为，对“派”的概念，辞典虽有明确词义，但也不必拘于一格。因为其词本有多义，且对其理解、运用均有广阔天地；以“派”之名进行或梳理的文化学术群体，其组合的凝聚点和相通点，也千差万别，大可不必强求“派”的概念与组合方式千篇一律。毛泽东诗词“茫茫九派流中国”的“派”是指江河，他提倡的“百花齐放，百家争鸣”，每一“花”、每一“家”，都是大小不同的文派或学派，唐诗的“边塞诗”是以题材相同而成派，宋词“豪放派”“婉约派”是以风格有异而分派，贯穿明清两代三百年的“桐城派”，既是以萌生地域为起点、又是以“义法”之文风、学风的相通相承一体的文派和学派，就是实证。

其实，广东自古以来，虽无“南学”之名，却一直有“南学”之实。明末清初著名学者屈大均，在《广东新语·文语》中云：“广东居天下之南……天下文明至斯而极，故其发也迟，始然于汉，炽于唐于宋，至有明乃照于四方焉。”“始然”即开创之意。从汉代至今每代都有著名的学派，“珠江文明八代灯塔”就是明证。屈大均所言“有明乃照于四方焉”，是赞明代广东的文化学术辉煌影响世界，具体所指是明代中叶湛若水、方献夫、霍韬等大家在南海办四家书院弘扬理学，使西樵山成为当时与湖南岳麓山、江西白鹿洞齐名的“理学圣地”“理学名山”。因此，以此为基地建造珠江文明新高地之“南学”高地，组编“历代珠江学派——南学”书链，是实至名归的。

历代珠江学派，源远流长，林林总总，杂花生树，群莺乱飞，但在总体上既有相承相拨之源，又有许多共识相通之脉。这些源与脉，就是历代珠江学派相近相通之学风——“粤海风”（广东特色并海洋性特强之学风），具体表现在下面“六重”特点上。这些特点是每个珠江学派都程度不同地具有的，但就具体学派而言，有些是某个特点突出，有些是两三个特点兼有；有些在纵向上有承传关系，有些在横向上有相互影响关系；这些关系，使这些学派的个体，往往是这些特点在学术上的交叉点，在总体则是“六重”特点构成的文化学术上的粤海风“互联网”。这“六重”特点是：

一是“重实”，即真实、实际、实践、实用、实效、实惠之“实”。

这是历代珠江学派大都具有的特点。如被尊为“粤人文之大宗”的陈钦开创的“古文经学派”。他是西汉广信人，曾向王莽传授《左氏春秋》，自著《陈氏春秋》。在西汉哀帝年间，他认为当时规范的官学是沿用孔子七十二弟子“信口说而背传记”之作《公羊传》《谷梁传》，不是孔子原本，有“失圣意”，应用新发现的古籍《左传》为官学，理由是作者左丘明与孔子同道，曾亲见孔子，是正本的古文经，才是真实的孔子学说，故称“古文经”学派。其子陈元、其孙陈坚卿承传。这是最早的珠江学派，也是开“重实”重本之源的学派。随后的东汉交趾太守士燮，在任40多年，在三国动乱年代保住岭南避过战祸，自身是著名经学家，著有《春秋经注》；其弟士壹、士黄、士武，分别曾任合浦太守、九真太守、南海太守，又都是经学家，故有一门四太守、一门四士之称；他们又都在任内招贤纳士，传注真经，使中原动乱南下之士有避难所，并施展才华，使岭南成为全国战乱中的一方学术圣地，获得了承传并捍卫学术的实效。

晋代葛洪是一位有多方面卓越贡献的道教理论家和实践家，在代表作《抱朴子·外篇》和《抱朴子·内篇》中，他融汇了儒道释三教理论，全面总结了晋以前的神仙理论，并长期亲自进行炼丹实践。在炼丹过程中，他发现了一些物质变化的规律，这就成了现代化学的前驱。还提出了不少治疗疾病的简单药物和方剂，其中有些已被证实是特效药，如松节油治疗关节炎，铜青（碳酸铜）治疗皮肤病，雄黄、艾叶可以清毒，密陀僧可以防腐等。葛洪早在1500多年前就发现了这些药物的效用，在世界上都是领先的。所以，葛洪不仅在学术上做出多方面实际而具有实效贡献的医学和化学科学家，而且在珠江学派人文科学和自然科学都承传“重实”之风，“六重”特点俱有的全面代表。

历代珠江学派尽管“重实”的具体内容和方式各有不同，但求真务实的实质是一致的。可以说，“重实”是历代珠江学派源脉的主干，是每代以至每个学派都承传和拥有的特质。清末以倡导“经世致用”和“实学致用”的著名大儒朱次琦，是特别值得一提的代表人物。他是广东南海九江人，人称“九江先生”。他所说的“实学”，是指直接从孔子著述中找到可以“致用”之学。他认为汉代和宋代的理学，是离开孔子原道的不可致用之学。这种主张，是朱次琦在国家内忧外患日益严重、社会正在发生新旧转型的晚清年代里，为寻求“经世”之法而提出的主张。这种主张之所以影响深远，在于针砭了当时流行空谈的学术空气，反映了务实救世的心声。由于他欠缺海外现代文明的素养和视野，尽管有“实学济世”之情，也只能从自己饱学孔子原道中找“经世致用”之方了。所以梁启超说朱次琦是中国旧学救世之终结，也可以说是中国旧学“重实”之风的总结。

二是“重心”，即思想、意识、观念、情感、情绪、情境、心理之“心”。

最有代表性的“重心”的学术特点，开创者和杰出代表，是唐代著名的佛教禅宗六祖惠能，著有《六祖坛经》，这是中国人著的唯一一本佛经。他以著名的“菩提本无树，明镜亦非台。本来无一物，何处惹尘埃”的偈语，成为承受佛教衣钵的禅宗领袖。毛泽东称赞他为佛教中国化、平民化做出了杰出贡献，是中国禅宗的“真正创始人”。在20世纪中期西方媒体评选世界千年思想家活动中，中国仅孔子、老子、惠能入选，而且他们同时被誉为“东方三圣人”。原因是：孔子首创了儒学，老子首创了道学，惠能则首创了禅学。所以，惠能既是佛教禅宗领袖，又是作为一种思想哲学——禅学的首创哲圣。惠能禅学思想的核心是“顿悟”，即一切全在于人的心灵感悟和领悟；他在接任六祖禅位时发表的“风幡论”（即：非风动，亦非幡动，实乃君之“心动”说），画龙点睛地体现了他的禅学，不仅是禅宗教派的教旨，而且是一种有其思想体系的彻底唯心主义哲学。惠能禅学影响很大，著名大学者梁启超曾言：“唐宋后皆六祖派。”文学上的感悟说、心灵说、境界说，皆出于此，哲学上的心学，尤其是宋元理学，在南方兴起的陆（九陆）王（阳明）学派、陈白沙江门学派、湛若水甘泉学派等崇尚的“心学”，皆出自六祖惠能禅学。值得注意的是，惠能虽是中国心学的始祖，却是个很重实际、实践、实效、实惠的实干家。他主张修佛要“农禅并重”和“农禅合一”，修禅可以“在寺，在家亦得”，要“以行为上，以解为辅，行进一步，解亦进一步，行愈深”，要“于一切时中行住坐卧，常行直心”，“但行直心，于一切法上无有执着”。这些说法，说明他不拘形式、反对做作，而是重真心、重实践、重实效、重实惠。正因为如此，南方禅宗在唐武宗灭佛的会昌之难时得以幸存，日益发展，并向北方和海外传播。这就是他将外来的佛教“中国化、平民化”的思想根由。正因为如此，他被尊为珠江文化古代哲圣，是珠江学派“重实”之源和文脉的承传及发展之里程碑式人物。

明代以“江门之学”开创“白沙学派”的陈献章，号白沙先生，著《陈献章集》。近代学者称他“上承宋儒理学的影响，下开明儒心学的先河，在中国哲学思想史的发展上，具有承先启后的地位和作用”。陈献章认为世界万物的“本体”是“道”，“天得之为天，地得之为地，人得知为人”。若求“道”，“求之吾心可也”。可见其“道”是其想象的超越宇宙的某种冥冥灵念，而他主张从自己的“心”去求这种灵念，也即是自身的灵念，才会得之，“则天地我立，万化我出，而宇宙在我矣”。他还主张“学贵乎自得”，要静中求“自得”，要“以自然为宗”而又要“万化自然”，并强调“自得”就是要使自己的心灵“不累于外，不累于耳目，不累于一切，鸢飞鱼跃在我”。可见他的“道”已不同于程朱理学的道，而是心学之道。这才是陈献章哲学思想的核心。而这心学之道，显然有着承传惠能禅学和陆九渊心学的迹印，又是对程朱理学将心学传统教条化偏向的回归，并直接传予他的学生湛若水为代表的“甘泉之学”，以及王阳明的心学。

开创“甘泉学派”的湛若水，字民泽，广东增城甘泉都人，故又称甘泉先生。湛若水与王阳明在政坛上合作，在学坛上互敬互磋，共同倡导心学，但各有不同立论、不同从学之群，但也相互应和，故实际上是一个大学派，是继陈献章江门学派之后，南方又一影响全国的学术流派。

湛若水在晚年，曾与方献夫、霍韬两位理学大师在西樵山分别办了四家书院，各自弘扬理学。方献夫是南海丹灶人，在朝中任职时拜当时自己部下的理学大师王阳明为师，是王阳明首位广东弟子，归隐后在西樵山建石泉书院，讲学十年，弘扬阳明理学。霍韬是南海石头乡人，曾任礼部尚书，辞官后在西樵山开设四峰书院。他的书院是为宗族子弟办学，主要讲授他的代表作《家训》，这在当时具有开创和普遍意义，尤其对于宗族文化建设起到历史性作用。值得注意的是，方献夫在西樵办学的同时，还大力倡导民俗，留下不少传说佳话，如首创“西樵大饼”“龙船爬上西樵山”“方阁老大塘”等传说。霍韬不仅办书院讲学，还同时经营铁器、木炭和食盐，是佛山一带著名士人兼商人，他倡导的《家训》学，不仅以传统的伦理作为“保家”的核心，还以“货殖”作为保家要素，提出“居家生理，食贸货为急”务实的重商理念。这些理论和实践，反映了商品经济在岭南萌起的现实，同时也体现了珠江学派的“重心”与“重实”的特点总是一脉相承并双轨同行的。

三是“重新”，即纳新、创新、新潮以及清新之“新”。

珠江学派最早的“重新”人物，是东汉的牟子。牟子以诘问的方式写《理惑篇》37篇，是印度佛教传入中国初期最早的中国人写的宣传佛教著作，是最早从海上丝绸之路引入佛教的纳新者。牟子是广信人，原是儒家学者，又通道家学说，在广信研究自海外新传入的佛教，又成了精通佛教的学者。他以“佛”字翻译佛教“般若”之音义，首创佛教之名，纳新佛教理论，又是“三教合流”的首创者。牟子及其论著，证实了佛教最早由海上传入岭南（另一路为从陆上传入长安），同时也显示了珠江学派以融合多元文化而创新的特点，开创了“重新”源脉的先河。

如果说东汉牟子以纳新外来佛教文化，并融合儒道文化而开创珠江文派的新理论和“重新”源脉，那么，唐代大儒张九龄，则是岭南儒家全面“重新”的杰出代表。张九龄字子寿，号曲江，韶州（今韶关）曲江人，是唐代著名贤相。著有《曲江集》。他一生的行为和政绩，都完整地体现了儒家的思想和风范。他早在“安史之乱”前，已发现安禄山手握重兵，心怀异志，即向唐玄宗呈上《请诛安禄山疏》，指出对安“稍纵不诛，终生大乱”。可惜唐玄宗未能接受，以致日后果真发生祸乱。这件事，既显示了他作为政治家的敏锐洞察，又体现他的忠君思想和品德；他在父亲去世时，辞官回乡尽守孝道，表现了儒家风范；他在回乡期间，上书皇上提出要修凿大庾岭通道，既为乡亲父老造福，又为贯通南北交通立下不朽功勋，而且在修路期间，传说他的夫人又以性命做出贡献。这些政绩既显出这位大儒的高风亮节，又表明他具有珠江学派“重新”“重民”“重海”的特质和气度。张九龄又是岭南第一诗人，他的诗作在唐代甚有影响，在中国诗史上也有一席地位，被称为在初唐诗坛“首创清淡之派”的诗人，在后辈孟浩然、王维、储光羲、常建、韦应物之前开创了清雅诗风之先河。他的名诗《望月怀远》“海上生明月，天涯共此时”，既是他清淡诗派之诗风体现，又是珠江文化风格的典型体现，可谓一语凝现了珠江文化海洋性、宽宏性、共时性的特质与风格，故称珠江文化的古代诗圣。

其实张九龄的清淡诗风，不仅开创了唐代孟浩然、王维等代表的清雅诗派，还开拓了岭南诗史上历代以清雅诗风为特色的珠江诗派，如宋代以创“骨格清苍”诗风余靖为首的山水诗群、明末清初在丹霞山发祥的海云诗派等，直至清末的珠江文化近代诗圣黄遵宪，虽不是以清雅为风格，也是以“我手写我口”的“新派诗”而承传发展了珠江学派“重新”学风之源脉。

四是“重民”，即百姓、人民、民众、民心、民事、民俗、民艺、民族、民系、民权、民生之“民”。

历代珠江学派大都有“重民”的特点，但大多不挂重民之名，而是重为民之实。如葛洪在道教炼丹中发现和发明了许多治病良药，虽不言为民，却很实用于民；六祖惠能称“人人心中有佛，直指人心”，“顿悟”成佛，可谓以弘佛而为民。如此等等，既是历代珠江学派“重实”特点的承传，又是特有“重民”之风的体现。打出“重民”旗号之珠江学派，最杰出的是梁启超的“新民说”和孙中山的“三民主义”。

梁启超号任公、饮冰室主人，广东新会人。他既是政坛风云人物，又是学术大师、文坛泰斗。他以“新民说”倡导国民性革命，认为改造中国要从改造中国人的奴性、奸俗、为我、怯弱、无动等国民性做起，提倡新道德、新理想、新观念。他说这是“采合中西道德”“广罗政学理论”而提出来的。他还先后提出并发动“学术界革命”“史学界革命”“舆论界革命”“文学界革命”“小说界革命”“诗歌界革命”等，在各个领域开创新文化先河，成效卓著，影响深远，堪称中国近代国学的一代宗师、近代珠江文化文圣。

孙中山是中国民主革命的首创者和杰出领袖，名文，字逸仙，广东香山（今中山市）人。青年时代即开始进行革命活动，提出“驱除鞑虏，恢复中华，建立民国，平均地权”口号，创造以民族、民权、民生为主旨的“三民主义”学说。1911 年 10 月辛亥革命成功后，他被推举为中华民国临时大总统，次年让位于袁世凯，并将同盟会改组为国民党，当选为理事长。1913 年护法起兵伐袁，建立中华革命党。1917 年在广州组织护法军政府，当选为大元帅，誓师北伐。1919 年，在上海将中华革命党改为中国国民党，次年就任非常大总统。1923 年，粉碎陈炯明叛变，在广州重建大元帅府。1924 年在广州召开国民党第一次全国代表大会，确定联俄、联共、扶助农工三大政策，提出“新三民主义”。1925 年 3 月 12 日，在北京与北洋政府会谈期间病逝，弥留之际仍发出“和平，奋斗，救中国”的呼喊，留下“必须唤起民众及联合世界上以平等待我之民族”的遗嘱，可见他的“重民”心切。“三民主义”，是他的政治纲领，也是他首创的学说。这学说是吸收西方资产阶级自由、平等、博爱的人权思想，为中国推翻数千年封建制度、建立民主共和国的需要而确立的，是以西方现代文化用于中国实际的产物，辛亥革命的成功，体现了这一学说的成功，也是近现代珠江文化最高高峰的标志。

五是“重海”，即南海、海洋性、海洋地理、海洋文化、海洋意识和海纳百川之“海”。

广东濒临南海，海洋线长，江海一体，受海洋影响很大，文化的海洋性特强，海上丝绸之路和文化学术都是“始然于汉”，历代珠江学派都有“重海”之特点与源脉。

据《汉书·地理志》记载，汉武帝于元鼎六年（公元前 111 年）平定岭南后派黄门译长从徐闻、合浦出海至海外多国，这是海上丝绸之路的发端；东汉牟子以《理感论》传入佛教文化，最早引入海洋文化学术；南北朝印度和尚达摩在广州西来初地登岸，最早传入佛教禅宗；唐代六祖惠能创造的禅学，改造海外传入的佛教学术，又传扬海外；唐代张九龄的《开凿大庾岭路序》，是我国最早的对接海陆丝路论文，所修的梅关古道，是我国最早人工修凿的海陆丝路对接通道；宋代曲江人余靖，是我国以亲身调查研究海潮的首位学者，他的《海潮图序》是我国首篇海洋学论著。这些"第一"的成果，无不证实屈大均所说的广东文化学术"始然于汉，炽于唐于宋"的论断。这些"始"和"炽"的高速发展，与珠江文派的"重海"特点和源脉有着决定性的影响和关系。

到明清时代，珠江文派也是由于具有"重海"的特点和优势，更是达到屈大均所说的"乃照四方焉"的辉煌时代。被誉为古代海上丝绸之路最高峰的郑和下西洋，七次都经南海水域，其中第二次于广东海港出发；利玛窦从西江首次传入西方海洋文明和科学技术；珠江学派由于"重海"而引进和创立的具有鲜明海洋文化特点的学说，更是多得不胜枚举。如：洪仁玕的《资政新篇》，郑观应的《盛世危言》，"中国第一个开眼看世界的人"——湖广总督林则徐，在虎门销毁鸦片揭开了近代史反帝斗争第一页的同时，招募外语人才翻译西方书报，编辑成《澳门月报》，编纂《四洲志》等书吸取西方文化；任湖广总督18年的张之洞，在广东提出的"中学为体，西学为用"理论，以及他实践这理论并在任内极力推行洋务运动的政绩；著述《西学东渐记》的容闳，及其亲率首批30名幼童赴美留学行动；康有为以孔子大同思想并与西方民约论、人性论、空想社会主义糅合一体的理论《大同书》，以及领导"百日维新"运动的壮举；清末民初的肇庆人陈焕章，既是中国科举末代进士，又是美国政治经济学博士，他在哥伦比亚大学期间，将孔子学术与西方理财学结合，创造了《孔门理财学》，并且创造了"孔教"和"孔教学院"等，都是海洋文化的学术理论和实践，都是珠江学派"重海"源脉的传承发展。

六是"重粤"，即广东、南越、南粤、岭南、岭表、南海、珠江、岭南、粤海之"粤"。

"重粤"，即立足广东、面向全国、放眼世界，同时又是站在世界高度、以"全国一盘棋"走进广东。这是历代珠江学派的学术起点和归宿，是贯穿古今的"粤海风"源脉，也是梳理"南学"文化学术体系的脉理，建造"南学"文化高地的基石。

最早的“重粤”学者是东汉的杨孚，番禺（今广州海珠区下渡村）人，代表作《异物志》，是第一部记述岭南动植物、矿物等方面的学术著作，为多家史书列入，故又被称为粤人入志之始，且全书以四言诗体（其实是用“赞”的文体）行文，故又被称之为粤诗之始。内容主要是赞美评述《南裔异物》，即岭南各种珍奇之物的形态与功用，被称为“有多识之美，博物之能”。如《鹧鸪》：“鸟像雌鸡，自鸣鹧鸪。其志怀南，不思北徂。”这不仅是粤诗之开创，而且意味着岭南风物及文化也登上了全国文坛，既与汉诗乐府同步，又有自身的独特风采。他为官时向皇帝提出贤良对策，主张以孝治天下，朝廷采纳而定出父母病故均要守丧三年的制度，可谓开孝治文化之先。他为官清廉，辞官回广州后，河南洛阳百姓特送他两株松柏，种下后即引来广州从未有过的一场大雪覆盖树上，人们称他因清廉将河南的大雪也引来了，故将他的住地取名河南（今广州市海珠区），称他为“南雪先生”。

明末清初的屈大均，是最早最系统做“重粤”学问的大学者。他是广东番禺思贤乡人。16 岁补南海县学生员。18 岁时参加抗清斗争。清定广州后，仍以出家当和尚掩护，结交顾炎武等抗清志士继续斗争。晚年回乡隐居著述，直至卒年。他的著作甚丰。他的代表作《广东新语》，是一部广东地方百科全书。他在自序中说：“是书则广东之外志也，不出乎广东之内，而有以见乎广东之外；虽广东之外志，而广大精微，可以范围天下而不过。知言之君子，必不徒以为可补《交广春秋》与《南裔异物志》之阙也。”可见他是旨在“范围天下”而写广东之“广大精微”的，也即是说以天下之眼光写广东，同时也是为补正过去写广东著作之阙而写的。这就清楚其写作意图在于：向天下推介广东，写新语，立粤学。其效果也正是如此，自其问世后直至当今，数百年研读广东者，莫不以此著为经典，也由此而掀起粤学之风。

自屈大均之后，“南学”蒸蒸日上，长足发展。据司徒尚纪《泛珠三角与珠江文化》一书中介绍，由于晚清先后任湖广总督的文化人阮元和张之洞，大力提倡办学，设学海堂等机构，培养了一批饱学之士，学风始盛，声名鹊起。20 世纪初，日本学者内藤虎次郎有“文化中心流动论”，认为明以后中国文化中心在浙江海通以后将移到广东，与陈寅恪“南学”之见完全一致。此见虽有偏颇之嫌，但对“南学”概念和发展的肯定则是言之成理、持之有据的。

依笔者看来，“南学”的真正蓬勃发展是在 20 世纪 80 年代初至今，在改革开放的大背景下，受海洋文化影响，广东在全国率先掀起了现代新文化学术高潮，一方面表现在引进大量西方文化学术著作，并吸取西方先进学说开拓新的文化学术领域，如：港澳及海外华人文学研究、南海及海洋文化学术研究、海上丝绸之路研究、珠江及江河文化研究、地域文化学、旅游学研究等；另一方面是以新的视野对广东民系和史地研究，如广府学、客家学、潮汕学、雷州学、岭南学、珠江学、南海学等。这两方面（或两类）学科著作，每种都可称为一种学说，每类学科的学术队伍都可称为一种学派，或者内有多个学派。所以，在改革开放中“先走一步”的广东文化学术领域，也是最先兴起并具有“众说纷纭”、学派林立的景象和格局的，这正是“重粤”风盛、“粤海风”劲所致。

以上“六重”之学风源脉，共汇为源远流长的“粤海风”，贯穿广东历代学派两千年。我们编写《历代珠江学派书链》，旨在沿着“粤海风”之风路，梳理“南学”文化学术体系和源脉，为建设“南学”文化新高地铺路。本书链将按时代先后为序，以上古、中古、近古、近代、现代、当代共六个分册编写出版。其实，这也是以此六个时代系列为次序，分列体现千年南学所经历的发轫—兴旺—灿烂—涅槃—新生—开放等六个时期的发展历程。

以上三个书链，既是“珠江—南海文化书系”的三个系列，又是建造珠江文明新高地的三项文化工程，是书系与论坛结合的双轨工程，是多学科交叉的立体文化工程。我们争取用三年时间逐步完成这项工程。谨向这项工程的大力支持者和同道者：佛山市南海区委区政府（尤其是黄志豪书记）、广东旅游出版社（尤其是刘志松社长和官顺责任编辑）、珠江文化研究会的同仁（尤其是名誉会长司徒尚纪教授、现任会长王元林教授），致以衷心的感谢和崇高的敬意。

2016 年 11 月 15 日于广州康乐园

（黄伟宗，广东省人民政府参事、广东省海上丝绸之路研究开发项目组组长、广东省珠江文化研究会创会会长、中山大学教授，《海上丝绸之路研究书系》《珠江文化丛书》及《珠江—南海文化书系》总主编，是享受国务院特殊津贴的作家、文艺理论批评家、文化学者。）

目录

美　洲

澳　洲

欧　洲

语言的身份

——粤籍华人作家的方言书写与文化内涵

龙扬志　苏美华

据史料记载，广东、福建等沿海省份的移民外迁至19世纪中叶已蔚然成风，到20世纪中叶，粤籍海外华侨已近700万，占全国侨民总数的70%，而随着全球流散时代到来，这一比例在70年后的今天略有下降，散居世界的粤籍华侨华人有3000多万，是全国首屈一指的侨乡。自改革开放以来，华人华侨既在金融、贸易等领域为广东创造体量巨大的外资，也为推动中外文化交流发挥至关重要的作用。得益于庞大的人口基数，广东籍海外华人作家成为一个重要群体，在近代以来的海外华文文学发展过程中扮演着极为关键的角色，他们以域外生存经验和行旅感悟为书写内容，记录着中国走向世界的心路历程，也用饱浸民族基因的笔墨，在文化交流中发挥着沟通中外的作用，同时在不断拓展的生命履历里，借助文学书写的方式回望故土，通过文化符码的编写持续表达“割不断、理还乱”的故园乡愁。

众所周知，语言作为一种直接的文化表征方式，往往渗透了作家的价值取向和精神趣味，而伴随一代又一代人成长的土语方言，尤其具有家园记忆和故国怀念的作用。据学者统计，世界上讲粤语的人数在1958年就有4300万人，占世界总人口的1.5%；1992年有6500万，占世界总人口的1.1%，这一数量和比例表明粤语是汉语中第一大方言。① 与此同时，大部分海外广东人在家中

---

① ［美］萨缪尔·亨廷顿：《文明的冲突与世界秩序的重建》，周琪等译，新华出版社1998年版，第50页。

讲广东话，是所有海外华人中保留自己方言最成功的语言社群。因此，粤籍华人即便侨居异国他乡，粤语作为传承文化记忆的母语已渗入集体潜意识，而华人作家在文学创作中使用带有强烈身份象征意味的方言，将中外文化的体认和感悟形诸笔端，文学作品也就打上了追忆原乡、确证身份的烙印。

本文选择粤籍东南亚华人作家、北美华人作家和港澳作家的语言使用情况进行比对，分析他们在语言使用与身份认同方面展示的文化内涵，以及通过方言表达所蕴含的文化乡愁，如何建构华人对母语文化的集体想象。同时，将方言纳入海外华人文学讨论语言与身份的重建，阐述粤语方言在作家身份认同过程中发挥的塑造功能，展现全球化背景下母语（方言）对于文化多样性的建设作用。

一、离散身份与语言记忆

杜维明曾把中华文化划分为三个象征世界，试图从不同区间互动审视文化中国的内在构成。其划分依据是与中华文化的亲疏远近：第一象征世界包括中国大陆、中国台湾和香港地区，以及新加坡；第二个象征世界是由世界各地的华人社会所组成；第三个象征世界包括与日俱增的国际人士，例如学者、教师、新闻从业者、工业家、贸易商、企业家和作家，等等。根据杜维明的论述，使用“华人”（具有中国始祖的人）而非“中国人”（中国公民）指种族和文化上同属于中国，但国籍甚至乡籍各自不同的人群，这种共识形成于20世纪70年代后期大陆改革开放之前。海外华人知识分子希望借助文化根源建立一个跨国界的网络，努力消除文化运动的政治性，通过世界背景探讨“作为中国人”的意义。

从华人演变史看，散布世界各地的华人移民大部分来自东南沿海，对某些特定移民群体和家园文化而言，省份往往不能满足华人的情感认同。“1949之后开始了往北美的移民潮；在此之前，绝大多数的华裔美国人并不自称为广东人（这个词所指太广泛，无法唤起真正的根的感觉），而自称为省内某地区的人，像佛山人、中山人和番禺人。在欧洲和东南亚的华人也有类似的现象。马来西亚、泰国和印尼的互助会，通常就是依据同县或同村的关系——而不是省籍贯——组织起来。”① 因此，文化身份认同需要回归具体的族裔源头，根据方

① 杜维明：《文化中国》，《杜维明思想学术文选》，孙祥来、陈佩钰编，上海古籍出版社2014年版，第470页。

言背景划分族裔归属成为常见的方法。

现代民族认同不同于古代以血缘、地缘等关系自然划分的事实，它具有强烈的社会性特征，对他者民族的认同因此首先表征为文化认同，具有深刻的自觉意味。费孝通曾经指出："文化自觉只是生活在一定文化中的人对其文化有'自知之明'，明白它的来历、形成过程、所具有的特色和它发展的趋向，不带任何'文化回归'的意思，不是要'复旧'，同时也不主张'全盘西化'或'全盘他化'。自知之明是为了加强对文化转型的自主能力，取得决定适应新环境、新时代对文化选择的自主地位。"① 不难理解文化自觉与语言自觉的密切关联，作为社会文化大系统的组成部分，语言背后承载着独特的文化内涵，隐藏着该民族的诸多内在秘密，比如审美结构、价值伦理与精神状况。因此，母语能给个体成员带来归属感与安全感，成为持续激活写作灵感的源泉。

美国社会学家施默霍恩认为，族裔是一个作为族群的一个或多个象征物的文化聚焦，象征性的文化纽带可以比任何其他方式都更加牢固地将同族裔的人们凝聚在一起。德国语言学家洪堡特亦指出："语言与人类的精神发展深深地交织在一起，它伴随着人类精神走过每一个发展阶段，每一次局部的前进或倒退，我们从语言中可以辨识出每一种文化形态。……语音不是活动的产物，而是精神不由自主的流射，不是各个民族的产品，而是各民族由于其内在的命运而获得的一份馈赠。"② 由此可见，"语言即人的思想即人的存在"，表面看来稳固不变的语言因方言发生变异，由此展示出不同地方独特的文化内涵。

考察海外华文写作的语言选择，可以发现粤籍作家经常在作品中书写那些带着原乡意味的生活习俗和文化符码，甚至直接选用地域色彩更加浓厚的潮汕、广府、客家方言。尽管方言书写对于大众读者而言构成了理解的屏障，作家的自主选择显然超越了他者的认同，说明他们希望自己的内心被文化背景相似的群体所接受。安德森曾经指出，由表意语言建构的"想象共同体"，拥有超越语音障碍的天然优势，使族群成员能轻松进入纯粹符号的世界，而由中文这种"神圣语言"所结合的"古典的共同体"，对语言的独特的神圣性深具信心，由

---

① 费孝通：《重建社会学与人类学的回顾和体会》，《中国社会科学》2000 年第 1 期。

② ［德］威廉·冯·洪堡特：《论人类语言结构的差异及其对人类精神发展的影响》，姚小平译，北京：商务印书馆 2002 年版，第 21 页。

此实现对共同体成员的认定。① 流散海外的写作者以母语作为维系族群记忆的媒介，搭建置放心灵与精神归依的家园。方言作为直接呈现血缘关系与族群记忆的文化符号，凝聚了特定地区的生存智慧和人文精神。当方言化身书写话语和修辞形式，必然倾注着作者精神的自我理解，从而表现出作者对本土文化和异族文化的价值立场。

二、作为建构社群想象的粤语书写

东南亚作为早期华人移民的首选地，经过历代华人的艰辛耕耘，已成为海外华文文学的重镇，其中新马华文学又以运营的连续性和作家代际延续的完整性而首屈一指。在马崙（梦平）编的《新马华文作者风采》一书中，收入的华人作家有 2948 位，其中马来西亚广东籍作家占据马华文坛半壁江山，在新马文坛享有盛誉的著名作家就有李光耀、陈崇智、方修、碧澄、陈慧桦、王润华、张贵兴、陈雪风、陈政欣、梁放、商晚筠、李忆莙、方娥真、李宗舜、何启良、洪流文、胡金伦、黄孟文、李天葆等，此外还有一大批八字辈、九字辈作家，他们的写作有力地参与了马华文学由侨民文学到本土文学转化的历程建构，又在民族文化主体性维护、抵制他者/异族压抑方面一直发挥着极为重要的作用。

20 世纪二三十年代规模化的“南来文人”现象引发新马华文文艺的“本土化”课题，文学的本土化固然关系到作家主体如何书写生存经验、关注切己问题的内在要求，但是此种趋势并非马华文学酝酿的孤立现象，世界范围的离散写作或多或少都受此命题支配。六七十年代以来东南亚国家兴起的“在地化”浪潮，反映出全球化背景下现代性与本土性的冲突与妥协，对应于以西方发达国家为主导的主流文化和以发展中国家为主体的民族文化之间的对话结构，并进一步演化为 80 年代世界文化多样性要求对西方文化霸权的抵抗。

印裔英国作家萨曼·鲁西迪说：“用移民的眼光看到的世界是一个崭新的世界，因为他的眼光既是局内人的，同时又是局外人的。”② 当华人从“局内人”的视角重新审视写作，必然会思考文化的“在地”（本土）维度，但是文化融合又决定了“局外人”不可避免走向捍卫本民族的立场，不断通过文化符码回

---

① ［美］本尼迪克特·安德森：《想象的共同体——民族主义的起源与散布》，吴叡人译，上海人民出版社 2005 年版，第 12 页。

② Salman Rushdie, “*In Good Faith*”, *Imaginary Homelands*, London: Granta, 1991, pp. 5–6.

归离散族裔的原生领域，这是文化乡愁之所以持续萦绕于华人写作空间的重要原因。钟理和在日据时代喊出“原乡人的血，必须流返原乡，才会停止沸腾”。（《原乡人》）反映出一代人与祖国命运休戚与共的忧虑，而在居住国逐渐完成国族认同的海外华人，他们对“祖国”的内在关联已由直接关怀相应地演变为对“文化中国”的追寻，这一过程反映出生存课题对主体的文化塑造，也说明文化作为联系族群的纽带，始终具有不可摧毁的稳固作用。

事实上，包括东南亚在内的世界华人近百年的移民心路，就是一种身份重塑的过程。海外中国人经历由“华侨”到“华人”的身份转换，背后对应着国家在国际关系中的基本处境，尤其是体现在经济、政治、文化等方面的综合实力。生于四五十年代之前的华人作家遭遇的心理冲击，决定了他们天然地保留“华侨”的思维方式。比如新马华文文坛的韦晕、铁抗、方北方等作家，一方面强调马华文学要书写本土华人“落地生根”的故事，另一方面又笃信马华文学乃中国文学之支流，此种“暧昧”的文化立场，为他们后来遭受新生代作家的集体抨击埋下了伏笔。在新生代作家看来，国家认同成为华人不可逃避的现实困境，甚至持续数十年而不得其解，症结在于国家当局采取打压少数族裔的威权政策。然而在“为承认而抗争”的过程中，马华族群不仅业已完成国籍身份的认同，而且在文化姿态上体现出立足南洋、灵根自植的决心，如何摆脱中国文学的影响焦虑，开拓出属于马华的文学空间已成为他们面临的首要任务。

作为身份觉醒的一部分，书写民族歧视遭遇成为第一代华人作家的使命。潘雨桐《一水天涯》表达的就是华人身份之痛，林月云10年前嫁给马来西亚华人后裔陈凡而成为新移民，为维护公民权而不断向公民权局递交申请材料，但是十多年仍然无法获得认同，那些真正非法进入马来西亚的菲律宾人、印尼人却顺利获得合法性承认，种族歧视造成的心理落差与温馨的原乡记忆构成鲜明对比。作为潘雨桐的同代人，张贵兴、李永平长期寓居台湾，却无法阻止他们执着书写双重边缘化的“故国”。李氏于1986年完成的长篇小说《吉陵春秋》，语言糅合了中国乡土风格与南洋情调，这种混杂美学的尝试为他后来的身份想象奠定了广阔的根基。类似《大河尽头》追溯原乡对于生命个体的意义，本身就是一则海外华人文化返乡的寓言。

由于成长环境的限制，新生代作家较少涉及原乡经验的想象，他们的作品经常有意使用方言俚语，此种文化身份的展示尽管仍服务于华语社群空间的建构，但与老一代作家的乡愁书写主题相比，已不可同日而语。

以近20年来马华新生代作家的领军人物黎紫书为例，可以看出她对广府、客家文化的用心经营。黎紫书1971年生于怡保，祖籍梅县，自90年代中期通过“花踪文学奖”崭露头角，已通过扎实的创作造成马华文坛独特的“黎紫书现象”。黎紫书的小说题材广泛，粤语元素丰富，尤擅细腻刻画发掘南洋华人的精神境况。不少读者留意《州府纪略》涉及的“马共”题材，其实“马共”只是引起兴味的楔子而已。小说里的“吃瓜群众”并不惦记什么“马共英雄”，而是那个会唱戏的谭燕梅，李乾初、张森坤、黄其祥、罗雁生、蔡碧玉、赵锡贤、赵苏虾、廖秀卿、廖兆国、刘远文、李银桃等人眉飞色舞谈论神秘的谭燕梅，无非用本地视角诉说一段与华人有关的陈年旧事。比如李乾初的叙述：

有个叫谭燕梅的，我记得。唱帝女花做皇帝女，唱功做手都好，以前旧街场京都戏院有义演，说是赈济广东水灾，全场爆满。戏院外面卖咸水花生都卖到发达。

真的，卖花生那个就是谭燕梅的契家佬，叫……雁生，姓罗。我们叫他生仔生仔，叫到熟，还一起看戏。他不多讲话，只是傻呼呼的由头看到尾，一有谭燕梅出场他就拍烂手掌。慈善社的人都这么讲，说他和谭燕梅有路，每晚收了档就在慈善社楼下等人，叫一部冷车两个人坐，送到休罗街才分手。谭燕梅老公在楼上，一直咳，什么都没说。

方言的叙述给人留下亲切的印象，像“契家佬”“有路”“收档”“卖到发达”“叫到熟”“拍烂手掌”等粤语常用的词汇，粤曲经典唱段《帝女花》，小说也弥漫着一种特殊的“乡土气息”，仿佛这个叫怡保的城市就是从中国南方移植到马来西亚，然后被作家写入小说里。《州府纪略》之所以有一种浓郁的人文气息，离不开口语方言的大量使用。张森坤形容谭燕梅的美貌时说：

没想到谭燕梅这么美，她演王宝钏，一出场我就看得眼定定，耳朵嗡嗡响，彩莲说什么没听到，大锣大鼓督督锵也没听到，心想死了死了仙女下凡。

黄其祥则这样描述：

我大姐个样都几好，虽然矮少少，鸳鸯眼，不过笑得甜，有小蛮腰，做女时很多男仔追。

平实俚俗的话语在不经意的家常闲话之中，便把一个平头百姓眼中的美女勾画得丝丝入扣。小说叙述的这些人来自社会底层，自然不能使用艰涩花哨的形容词，在他们眼中，令“大锣大鼓督督锵”都成耳边风的女孩子便是“仙女下凡”。平时难登大雅之堂的詈骂，此时成了活灵活现、原汁原味的证词，各有各的声口。

黎紫书曾经谈及长篇小说《告别的年代》粤语的使用：“我在那里（怡保）待了30多年，它占据了我记忆的大部分。它在书写上对我更大的影响，是语言的冲击。在怡保都说粤语的，我可以说是在马来西亚第一个想到把粤语放入小说的人，我之前的短篇已经那么做，以前没有人这么做。这个事情在香港已经比较普遍了，但在马华没有人想过要这么写。我觉得要表现一个地方，没有什么比语言更直接。”当粤语作为作家、人物角色乃至怡保的母语出现时，小说也就真正“开口说话”，特定的人物命运因为共同的发声机制而联系到一起。

除美学效果之外，方言代表了一种“话语政治”。洪堡特曾说：“借助语言媒介，极不同的个性通过相互传告各自的外向意图和内部感受而统一了起来。心灵是最有力、最敏感、最深刻亦且最富足的内在源泉，它用自己的力量、温暖以及深奥的内蕴浇灌着语言，而语言则回应以一些相似的音，以便在他人身上引发相同的情感。”① 如果说华语建构了海外华人维系情感与精神结构的社群空间，那么方言无疑是这个空间里最具象征意义的内在化力量之一。自中国取消双重国籍60多年以来，绝大部分东南亚华人已完成落地生根的身份与心理转换，不过跟欧美华人主动融入所在国主流文化不同，东南亚华人一直保持对中华文化传统的坚定维护。此种选择固然体现出华人对民族身份的情感态度，反对排斥、追求承认提供的力量尤其不能忽视。欧美华人尽管也曾经历歧视的遭遇，然而那一页早已翻过，20世纪五六十年代东南亚国家的脱殖独立运动导致民族主义情绪高涨，菲律宾、泰国、越南、老挝、柬埔寨等国家发生过持续抵制华人的运动，而华人群体最大的印尼、马来西亚尤具代表性。印尼战后发生过多次针对华人的骚乱，比如万隆暴动（1946），巨港暴动（1947），苏加诺政府上台的前10年间推行限制华人经济与文化的政策，1965年禁止所有华文报刊出版，1969年“9·13政变”、1998年排华事件造成数十万华人被害。马来

---

① ［德］威廉·冯·洪堡特：《论人类语言结构的差异及其对人类精神发展的影响》，姚小平译，北京：商务印书馆2002年版，第31页。

西亚1969年“5·13”华马种族冲突发生后，马华的政治、经济、文化、教育权益被“新经济政策”严重压抑，当局将马来文学塑造为“国家文学”，包括华文文学在内的少数族裔文学被排斥。在华人社团、华文媒体、华文教育和华文文学遭遇巨大困难的情况下，华人作家化苦难为墨血，书写薪火传灯的文化信念。但在追求国家承认的进程中，新生代作家的本土意识不断强化，90年代马华文坛喊出了“文学断奶”的口号，虽然人们经常从文化主体性发展角度加以积极解读，其实何尝也不是碍于威严政治而进行的自我阉割？

虽然方言并不直接构成文化政治的抗议，但是清晰地传达了华语的“内在化”面相。华文文学中的潮州话、客家话、广府话元素运用，不仅以顽强的方式铭刻着旧日的光影，在异国他乡形成一种熟悉而别致的韵味，而且使“中国性”获得了文化原乡最有力量的支撑。

三、方言写作的延续与变异

尽管标准“华语”从一开始就与现代国家的民族想象联系在一起，然而正如马克思所说：“国族以民族国家面貌出现时，所获得的存在是一个观点、一个幻思、一个幻觉、一个再现——也就是一个被代表的国族——与真正的国族以全然割离。”换句话说，民族主义经常对族群多样性形成认知层面的遮蔽，而丰富多元的地方文化恰恰是民族主义浪潮不断积累和强化的后果，因此地方文化天然地具备反抗文化霸权的功能。随着中国在全球经济领域的强势崛起，华人的命运亦迎来重构的历史契机，移民居住国当局意识到与中国保持密切文化联系的群体能够发挥特殊的沟通中介作用。新的历史发展趋势呼唤研究者跳出以往观察模式，将方言写作纳入更广阔的文化视野，在美学、思想领域形成新的学术互动，探讨华语文学如何在新的历史时期延续和变异，同时与所谓“正统”的中文创作进行平等对话。而挖掘海外华文文学在使用地方语言时隐含的生命细节，重新审视中文的世界旅行所呈现的丰富景观，这对于重构华人的经验与想象比以往讨论海外华文文学“概观”时因袭的立场与方法要更加有效。

杜维明将东南亚、北美华人群体列入文化中国的“第二象征世界”，若从方言的群体使用情况考察，这种类别划分不足以表征其差异，即便新加坡与马来西亚之间，方言的日常使用与文学书写的不平衡性也远甚于彼此的共同性。如果把视线扩张到北美、欧洲地区，再比对反观港澳地区的方言写作，可以看到粤籍作家独特的生长姿态和能指意义。

与东南亚华人作家构成同时代参照的北美作家，早期书写不外乎生存之痛、离乡之苦，然而经历世代变迁和混血繁衍，早已面目不清，但是他们的文学书写逐渐壮大为重构文学史的华裔文学现象。华裔作家自出生起即脱离中华文化母体，虽然故国元素在他们笔下不如东南亚作家浓郁，但是文化基因仍然以另外一种面貌出现，呈现出语言在异质空间的强大生命力，这种延续与变异的特质尤其具有文化意义。

祖籍广东新会的华裔作家汤婷婷曾进行过将汉语转换成其他形式语言的尝试，比如粤语歌谣在诗歌《成为诗人》（*To Be the Poet*）中的书写：

> SomGoong ah.（三公啊。）
> Say Goong ah.（四公啊。）
> Nay hoy nai, yah?（你去哪呀?）
> Mahhai cup cup,（马靴得得,）
> say ngyeuk, yow say ngyeuk,（四脚，又四脚,）
> nay hoy nai, yah?（你去哪呀?）

粤语童谣作为残存的原乡记忆，来自父辈使用的语言。汤婷婷曾经介绍，她在小说里直接采录广东话，目的是让人们知道母语对于她的写作起着强大的激励作用。她说自己回忆起第一次来中国，发现她想象中的广东新会老家竟与现实中的景象相差无几。为了描述自己的文化，她试图在英文写作中找到一种新的表述方式，它能结合母亲、祖父讲故事的韵律，实验性地加入汉语，这使她的英语更加完美。① 与此类似，谭恩美《喜福会》中的“母亲”经常在蹩脚的英语中夹杂着粤语方言，正是从这些混杂的语言里，反映出海外华人族裔群体的日常生活与母语文化的密切关系。尽管有的文本已被刻意提纯，看不出来自文化原乡的印记，但是读者仍然可以感受到内在的情感脉络，“因为语言深深地渗透着历代先人的经验感受，保留着先人的气息。这些先辈与我们的民族联系和亲缘关系，体现在同一种母语的同一些语音上，我们自己就是用这种母语

---

① 卫景宜:《全球化写作与世界华人文学——美国华裔作家汤亭亭、裘小龙谈话述评》,《国外文学》2004 年第 3 期。

来表达感情”①。异质文化环境的生存体验，吸引华裔作家追寻保留在记忆深处的文化源头，获取“一定程度的方向感和些许确定性”（洪堡特）。也许他们从未踏足那片父辈生存过的土地，但中华文化基因融进他们的血液，成为他们生命中不可剔除的标记。

由于身处异邦双重甚至多重的文化、语言身份，华裔作家将汉语打乱、重组，原本稳定一体的汉语变换成混杂着个人记忆、故国经验以及异邦体验的鲜活的、变化的语言。来自祖居国的文化记忆通过语音的外壳保留下来，成为华裔作家在文化夹缝中生存与表征自我的重要资源。正是与原乡保持着疏离的现实身份，华裔能以“局外人”的眼光看待故国文化，原乡对于他们来说是通过文化记忆联系起来的独特天地，不受外在因素和刻板印象的干扰。他们通过打散与重置，创造出既游离于正统汉语经验之外却又印刻着中华文化印记的语言，不断书写既源于文化记忆和本土经验又与异域经验相混杂的离散身份，呈现出族裔视野下个体生命在异域空间中重构的多种向度。

而在时代经验的转换中，20 世纪 80 年代以来因留学、经商、投资等各种因素移居国外的华人新移民作家体现出身份问题的差异化关注，不论是文学观念还是价值追求，他们的写作与老一代华人不可同日而语，彰显出全球时代语言与文化的互动张力。

以严歌苓为例，她所创作的小说注重女性视角，着眼于不同文化背景下人与人之间的冲突与交融，文笔细腻，风格鲜明。她的小说大量加入了地方方言，地方色彩和风土人情气息十分突出。严歌苓早期曾生活于河南、四川、重庆等地，小说也经常出现这些地区的方言。不同于黎紫书等人对方言话语的全方位使用，严歌苓主要使用方言土语和语气词。比如小说《白麻雀》就采用四川方言表现人物身份，如小蓉所使用的语言：“狗日班玛措，你平常咋穿裤儿的？腰杆都莫得你皮带栓在哪儿了？这下好了，有地方栓裤儿了。”“龟儿凶啥子么凶？你不是闹麻了要脱军装吗？”这些话中，“咋”“莫得”“裤儿”“啥子”“闹麻”等词语都属于四川方言词，方言土词可以展示人物的形象与性格，营造出浓厚的乡土氛围。而长篇小说《第九个寡妇》则经常使用河南方言：

有时从早到晚，窑院里开过三顿饭了，她还在那扒着。要问她：“你不

---

① ［德］威廉·冯·洪堡特：《论人类语言结构的差异及其对人类精神发展的影响》，姚小平译，北京：商务印书馆 2002 年版，第 75 页。

饥吗？”她说：“老饥呀。”假如人家说：“下来喝完汤吧。”她便回答：“俺爹说，吃人嘴短，账就收不回来了。”人说：“不就欠你爹二斤‘美孚’钱吗？”她说：“一家欠二斤，俺家连汤也喝不上了。”

充满泥土气息的方言不仅让人物对话亲切自然，而且也突出了王葡萄质朴、本真、敢做敢当的性格。短篇小说《天浴》使用诸如“喽”“嘛”“啥”“哟”“咋”等方言语气词，营造出一种日常化的粗鄙交流氛围，为人物表达压抑的情绪提供一个宣泄的出口。

作为新生代作家的代表，严歌苓对文学语言的使用自有其美学理念，也许她的书写不具备老一代华人作家的离散悲情，但也不能忽视她对文化中国的建构意义。“中华性”作为海外华人无法挣脱的身份烙印，新生代作家即便完成从适应到融入的身份重构，“中华”作为文化血缘的母体仍然在他们的思想文化结构中发挥极为重要的塑造作用。去国离乡的经历、身份的转换、文化的差异，总是给人带来全新的体验，在中西文化交汇点获得重新审视本族文化的契机。“每一种语言都包含着一种独特的价值观。……人从自身中造出语言，而通过同一种行为，他也把自己束缚在语言之中；每一种语言都在它所隶属的民族周围设下一道藩篱，一个人只有跨过另一种语言的藩篱进入其内，才有可能摆脱母语藩篱的约束。”① 与老一代华人相比，接受良好教育的新移民外语能力更为突出，意味着他们占据通向美丽新世界的捷径，也拥有潜返文化故土的隐秘暗道，穿梭往返，游刃有余。新移民作家热衷于书写跨界题材，与此不无关系。

从“西方”反视“东方”，新移民作家能够敏锐发现深藏于故园民间厚土的文化底蕴。对于民间资源的重视构成了华文书写地方经验的变异，如刘荒田创作的“假洋鬼子”系列，以戏谑方式激活其域外体验，方言口语的丰富与生动获得强烈的本土意味，作品也弥漫出质朴的生活气息。当作家以民间的语言去消弭神圣与崇拜，化解苦难和奴役，带着泥巴土块芬芳的方言俚语就在作品中点点化开，乡野气息与环境的蛮性野趣相互渗透，在还原生活与人性方面取得别开生面的效果。

与欧美等距离“原乡”遥远的地理空间不同，港澳地区与内地一衣带水，虽然同处粤文化区，但是在特定时期也产生了“一水天涯”的文化乡愁，尤其

---

① ［德］威廉·冯·洪堡特：《论人类语言结构的差异及其对人类精神发展的影响》，姚小平译，北京：商务印书馆 2002 年版，第 72 页。

在港澳回归之前，各自的文学发展在精神状态上产生了基于地缘文化的独特品质，作为一种内部离散的书写对照，同样反映出粤文化的变异景观。

香港作家对本土性的自觉，是在寻找自我身份的背景下展开的。很长一段时间里，虽然香港被英殖民者管治，省港民众尚无边境概念。舒巷城、黄谷柳等“南来作家”的写作，虽然大部分内容写香港，其实不少场景与广东密切联系，语言也并无明显区别。方言在中生代作家中逐渐成为一种激活灵感的资源，黄碧云的《烈女传》《烈佬传》使用了大量广东话，以桀骜难驯的本地方言作为叙述语言，似乎建立了一道横亘在读者面前的阅读障碍，然而这种贴近底层人物的文学话语所制造的陌生化效果，使得作品具有内敛的语言魅力。《烈佬传》获得第五届红楼梦奖首奖，方言的精心提炼成为一大亮点。董启章一向喜欢用大量粤语塑造本土特色，探索方言在表达生活中的可能性与冲击力。比如《时间繁史》就有许多用广东话进行哲学讨论的内容，粗略统计，广东话篇幅占到1/3之多，可以看出其家族在广州的生活经历。澳门张兆全、冯鉅鹏、淡如、劲夫等人90年代初都曾用方言写作小说，如冯鉅鹏的《过埠新郎》、张兆全的《跛德与闭眼女神》、林中英的《重生》，都选择广东话为叙述语言，讲述澳门新移民的悲苦人生，成为重返澳门文学发展历史的重要文本。此外澳门的戏剧也多用方言，勾勒出普通百姓的市井生活场景。

从情感的角度看，港、澳地区的方言写作可归为追寻“本土特色”的文化意识，在经历身份转换过程之后，这种“文化寻根”的诉求与大陆自有差异。相比之下，处于中华文化圈内核的大陆地区的方言写作承担着较小的文化压力，他们没有确认身份的追切要求，方言写作虽然同样有着文化指认的意味，但更多时候是作为一种营造遥远、神秘氛围的手段出现。而在大陆境外作家的方言写作中，本族语言始终是维系文化血统的重要桥梁，回到本土语言和先祖讲述，寻找本土特色也就具有文化保存和身份确认的意味。

结　语

“语言是民族的创造，同时，它也是个人的自我创造，因为，语言的创造只有在每一具体个人的身上才能进行，而另一方面，个人只有在求得所有的人理解，并且所有的人都满足了他的这一要求的情况下，才能创造出语言。”① 离散

① ［德］威廉·冯·洪堡特：《论人类语言结构的差异及其对人类精神发展的影响》，姚小平译，北京：商务印书馆2002年版，第49页。

写作迎来“众声喧哗”的时代语境，语言最终成为相互对话的最大公约数，尽管这种语言满载着族群记忆，充满着口语方言杂音，但是作为“中华性”的内在组成，以文化之名得以与中州正韵平等而论。对于海外华人作者来说，被规训的“标准中文”必然会在异国他乡慢慢消解文化政治的象征意义，而具有文化身份同等指称功能的方言土语，则会以全新的姿态出现在记忆储存与提取的源头。巴赫金认为，这种“充满杂音”的语言永远处在离心与向心力量的交汇点，也是历史情境中个人和群体、自我和他者不断对话的表意行为。在华文文学所提供的不同华人族裔群体相互对话的场域中，作家笔下的南腔北调及其蕴含的复杂多样的族群文化、信仰和政治倾向丰富了我们对于正统中华文化的认知。

法国学者德勒兹、伽塔里在界定“少数文学”时概括出四个特点：语言的解域化、文学中的一切都是关于政治的、一切都具有集体价值及景象与声响的创造。将来或许还可以由“少数文学”考察粤籍海外华人群体的方言写作提供的参照视野，无论如何，方言并不只有语言修辞的作用，而且蕴含着基于文化策略而采取的深层意图，比如还原、振兴族群文化身份位格的历史想象与集体记忆。近代以来广东华人的离散书写完整地呈现了海外移民在不同阶段、不同空间遭遇的离乡之苦、思乡之痛，再现了民族国家命运对于华人个体的深刻塑造，这一沿珠江水系走向远方的群体，无疑极大地推动了地方语言、文化、情感体验的世界性弥散，同时母语又用极具感召力的韵律吸引着异乡人迅速找到自己的同类，加速他们对宗族、民族、国族身份的认同。渗透着地域文化的形声文字，在异国他乡焕发出不可抗拒的魅力，撩动情意绵绵的恋乡之情，不仅提醒其来处，而且召唤其归程。

亚　洲

陶然及其入选作品简析

陶然简介

陶然（1943— ），原籍广东蕉岭，出生于印尼万隆，16 岁回国读书。毕业于北京师范大学中国语言文学系后迁居香港。历任香港《体育周报》执行编辑、香港时代图书公司编辑、中国新闻社香港分社编辑、香港《中国旅游》画报副总编辑，现任《香港文学》总编辑。

陶然作品简析

陶然被誉为左手小说，右手散文；一边创作，一边编辑。陶然的多重身份交错互动，编码整饬，井然有序。近年他以散文创作为主，2017 年新出的《旺角岁月》亮相，特色俨然。《旺角岁月》比《风中下午茶》（2015）的选文数量增多，特别是增加了出国行走的随笔，寰球视野更广阔；多收录 2014 年后的新作，也有一些以前的作品，实为散文自选集；同时，又收入陈义芝、凌逾、法兰西斯·密西奥的评论作为附录，有百篇的篇幅，精神容量强大。

全书分四大专辑，分别为品悟香港、出游内地、游牧世界、悼亡先辈。其中，香港居首，书名赫然也是“旺角岁月”，显然，陶然已扎根于香港，有了自己的写作根据地。

旺角，古称芒角，早年以客家村民为主，他们多乘坐疍民船只渡海，疍民叫“芒”为“望”，1930年芒角改名为旺角，取其兴旺之意。旺角历经沧桑，如今是繁华的购物区和住宅区。以《旺角岁月》命名，并不意在以此涵括全书内容，而是传达某种意绪，某种时间、空间中的情感聚焦和感情主调。

如果设计一幅陶然的人生游踪图，所到之处星罗棋布，必然蔚为壮观。他的写作涵括丰富的文学地理空间，香港写及旺角湾仔、庙街荃湾、大角咀鲫鱼涌、西贡长洲、沙头角深水埗等地，内地写及北京、南京、福州、厦门、泉州、鼓岭、广州、南昌、呼兰河、牡丹江、镜泊湖等地，台湾有台北、宜兰鹿港、日月潭等景，国外有布拉格、法兰克福、柏林、札幌、槟城等城，几乎游遍了全球，胸中气象自然不一般。

某地因某人而闻名，于是有了很多朝拜客，如鲁迅的绍兴、卡夫卡的布拉格等。陶然笔下多写特别之地。台湾地名竟然有叫九份、十份？原来是当年村庄各有九户、十户人家，去市集购物，每样均等分，顺口成就了地名，又成为电影《悲情城市》《蓝山咖啡》的取景地。陶然每写一个地方，笔下生花，让地方有了个性和韵味。

东南亚是陶然的出生地，带有渗入血脉的热带记忆，只要遇到相似的气候条件，记忆就会瞬间复活。作为印尼归侨，近年，写及印尼、马来西亚等地的作品越来越多，从港岛久居，到重回东南亚的大小岛屿抒情怀旧……各种意绪杂糅，纷至沓来。陶然写槟城写了很多篇，这是马来西亚的自由港和第二大城市，有印度洋绿宝石之称，泰戈尔留下过足迹，还有很多传统景点，如张弼士故居等。多峇湖写了很多次，像海一样辽阔、梦幻，仿佛又重温当年万隆的赤道天气。

陶然少言，眼睛却利，耳朵很灵，嗅觉也好，味觉尤佳，甚喜美食，开放感官，感悟世界，入诸笔端，便有情趣。为眼睛赏樱花，去了长洲；在阵雨中，感悟触觉，遍游乡村俱乐部，雅兴很高。陶然喜欢给地理空间注入历史感、记忆感，打上个人情感编码，一码一物，不至于重叠。

陶然散文的文风标志是“太极风”，淡淡而来，淡淡而去，去留无意，不着痕迹，恰如法国谚语所说：思想产生时是温柔的。这类散文悠闲平和，随心随性，无须过多阐释，只须细细感悟。陶然散文妙在若有若无渗透出的细微感觉被精细地捕捉，而没有被华丽辞藻所掩盖，没有主题先行，没有预先设定，让人自行慢慢体会。

以行走、追忆、人生等作为关键词，写感觉，重感悟，在《旺角岁月》《风中下午茶》两本书中可以互相印证。从题目来看，“风中下午茶”务虚，从心；“旺角岁月”务实，从史，这也体现出陶然散文求变的精神——既有香港本土性抒写，但也不囿于此，而有普遍人性的考察和世界性的省思。

陶然是小说家、散文家，同时也是《香港文学》的主编，身兼数职，当然要比别人付出更多的努力，善于处理好各种矛盾和冲突也需要智慧。操千曲而后晓声，观千剑而后识器。善当伯乐，善选佳作，创作与赏读齐头并进，创编相长。陶然有缘结识文学界、艺术界的很多人物，是宝贵的文学资源，多写人记事或许也是值得拓展的一个方向。

当然，陶然文学作品分量最重的还是他的小说，他自认为其小说指向对岁月又敬又惧的感喟。岁月如歌，逝者如斯，这些渗透着历史感的话语，确实显现出时间坐标的纵深感。但是，陶然小说的创新性还在于突显出空间叙述的意识。在陶然多产的作品中，后期创作的三篇新作品——长篇小说《与你同行》（完稿于 1991 年，2006 年再版）、中篇小说《天外歌声哼出的泪滴》（发表于 1995 年的《星岛晚报》）、中篇小说《岁月如歌》（发表于 2001 年的《香港文学》）最能体现作者的文化追求。这三篇小说发表时间虽然先后有别，间隔基本为五年；但在故事内容和叙述手法上有共同之处，都叙述情爱故事，抒写初恋情怀，叙述婚内和婚外的感情，传达出时间不可逆的苍凉感。

陶然善于在小说中同时并呈“双情”——爱情和世情。他不仅有意识地吸收意识流、时间倒错等现代小说技巧，借助心理时间联结过去、现在和未来，回味爱情的多样情态；而且着意吸取传统写实小说的客观写实手法，注重将个人的情爱置于历史时间背景之中，从而捕捉时代变化的脉搏和律动。

《与你同行》叙事的冲动在于追寻逝去的时间。《与你同行》描写范烟桥从香港奔赴阔别 15 年的北京参加母校庆典，睹物思人，回忆起风华正茂的大学青春岁月和远在西安的旧日恋人。他带着与恋人章倩柳重聚的热望而来，带着无限的怅惘而归；但不是“不带走一片云彩”，而是几年的爱恋，用一辈子生命思念，化作了长篇巨著。普鲁斯特毕生致力于再现流逝的记忆，那些在不经意时挤入毛孔的记忆。陶然同样用绵密感伤的文字丛林表达深深的眷恋：“失去的天堂是最好的天堂”。在陶然的笔下，章倩柳不出场而在场，她是诗性、青春、美好、柔情等一切美好事物的象征，类于沈从文笔下的翠翠。又一个 15 年后，陶然再次修订《与你同行》，于 2006 年 4 月出版了新版，足见这部小说之于他的意义。陶然花费 30 年时间，借这部小说表达对爱情、友情和青春的心理追寻，追寻命运播弄人的轨迹，叩问人事的真相。因此，“与你同行”不是字面意义上与某人行踪上的同行，而是“不衰的记忆青春永驻”（陶然散文诗《归程》)，是思念的同行、记忆的同行。

《天外歌声哼出的泪滴》的叙述时间与实际时间的反差更为悬殊。萧宏盛在飞机延误的元旦六小时中，演绎了一场情爱纠葛的错位狂想，梦游的时间跨度几十年。梦是潜意识进行的叙事行为。小说运用过去时叙述单身的萧宏盛与已婚的如媚的两情相悦，用现在进行时态叙述已婚的萧宏盛与已为人妇的紫霞若有若无的感情纠缠，希冀紫霞前来送机；而用将来时态叙述20年后萧宏盛濒死时的遗愿，希冀向如媚道别。萧宏盛现在的这场对紫霞的情意追求，使之时时忆及多年前与如媚的缠绵悱恻的浓烈，从前的所向披靡、彼此情真意挚到今日的单相思溃不成军，两情对比之下，萧宏盛听着恩雅的歌声而溢泪，小说传达出岁月不饶人的苍凉感："现实冰冷缥缈，不可把握，能够把握的就是绝望"，爱情和世情一样不可把握。

《岁月如歌》同样以现在为基点回忆旧日情爱，都是叙述时间大于实际时间，但是它更突出风云变幻的时代社会和自然社会对个人情爱的吞噬感。本书节选的第二节写陆宗声在香港民众迎接千禧年到来的欢呼声中，孤独地回忆与远在北京竹瑗的情爱欢愉，他们浪漫携手，体验着诗意时刻，同时也感受着京港两地社会的新旧交替，为不时出现的社会危机而焦虑。两人虽然相聚于香港的全聚德，但是相聚犹在目前，别离已经骤然而至；香港高悬八号风球，飞机能否启程不得而知；就是情爱能否长久，社会如何变迁，一切人事也是茫然不可预测。不同地方勾起他对岁月的深情回顾，竟然有点梦里不知身是客的意味。

小说之所以设置"岁月如歌"为标题，一是因为人物因千禧年而触动老去的感觉，刻骨铭心的情爱只能成为记忆；二是因为人物寻找《岁月如歌》的唱碟，却只买到《静静的顿河》的VCD，天不遂人愿，这种岁月如歌的沧桑感，即是波德莱尔所咏叹的，"时间一刻不停地老在吞噬着我，仿佛大雪覆没一个冻僵的尸首"，或是"美妙的春天，失落了它迷人的芳香"。

陶然的这三部小说都是"双城记"，叙述空间多设置在京港两地及另一地展开，如《与你同行》的京港与西安，《天外》的香港、A城和B市，《岁月如歌》的京港。故事在两个或多个空间地点之间穿梭交织，借助空间的流走，带动心理时间的流走，实现心理时间叙述向空间叙述的转换，同时反映出作者在海外的复杂经历对多重文化身份的塑造。

（凌　逾）

陶然作品选

岁月如歌（节选）

2

古城四月的最后一天，仍有些微的凉意；其实春回大地的景象，已经蓬蓬勃勃了，街边的绿树招展，当春风吹过，便哗啦啦地响成一片。

但傍晚时分的街道交通网，却仍然阻塞成一片不动的长蛇阵。汽车此起彼伏的响号，焦躁地在夕阳西下的昏黄天空中奔走呼喊，但许久才能够往前开动几米。宗声好几次想跳下车干脆走路算了，可是路途遥远，徒步根本不是办法。出门时本来以为时间从容，哪里料到，跳进出租车他吩咐了一句，首都剧场！那司机不知是无意还是有心，竟开着车子往相反方向疾驶，等他惊觉过来说了一句，好像不对呀！那司机回过头来说，不是首都机场吗？唉，一字之差，差了不知多少里！竹瑗听了，撇了撇嘴，我看那司机是故意的！

也许。兜路多收点车费呗。也没有多少钱，只是这一兜，便误了时间，再加上塞车，他坐在后座焦急，却不知道有什么办法可想。

终于下车，他远远便看到竹瑗戴着米色渔夫帽子，悄生生地站在街道对面，一瞥见他，便笑着向他挥手。

竹瑗爱笑，他记得第一次见到她，她推门而进，也是很清爽地笑着。

他觉得她的笑容在纯真中又带着一点野性的媚气，咯咯地在他心盘的深处跳荡。但她后来告诉他说，我爱笑，还爱哭呢！自小就这样……

上小学的时候，老师在课堂上说了个笑话，全班哄堂大笑，过了一会儿，全班都止住笑了，她还笑，老师警告了几次，她还是忍不住；老师火了，命她去操场罚站，她还笑，过了许久，她才惊醒过来，一看操场上只有她孤零零的一个人，笑着笑着便大哭起来，也不知道是因为害怕还是受了委屈。

“怪不得。”

“什么怪不得?”

“你是性情中人，血性女儿。”

“才不呢，我胆小。”

有时。但是一大胆起来，一般男子哪里是她的对手？她幽幽地说：“我都想好了，倘若他真的察觉了，我就一五一十说给他听，他爱怎么样便怎么样!”

他心口一荡，两眼发热。这便是她的豪气，在豪气下的万般柔情，不经意便浓浓散发出来了。她侧坐在他双腿上，双手环抱着他的脖子，摇呀摇的，他看不见她的脸，但他总是觉得她笑靥如花，眼中却有愁云。

堕入情网，大概不能用感觉来形容。他看得出她内心的挣扎，欲迎还拒。

“我真想对你说，我们就做最好最好的朋友吧，你做我哥……”事后她这样说。“但我不能，我在想，我能够把你孤零零地丢在这里，失望而去么?不能。”

他摸了摸她的脸，但觉滑不留手。是不是因为同情?

她叹了一口气，那倒也不是。如果只是同情的话，我怎么可能以身相许?

有许多男人贼贼地对她说：“竹瑗，只要你点头，那我就是世界上最幸福的男人了!”他怀疑自己也想这么说，但他终于没有。这样的话太难说出口，这只是一种感觉，感觉不需要或者不可能用语言准确表达，一说就俗，只能全身心去体味。如果体味不出来，说了何用?

“油嘴滑舌。你不要相信男人的甜言蜜语。”

“包括你?”她笑，“吃醋了?”

“没有。男子汉大丈夫……”

但他心里实实在在漫过一股酸味。

“有情未必不丈夫呀。”她笑，有点揶揄。

也说不上是怎样的一种情势，要是她还在香港的时候便认识，他和她的人生历史可能就会改写。但当他与她邂逅的时候，彼此都已经有了家庭的负累。

也可能是出于一种好奇吧，乍见她的时候，他对于她竟会这么早便回北京读大学有些惊奇。而且，读完书便留下来了，做广告设计，自由职业，有时间就接活，没时间就不做。

“他在北京做生意。”

“哦，港商。”

“其实早就认识了，在中学时，他高我两个年级。后来去美国读工商管理……”

他立即明白，他们在北京重逢，于是便展开了恋情。

“人生何处不相逢？”

“相逢有如在梦中。”他叹了一口气，“也许这就是机缘了。”

“你别酸溜溜的，谁叫你不早点认识我？”

人的命运变幻莫测，不走到最后，谁也不知道结局如何；他没有办法把握将来，因为他永远也看不到自己的底牌。

也不是没有尝试过去探究自己的未来，那晚他走过庙街，看见在昏暗的油灯旁，有个老年相士垂首低眉默默不语，不像其他相士吆喝着拉客：“这位先生，你眉间有乌气，主凶，快来看看，我给你指点一条明路，趋吉避凶……”他满脸不屑，“要是真的这样灵，你大概也不会在这里摆档，早就飞黄腾达了！”那相士横了他一眼，说：“话可不能那样说，我们能够给人指点迷津，却不能看破自己。”他一凛，这话有点禅机，但他不能停下脚步，既然刻薄的话已经扔了出去，便像泼出去的水，再也收不回来了。走着走着，便一头撞见这个与众不同的老相士。

油灯的火舌隔着玻璃罩闪灿，把老相士那张饱经风霜的长脸照得明暗不定，好像有个不可知的命运，在那里跳着摇摆不止的灵魂舞。老相士抬起深不可测的眼睛，沉沉地说：“你命犯桃花，只怕此生也难以与一个‘色’字绝缘了，你须得小心！”

他心中暗笑：“这个老相士，怎的也是逃脱不了江湖术士的嘴脸与腔调！命犯桃花？好哇！我年过30，还没有过什么女朋友呢，何来桃花？我不是桃花旺，而是不知情路在哪里。”

但他也不由得萌生期望，莫非这老相士有先见之明？牡丹花下死，做鬼也风流！

“你信也好，不信也好，我言尽于此，你自己好自为之。”老相士说罢，又恢复眼观鼻、鼻观心的打坐姿态，不再说一句话。

他放下钱，起身走了。庙街那头灯光辉煌，卖录音带的摊档正播着许冠杰的《双星情歌》：“……何必寻梦……”

但梦却总是要寻的，人生如果无梦，岂非太过苍白？到了无梦的时候，那便是立业成家之际。

一直并没有什么桃花运，当他只身孤独浪荡的日日夜夜里，他甚至好几次兴起想要去庙街找那老相士算账，叫他退钱的冲动。什么桃花运？连一朵小小的桃花蕾都不曾见过！

但是终于也算了，如此失败，难道还巴巴地去对老相士说，怎么一个女人也没有？说出来也太丢脸了。何况，几年前的事情，又无凭无据，即使找到那老相士，如果他摇头不认，你奈他何？连去商店买东西，没有单据，照例也是“概不退换”。

一切也都是命。生命是单程路，每踏一步，永远也不知道脚下到底是坦途，还是悬崖；只得左顾右盼，亦步亦趋。“也不是等不得，如果知道前面有个王竹瑗你在，不管是否在等我，我也会这样孑然一身地走过来。”也不是不怕寂寞，特别是青春期躁动的寂寞，漫漫夏夜里蓦然惊醒，只听得悬挂着8号风球的窗外风雨飘摇，呼啸着轮番扑击玻璃窗，如深山野林里猛兽的低吼，他辗转不能再度入睡，眼睁睁地望着黑影中的天花板，听床头的闹钟嘀嗒着昂首阔步地前进，又是一个失眠之夜。

假如有人陪伴，在这样的夜晚，他相信他不至于无眠；但那只是流于美好的想象而已，与现实未必吻合。当他为了完成任务而成家之后，他发现并不因为有了枕边人而一觉睡到天明，在那些雷电交加之夜，他听着玉茹轻微的鼾声，心潮起伏不已，原来，那个时候他以为他可以拥抱着一个温香软玉的美梦，从夜晚直到天明；现在才知道，只有心灵的沟通，才能够叫他如鱼得水。

“那么，那老相士完全是胡说八道，完全是江湖术士混饭吃罢了？”

“不不，我没那么说。”尽管并没有确切的证据，但他对于命相一类虽不会深信不疑，但却也有敬畏的心理。“不但命相，对于一切玄妙的东西，我都不轻易否定，只因为我怀着一种敬畏的虔诚，认为世上万物太多奥秘，眼下不可思议的东西，也许只是科学还没有发达到足以解释而已。”他说，“那老相士之言，现在想起来，也不是完全没道理。”

只是时间交错，他本来以为此生就这般平淡，只是按照世俗的模式，随波逐流而已；哪里想到在他的情路上桃花开得迟，等到不断获得青睐，他已经不再是自由身，偏偏又不能横下心来另筑新巢。

“你也一直没闲着，啊？你！”

“那也不是。只不过在最寂寞的岁月里，有个知己红颜，多少也可以消磨愁绪。完全没有玩世不恭的意思，只是以为自己找到了可以共鸣的对象，哪里知道到头来竟也是一场空！”

“又错了？”

“也不一定。我相信她当初是真心爱我的，但时间、环境与心境的改变，令她不复当年的热情。大概在她心目中，爱情的位置不太重要，我这个男人又算得了什么？当两颗心不再那样热烈吸引，我明白我必须尽速退出，如果到了我被人嫌弃的时候，我自己会很自卑的！”

“你是不是为自己的脱逃找借口？”

“不是，我自问从没有负过人，但我很敏感，我知道我应该在什么时候退出。在适当的时候，你必须抽身而去，虽然内心痛苦，但却是保存自己最后尊严的唯一方法；到了人家开口，那已经太迟了。”

“你怎么知道人家的心思？也许是你敏感也说不定。”

判断当然不太容易，尤其是夹杂感情纠葛的判断。不过只要不自欺欺人，总可以找到蛛丝马迹。就像伊静，那个时候，她每次从台北归来，总会从机场第一时间打电话给他，叫他陪她吃饭，然后送件什么东西给他，咻咻地说：“你没空，不然的话，我们一齐去多好！我每到一个地方，都要给你买点纪念品，这样，你就像是跟我一起走过那些地方了！”那些东西未必值钱，却跳荡着她的心意，叫他的心湖潮湿起来。但后来，慢慢地就没有电话，更没有礼物了。情不再，永恒毕竟难求。

“那多可惜呀，也许你本来可以挽救的，或者说她要看你有没有什么反应……”

“没用的。一旦感觉不再，就算你努力拉回来，也不会长久，或者说回不去了。我不要勉强的东西，与其勉强，不如不要。”

“没想到你这么坚强。”

“不是坚强，而是无奈。既然无奈，只得随缘。我不相信人力可以挽回一段感情，两个人的事情，一个巴掌拍不响，又不是买一件东西，你不能一厢情愿。”

是一种十分无奈的感觉，正如小时候他斗风筝，直给敌方杀个片甲不留，他的风筝断线，在高空中翻滚着远去，不知飘到什么地方，他的心便空荡荡的，没着没落。小时候还可以率性地大哭一场，最多让人讥笑“输不起”，长大了却已经没有这样的权利，男儿有泪不轻弹，即使想哭，也要留到夜深人静之时独自向隅。而伊静这一去，是不会回来了，就像断线的风筝一样。

春天的北京，也该是放风筝的季节了吧？记得多年前他在这个时候到北京，便在天安门广场看到放风筝的人们，但这次他没有碰到。“五一”刚过，那个早上他从鼓楼搭地铁到前门站下车，穿过天安门广场走向华表时，但见广场上人山人海，原来“五一”放一个星期的假期，从各地赶来旅游的人，都汇聚在这里了。即便现在还可以放飞，人群如此拥挤，哪里还有回旋的余地？

原来，有许多东西过去了就是过去了，不可能再倒流，比如风筝，比如时间。在广场上跑着跳着放风筝的少年梦，已经远去，而那青葱的时间，也渐渐老去。他看着那发黄的黑白照片，想起意气风发的日子，清脆玲珑如昨，哪里想到镜头一转，两鬓已经开始发白。

“时间对谁都公平，你老去，我也老去，自然法则，谁也不可抗拒。”

竹瑗轻轻摸了一下他的脸，“你放心，有我陪你。”

“我不怕死，但怕老。”

老去太可怕，不但讨嫌，而且力不从心。那回他在香港探访安老院，只见那些孤独老人坐在轮椅上，目光呆滞，凝望着远方的天空，好像在思索着什么，便令他的心抽搐。他们是在回忆青春时代的辉煌？还是无助地数那云彩翻飞？他试图跟一个老人说话，但那老人并不回应，一有人推门进来，便心神不定地望了过去；后来，两滴浑浊的泪流了下来，老人长叹一声，便闭目假寐。当时他也不知道为什么，后来才听说，老人在期待独生子探望他，但终于失望了。也许也不能怪他儿子吧，香港节奏如此紧张，大家都忙得不可开交，为了生活，抽不出时间也不奇怪；不过孤独老人的心思，该如何去排解？

世界上有许多无奈，而寂寞更像一条毒蛇，咬得你灵魂痛楚不安。

年轻时寂寞，体力犹在，可以疯狂发泄；到了老年，什么办法也没有了，只有认命。那老人心情慢慢平服，终于对他说了一句：“人哪，真的很脆弱呀……”

后来，一有时间，他便去探望这个孤独老人。亲情、友情、爱情，人世间的情感，哪一种最牵动人心？老人毫不迟疑地说：“那还用说，当然是男欢女爱的爱情啦！”他看到老人已没有光泽的眼睛猛然闪了一下，想来是牵动了心底埋藏已久的深深柔情吧？那晚，电视正在追击报道豪门恩怨，为了一个钱字，亲情反目，家事公开，甚至还揭出一段堂姐弟的苦恋秘史。已经老去的富豪说：“那是40多年前的事情，是一件很伤感的罗曼史，因为我家庭反对，她被迫嫁给别人。男人和女人有罗曼史，很正常呀，我是天主教徒，天主教徒都不觉得是乱伦，我怎么会够资格批评？”

他说了一句：“堂姐弟生出儿子呀！”老人横了他一眼，“你年轻，你不懂。当爱情来到的时候，什么也挡不住。至于他们的感情纠葛，他们自己最清楚也最有资格批评，我们都是旁人，指手画脚干什么？”

他没有想到，老人也有过情人。老人的脸上闪过一丝忸怩的神情，脸色似乎红润起来，沉浸在一种甜蜜陶醉的回忆之中。人的一生，怎么可能连一个情人都没有呢？老人忽然神采飞扬得叫他吃惊，甚至担心是不是有些异常，甚至是……回光返照？但老人不让他走，只是一味地说："我也年轻过……"

他突然觉得，老人期待的，实际上并不是他儿子，而是他的那个情人。只不过，即使情人来看他，恐怕也已经老了，不复年轻时的活力，更不要说青春美貌了，哪里还会有什么澎湃的激情？也许，老人所向往的，只不过是心灵相通的感觉，并肩与心爱的人坐在那里，不言不语，一齐望着夕阳慢慢西下，晚霞染红了天边……

是的，老去是自然规律，任谁都无法避免。每当他翻看十年前的相片，便有一种触目惊心的感觉。那浓黑的头发、青春的眼神，哪里去了？

老去而要有庄严，有时也不那么容易，因为力不从心。只有相互扶持的爱情，可以在精神上给予激励。竹瑗说："不怕呢，我们一齐老去……"

他一把搂住她，"我真怕先你而去，留下你怎么办？"

"你不能这样坏，你要等我，不许自己走！"

他的泪涌了上来。年纪大了，是不是容易流泪？一向以来，他认定男儿有泪不轻弹，他也一直没有怎么流过泪；哪里晓得如今人到中年，稍有感触，便止不住泪下。"我的感情可能越来越脆弱。"他说。

"男人怕什么掉泪？英雄也有柔情，我喜欢。"

他伸手拭了一下眼睛，强笑道："让人看到，真是笑话了，我陆宗宙……"

"是不是又是什么男儿流血不流泪呀？老土！"

其实他心中想到的，却是他不知道当他离开这个尘世的那一刻，竹瑗会不会在他身边。他甚至想到，一旦他病重，不能动弹，连电邮都发不出去了，身在另一个城市的竹瑗只怕都懵然不知。

是一种十分恐惧的感觉。那回，他的脚踝筋骨拉伤，走起路来，牵动那条筋便痛，他告诉竹瑗："真怕走不动了，走不动就不能去看你！"

竹瑗回电邮说："午夜风雨大作，雷声把我惊醒，依稀记得发了一场梦，有人骑着马掉下，一瘸一瘸的背影，却看不见那面目；我再也睡不着了，起身绕室彷徨。睡前看电视剧，有个骑马人从马上跌下来的镜头，但那人跟我无关，所以我觉得肯定是为你发的梦！找不到病发原因，你就更不要掉以轻心，找点中药药材泡脚吧，看电视时，用手揉揉痛处，让血液加强循环……"仅仅是几句话，关切之情却流露无遗，令他有些不忍，我是不是不该告诉她免得她担心，在万里之外她也不能为我做什么！

但也许在潜意识里他所期望的也正是这片言只语的关心。哪像玉茹，眼看他一拐一拐的，也不闻不问，让他觉得，即便天塌下来，也要他独自一人去面对。

他想，如果命定的时刻终于来到，能够在心爱的女人怀里最后闭上眼睛，一定很幸福。只不过，有这样福分的男人，世上有几个？

他怔怔地这样想着。这时，他与竹瑗正坐在京城隆福寺露天茶座的彩色太阳伞下，咬着老玉米，喝一杯绿色的苹果味汽水，浑然不觉夜色渐渐深沉。

起风了。

西西及其入选作品简析

西西简介

西西，本名张彦，又名张爱伦，祖籍广东中山，1938 年生于上海，1950 年后长居香港。西西著作多在台湾洪范书店出版，所以常被人误认为是台湾作家，她说这是美丽的错误。自 1966 年到 2017 年 51 年间，她出版了 30 多部作品，广涉小说、诗歌、散文、图文集、电影剧本等文类。其长篇小说有：《我城》《美丽大厦》《哨鹿》《候鸟》《哀悼乳房》《飞毡》《我的乔治亚》；中篇小说集有《象是笨蛋》；短篇小说集有八部：《春望》《像我这样的一个女子》《胡子有脸》《手卷》《母鱼》《家族日志》《故事里的故事》《白发阿娥及其他》；小说散文诗歌合集有：《交河》《西西卷》；散文集有：《花木栏》《剪贴册》《耳目书》《画/话本》《旋转木马》《拼图游戏》《看房子》《缝熊志》《猿猴志》；阅读笔记有《像我这样的一个读者》《传声筒》；访谈录有《时间的话题——对话集》；诗集有《石磬》《西西诗集》；有 4 本小说被翻译为英文；此外，还有大量尚未结集出版的专栏文字。

西西作品简析

西西 1992 年的《哀悼乳房》被《中国时报》评为“开卷十大好书”。1999 年《我城》被《亚洲周刊》评为“20 世纪中文小说 100 强”。2005 年她继王安忆、陈映真之后获得有“华文文学奥斯卡”之誉的“世界华文文学奖”，获奖作品是《飞毡》。艾晓明说：“在世的中国作家，西西最有资格获诺贝尔文学奖。”她肯定“西西聚焦被遗忘和忽视的女性经验，具有开阔的思想视野、爱智慧的精神和洋溢的好奇心，与卡尔维诺等小说家有同样的求知欲”。郑树森指出：“西西始终坚守前卫第一线，从传统现实主义的临摹写真，到后设小说的戳破幻象；自魔幻现实主义的虚实杂陈，至历史神话的重新诠释，创作实验性强、变化瑰奇。”他们与何福仁、黄子平、王德威、陈思和等学者都不遗余力地推进西西研究。

西西的创作从诗歌起步。1958 年，她发表诗歌《半个你》，蔡浩泉创作胶刻插图，这萌生了西西图文互涉的根芽。1959 年她开始写诗歌评论，如评波特莱尔的《恶之花》。1965 年 5 月，她开设《诗之页》专栏。西西的小说创作逐渐形成规模是在 20 世纪 60 年代，当时的香港工商业发展较为迅速，在文学上既继承了“五四”多元化的传统，又吸纳了西方的现代艺术思潮，读写较为自由，创作园地和出版事业较发达，图像视觉文化逐渐兴起。陈寅恪认为两种文化的碰撞接触“多在交通便利之点，即海滨港湾之地，海滨为不同文化接触最先之地，中外古今史中其例颇多”。西西受海滨文化的影响，在接受西方现代艺术上有天时地利之便，相对大陆作家而言，更易得风气之先。

西西从 60 年代初开始系统研究新电影、现代绘画艺术，专栏有《画家与画》《电影与我》《童话专栏》《牛眼和我》《开麦拉眼》《我之试写室》《剪贴册》。此外，西西还编写电影剧本，拍成了电影《黛绿年华》和《窗》等，她是香港较早制作实验电影的元老之一。西西关注存在主义思潮，阅读加缪、卡夫卡等人的现代小说。她在各艺术门类中触类旁通，谋求小说文体的突破，前半段创作主要为中短篇写实小说，如《玛利亚》（1965）、《东城故事》（1966）、《家族日记》（1966）等；后半段创作有两部长篇小说《我城》（1975）和《美丽大厦》（1977）。

《我城》消除了存在主义思想影响的痕迹，形成了活泼生动的童话写实风格，其突出的文体特征是图文互涉和结构上的蒙太奇组接。20 世纪 80 年代，是西西小说文体与现代电影和绘画艺术融合的深化期。1979 年西西成为专职作家后，阅读了大量书籍，在《快报·快趣》上发表文学阅读笔记，专栏主要有《集作》《七说》《花目栏》，部分阅读笔记结集为《像我这样一个读者》。她参与创办出版社和文学刊物。成立于 1978 年的素叶出版社，出版了西西的六部作品；创刊于 1980 年 6 月的《素叶文学》几乎每期都发表西西作品或西西评论，具有重要的史料价值。西西在80年代初还编辑推介大陆新时期文学的专辑。西西深入研读卡尔维诺、略萨、加西亚·马尔克斯、格拉斯、福楼拜、博尔赫斯、艾柯、昆德拉、巴赫金、巴特、杜拉斯等作家作品以及画家马格列特的作品。

西西取法于外国大师，同时也注重借鉴中国传统文化的精髓，形成了中西文学风格交融的特色。她的文体革新还得益于现代传播媒介技术的发展。香港80年代的影视、广告、报纸、录像录音等媒介业繁荣，促使西西更自觉地接受视觉文化给予小说文体的启发，创造出蒙太奇文体的多种形态。西西80年代出版的作品有：短篇小说和散文合集《交河》（1982），诗集《石磬》（1982），短篇小说集《春望》（1982）、《像我这样的一个女子》（1984）、《胡子有脸》（1986）、《手卷》（1988）和《母鱼》（1990）。她的短篇小说既写异域题材，也写肥土镇系列；还写过人物系列小说，如《玫瑰阿娥》（1988）、《梦见水蛇的白发阿娥》（1988）等。长篇小说有两部，《哨鹿》鲜明的文体特征是看图讲故事，形成了“比”蒙太奇特色；《候鸟》的文体特征是小说章节前加插诗歌，并形成了“兴”蒙太奇特色。

西西1989年罹患乳腺癌，治愈后继续创作，专栏散文有谈音乐的《随耳想》、杂论《四块玉》、论画的《明报周刊：小明周》《星岛日报·中图站》，评世界杯足球赛的《明报·西西看足球》、阅读笔记《传声筒》、访谈集《时间的话题——对话集》，散文专栏结集为《花木栏》（1990）、《剪贴册》（1991）和《耳目书》（1991）。她的散文集大多仍采取图文互涉文体，如《画/话本》（1994），《旋转木马》和《拼图游戏》（2001）。2000年她出版了《西西诗集》，还写了关于《圣经》翻译的《创世纪》《失乐园》以及一批建筑散文。她出版了鲁迅式的故事新编《故事里的故事》（1998）。西西创作了自传性长篇小说《哀悼乳房》（1992），以病人身份反思性别政治和身体政治的话语权力建构问题，成为独特的女性书写。

西西极富创造力，新词迭出。如讲香港的“我城”“浮城”“肥土镇”。西西1975年创设词汇“我城”，其有多少种解释可能？我的城，我是城，我看城，我与城，我在城……英文将之翻译为my city，却失去了汉文的多义性特点；反而是翻译为I city，虽然不合语法，但更贴切。其实，“我城”，对应词汇是“我国、我省、我市、我区”。在回归前，香港是只有城籍的地区，全世界独一无二，必须有独特称呼才般配。至今，我城已经成为通用词汇。如传统将做家务的女人诬为“黄脸婆”，西西则誉之为“家务卿”，即家务可以跟国务卿媲美。这个词跟张爱玲将女人誉为“琉璃瓦”一样，都可以进入中国女性主义词典。

西西的每个字词、桥段中往往都暗藏玄机，还有新句式，如西西的小说《像我这样一个女子》、读书笔记《像我这样一个读者》，后来者多爱模仿这种句式，可见西西文本的影响力和再生能力。

西西想象力丰富。她看到易拉罐头，发明了苹果牌即冲小说，喝过后“脑子里会一幕一幕浮现出小说的情节来，好像看电影”。有人撞了只母鸡，被敲诈，结果，鸡却活过来了，气得鸡主人“对母鸡骂了三分钟粗野话，其中，有一分钟骂母鸡自己，一分钟是骂鸡蛋，还有一分钟，骂的是母鸡的母亲。”男人们嘴里的脏话，被她过滤得妙趣横生。西西写诗：“可不可以说/ 一朵雨伞/一束雪花/ 一瓶银河/ 一葫芦宇宙 可不可以说/一位蚂蚁/一名蟑螂/一家猪猡/一窝英雄 可不可以说/一头训导主任/一只七省巡抚/一匹将军/一尾皇帝 可不可以说，龙眼吉祥，龙须糖万岁万岁万万岁”，有意配错量词，将神圣人物小化、轻化，产生出反讽效果。

西西的作品很少雷同，不会给人审美疲劳感。在她笔下，哑巴种海棠不是为了栽花，而是为了叶上的肥毛虫，后来毛虫被众人所杀，众人“强奸了”自己的想法，而哑巴也只能哑口无言；还有方格子衬衫会说话，表扬鼓励主人的阳光、自信、扎实的美德。她写篇《巴士》，以公共汽车上的人事，调侃学术术语，如集体无意识、多声道、不确定性、种族、性别等。她以小女孩的视角写《候鸟》，青年视角写《我城》，中年视角写《哀悼乳房》，老者视角写《飞毡》，长篇系列自成体系。她的《共时》像多部电视机一样，同时播放世界各地的事情。她写《像我这样一个女子》，女主人公有了心爱的男子，两情相悦，但内心却愁肠百结。最终，她为死人化妆的职业，还是把男朋友吓跑了。她独具匠心地改编经典故事：如铁扇公主可以扑灭火焰山的火，但扇不息男人心头的火；浪子燕青不为名利所缚最潇洒；小红帽遇到了狼外婆，这头狼原来是重男轻女的要命思想，吃了一个个的女孩；哪吒闹海，像是官二代、富二代，活脱是哪吒的翻版。

节选文本取自西西的长篇小说《飞毡》（1996），作家创造了一个叫作“肥土镇”的地方，而“肥土镇”其实指的就是“香港”，作品以老者身份书写香港百年历史，形成了反叛传统线性叙述的网结增殖女性文体。阅读“肥土镇”，自然不能把它当成现实香港的历史阅读，西西用魔幻现实主义的写作手法，通过陌生化的艺术技巧重建她心目中的香港，将小说人物布置其中，显然，我们也不能彻底否定其中没有作者对香港的现实情感。

（凌　逾）

西西作品选

飞毡（节选）

地衣

到肥土镇来做生意的人是愈来愈多了。世界各国的奇珍特产，渐渐地在肥土镇也可以买到，不必老远的向外国订购回来。最近飞土大道上的洋行，还推出了一个地毯展销会，由波斯国的商人，带了许多漂亮的地毯来，还有古董地毯展览，并有专人在会场推介和举行讲座。即使不买地毯，参加的人也可得到一本印刷精美的小册子，介绍名贵的地毯。

来看地毯的真不少，三天不到，已经卖掉了一半的销品。当然，古董展品是非卖品，只供欣赏，天天有专家和翻译在一旁介绍，就站在古董地毯前讲完又讲了。

各位，巴泽雷克位于阿尔泰山的北麓，那里由于长年冻结很厚的冰层，所以，地下的埋藏得以完好地保存下来。比如说，一幅全世界最早的实物地毡。译者是肥土镇人，翻成肥土语，把毯叫作毡。

各位请看，毡的图案纹样布局有五层边框。第一层和第五层的边框，在红色正方形格纹内显出禽鸟走兽的图案；第二层是红色地纹，织出绿色鞍马和黄色御者。御者头戴风帽，有的端坐马上，有的步行马旁。御者的服饰与马身上的饰件、鞍垫，都织得清晰细致；第三层是四瓣柿蒂花纹边饰；第四层是绿色地纹上，织成红色麋鹿，鹿身满布黄色梅花斑点，头上长着两只金黄色大角。地毡的中心，是红色地纹上织出四方连续的黄、绿两色四瓣花纹卷草图案。整幅毡面绚丽多彩，生动活泼，反映了游牧民族的生活气息。

对了，这位先生说得对，最美丽的地毡，当然要数敝国的地毡，敝国人喜爱花朵，常常把花园织在地毡上。花园里有池塘和相通的水沟，池中游着鱼儿，长着莲花，遍植树木，夜莺就在枝头上唱歌。密密的百合花围绕着地毡的边框。

地毡可以搬运，是移动的花园哪。

不错，波斯人织造地毡时，由一位领班唱出颜色的次序，毡匠们细心地打结，每一小时打九百个结。平均每一平方英寸的地毡上要密集地打上三百二十个结。相传，彼得大帝送给哈布斯堡王朝的一幅地毡，每平方英寸打了七百八十三个结。朴隆那是波斯最华丽的一种地毡，在地纹上交织了金银线，使地毡闪闪生光。中央是大图案花式，宽阔多层的框边上，竟可以在密致的繁花之间织出整个葡萄牙的船队。这样的地毡，现在大概已经没有工匠可以织出来了。那样的手艺的确再也找不到了。人类懂得取火，知道熟食，是由原始人进入文明人的第一阶段。而地毡呢，却是使游牧民族与野蛮人分家的标志。野蛮人只知披树叶兽皮，游牧民族懂得编织。最初的地毡，是毯，是把羊毛粘合压成，无经无纬。而地毡，则是在经纬上栽毛结扣做成。

人类为什么要制造地毡呢？除了波斯人把地毡当作移动的花园外，几乎所有的答案都是说：保护自己。因为地毡可以御寒、隔潮和护肤。不，地毡制造的原意不是这样的，而是：保护大地。地毡是大地的衣裳。试想想，人类在地上行走、耕种、畜牧、生活、呼吸，大地赐给人类茂密的树木、青葱的草场、肥沃的土地，人怎可以不爱护它呢？所以，人类的脚应该走在石子路上，而不要践踏草地；人类的工厂应该过滤它们的烟囱，而不该由黑烟去污染大地的林木。

人类编织地毡，然后在上面坐卧，使泥土不致流失，使身上的汗水不致酸化泥土，使空中的杂尘，不要落在大地的脸上，人类敬爱大地，所以为它编织最美丽的衣裳。

荷兰水

花顺记的掌柜，早上很早起来打理店务，晚上也很早睡觉。荷兰水店铺里的一家大大小小连同伙计，也早早休息。什么晚上有飞毯在肥土镇飞来飞去，谁也没有见过。一大早，花顺记打开店门做生意，批发的商人把空瓶子一箱子一箱子搬回来交收，小贩们把装满荷兰水的瓶子一箱一箱搬上手推车。伙计们装瓶的装瓶，贴商标的贴商标，记账目的记账目，运冰块的运冰块。只要是夏天，花顺记里连猫也显得特别忙碌。

人们虽然长了两只眼睛，但不一定看见东西，也不可能看尽世界上的一切。整个肥土镇，说是看到飞毯的，不过几个人而已。有的人当晚早已睡觉，因为他们体内的生物钟是快钟；有的人从来不仰望天空，因为他们宁愿脚踏实地。

那几个说看见飞毯的人，亲友也不相信，谁知道是不是眼花和胡思乱想。

花顺记是肥水街上的老字号，卖荷兰水也卖了许多年。别看这么小小的一瓶汽水，喜欢的人还挺多。肥土镇人一向习惯喝茶，热热的茶。空闲的时候，吃过饭后喝一杯，不知有多写意。镇里的茶楼早早就坐满茶客，一盅茶，两碟点心，生的熟的人坐在一堆，不到半盏茶的光景，早已天南地北聊起天来。这一辈的人，对荷兰水比较抗拒。

“冻冰冰的，别喝出病来。”茶客甲说。

“又甜，惹痰哪。”茶客乙说。

不过，年轻人和小孩子却喜欢，这是会上瘾的新事物。肥土镇几乎每天变，新奇的东西层出不穷，尤其是飞土大道，各种各样的人，各式各款的货物，看得人也来不及吃惊。荷兰水就是新事物之一，起初的生意还不怎样，渐渐就做开了。番人特别喜欢，因为他们又不上茶楼，喝的竟都是甜的茶，有一种叫作咖啡的东西，也是苦而带甜的。至于冻冰冰的饮品，番人尤其习惯，飞土大道上就有这种冻酒，还会起泡泡，叫作啤酒。番人爱喝荷兰水，大概是习惯了甜、冻，以及起泡泡。

肥土镇的人喝不喝荷兰水呢？居然也不少，尤其是住在半山区的肥土人，有的十分洋化，有的又因时髦，落伍不得，也喝荷兰水，若有什么亲朋戚友做客，开几瓶荷兰水，非常摩登，也有了许多话题。单是那个瓶子，尖底的，瓶内又有一颗玻璃珠，岂不特别？有的人还留着当摆设看。

花顺记的荷兰水，大多运到飞土大道的办馆、士多（编注：士多，粤音直译自英语中的“store”，也叫办馆，是贩卖各式各样家用品与食品、罐头或零食的零售商店。在20世纪的港澳小社会中较为风行这类经营商店，此经营方式亦流行于华南一带）去，以批发的生意多，可零售也不坏，常常有半山区的肥土人驾了会勃勃叫的车来买，总是一箱一箱搬回去。夏天天气热，喝荷兰水有人觉得很舒爽，也来买一瓶，站在花顺记的店门口，咕噜咕噜灌几口，还和掌柜的聊天哩，既做生意，又交朋友。

一年里面，花顺记大约只做七八个月的生意，一到天冷，不再做荷兰水。天气冷，冻水还有谁去喝呢？也只有番人才不理气候季节，依然买荷兰水。夏天的时候，花顺记做许多荷兰水，好像蜜蜂采蜜过冬的样子。的确，冬天的花顺记，店内也消失了湿漉漉的水，没有人勤奋地洗瓶子，没有人贴商标，没有人手摇机器把汽水入瓶。总之，没有人做荷兰水。这时候的荷兰水店，真的和冬眠差不多。冬天的时候，也有办馆要荷兰水，花顺记是有存货的，秋末储藏的一批荷兰水，正好一点一点批发出去，门市才没有荷兰水卖。春天一到，惊蛰之后，虫蚁都爬出泥土，花顺记的机器，又咯隆咯隆响起来。

摩啰

冬天的花顺记，虽然不做荷兰水，可仍然打开店门做生意。做些什么生意？可得看伙计们的花样了。每到冬天，花顺记的老板就把店铺交给伙计去打理，赚到的钱也归他们自己。有的伙计回乡下去过年，和亲人团聚；有的仍留在花顺记，继续赚点钱。到了冬天，花顺记的店铺门口就五花八门了，年年有不同的风景，甚至个个月变换内容，因为做什么生意，全由伙计去决定。

有时候，伙计们在店门口卖粥和糕饼，有时候卖煎炸的矮瓜、鱿鱼，有时候卖卤水豆腐、猪肝猪肾，曾经有一阵子，还卖小鸡小鸭小白兔。渐渐地，“花顺记又在卖什么呀”倒成了街坊的话题。有好几年，花顺记的店面干脆租给人家做短暂的生意。于是，有时店内在弹棉花，有时又有人扎雨伞。

有一年，可特别啰。花顺记的一边店铺摆卖的竟是肥土镇罕见的新鲜事物。看看墙上挂着，地上摊着的东西就可知特别：长颈的铜茶壶、葫芦形的玻璃杯子、用金银线织出来的布匹、一艘艘艇那样的绣花鞋，还有，地毯。这些东西，本来在肥土镇也不算最最稀奇，因为肥土镇可以说是世界各地古怪东西都会有的市集，就看在哪一个角落出现就是了。像肥水街，摆卖那样的货物，倒比较例外。

要找不常见的怪东西，肥土镇的人自然会知道到什么地方去，可这样的人并不多。卖的特别，找的也特别。为什么卖的特别呢，因为他们都不是肥土镇原住民，而是从外地来的印籍人士：皮肤黑黑的，眼睛大大的，满脸胡子，头上包着白布。他们和肥土镇的其他番人不一样，肥士镇的人称他们做“摩啰”。

摩啰们怎么会到肥土镇来呢？他们可不是来做生意的商人，而是做生意的番人带来的雇员，有的以前是海员。他们在肥土镇的职业主要是当看更，替银行、货栈、洋行或者半山区的别墅守门。渐渐地，人老了，家人也来了，就在飞土区的两条小街上摆卖些土产以及旧货。

谁要找伽南香、咖喱、各式的麻布，找到摩啰先生就行了。他们的货物中最吸引人的还是一些旧货：挂钟、怀表、玉镯、项链、手摇留声机、唱片、杂志、书本。大至桌椅床柜，小至一个弹簧，一条钢丝，还有看起来又破又锈的烂铜烂铁，非常美丽的琉璃灯罩。只要有耐性，且有眼光，常常有人在摩啰先生那里买到 17 世纪的名画，18 世纪的古董。

"花顺记又在卖些什么呀?"

"哎呀，来了一个摩啰，卖些摩啰东西。"

这样说，正说错了，因为在花顺记摆卖的人不是摩啰，他卖的货物也不是摩啰特产。他的确是外乡人，满腮胡子、大眼睛、卷头发，也不穿肥土镇一般人穿的衣服，难怪叫人误会。有一点比较明显，他的头上并没有包着白布。

二傻

即使是住在肥水街上，很少人见过花一花二，因为他们并不住在花顺记，也不在店内打理荷兰水。但肥水区的人大多知道有那么的两兄弟，是花顺记掌柜的侄儿，住在不远，近海的一座红砖房子里。以前，那砖头房子住的是一位番邦人，后来再也没人见过他，只知道后来住的是花家二傻。

花家二傻是花一花二的绰号，是肥水区的人替他们起的，因为见过他们的人，都认为这兄弟二人根本是疯疯癫癫的，做的事完全不合大家的规则。而且，也不知打哪里传来的一些奇闻，说这二人整天在家里玩瓶子，捉虫蚁，只知游戏，不务正业。经过红砖房子的人充满好奇，大门总是关得紧紧，听听里面又没有声音，几个人叠罗汉，从很高的窗子望进去，什么也没看见，因为满屋子显然都是荷兰水玻璃瓶，正是花顺记堆货的栈房。的确，有人见过花顺记的伙计来搬汽水瓶，花顺记没地方放的冬藏汽水，也都运过来储放。怎么说才对呢?花一花二其实像花顺记看守房子货仓的家属长工。

一般的结论就是，这二人根本不会做荷兰水，又笨又钝，所以派他们去看守房子。如果够耐性待在红砖房子外面，倒有机会见到花家二傻的，他们有时竟会恰巧到房子背后的空地，掘掘蚯蚓，挖挖烂泥。就有人见过二人蹲在泥地上，一手一脚一脸都是泥，原来那么大的人还在玩捉青蛙比赛。只见许多青蛙到处跳。

大概一年总有那么的三几次，花一花二会到花顺记，总是些过节过年，一家人得团团聚聚，花掌柜就把这兄弟二人请过来，吃一顿饭。他们呢，倒也来，饭照吃，只是从不带什么糕饼、果品。一次带了几只蝈蝈，装在小篾片织的笼子里。有一次，又带了一个水钵，里面养着十来个蝌蚪。

这年做冬，花顺记又把花一花二请来吃饭，二人果然来了，带的竟是两只蟋蟀，装在一截竹筒里，一边用棉花塞住出口，也没有泥钵把蟋蟀放出来斗。他们走到花顺记的门口，哎呀，怎么见到一个满腮胡子、卷头发的番人，原来是租花顺记店面摆卖的商人，大家叫他花里耶。摊子上的货物把花一花二牢牢吸引住，因为许多东西，书本上有，却是第一次亲眼见。他们看了长颈的银茶壶、葫芦形的小玻璃杯子、小碟子、绣花的像小艇一样的鞋子，然后他们看到墙上挂着毯，两人几乎同一时候看见，又同一分钟一起“咦”了一声。

“你这毡，会不会飞?”花一问。

“是不是飞毡?”花二问。

“什么飞毡?”花顺记的掌柜说。

花顺记的掌柜从来不知道什么叫飞毯，可花一花二知道，因为这兄弟二人读过不少童话，又看过关于什么波斯国飞马、飞毯的故事。正是昨天晚上，他们听到屋子外面有蟋蟀叫，二人也不睡觉，一起跑到空地上去捉蟋蟀。打开红砖房子的大门，走到屋后来，在他们的面前，不远的地方，不很高的天空，正飞着一件四四方方、扁扁平平的东西。完全是图画书中所画的一样。

“飞毡。”花一说。

“一定是飞毡。”花二说。

“唉，如今已经没有飞毡了哩。”卷头发的商人说。

李天葆及其入选作品简析

李天葆简介

李天葆，1969 年生于马来西亚吉隆坡，17 岁开始写作。曾获得马来西亚首届客联小说首奖，第三届、第七届乡青小说首奖，第二届花踪文学奖首奖，第二届马来西亚雪华堂优秀青年作家奖。出版散文《红鱼戏琉璃》《红灯闹语》，小说《南洋遗事》《桃红鞦韆》《民间传奇》等。主编马来西亚七字辈至八字辈散文诗歌选集《没有别的，只有存在》，撰有昔日光影时代曲专栏《珠簾倒卷时光》《繁华再续》《葆记桃花源》《百花亭》等。

李天葆作品简析

在马华小说中，李天葆的《州府人物连环志》（1993）和黎紫书的《州府纪略》（2000）可谓是“州府双璧”。两篇皆是中文文坛盛大赛事的首奖之作，同样是再现祖辈漂洋过州府的生活景象，同样是王德威所谓的“罗生门式的演绎方式”，两小说因此可相互阅读，确是一幅唐山人过番的南洋风情。

《州府人物连环志》的叙事野心不算太大，人物、情节和时空场景亦不比（州府纪略）来得曲折繁复，可见李不过想稳稳实实呈现一幅华侨在州府的移民图景。小说勾画出的历史图景显得自然真实，通过“连环人物”的叙事方式逐一把六位人物推出场，而篇中所载之人，形象动作、行为内心一一活现纸上，构成整体叙事结构备具特色。所谓“罗生门式”的连环人物登场，作者先把人物逐一连缀，每个人物自成一小节，每节仅以一人物为中心，又以其他次要人物构成一个叙事时间和空间，再从人与人的相互关系上，同时又在人物于州府这个活动场域中来表述其各样人物来到州府以后的生活和精神面貌。

人物出场的次序并不表示其角色有主次之分，三男三女陆续现身，首先出场的是仇凤堂，这个已经在州府二十余年的侨民，赤手空拳总算在南洋创出一番事业，钱是赚到手可不算什么成就，他尽把钱都拿去吃花酒找女人去了。接着作者带出玉霓虹，是仇凤堂的相好，这节主要以玉霓虹和香芸的对话，写出这些过番青楼女子的卑贱。再来灯花嫂，青楼打杂，主要是玉霓虹的帮手，孤身过州府前已是寡妇，“早就豁出去一切牵牵绊绊”，对小说另一男后生金树产生好感，以为遇上他如重遇死去的丈夫，“其实他不像他，只是他宁愿有个男人在身边”，写出一个中年妇人过尽千帆后的无奈悲凉。

阿欢的出场有点突兀，之前完全不露声色，由灯花嫂到他打工的典当铺子去这人物才发展出来。阿欢是典型的新移民，对赤道煌煌的阳光尤其抱有热忱和希望，想望自己哪天也能在州府发迹，将来回到唐山好吐气扬眉。由此，到州府谋生可说是那一代人唯一的出路，可这一去就注定落地生根了。金树即是最好的例子。他在唐山原有婚约，可到了州府不务正业染上赌瘾，来了些时日仅当个花档伙计；反倒未婚妻拼搏挣了不少，金树心中的她已经不同，“从前她是未过门的妻，如今她当然看不起他”。最后出场的是吞芸，之前第二节写玉霓虹时已出现。这里着力再写香芸流落青楼为娼的半生际遇——遭鸨母虐待、男人跑了她来还债、把女儿卖掉、错过那曾爱她的男人……

一个个人物犹如跑马灯连环出现，一节则以一个人物为叙事中心，组成李天葆尝试构造的一个斑驳陆离的南洋旧时光。李在描画其人物的同时，不知是有意抑或无意，倒是充分发挥了张爱玲对色彩和衣服的美学观照，读来处处流光四溢、色彩斑斓。玉霓虹初现时通过仇凤堂眼睛：“见玉霓虹罩着短袖西瓜绿亵衣，一头黑发如水，漫漫流经肩膀；那膀子白，脸庞也莹白，而唇则像梅开一朵，花色鲜红，是雪里透出初雪艳。”玉霓虹自开始即让读者感受到她的风姿百态、她的艳丽妩媚。后来，再有更深度的描绘：仇凤堂把带来的布匹放到她身上时，“镜里尽见花影缤纷，密密层层，一片桃花红缠着一圈落霞黄，是花的旋涡，卷到深处，却只剩葡萄大的淤紫”。李可说将张爱玲所谓“参差的对照”发挥得尽致淋漓。

玉霓虹、灯花嫂和香芸三女子，过州府不过为寻得一席栖身之所，奈何半生流落至烟花之地，青春爱情钱财尽失，终究换来唏嘘悲叹。香芸大概是李天葆落笔最为无奈亦无情的住蕃女子。再看李如何再现其色彩美学：这时的香芸，年华已褪，加上鸨母花妈妈的侄女小金莲刚上场，楼上原住的闺房只能拱手相让，自己搬到楼下人多复杂的尾房去。香芸错过一次的男人仍不时来访，男人半躺在她眠床上，“那床单水绿苍苍，颜色早已旧了，更散发一股被樟脑丸薰久的味道；身边放着对枕头，米黄色套子，简素无花……”色彩素淡如年华褪色矣。又等到香芸把身上一件件衣物除去，“只剩蓝缎绣白莲红鱼肚兜：随手捡了把扇子，上了眠床”，李可连这一细节亦不放过，女人罩在身上最后的贴身之物，他丁点也不敢掉以轻心，写香芸这边，可见与写玉霓虹“罩着短袖西瓜绿亵衣”和仇凤堂打情骂俏那段有着程度不一样的叙事。一个苦心经营，一个漫不经心，同是天涯沦落人，机遇各有迥异也。

能把女人写得如此精雕细镂，李天葆的“女工”手艺堪称一绝，同时他无疑是“张爱玲谱系”下能把“祖师奶奶”的“衣服哲学”做出最精湛演绎的中文作家之一。再举一例：灯花嫂这孤身来到州府的寡妇，打理青楼还得看玉霓虹脸色，看到后生金树满心欢愉，明知道金树是做戏敷衍她，也甘心殷勤，“等到金树走了，灯花嫂瞧见他背影，湖绿衣，炎风吹来，袖子荡呀荡，是像他心里的人”。借衣写人，这或与前人影子有几分相似，可李轻轻落笔，便把一个女人绵密的心思毫无保留地抖出来了。

然而，州府并非仅是女人的安身之地，男人原初为谋求生计，到最终不得不落地生根，亦是不得已的事。全篇小说作者尽其所能描绘州府那个大剌剌的炎阳，任谁都逃不掉州府头上那片热炽炽、金赤赤的阳光。女人的际遇如此，男人何曾不是？阿欢，这个比起金树一心努力干活的过番后生，寄望将来“回去唐山，起花园大屋，谁都来看热闹；看低他的、骂他的、跟他打过架的……都来了”，然而，他却无法从老一辈的侨民身上看到归家的希望。他给阿铭伯这一问——“以后不回去了?”，顿时呆住。阿伯的说话仿佛给了他最后的答案：“回去没有用，到处是一样穷，赚到钱的，人家眼红，以为在南洋州府找吃容易。赚不到的，谁也看不起。”那些当年漂洋过海到州府的，谁没有如此想法?

李天葆其实并没有偏袒着墨于女人，对男人他其实一样着力发挥。他各以三男女编就“州府人物连环志”便看出其用意所在，动机也明确，即要写一代唐山移民到南洋以后其心态的演变。这何不是一条不归路，那一代移民其实心中有数，诚如阿欢，“也许有一天，他会像那老人，留在州府，娶老婆生孩子：谁不想自己的梦找到落脚处，不用再漂洋过海”，只是，李不仅写出他们过番以后的心态转变，同时更处理了这一代人漂洋过海的心理包袱。仔细阅读这些跑马灯式的人物演绎，我们不难发现他们之所以无法既来之，则安之，主要缘由很可能就是背后那挥之不去的精神梦魇。午夜梦回，那一道如幽魂似的精神梦魇不断自海的另一端向这些南海游子招魂。

仇凤堂过州府的二十多年里，仍不时“恍惚想起一个自己不愿提的梦。梦里，那遥远的女人正坐在灯前，火光映脸，容颜黯淡，眼里闪烁泪光：额头一道红绸绸的汁液淌着，是血，她磕了无数个头，迢迢千里来求他，不可不要她”；玉霓虹永远无法忘记“那次自己堕胎，流了几天血，差点死去：玉霓虹发誓什么都是不可靠，只有身边的一点值钱的东西”；寡妇灯花嫂自从唐山的丈夫被山里老虎叼走以后，“身边从此永远少了一个人，茫茫日子失去方向”，孤身过到州府，只记得可怜那次丈夫从山里抬回来，“她也烧了不少纸……哭着，哭到最后连声音也尽是细如游丝”；阿欢记得乡里那年发猪瘟，阿娘就这样没了，每到夜里，“他总回到旧居，一张张面影走马灯般游荡不已，声声叫着自己的名：有时是阿娘的坟，只不过一个土堆，没有立基碑”；金树只能躲着那个已有婚约的妻子，是自己不争气错过了，有时想到她会回到自己身边，“可金树自己知道不过是午后躺在藤椅上的梦，醒来什么都没有”；最后的香芸命运一样悲凉，不只错过那个爱过自己的男人，最忘不了的是哪个晚上，“她把九个月大的女儿卖给南方小镇来的人家：那小小的肉身，至今还没有名字……”

小说六个人物背后各有着自己不为人知的故事，上述那些精雕细刻的旧时光一直如影随形，仿佛去到哪里便在哪里落地生根。李给他们系上永远无法打开的死结，似乎有意昭示那一代移民的唯一出路，将成为永远的不归路，而州府恰恰是他们最后安身的所在。李向来善于刻雕旧时代的前朝遗物，州府则恰好借他做了最适当的“中国旧物”的收藏地——乌木算盘、八仙桌、雕花梯、鹅蛋琉璃镜、玳瑁仿象牙梳、贵妃榻、墨骨画金绿山水折扇、珍珠耳坠、赤金钱花戒指、翡翠镶雨点花项链、雕花花梨木眠床等等，物品尚有安身之所在，可人呢？即使能够安身，又当如何立命？

（伍燕翎）

李天葆作品选

州府人物连环志（节选）

一、仇凤堂

脱下老花眼镜，挂起乌木算盘，把印着“吉祥布庄”鲜红宋体字的账簿都合上了；仇凤堂乘着时辰还早，便换去汗衫，吩咐伙计仔细店面，然后走出门去。也不坐三轮车，径自撑开伞，油纸气扑鼻，抬眼，伞面金黄，是顶着火镜子，炎热得遮也遮不了；满街满巷都金晃晃，但他对南洋州府的太阳已见熟认惯。

凤堂胁下夹着纸包，走没两步，又取下来，用手拿住。到薯厂街口，拐过卖花摊，那摊子搭着架，架上端放着木桶，桶里春风嫣然的长满花，大红粉紫的胖菊，雪白泛翠的玉簪……他倒要了朵玉兰，斜插在衣襟。再走，却见米粮批发店的苦力正扛着麻包袋，唏一声，咬牙、皱眉，踉踉跄跄，醉酒似的走去。凤堂瞄了他们一眼，心想这些人也算好命了，远水迢迢过州府，还可以找到两餐一宿；只怕不会计算，单嫖双赌的花光钱，回不了唐山。

谁会像自己那样有计有划？凤堂微笑望天，那是蓝宝色的一匹布，铺在遥远卜空，没个尽头。还有更多的布色，在店里一捆捆堆着或摆在柜面玻璃大柜里做货样：单是蓝便有银蓝海蓝水蓝月蓝，他身上留着阳光余温的衣裳，也是蓝，苍灰的水面飘着浅浅蓝意——他摸了摸，很暖，是丰衣足食的感觉。家里另娶的刘氏妇，绫罗绸缎不缺：外面的女人也等着他用繁华锦绣的布来裹身。唯有在唐山的原配享受不到这个恩泽，她自小嫁于仇家做童养媳，真正成亲不及半年，凤堂便过了州府。他不喜欢她，这妇人大他六岁，眼细脸黄，而且是麻子脸。据说过得很苦，一个旱季又一场大水，连吃的都没有。他寄钱去，顺带叫她不必等，暗示可以另嫁；之后水客告诉他，妇人听了，不声响，朝着祖宗牌位跪下叩头，一个劲儿不停，磕得满额皆是鲜血，吓得众人忙上前阻止。

这事在州府乡亲口头上流传甚广，但背后骂归骂，面对面遇见仇凤堂，倒也言笑亲切，没敢怎样。

来到金玉轩茶楼，便收了伞。恰巧有人喊了他一声，是春秋批发米粮店主韩适光，都算是吃花酒的朋友了，凤堂忙笑着拉他到雅座坐下。伙计也没问，便冲了壶茉莉水仙过来。两人谈谈生意经，绕了个弯就说到女人那里。韩适光最近迷上凤凰楼唱曲的赛月琴，好几晚都捧她的场；他一直赞这赛月琴眉梢眼角如何有风情，而且还会说红毛话。凤堂笑了："是呀，州府地方说红毛话，找吃容易。"韩适光说："她本事，哪像我家的婆娘，出门说句话，也不敢。"顿了一会，反问道："上次那水客回唐山，有没有接你的大老婆过来？"凤堂一怔，淡淡地说："没有，她愿意留在那边。"韩适光讪讪的，只得呷了口茶。

一壶茶喝完，仇凤堂辞过，就走出外，大步流星地往蔷薇花馆去了。花馆门已开，他踅进，厅堂的灯火已熄，老跑腿趴在八仙桌上蒙头大睡：鸦片烟枪斜靠着椅背，地下瓜壶狼藉；走廊只见一个丫头蓬头扫地，神情半睡不醒。转入天井，却有神案香炉摆好，老鸨花三家蹲在一旁焚纸。听见步声，她抬头一望，便笑道："头家，这么早，霓虹刚起身。"凤堂问："什么大节日呀！观音诞也过了嘛。"花三家笑盈盈："我的外甥小金莲今晚上场，求个吉利。头家你也是识货人，到时应该赏个脸来凑热闹了。"凤堂心动，笑了笑，嘴里却不说。

回到前厅，扶着雕花梯把走上去，朝右，认得那白底绣粉红荷花鸳鸯戏水门帘，就顺手撩开，跨进去。鹅蛋玻璃镜旁，玉霓虹正卸下长发，一个妇人拿着玳瑁仿象牙梳替她梳刮。玉霓虹眯着眼，在镜里看到他的人影，哼声不理。那妇人见有客来，却忙去装好水烟，递上去。玉霓虹笑骂："灯花嫂，叫你梳头，你倒巴结他起来！"灯花嫂哎哟一声："别说得这样难听！过门都是客。"凤堂躺在贵妃榻上，支着头吸烟，见玉霓虹罩着短袖西瓜绿亵衣，一头黑发如水，漫漫流经肩膀；那膀子白，脸庞也白，而唇则像梅开一朵，花色鲜红，是雪里透出初春艳。她有声有色，是打情骂俏的对手。以前的苦日子过去了，他也不妨放任些。抱着女人是多么好，而且每个的体态丰姿都不同；虽然她们无非是为了钱——他微笑，但有时自己也愿意被骗。当然仇凤堂是没长性的，没多久就换另一个，所以感觉永远新鲜。他因此特别喜欢这里，仿佛他是主宰，有钱便有这点好处。

他故意说："你看，人家也比你有心。"玉霓虹睨了他一眼："又不是姓你家的姓，替你操什么心？何况唐山有个大的，这里有个小的，入你的门，只能排到灶头去了。"凤堂听了，含笑不语。灯花嫂梳好头，便放下门帘，知趣地走了。见没外人，凤堂把带来的纸包打开，招手："喂，来看看。"玉霓虹嗔道："喂！我没名没姓啊！"踱到他身边，顺手捡起那块布，搓搓，披在身上对镜子比着，镜里尽见花影缤纷，密密层层，一片桃花红缠着一圈落霞黄，是花的旋涡，卷到深处，却只剩葡萄大的淤紫。她极喜欢但神色间淡淡，把布搁下；然后似想到什么，便把耳坠子除下，放在凤堂的手里，轻笑："帮个忙，找人看值多少，价钱好的，就卖掉吧。"凤堂问："等钱用？"她皱眉咬牙："不是啦！款式不兴了，戴出去让人笑死！"他笑着捏她的鼻子："一对耳坠子，我还送得起！直说嘛。"玉霓虹扑在他身上又拍又扣，撒娇撒痴，他陶醉地抓着她。衣襟的玉兰掉下来，白腻芳香地睡在贵妃榻。

事后凤堂掀开帐子，大白天见镜边点着灯，灯影金黄，他恍惚想起一个自己不愿提的梦。梦里，那遥远的女人正坐在灯前，火光映脸，容颜黯淡，眼里闪烁泪光；额头一道红绸绸的汁液淌着，是血，她磕了无数个头，迢迢千里来求她，不可不要他。妇人张开嘴叫着，却没有声音。仇凤堂无论如何也甩不掉这人影，她跟着，一入梦便坐在那儿了。他起身，熄了灯，有如不想面对自己对她做过的一切。

二、玉霓虹

待到炎热正午，便唤跑腿到富春酒家叫了精致饭菜：吃过了，仇凤堂才走。玉霓虹趁机教灯花嫂收拾；她趿着红木屐赶来，玉霓虹下巴抬了抬。"还有些剩的，给你吃吧。"太阳走进蓝绿橙红黄五彩毛玻璃，亮成一片，却迷了方向，这光漾蒙蒙地打在灯花嫂的脸，隐隐发烧，她摇手笑道："不了，我饱了。"玉霓虹不作声，嘴里咬着牙签，一上一卜翘着，一直望着妇人捧碗碟，下楼去。

一阵风，门帘舞摆，里面的荷花缓缓笑开了，鸳鸯一对对游晃……拨开，帘子轻轻甩在门楣，有双珠灰色绣黄菊花拖鞋踏了进来。玉霓虹撑起身，让座，那女子笑拦着："不用了。"然后瞄瞄床，说："卖布佬走啦？多好命，大热天就巴巴送块料子来。"玉霓虹笑："唉，这人烦死了。"女人问："灯花嫂呢？"玉霓虹道："到厨房去哕。"然后拧眉冷笑："她呀！使也使不动，比红姑娘还大牌！"女人说："惹到你吗？"她索性恨声骂："叫她梳头，总没个条理，人家一来，不动的夹硬去动，不用拿的偏要堆着笑去拿。殷勤得像只狗，有谁会打赏你？最好抛出身子来卖才好呢？还有更气人的，我前天吃酒醉了回来，把那金手镯脱在床边，第二日便没了，香芸姐，你说是谁的好戏？"那香芸吃了惊，瞪大眼细声道："不会是她吧，没个证据。"玉霓虹歪歪嘴："这妇人眼皮子浅，看见手痒也不出奇。”香芸往腋下寻了方面帕，在颈后拭汗，暂且没应。玉霓虹倒扶着贵妃榻背，仰脸数落：“我就不出声，装傻，最好别给我抓到……”

忽然，香芸轻叹起来：“哎呀，一个妇人家坐船过州府，没亲没戚，还不是为了赚几个钱？这也是没办法。”玉霓虹色变，不再说，别过头去看窗，迎面辣辣猛猛的大太阳；烧前来，但仍可望见底下天井，窗门口不远处种了棵木瓜，树上一粒瓜儿熟了，却烂了心，是给鸟啄吃的；树下一个男伙计扛着花牌，懒懒地走过，他头上晒着金光，眼睛都眯起来了。身后的香芸走近，说：“阿虹，看，小金莲呀。”玉霓虹回眸，一直穿过门洞，瞧见对面房间，似近还远地立着个女子，十六七岁，穿青莲色衣衫，衫上喷放着点点朱砂细细花；她欠下身，拉拉衣角，抿嘴笑，像不习惯穿漂亮衣裳。那房子里，她的身后，挂着镜，镜光闪动，如水流日月……一切都没有什么不同，玉霓虹仿佛自己也曾在同一年岁，做过一样的姿态，是出卖色音笑貌前的手势。

风一刮，门帘悠悠跌下，遮盖了，什么也看不见。香芸淡淡道：“后生哪！青春年少，我呢，天还没亮就搬到楼下尾房，原先的就让小金莲住了。”玉霓虹震动了一下：“难怪我以为她怎会在你房里……可是尾房人杂，怎么方便？花妈妈也真……”香芸笑了：“人老不值钱，何况我还没清掉上几年的债。计计较较，反而教人难做。”静了静，玉霓虹低声问：“他——没来看你？”香芸轻轻吁一口气，摇头：“当日我没选他，如今我搞到这样，还希望他怎样？”语毕，撩开帘子，侧身穿出去。

没情没绪，玉霓虹走到床角，生上马桶。光色渐暗了，是披上风的衣，飘远。裙子褪及脚踝，她喘气、吐气，伸手拿草纸。窗沿，嗡嗡响，是只黄蜂，飞进房，绕空三巡：玉霓虹心惊，不敢动，蜂儿在大红眠床营营飞行；光又回来了，金茫茫徘徊在窗前，而蜂儿不飞去，索性停在床头。穿好裙，起身，蹑步拿起没骨金绿山水折扇，奋力拍：黄蜂受惊，乱飞不已，却总不想出去，似忘了先前打从何处来。玉霓虹半骂半赶：“走！飞回去！这不是你的地方！”蜂儿无法，暂停在高梁上歇着。

她不理了，只管躺在红眠床。一会儿，起来翻笼箱，寻出钱，数着，心烦闷，很想不要再寄钱。唐山最近来的信，阿娘说自己病了，要她寄钱回去修祖坟风水，还说要妹妹也过来这里做，反正州府钱好赚，赚够了，回去也好风光风光——总之借着名目，是要她的皮肉钱。阿娘的脸早忘了。自 12 岁跟水客来州府，那抹面影竟像粼粼水上光，石子抛落，立即化散。玉霓虹登时想起刚才的叫喊：“这不是你的地方。”纵使不是自己的原乡，却比任何一个处所都亲。

唐山算什么？穷山恶水的，她做梦也没梦过，加卜阿娘需索无度，实在受够了。那次自己的堕胎，流了几天血，差点死去；玉霓虹发誓什么都是不可靠，只有身边的一点值钱的东西。她笑吟吟捧出描金八宝箱，里面有珍珠耳坠、赤金钱花戒指、翡翠镶雨点花项链……没有爱，没有亲人，她只愿意冰冷的珠光宝气拥着自己。

玉霓虹忽觉得热，解开连环扣，噬吻过来的仍是风，热风，光，炎光：永远是盛夏的地方，让人昏昏欲睡。只是睡醒后，依旧得打扮停当，应付仇凤堂这些男人，打茶围，出花酒局，留夜……就这样。一点也没想过回唐山，花根植入泥里，拔不出来了。

玉霓虹摇起折扇，向窗外看去，薯厂街上，太阳是头黄狮子，懒懒地横卧着；街角有个印度少年赤足，正赶着一群牛——每到这个时候，他总是这样慢慢走来，往上望一两眼；她微微笑，那少年不好意思，低头，默默挥着长棍，赶牛到莲藕池塘边吃草……没多久，他又回头看。玉霓虹觉得愉悦，又有点凄伤……她难得有如此闲暇的一刻：陌生的人，眼前晃过，又走了，在炽热金黄的下午。

三、灯花嫂

蜂儿舞翅，悄悄穿帘过，低飞，经厅堂，到厨房吼；在碗橱背，寻了个阴暗处，歇了。

灶脚边，灯花嫂蹲着摘豆芽，上面煮着热水，另一个炉子却蒸着成蛋冬菜肉饼；一个老厨娘揭开锅盖，白烟涌卷，她手包抹布捧起碟子，嫌烫，嘘气吹着；没一会儿便说："豆芽慢点摘也不迟，花妈妈说夜里叫成记送菜来，这里随便炒几样就行了。"灯花嫂嘴藐藐："小金莲上市了嘛！也是斩菜头的时候了。"老厨娘放下蒸肉饼，转身抹砧板，抹好，抹布一扬，蓬上来是肉腥气，她低声笑道："真的是！她还算是外甥女，花妈妈怎么好意思这样！烟花寨也不是好听的地方！"灯花嫂哎呀一声："少见多怪，有的亲生女也送来呢！外甥算什么？我们做底下人的，有工就做，每月领粮银，管它什么杀人放火也假装不知！"老厨娘遇见这能说会道的，也没法，自捧着肉饼白饭，到自己房里受用去。

阴暗一角停着铁丝笼子，里面困住一只大老鼠。灯花嫂走近灶头细看，热水早呼呼生烟了，她熄火，提了笼子出去。折回来，义踩着木屐，拎了大水煲去。天井，煌煌有太阳，她往下淋，水溅时，鼠叫，再淋，光色乍沉，笼里没了声响。

回首，有人在，是花档的伙计，灯花嫂笑了："金树哥，今日送两趟花呀!"那金树将手插进衫袋，微笑点头。她又问："是小金莲的花吗？谁放的名?"金树想了想，道："好像是仇老板。"灯花嫂咯咯惊笑："倒看不出……我还倒以为他跟我们那位好得要生要死!"他摇摇头，在阳光风里笑了。望见笼，男子顺口问："这里有老鼠吗?"灯花嫂睁眼道："有！南洋州府的老鼠真凶！前天咬烂我一件衫呢……"金树笑道："会馆更厉害，听说还分派分党，夜晚在梁上闹翻天。"妇人皱眉："还得了，没养猫吗?"金树说："有也是懒尸猫，不抓鼠的。"灯花嫂道："要暹猫才杀鼠，改日找到好暹猫，也给你一只。"在男人面前。她总是多话的；过后更笑着教金树帮个忙，用钳子夹出老鼠，扔在垃圾筐里。妇人见那鼠尸眼儿暴睁四脚僵硬，不禁扯脸骇笑。

须臾，灯花嫂觑眼望，并笑问："目珠红红，昨夜几点睡?"金树说："一两点唦!"她哼了一声："后生仔又赌了？小心假火上来。"金树抓抓头皮，笑："就是，头赤赤的。"灯花嫂咦着他："喝泡洋参须!"好像眼前的人是不听话的孩子。然后又说："最好去广安堂买，不要去和春堂买，那老板不老实……"还未完，倒笑了，他也笑。一会儿，金树问："阿嫂，你中意什么花?"她脸一阵火辣，却也笑吟吟："牡丹，你要送我呀?"金树笑道："唐山才有呢，要送你一朵也难。"灯花嫂弯眉轻笑，手一挥："算了，送什么，我这人爱挑剔，早上霓虹姑娘叫我吃剩饭剩菜，我还嫌冷寡寡呢！老实说，要吃我也会煮，怎么会没面目的去吃人家口水!"他道："这是她不对了，谁爱吃剩的?"灯花嫂不答，站在天井木瓜树旁，心里满是热热的欢喜。

金树回花档前，她千吩万咐的叫他喝泡洋参鬚；他忙不迭答应，可这妇人却知道他是敷衍似的，预先佯骂道："别又赌到天光才回来，那时神仙难救!"金树笑辩了好一会儿，直叫冤枉之类——她明知他做戏，但依然一双桃花眼眉笑地望着，斜脸，颊红，有一种看穿他且又宽容他的味道。等到金树走了，灯花嫂瞧见他背影，湖绿衣，炎风吹来，袖子荡呀荡，是像她心里的人。痴想着，黄蜂忽然飞出来，在金淫淫阳光底下：静静的，飞过头上，灯花嫂没发觉，回过脸背着光，让老鼠笼子晒在外面，她进去了。

坐在凳上，便将剩下的豆芽一一摘完。一会儿，想起什么，转去水缸边洗脸，水光幽邈，人面阴晴不定，是青春残留的影儿；一伸手，灯花嫂的脸消失了。

换了身蓝布镶葱白如意云头大衫，捡了块白面帕，便出了蔷薇花馆。大街，金阳铺地，一直铺到小巷。马路旁，蹲坐的缠头马来老妇摆卖红毛丹，她笑着叫灯花嫂买，灯花嫂听不懂话，不敢兜搭。不远，见五六个男人勾肩而过，嘻哈不绝，像是采锡工人。她避开，蹙眉，一直看着他们晃去街角，找倚门而立脸瘦骨枯的女人，那些流落州府回不去的女人。

灯花嫂弯去摆花街，火日头跟不进来。墙边坐了个代人写信的老头，见有人来，也不怎么招呼。她坐下，说："写信佬，帮我回封信。"老头打哈欠，抖擞精神问："是你婆家人?"灯花嫂点头，然后托腮垂眉："你写……钱寄过去了，阿良的病没好，就带他去城里医院看。"迟疑盘算，又说："水顺的忌日，麻烦他们去拜了。"停了一下，道："有得吃就吃，千万不要叫他们砍柴，山老虎好猛……"到这里，倒是默然。老头写着，听抬眼凝睇；灯花嫂淡淡地说："党溪山头老虎多呢，我老公就是被老虎担走的。"他叹了一声，低首：她静静坐，眼角忽然痒了，轻轻揉，以为有泪，却没有。只是白面帕捏得牢牢，之后渐渐才松了。

收好信，鞋底踩着店铺外的帘影，一条条，颤抖，光阴流失。一家店门挂纸穗子的白幡，空中乱舞，馨香阵阵蒙住她头脸，再走，吊着一串纸钱，红里闪金，水顺从山里抬回来，她也烧了不少纸……哭着，哭到最后连声也尽是细如游丝，身边从此永远少了一个人，茫茫日子失去方向，抓不稳。然而看到金树，就仿佛是重遇水顺……其实他不像他，只是她宁愿有个男人在身边。下次，下次金树送花来，该跟他谈久一点。灯花嫂微笑。

她不怕人讲，根本孤身过州府，早就豁去一切牵牵绊绊，虽然有时也会惊讶自己的大胆。一颗心实在跑得太快，狂野难抑，当初不敢做的，都想去做。灯花嫂摸摸衣内，突出一样事物，是镯子，遥远的山里也没见过如此别致的首饰，黄烘烘的，粗大的花朵扭成蛇形，套在手，像卷环着细小的蔓藤。老实说，这样的手镯，她还买不起。只记得那夜从玉霓虹房里出来，心跳得很厉害，睡不着，偷偷捻亮煤油灯，与墙上小镜相对，黑墨墨的背影站着自己，除了有血有肉的身子，其他什么都没有了。然而她缓缓举起手，镯子反光，荧荧活动，她凄然笑了。远处有狗吠，汪汪三两声，更觉得更深露寒……灯花嫂熄去光火，镜里异艳的星芒没有了。她如今年年难忘，那手腕刚脱掉镯子的余温。

六、香芸

炎阳下，蔷薇花馆两盏灯笼烧起来一样。风吹，它们微摆，像是要风向他方。男人踏进去，身后一只苍蝇也跟着来，之字形的飞舞。他走进大厅，丫头们望了望，也不理睬；正中摆了座花牌，泥金大字书着："花园新贵——小金莲女史玩赏"一个仆妇慵懒地斜坐在红木椅上，捧着碗汤在喝。身后有个老厨娘喊起："灯花嫂！虹姑娘有事问你呢。"妇人愤愤地问："什么事呀?"老厨娘道："好像不见了一只手镯。"灯花嫂放下碗，冷冷地往楼上去。

男人也跟着上楼，倒是鸨母花妈妈从天井出来，喊了一声，然后指指尾房。他笑笑，下来。苍蝇悄悄打转，嗅着男人的汗酸味；嗡嗡，他一拨，苍蝇急飞，朝外面去了。

他走过乌黑黑长廊，尽处是间小房。没放门帘，门也没关，男人步入，望望，见香芸一人蹲坐在一角，正在嗑瓜子：白色瓜瞉静静摊在膝盖上，两边开了口，黑里翻白，是残凋的细花瓣儿。她见是他，惊，然后又笑。忙起身，扫了瓜子瞉，端来竹椅，叫男人坐。香芸乱乱找了只杯，倒了茶，送上。他喝一口，也不大像有茶味，举高来端详，杯身绘着一尾鲤鱼，金黄色，上面骑了个大胖孩童。他不禁微笑。再往墙壁上瞧，一张鹅蛋形照片镜框，里面是两个女人，一站一坐，男人问："坐的是谁?"香芸便道："玉霓虹，她呀在这里算是很红的。"他弯弯嘴，放下杯，拢袖稳坐。

捻亮了妆台的璎珞灯儿，对镜自照；香芸打开胭脂盒，细细沾点上唇，镜里的人，恍惚因为这滴艳红而发了光。回眸，她不好意思，轻轻笑，男人没说什么，只默默盯着她。香芸道："上面坐吧。"他脱了鞋子，坐躺在眠床上；侧头看，那床单水绿苍苍，颜色早已旧了，更散发一股被樟脑丸熏久的味道；身边放着对枕头，米黄色套子，简素无花……男人想到从前有个客人送过她一张铜柱大床，床顶还悬着细细累累的流苏。如今恐怕没了。

香芸整理镜边瓶中的花，想想，笑了："记得你第一次来，是找春眉，傻傻的，一问三不知。大家还作弄你，用醋充酒给你喝。"男人露齿一笑，过了一会儿，说："我才不傻，那时早就发现你在天井编辫子，发色黑黑亮亮的。"低下头，香芸熄掉璎珞灯，瓶花朵朵在阴暗里开了，是菊，红的，橙的，紫的，黄的，密密满满；她吸一口，菊香流进去，邈邈幽幽地穿过前尘往事。

香芸转过身，装着没事人，凑前去坐，问："还在卖五金?"男人点头，她又道："几个孩子了?"他顿了顿，才回答："三个了。"香芸笑，无声的，却是勉强而无奈。她轻手轻脚，解衣纽，一件件除去，只剩蓝缎绣白连红鱼肚兜；随手捡了把扇子，上了眠床。男人挪出一边，然香芸睡；然后搂住她的肩，两人依靠着。

她低声道："放下蚊帐吧。"男人摇头，不要。黑暗里，他感到她那熟悉的肌肤，水一般，玉一样，多年后仍回到自己身边。男人说：“找不到人家吗?”香芸说：“没有啦!”他默默抱紧这女人。仿佛记得她跟过一个人，之后那人欠了债，跑掉，留下她还债，听说生下的女儿也卖给别人了。

香芸叹一声：“看淡了，这些来州府的人，今日有吃就忘了留隔夜粮，都是靠不住。”男人抓起她的手，在微光里察看，一根根手指抚拭，恍如拨琴弦。香芸闭上眼，含笑，自顾自地道：“没有生意就这样，搬到尾房来。楼卜让给小金莲了，看到吧？花妈妈的外甥女……”男人轻轻盖住她的嘴，不许她说。隔一会儿，香芸睁眼，他松开，笑：“好热。”她举起扇子，摇晃着。男人突然找出样事物，放在她手里。香芸细看，是玻璃簪子，便骂道：“花钱。”可又有点欢喜。

下眠床，就着窗，才看清楚是五寸长的簪子，浅蓝透明，顶上雕着凤凰嘴，云纹花样，看了看，舍不得放手。男人走前去，也在看，看她，然后说：“唱首曲来听。”香芸笑恼道：“不会唱啦！我笨，学不来。”他笑问：“月光光，松树背，鹅檐水，鸭洗衫，狐狸烧火猫炒菜……这些也不会?”她想了想：“小时候还会，现在不记得了。”男人没作声，笑，坐回眠床。

别过脸，走去妆台，搁下玻璃簪子。香芸手扶着镜沿。只记得当年学琵琶，大热天里弹也弹不好，花妈妈便用火柴烧自己的指头：想想，也好笑，而鼻子竟有点酸楚。等到出来挣钱后，玉霓虹来了，她才十三四岁，梳着两个丫角，眉眼俏丽；问了几句，玉霓虹便稚气地笑道：“赚钱呀！过多几年我可以像你一样了。”声音犹在耳畔，天真得令人伤心。香芸泪垂下，永远忘不了的是那个夜晚，她把九个月大的女儿卖给南方小镇来的人家：那小小的肉身，至今还没有名字……还能怎样？留在娼门里，迟早也会走上相同的路，只有让她跟别人，才能过好日子。

太阳要落了，南洋州府薯广街晒得金晃晃：这房子两斜，火影也随着穿窗而过。底下马路，正驶过一辆三轮车，车上坐着一个人，是仇凤堂，他是来捧小金莲的场吧？蔷薇花馆也许在布置厅堂，牡丹屏风摆出来了，花酒至少要闹到半夜。香芸拭去泪，回头对着男人笑。从唐山远到州府的女人，不管身世荣辱，一生中只拼这么一次：有花牌、有灯光、有笑语、有无数的男人、有一对对贪婪的眼睛、有青春柔腻的肉体，一一虽然稍现即逝。然而，没有爱；她错过一次，便从此失去；如今他来找她，其实也算是苦涩的慰藉。但男人不可能再爱她。

在残光夕照里，香芸望着他，他在那儿，轻轻招手叫她过来；香芸没上前，只伸出自己的手指，看着，一点点红了，热，热得微疼；她索性整只手放在窗外，要找回什么。渐渐的，斜阳掩盖，骨肉融化，一切变得无影无踪。一个炎热的大白天，过去了。

黎紫书及其入选作品简析

黎紫书简介

黎紫书，1971 年生于霹雳州怡保，祖籍广东梅州。作为第三代华人，黎紫书在马华文坛的地位不言而喻，她是处理小说形式的高手，堪称 20 世纪 90 年代以降经文学奖展示平台走出的典范。虽然黎紫书并未进入高等院校（怡保女中毕业），但她借助文学阅读经验去尝试自己所能掌握的方式，成为马华文坛的一个“传奇”。

黎紫书作品简析

黎紫书在当代马华文坛的强势崛起，也许并不在于文学奖的席卷，更具有象征性意味的，是打破了旅台马华文学过于自恋的经典化/自我经典化神话。如果用旅台诗人陈大为喜欢的“海外兵团”修辞来表述，这个“兵团”遭遇黎紫书未必至于吃败仗，却也未占上风。事实上，当年陈大为还在为终于被花踪文学奖承认而踌躇满志的时候，黎紫书已把多得难以清点的花踪荣誉揽入怀中，用文学的方式打造她的理想国。

黎紫书以《把她写进小说里》（1995）走上第三届花踪文学奖的领奖台，跟“文学前辈”黄锦树的崛起一样，也是通过后设小说拉开令人炫目的表演序幕。这要归功于来自新加坡的评审尤今“以一敌二”的战斗过程，虽然文学的启蒙对于中国大陆评委李国文和本土评委陈雪风并未起到什么作用，黎紫书的获奖感言充满了谨慎的反省和张扬的自信，她说如果有机会重写这部作品，“它必然呈现出一个更圆满、更强烈的黎紫书”。不论是黎紫书本人的自省还是自我创造力的信心，意味着她眼前的文学风景已经不同于马华文学读者想象的空间，她飞奔的姿势经常把读者甩在身后。

获得第六届花踪文学奖“世界华文小说奖”首奖的《国北边陲》充满族群命运隐喻，小说通过死亡母题讲述由家族死亡造成的集体迷信。主人公从小被告知，曾祖父当年下南洋被押入山林开路时宰杀了一头奇兽，触犯山魈引来怪病，本族陈家子孙活不过30岁就会暴命。面对这一死亡宿命，整个家族寻遍天下名医都未找到疗治药方。后来遇到一位百岁长者，告诉他们唯一的办法是找到一种叫龙舌苋的神草：用新鲜的根部五钱，配萝芙木、猪屎豆煎煮，老鳖为引。因此整个陈氏后裔陷入寻找神药的命运困境。成年后，“我”目睹了身边男性兄长一个个在30岁之前死于非命，他们不得不以多生子嗣来对抗命中注定的死期。“我”不愿忍受这种卑微的生活，于是考入医学院，深入山林寻找龙舌苋。历尽千辛万苦，真相最后被揭晓：龙舌苋无根，茎叶有毒，根本无法入药。而我的同父异母、已归化回教的兄长却因贩卖“东卡阿里”这种壮阳药而后代兴旺，并且免于一死。不难解读小说的寓意，作者提供的既是一种走出个体及家族困境的思考，同时也指涉马来西亚华族命运，不要轻信诅咒，更不要陷入集体迷信，家国的命运取决于个体生命中的活力。

正如作者所说，这部作品有明显的“苏童”影子，因此小说散发出一种冷峻的气味，形成幽暗阴森的氛围，与其说它得益于文字的描述，不如说是“你”内心绝望与宿命的折射。由此可见黎紫书再造文学场景的娴熟和举重若轻的语言功力。镜子意象是神来之笔，通过对命运难题的寻找反射出一种宿命的处境，这种困境其实不是来自外来的困难，而是自身的迷茫。

第六届花踪文学奖“世界华文小说奖”评委由刘心武、李欧梵、黄子平组成，而从评委讨论可以看出《国北边陲》的理解与接受，主要作者实现了对严肃族群主题的成功处理：

刘心武：没有厚实的文化底蕴写不出此作。家族与个体生命纠结在龙舌苋上的生死歌哭，以第二人称的叙述方式从容道出，流溢出丰沛的历史沧桑感。

李欧梵：……第一遍还没看出它的好处，第二遍看出来了。它里面含喻的东西非常多，很不简单。如果让高行健来写的话，恐怕又会写出一个很乱的对话。

黄子平：它从头到尾都在讲“药”。要是按我们搞文学史的人来说，“药”

是一个最重要的主题。但这里的“药”又和以前的启蒙主题完全无关，它反而变成一个家族史的宿命，和南洋的风俗与神秘、神话纠结在一起。①

此届花踪文学奖黎紫书共斩获三个奖项（花踪不限参赛项目和获奖历史），除世界华文小说奖首奖之外，还同时摘获马华散文奖佳作奖和小说推荐奖，成为本届赛事最大的赢家。《州府纪略》结构以众星拱月的方式展开，11 个叙述角度还原一个缺席的主角，各有各的思维，各有各的声口，全部指向“马共”这一隐晦的历史叙述，由于主角的缺席，历史也就在“缺席”的状态下推进。表面上写没入丛林的“马共”，其实由此关联着华族的边缘化过程，黎紫书的立意在于运用亲切可感的日常生活解构这一妖魔化过程。小说获得评委一致好评，陈思和认为黎紫书的小说可以介绍到中国大陆和台湾，也完全是一流的作品。②

以上两篇获奖作品大体反映出黎紫书对华族命运主题的关注，但是她与众不同的一点是，民族寓言始终服从文学的属性，努力通过文学切入族群、政治、文化的自我反省，推动多元文化中的华族命运思考走向深入。她创建的语言乌托邦又超越了马华的畛域，即便对马华历史一无所知，也不会妨碍读者对其作品的接受，包括她着力重构后殖民历史的意图。

受华文文学生存语境、文学发表与传播机制的影响，马来西亚华文长篇小说一直相当匮乏。《告别的年代》是黎紫书第一部与读者见面的长篇小说，于 2011 年获得第 11 届花踪文学奖马华文学大奖，2012 年于中国大陆出版的长篇小说《告别的年代》③，面世三个月即登上“新浪十大畅销书榜”。从写作手法上看，《告别的年代》是一部彻底的元小说（后设小说），对于这部作者“想象中的想象之书”，从一开始就被寄托了一种强大的创新希望。事实上，这种创新不再局限于“本文”：小说开头从第 513 页开始写起，不存在的部分显然意在暗示华族的“史前史”被遗失、遗忘、遗弃。这样，作为载体的小说就具有了两套编序的页码，这种别出心裁的副文本设计加上以假弄真的注释，呼唤读者介

---

① 梁靖芬整理：《想象小说的边陲—第六届花踪文学奖世界华文小说奖决审会议记录》，载《花踪文汇》第六辑，萧依钊编，八打灵再也：星洲日报，2003 年，第 17—18 页。

② 曾毓林记录：《真实和虚拟如影随形——第六届花踪文学奖马华小说奖决审会议记录》，载《花踪文汇》第六辑，萧依钊编，八打灵再也：星洲日报，2003 年，第 133 页。

③ 《告别的年代》2010 年在中国台湾出版，迅速登上畅销排行榜，并入选当年《亚洲周刊》十大华文小说；2011 年势头不减，相继获得花踪文学奖马华文学大奖、《中国时报》开卷好书奖，赢得读者和评论界的一致好评。见“当当网”之商品介绍。

入小说的共同创造：寻找丢失的512页。

《告别的年代》结构别有新意，故事的本事、阅读、写作各成线索：小说分为12章，没有章节名称，每章分为三节，亦未命名，内容相互关联和排斥，它们共同指向一本叫《告别的年代》的大书。曾有读者提出只需要读“第一个杜丽安”的故事即可，反映出小说后设技法运用的高超，每章第一节连起来组成一个杜丽安的故事，她在1969年“5·13”冲突之后委身下嫁黑道小头目钢波，充当继室，由戏院售票小姐摇身一变为酒楼的女掌柜，围绕她的一生书写她的爱恨情仇和钩心斗角。而将每章第二节串起来，则是另外一个杜丽安的故事，“你”同样活在五月花：以私生女的身份，不断阅读《告别的年代》这部大书，并将命运与第一节里的杜丽安联系起来。第三节中的杜丽安是“书写者杜丽安”，或名之韶子、玛丽安娜·杜（获得国际认可之后），三个不同身份的杜丽安，命运又彼此交叉，这样一种诡异的叙述结构使小说变成一个彻底的迷宫。

正如马华学者黄锦树在《告别的年代》序言中质询的，黎紫书之所以设计这么多的陷阱，大约只是为了证明“角色的人生不过是被写下的故事”而已①。至于真正要告别什么、向谁告别、如何告别，可能并不重要。黎紫书2000年接受旅台学者张锦忠访问时指出马华文学议题的改变：“今日在马来西亚的年轻人，其实都没有类似的身份、民族、历史和国籍的眼界与感触。我正是这一票人之其一，于是我索性就以这角度去思考、去选择题材、去表达。”② 针对张氏提出的“是否希望自己有朝一日成为另一个张爱玲，或朱天文，或立志超越他们?”她直率表达了自己的文学野心：“真正有心成为大师的人，大概都不会‘希望能像某某人一样’，并非我胸无大志，张爱玲和朱天文都是我由衷欣赏和佩服的女作家（慢着，为何你非得拿女作家来做例子不可?），然而只是要超越她们，志气似乎还是小了点，虽然依我的资质，其实不容易做到。”③

此刻谈论《告别的年代》能否成为“伟大之书”为时尚早，反观她与张锦忠十多年前的访谈，黎紫书确乎很早就表现出跨越“马华”乃至马来西亚的抱负，她意图建构一个更加辽阔的语言乌托邦。在黎紫书过人的文学天赋背后，

---

① 黄锦树：《序·艰难的告别》，载《告别的年代》，北京：新星出版社，2012年版，第4页。

② 张锦忠：《黎紫书访问记》，《中外文学》，29卷，第4期，2000年9月，第208页。

③ 张锦忠：《黎紫书访问记》，《中外文学》，29卷，第4期，2000年9月，第208页。

反映出“马华社会对于中文语言及文化细节的扎根能力”，以及华族漫长的华语教育、华文文学的抗争过程。王德威指出：“每一个黎紫书的后面，会有多少个不成功的作家。或者还有更多没有出头的，默默在写的马华作者，如此汇集成一个互相激荡的文学社团，最后才显现出马华文学的丰硕成绩。黎紫书的成功，是马华写作者、读者和作者都应该感到骄傲的。”① 在王德威看来，黎紫书代表了从马华社会内部言说族群故事的能力，这一故事的言说与中文为母语的区域相比，需要克服的困难艰巨得多。

语言理想国的设想与搭建，总是和民族寓言深刻联结在一起。对于马来西亚甚至东南亚新生代华人而言，实现国家认同必须从文化认同的角度重塑新的主体身份，而选择何种姿态告别过去，又显得至关重要。因为被压抑的历史记忆内在于华人海外落地生根的复杂历程，忽略了这一点，就会迷失族裔群体的文化努力方向。黎紫书在《告别的年代》中不断提醒它是一部“记忆之书”，华人必须告别被排斥的历史命运，才能重建融入本土的生活，但是历史本身是无法告别的。

此处节选自《告别的年代》第三章，写杜丽安的弟弟阿细回家悼念去世的母亲，借姐弟重逢忆及当年往事。上一次大选造就了华人的悲痛，也促成了杜丽安的终身大事，苦涩中混杂着甜蜜，动荡中绽放着芳华，一如华人走过的时代，从来就不是单色调的。

（龙扬志）

① 胡金伦：《异域的声音——与王德威教授谈马华文学》，台北：《中外文学》，2000年第4期，第17页。

黎紫书作品选

告别的年代（节选）

第三章

1

阿细去了都门后便很少回锡埠来了。家里人不外乎老样子。有时候打电话回去，还得劳人走到他家楼下对着窗户高喊苏记，苏记，炒粉婆。苏记听到后穿着木屐咯咯咯冲下楼。其实也没什么特别话要说，都是那些，最寻常不过的问候，吃饱饭啦？再说下去，便不外乎听她重复埋怨丈夫，或搬弄杜丽安与钢波家里的事。

杜丽安家里装了电话，苏记老怂恿阿细给姐姐打个电话吧，问候你姐夫啊。阿细却总是不从。有一天倒是杜丽安把电话打到酒楼，把他从厨房叫出来，跟他说了苏记的死讯。

都门酒楼的生意好得很，阿细站在柜台边接那通电话。收款机前的老板娘问他出什么事了，怎么净拿着话筒不出声。他说我妈死了。芳姨，我妈死了。

芳姨给阿细批了七天假，还嘱人代他买车票，让他当天傍晚赶回锡埠去奔丧。阿细提着软趴趴的行李袋上车，一路上阖不着眼，歪着头枕在车窗上看巴士穿乡过镇，总思疑着那电话是个恶作剧。头一次在话筒里听到姐姐的声音，觉得有点陌生。她哽咽着说“阿妈没了”，让阿细想起以前看见过住在同一条街上的福建婆，某天上午去电发铺接听电话以后，便穿着睡衣在街上奔跑哭喊，阿爸无了。她那瘦得竹竿似的女儿在后头紧追着她，忽然也跟着喊起来，似是向一整条街宣告，阿爸无了。

回到小埠，苏记已经入殓，躺在有点过大，也似乎过于奢华的棺柩里。这使得棺内的苏记看来有点拘谨，仿佛她坐上了一辆跟她不匹配的豪华汽车，便诚惶诚恐地怕自己弄坏了什么。她羞红着脸，努力合拢嘴巴，像以前钢波来迎亲，作揖喊她“岳母大人”时那样地困窘。老爸倒是无所谓，不管喜事丧事他都只有跷着腿，与前来吊慰的人一起剥花生。

阿细在灵堂上首次与钢波的一对儿女碰面。他们看着年龄与阿细相仿，却因为辈分不同，都把阿细喊作“细哥”。那儿子黑黑实实，也像钢波那样五短身材，一副蓄势待发的神色；女儿却瘦而白皙，一脸病容，仿佛很久未见天日。苏记在电话里提起过，你姐夫有一对儿女到这边来住了，说要在这里学点手艺。

杜丽安则比以前丰腴，肤色也变亮了。阿细和她坐着一起烧衣纸，觉得她就像换了个人，气度大不相同，还会三不五时地盯着钢波的儿女，偶尔昂起脸来吩咐他们做事。那对兄妹喊她“丽姨”，这让阿细想起都门酒楼的老板娘。是的，就像芳姨一样，姐姐也渐渐有了老板娘的气质和架势。

“他们两兄妹都怪怪的，嘴巴像屎蚶一样，撬不开。”杜丽安把两人打发到一旁去折元宝，还是不太放心，仍然不时拧过头去看。“唉，我很难呢。”

阿细不作声。

杜丽安斜睨了一眼，在弟弟的脸上看出一种僵硬的表情，似乎他不太能适应。她便转了话题，说到这阵子的天气，骨痛热症又肆虐了，你住的地方有蚊香吧。舅公家里要娶媳妇了老妈却喝不了这喜酒。大选，今年要举行大选了不是吗？你说英女皇今年还会不会来？唉，又一届了，这么快。

这一声叹息，阿细懂得它的内容。他看了看姐姐，心里柔软了。上一届大选不是有个候选人死在戏院吗？姐姐那时还在大华戏院卖票，回来说戏院闹鬼，那男人的鬼魂在女厕。后来《唐山大兄》公映，姐姐说请他看电影，他去到后才发现姐姐身后有个梳了飞机头的男人。

“你不认识波哥吗？叫人啊。”杜丽安碰一碰他的手肘。

他不说话。两眼直勾勾盯着那男人搭在姐姐肩上的手。杜丽安那时就别过脸，对那只戴着两枚金镶玉的手说了，别管他，我弟弟的嘴巴，像屎蚶。

一整个下午，钢波的儿女都坐在一隅折元宝。男的一副心不在焉的样子，若不是在伸懒腰便是在东张西望；女的却出奇地安静和专心，像是要把手上的纸元宝折成艺术品。阿细观察了一下午，他说这两兄妹真奇怪，好像都没交谈。说完了他自己不禁莞尔，和杜丽安相视一眼后，两人一起抿嘴忍笑。

亏得钢波那时在道上多的是朋友，一辈子活得毫不起眼的苏记，死后竟堂皇了好几日。大伯公会的庄爷也赏脸亲临，一众弟兄随行，在灵堂掀起不小的反应，算是举殡期间的一个“高潮”。这让老爸特别兴奋，跑动勤了，莽撞的话却也说多了。杜丽安倒是十分从容，庄爷离去的时候特地回过身来说，阿丽你打点得很好，辛苦了。

那晚杜丽安在灵堂后面的房间小憩，却眼光光地躺在帆布床上不能入眠。钢波和阿细随后进去，都问她怎么没阖眼。她总不好说自己开心吧，便捏捏额头佯称头痛。阿细说很痛吗？不如给你找两颗止痛药。她正想说不要，钢波却已端着开水和头痛药推门进来。

出殡前一天，都门酒楼派了个坐柜的老大叔坐长途车过来，送上老板和同事凑的帛金。这不啻让阿细感到意外，杜丽安更显得比接待庄爷时还要高兴。因那大叔坚持当天要走，她便极力留人吃了一顿晚饭，还让钢波差人去买了柚子和鸡仔饼等土产，送到巴士站去，让大叔带回都门酒楼与同事共享。杜丽安亲自拣了两个大柚子，在原子绳编成的网兜上做记号，请大叔一定要交给酒楼的老板娘。

“老板娘叫芳姨是吧?”杜丽安看一眼弟弟，没等他应声便已转过脸去对那大叔说，“芳姨她这么通情达理，我们实在很感激。以后还请她多多关照。”

那天和大叔同时间到来的，还有密山新村的娟好姐。她那时在别人家里当帮佣，好不容易请了半天假，把女儿矮瓜脸也带来了。矮瓜脸能跑能跳，却不吵闹，也不黏人，穿着掉了一个蝴蝶结，却明显有个蝴蝶印的鞋子在灵堂上走走停停，自得其乐。杜丽安也留她们一起吃饭。华仔大炒包办的一桌子菜相当丰盛，然而娟好吃相不好，反倒是矮瓜脸十分自觉，从母亲的衣袋里掏出手帕，揩一揩自己的嘴巴，再擦一擦母亲的嘴角。

因为要送大叔离开，杜丽安顾不上娟好母女，只有吩咐钢波的儿子陪她们走一段路去搭车。那瘦弱的妹妹也不打招呼，静静地尾随哥哥。矮瓜脸回头看了一眼，竟停下来等她，并主动伸出手来牵着她一起走。

说来也怪，苏记之死虽叫人意外，可大家除了最初有点失措以外，很快也就接受了事实，灵堂上没多少悼惜的气氛。及至出殡当天，因为来的人很不少，请来的客家道士又特别古灵精怪，事情多而烦琐。碰巧那一天是跑马日，杜丽安的老爸自然心猿意马，总是托词到外头刨马经，没帮上什么忙。大家忙碌起来更感觉像过节似的，谁也来不及哀悼，苏记便已回归尘土。阿细最后赶上一眼——不过数日，棺中的她看来又萎缩了不少。就这么一个细微的人带着她那不合身的豪华棺木，一路哀乐，葬到广袤义山中的云深不知处。

苏记入土后，阿细在家里待了两天一夜。回去都门之前，杜丽安在百利来酒家安排了一桌饭菜。阿细和老爸去到后，看见钢波的儿女也在席上。儿子依然心不在焉，频繁地改换坐姿，一副百无聊赖的神色；女儿则沉静得像个不存在的人。她大多时候都低着头，小口扒饭，也不怎么下箸。杜丽安挟了些肉到她碗里，说多吃吧你这么瘦。那女孩用旁人几乎听不到的声音说，谢谢丽姨。

阿细看在眼里，怪，这兄妹两人还真一席无话。老爸和钢波却忍不住开了三大瓶啤酒，拼命斟满对方的酒杯。他们自有赌经与大选动向可谈，而且有酒精助兴，不自觉便提高了说话的声量。钢波一再摇头纠正老爸说的话，有时候也左右瞥一眼，神秘兮兮地"泄露"一些从庄爷那里听来的内幕消息。男孩饶富兴致地看着他们，女孩却似乎把头垂得更低了。

"你看她。"杜丽安用手肘轻轻碰一下阿细，目光斜斜地滑过桌上的杯盘，停在女孩放下的碗筷上。阿细看了一眼，碗中的饭已扒光，肉却还在。"你看到了吧，我有多难。"杜丽安倾身靠近他，几乎没怎么张嘴，用密谋似的声音说话。

"你姐夫说庄爷快要让他出来做生意了。"杜丽安把声音压低，"他要我帮他。"

"你知道做生意当然要找自己信得过的人。"她顿一顿，神情十分认真。"阿细，你是姐姐最信任的人。"

阿细没有回话。杜丽安说"你姐夫"，这让他忆起苏记。那一刻他才深切地感受到这世上已经没有苏记了。以后他不会在电话里听苏记啰啰唆唆地发各种牢骚，又劝他给姐姐打电话。为什么要打电话呢，没什么话要说的。

哎呀，问候你姐夫嘛。

想起苏记让阿细伤感。他忽然沉默下来，用杜丽安所不了解的眼神，忧伤地凝视她。杜丽安确实会不过意来。她愣了一下，说没关系，你不回来也没问题。我看你在那边做得不错，老板待你很好。

"再说，那里毕竟是大埠。多点见识。"她拍拍阿细的肩背，像在安慰一个跌倒了刚爬起来的孩子。

回去都门的路上，巴士似乎行驶得特别快。路有点崎岖，司机开车像在驯龙。阿细坐在车尾，被那愤怒的巴士甩得差点没把胃里的七荤八素吐出来。他想起刚才饭饱后老爸说要去打牌，便径自往会馆那一头走去。他和姐姐还有一对少年兄妹挤进钢波的车子，拐了个弯，看见老爸正在五脚基上走得趔趔趄趄。杜丽安摇下窗玻璃，听到老爸扯开嗓门唱他的粤曲。一啊叶轻舟去，人隔万重山。

鸟南飞，鸟南返，鸟儿比翼何日再归还？

哀我何孤单。哀我何孤单！

2

母亲叫你喊他“细叔”。你觉得那似乎意味着有另一个辈分或年纪更大的人，需要被喊作“大叔”。但这么多年了，“大叔”并未出现。有时候你会在五月花的梯阶上被人拦住，问你有见到你的细叔吗，他到哪里去了。于是你才微薄地意识到他是“你的”细叔。细细咀嚼，像是有一层亲人的含义。

母亲叫你喊他。你喊了。细叔从一团背光的身影中走出来，咧嘴露出一口参差不齐的发黄的牙齿。他说这孩子很乖很听话，你转过身去踩那些嘎吱嘎吱作响的地板。

母亲叫你喊。你站在三楼的梯阶上，扶着栏杆朝楼下大喊。细叔。细叔。你那迅速发育的声带抖出了你不熟悉的声音，它粗糙低沉，绕着楼梯回旋到底。要再等一阵才能听到他的回应。什么事？

我妈找你。你与你投射到墙上的影子，对着庞然的空洞说话。

母亲叫你。你回过身去。那时母亲两腿浮肿，青筋像一丛绿色蚯蚓要钻出她的皮层。你看着那膨胀得像篮球那样大的左膝盖，隐约有点预感，母亲支撑不住了。而她果然神志不清，两眼翻白，开始说很多叫人茫无头绪的话。她问你记不记得你们以前住过一条有很多寿板店的街。她说她昨晚又回到那里了，看到有个老头在拉二胡，还有人把纸扎车和纸人投进烈火里。

细叔说那是死的前奏。这种事你也曾听说。以前住在那一条有很多寿板店的街，那些坐在店前的老人便曾经对你的母亲与其他妓女说过。他们说话的时候，你在门口张望。店里一贯幽暗，地上尘灰积如薄霜。更深处必定有个神龛。看不见供奉的是什么，只看见烛光或煤油杯里一蕾一蕾静止的火。

只是那死的前奏未免太拖沓。母亲拖着肿大的瘸腿活了好久，忍受了许多你无法分担的痛苦。直至她最后突然想起要吃肉，并且在吃了你买回来的咖喱羊肉以后，捂住饱胀的肚皮满足地死去。你几乎以为那些羊肉有毒，但细叔说不是的，是回光返照。他说时面无表情，似已对生死麻木，就像那些叨着余生坐在寿板店门外的老人。

你却想起死囚行刑之前必备的一顿美食。想起《告别的年代》中吃榴莲噎死的炒粉婆。想起人们梦寐以求，只愿死在丰足的一刻。

母亲叫。你从梦中醒来，发现她陷在另一床梦中。她在梦里的喊叫听来竟与她在隔壁房里的仙死之声相似。谁呢，哪个男人在里面？她横尸在房中，细叔叫你另外找个房间睡一晚吧。你摇头，当晚一直坐在床边陪伴你长眠的女皇。

半夜时细叔来敲门，说你试试开那冷气机，天气热，怕她会发臭。你去开了，那冷气机发出剧烈咳嗽般的声音，像要把老朽的脏腑全吐出来。

于是你把它关掉，继续坐在床畔。事实上，你以为她早已经由内而外地发臭了。你想起曾经在一家靠海的旅馆住过一两个星期，阳光里也有这股咸鱼的味道。街上有两家卖海产的小店，常常有打扮得很像游客的男女胸前挂着相机走过。母亲说走吧，在这里我斗不过那些小妹妹。于是你们离开那个听得见海风的地方，去到丧葬之街。你记得那里临着阳间的世界，白日里像个不为人知的异次元空间，只有待天黑了才向尘世敞开大门，飨以阴世的筵席。但各处的旅馆总是一样的。反复汗湿后的床垫，干瘪的枕头，像随时会塌下的栏杆与黏黏的楼梯扶手。

母亲说，不管去到何处，蜗牛背着的总是自己的壳。

天亮之前你梦见迷宫，无数的门与无尽处的回廊，也有一些门被打开了一道罅隙，门关节咿呀作响，有人往那门隙凑上一只冷冽而阴性的眼睛，十分逼真。然后天就亮了。你揉一揉眼睛，天光如一绢薄纱柔软地铺在母亲僵冷的脸上，几乎让你以为她会醒来。

他们来了。细叔后来结算，说帛金收了两千多块钱。你很想说欠他的以后一定会还，但你踌躇很久却一直说不出来。

潘雨桐及其入选作品简析

潘雨桐简介

潘雨桐本名潘贵昌，原籍广东梅县。1937 年出生于马来西亚森美兰州文丁镇，1958 年赴台留学，1962 年自中国台湾中兴大学农学院毕业后，前往美国奥克拉荷马州立大学深造并取得遗传育种学博士学位，1972—1974 年间受聘为中国台湾中兴大学园艺系客座副教授，后返回新加坡和马来西亚从事农业研究。

潘雨桐作品简析

潘雨桐自言一向无拘无束，视写作为自由之途，自 1979 年开始以小说为主的创作，至今已将近 40 年。40 年笔耕不辍，先后出版《因风飞过蔷薇》（1988）、《昨夜星辰》（1989）、《静水大雪》（1996）、《野店》（1998）和《河岸传说》（2002）等小说集，以及《东谷纪事》《大地浮雕》等散文佳作；曾获三届台湾联合报小说奖（1981、1982、1984）、两届马来西亚花踪马华小说推荐奖（1993、1995）。潘雨桐目前是马来西亚华文文学界著名作家，在回顾自己的写作生涯时曾说："写作是一条漫长的路，走在上面是苦是乐，各人的感受不同。有的人可以走一辈子仍然坚持不倦，有的人只走一小段便歇息去了。不管时间的长短和耐力如何，我都给予敬意。”①

在这条漫长的写作之路上，潘雨桐留下了大量优秀的作品，总体而言，潘雨桐的创作，早期偏重政治书写，后期转向生态写作。

作家的学习经历往往会对其创作产生重要的影响。潘雨桐在马来西亚完成启蒙教育，中学毕业后留学中国台湾，后又赴美国深造，这些经历使其作品背景经常游走于中国台湾、美国和马来西亚之间。收入于《因风飞过蔷薇》和《昨夜星辰》中的早期小说，多以留美生活为题材，有点类似于白先勇、陈若曦等人的留学生文学，但与他们不同的是，《因风飞过蔷薇》和《昨夜星辰》往往借助大量的议论去表达作者的某种政治意见，呈现一定的政治书写倾向。此外，这两个小说还有部分是以马来西亚为题材的小说，在内容上面，也较偏向政治书写，反映华人作为少数族裔在马来西亚所遭受的各种伤痛。

潘雨桐20世纪70年代返马后，长期在赤道雨林从事农业研究，20世纪90年代之后，潘雨桐开始将雨林经验投射到文学创作中。他在20世纪90年代中期创作的两篇散文：《东谷纪事》（1995）和《大地浮雕》（1996），一直被认为是马华文坛生态写作的开风气之作，此间及其后结集的三部小说集《静水大雪》《野店》和《河岸传说》，赤道雨林的自然生态以及人与自然的关系成为重要命题，因而，可以说，潘雨桐20世纪90年代以来的小说具备某种程度的自然写作的特质。潘雨桐在散文《东谷纪事》和《大地浮雕》中表达的因生态遭破坏反噬人类生存的主题，在其小说集《静水大雪》《野店》和《河岸传说》中则以不同的故事反复演出，最终落实为一个天问：怎样延续热带雨林的生态系统？

本书所选小说《一水天涯》创作于1987年，是潘雨桐早期写作的代表性作品，被马来西亚华文作家黄锦树主编的《一水天涯》，中国大陆学者刘俊选编的《海外华文文学读本·中篇小说卷》，江少川、朱文斌主编的《台港澳暨海外华文文学作品选》等文学选集收录，由此也可见其重要性。小说的主人公林月云在中国台湾出生长大，大学期间认识从马来西亚到中国台湾留学的华人后裔陈凡，结为夫妻。婚后林月云随丈夫移居马来西亚，成为移民“新客”，开始在这块陌生的土地上与身为园丘助理的丈夫共筑绮丽的梦。小说讲述的是林月云移居马来西亚十年后的生活，但并非如我们在童话故事中所看到的甜蜜快

---

① 潘雨桐：《写作乃自由之路》，选自叶啸主编：《当代马华作家百人传》，马来西亚华文作家协会2006年版，第300页。

乐，此时的林月云因为公民权一再落空而陷入绝望，丈夫陈凡则因园丘易主，面临失业，基本的公民权益得不到保障。小说的最后，林月云看到窗外“打了一地的霜”，那寒霜正象征着以林月云为代表的华人在马来西亚所面对的严峻形势。

《一水天涯》是典型的问题小说，反映了马来西亚华人所遭遇的种种族裔伤痛。首先是教育的不公平。陈凡在马来西亚成绩优秀，“在老家，我没机会”，“我的成绩是不错的。但我们的分配额太少，一比之下，我们有许多成绩优良的学生，只能望大学的校门兴叹了”①。陈凡在这里提到的高等教育分配额，在马来西亚叫作固打制，这是马来西亚的一种种族教育制度，指学生在进入大专时，除了成绩的考虑之外，还以种族来区分入学名额，不同的种族有不同的名额限制，当中又以马来人拥有最多的入学名额。在 1977 年至 1978 年间，土著学生与非土著学生的录取比例为 3 ∶ 1。1978 年以后，马来西亚政府才逐年放宽非土著学生的录取率，但土著与非土著的录取率仍维持在 11 ∶ 9。因为固打制的限制，只有极少数的华人能够接受马来西亚当地的高等教育，所以像陈凡这样的华人才被迫选择出国留学。

其次是华人的身份之痛。在马来西亚，国民被区分为土著和非土著，华人和印度人被视为非土著，尽管为马来西亚的开发与持续发展做出了杰出贡献，但华人仍被视为不可靠的外来者，小说中林月云在深夜感叹“我是吾民，我也是吾民中的一分子呵”！但林月云却不能跟土著一样“公平承受上苍的福泽”，这就是有区别对待的种族政策。小说中华人的身份之痛集中体现在林月云公民权得不到确认上。林月云十年前嫁给马来西亚华人后裔陈凡，成为新移民，十年间，为了自己的公民权，林月云一次又一次向公民权局递交各种材料，“反反复复，一次又一次，有些影印副本似乎已经褪了色，积压的时日太久了。但那马来官员镜片后的目光，却仍然一样凌厉”②。十年过去，林月云仍是没有合法身份的“黑户”。绝望的林月云只能无奈地控诉：“为什么菲律宾人、印尼人非法进入沙巴州，却能轻易地成为公民？难道我们不是同住在马来西亚吗？为什么审查会有双重的标准？……我们是一个多元种族的国家，建国共同流血流汗，

① 潘雨桐：《一水天涯》，选自黄锦树主编：《一水天涯》，台北：九歌出版社，1998 年版，第 38 页。

② 潘雨桐：《一水天涯》，选自黄锦树主编：《一水天涯》，台北：九歌出版社，1998 年版，第 48 页。

而华人则被归类为非土著，这公平吗？……一个国家，一个种族，一种语文，我们五百万的炎黄子孙将如何自处？”① 林月云的控诉道出了马来西亚华人内心永恒的身份之痛：不公平的种族政策导致的华人在马来西亚而不属于的尴尬处境。

《一水天涯》的主题除了上面谈到的控诉马来西亚政府有区别对待的种族政策、反映华人的身份之痛外，还暗含着一个乡愁主题，本书节选的小说前半部分，抒发了海外游子林月云浓浓的思乡之情。

乡愁是海外华文文学中的常见主题，小说的题目《一水天涯》很容易让人联想到古典诗词中常出现的人在天涯思念故乡的情景。从人物设定来看，主人公林月云从小在台湾长大，婚后远离父母、告别故乡，随丈夫移居异国他乡，是典型的“海外游子”；同时，由于她的公民权一直没有被马来西亚政府承认，所以林月云还是一位典型的第一代华侨，原乡即故乡，台湾既是林月云文化的原乡，也是寄托了她美好童年记忆的故乡。

小说第一段描写林月云在厨房里收拾时“总喜欢往窗外望”，“窗外是一片海”，因为那海（南海）的另一边、天涯的尽头是女主人公的家乡：宝岛台湾，望海即是望乡，这是典型的游子思乡镜头！紧接着，为了强化这种乡愁，小说描述了两个场景：客厅喝茶和女儿小莉背书。在客厅喝茶这一场景中，林月云回忆了当年母亲为自己买茶壶的情景，如今用这把精致的茶壶泡着母亲从台湾寄来的茉莉香片，林月云“心中真是百感交集，想哭”②，远离亲人方真正体会到亲情的可贵。游子为什么会思乡？因为那片土地生活着自己的亲人，是亲情的寄托之所，林月云睹物（“茶壶”）思人（母亲），因而“百感交集，想哭”。第二个场景，林月云为了使女儿小莉守住华人文化之根，让她念华文背中国古诗，这一方面反映了马来西亚华人守护中华文化的执着信念，另一方面，从女儿所背的两首诗来看，这一场景进一步渲染了小说所要表达的乡愁主题。女儿小莉背诵的两首诗分别是李白的《静夜思》（“床前明月光，疑是地上霜。举头望明月，低头思故乡”）和王维的《送元二使安西》（“渭城朝雨浥轻尘，客舍青青柳色新。劝君更尽一杯酒，西出阳关无故人”），从广义上讲，都是乡愁

① 潘雨桐：《一水天涯》，选自黄锦树主编：《一水天涯》，台北：九歌出版社，1998年版，第48—49页。

② 潘雨桐：《一水天涯》，选自黄锦树主编：《一水天涯》，台北：九歌出版社，1998年版，第22页。

诗。当女儿不知诗的意思，问林月云什么是“故乡”时，林月云的回答（“故乡，故乡就是家呵！老家呵！”）言简意赅，也一下击中了她这个天涯游子的情感旋涡。

《一水天涯》在身份之殇的主题下暗含着思乡之情，说明小说具有多种解读的可能，这也是一部优秀小说具备的基本品质。海外华文文学是一种广义的“离散”文学，只要有别离，就会有乡愁，林月云隔海望乡的场景，必然会触动越来越多的游子（海外的、海内的）！正如唐代诗人白居易在《阴雨》中所写：“望阙云遮眼，思乡雨滴心。将何慰幽独？赖此北窗琴。”

（温明明）

潘雨桐作品选

一水天涯（中篇节选）

……

直到手中的碟子哐啷一声滑落到水盆里，林月云才猛然惊觉，赶快把水龙头打开，水便哗啦哗啦地流了出来。太大了，她关小些，目光又向窗外飘去。这一刻，黄昏时候，一家人用过了晚饭，她便在厨房里收拾，总喜欢往窗外望。

窗外是一片海。

煤气灶上蹲着一把水壶，搪瓷的，藏青色，大概用久了，底部已经焦黑，虽然有铜丝刷过的痕迹，但洗不干净。水壶的上端已有好几处剥落的斑斑点点，仿佛是岁月刻意留下的脚印，一步一个，一个一秋，这是第几——多少年了？住在这里。

水壶呼呼地冒起白烟来，林月云在抹布上擦擦湿漉漉的手，“啪”的一声把煤气关了，勾着头望着客厅：“沏壶茶好吗？”

客厅笼罩在黄昏的灯影里，电视机开着，可以看到一角画面闪来闪去。

“我在和你说话，陈凡——”

“哦。”

林月云从橱里拿出一个圆筒形的铁罐，绿色的底写着金字，她细细地端详一会儿，然后使劲把盖子打开，一股清香便扑鼻而来，她深深地吸了一口气，闭上眼睛。幽幽地：“真香，真——香，真是鹿谷名产。”

窗外海的颜色在变，刚刚还是明明亮亮的，只那么一会儿工夫，便阴暗了下来。窗的斜对面是一片荒废了的椰林，七歪八斜的，不知道是没有施肥瘦弱了下去，还是长年累月的给海潮冲倒了。远远地望过去，倒有点像是小时候看过的南海风光电影，在水也湛蓝、天也湛蓝的一片蓝色打底的世界里，椰树的碧绿，椰影的碧绿，都在风里有一阵没一阵的，打算调理出一种热带风景中该有的特色。好像还得添些棕色肌肤的女孩，头上戴着艳红的朱槿花，就这么一点点艳红，隐隐约约，在遥远的记忆里，一直都不会忘记。而今确确实实的，也都展现在窗外。记得初来的时候，窗外的一排朱槿还小，不过，却是绿油油的，照顾得真好。

茶壶收藏得真好，橘红的壶身，在把手的两面都绘上水红盛开的莲，边缘还勾勒了粗细有致的金线，很特别，很少见。别的壶身不都描着斑斓点点的梅花吗？那一年夏天，母女俩经过长安东路的茶庄，原本是要买四两冻顶乌龙的，闲闲地等着老板秤茶，忽然瞄见玻璃柜里有那么好些把茶壶搁着，有素烧褐黄的、洁白描花鸟的、藏青的，唯独这个最抢眼。母亲低下头托着老花眼镜看着。

“这茶壶不错，”老板把茶包好，顺手也从玻璃柜里把茶壶拿出来，“沏好茶总得有好茶壶。”

“是有点特别。”

“进口的。”

“哪里？香港？”

“大陆的，跑委托行那个特别让过来的。”老板把茶壶翻过来，“喏，您看这个印记，假不了。”

母亲细细地摩挲起来，拿起茶壶走到门口就着光端端地瞧着，轻轻地点了点头，侧过脸来对林月云说：“这个你用得着——”

“我？”林月云接过茶壶，莲花的瓣儿浮凸处触着手心，冰凉冰凉的，有点不知所措，心里却记起刚刚背诵过的——《爱莲说》。

“还不错吧？”

“我不常喝茶，您就——”

在回家的路上，林月云的心怦怦地跳，脸有点红，有点热，手里拿着茶壶，仿佛已准备好了一切。母亲断断续续地说着白家的事，一桩桩一件件，有的相互关联，有的连边都扯不上，像是落日后回头看见的飞鸟，在冷了的晚霞留下的最后一抹血红中，一只跟着一只地跌了下去。而有的却反扑了回来，不知所终。白家是不错，每一次到白家，白妈妈就糖果点心地摆出一桌子，也在有意无意之间说着白家老大的事："他呀，可别瞧他块头大，还像个小毛头般的毛躁，闹着要出国，到他表舅那儿去。巴黎呀！花花世界，哪能放心呵！早些成个家就好。"母亲也不知道有没有留心着，她倒是无由地在母亲耳边轻轻地冒出一句："那年算命，不是说我要嫁过海去的？"

"去巴黎不也过了海吗？"母亲想了想说，"台湾海峡呵，不也过了台湾海峡？"

这么把精致的茶壶倒真是用上了，当林月云跪着辞谢父母，双手捧着茶杯看那茶壶注着碧绿的香茗，心中真是百感交集，想哭。她低着头，抿着嘴，而跪在她身边的可不是白家老大。她不是要过海嫁到巴黎去吗？手一颤，热水就泼了点出来。

"哎呀，怎么搞的。"林月云甩甩手，好烫。她又从橱里拿出两个杯子，一同放到茶托上，端到客厅去。

客厅显得有点凌乱。

"真香。"陈凡啜了一口，就着杯子闻了闻，"香片？"

"好不好喝？"

"真好，刚买的？"

"妈寄来的，妈知道你爱喝香片。"

陈凡微微地笑了笑，想说声谢谢，却接触到她盯着他看的目光，又把话咽了回来，低下头，看见她的手背一片微红。他伸手过去，轻轻地握了一下："怎么了？"

"给热水溅了一下，没关系的。"

"我给你拿药油去。"陈凡打开靠墙小桌子的抽屉，东翻西翻一阵，又转到浴室去，却拿了支牙膏出来，"药油没了，这个——"

林月云把手伸过去，任他抹上一层薄薄的牙膏："这管用吗？"

"凉凉的，是不是？"陈凡轻轻地抹着，"妈好吗？"

"回台中了。"

"台北住不惯？"

"今年冬天台北又冷又湿，妈受不了，就回台中住二姐家。可是，二姐她——"

"二姐怎么了?"

"二姐工作那家鞋厂周转不灵，员工个个苦撑着。一个月只有一天休息，晚上又要加班。没薪水，还得自备晚餐。"

"过分，谁受得了?"

"要吃饭就得受得了——二姐哪有时间照顾妈呵?"

"回雾峰老家嘛。"

"你又不是不知道妈最怕寂寞，自从她从一女中退休后，便这里住住那里住住，大哥就把老房子封了。唉，也不知道老家怎么了。真想看看书房外那一丛绿竹，还有那旁边的水池。夏天一到，满池的荷叶田田邀约，一夜之间，颤巍巍地都打起水红色的伞来。"

"我们以后搬到有绿荷打伞的水边去。"

"其实，我也不真那么想。这里没见着荷花，好像水里的植物都不开花，水风信子也不常开花，老家的却常常开得一池的紫蓝。"

"谁来留心这样的花? 虎骨胶寄了没有?"

"寄了，泡了高粱。"

"试过没?"

"喝了晚上睡得比较安稳，不过，妈说好腥好臭。"

"药嘛!"陈凡拿着杯子细细地品尝着，看着杯里淡淡金色的液体，几片茉莉花留在杯底，已没了春风招拂的洁白。

"小莉呢?"林月云向四周打量一下，"小莉跑到哪里去了?"

"刚刚还看她在那里削铅笔，大概在房里吧?"

"小莉——"

"妈。"小莉从房里转出来，一手拿着刚削好的铅笔，一手拿了本学校的练习簿。

"过来，吃鱼肝油。"

"不要。"

"干吗不吃? 才吃了两天就不吃?"

"好腥!"小莉皱着眉，"打呃好腥，我不喜欢。"

"医生说你肺弱，又不听话了?"

"妈——"

"听话——来，坐过来。"

“妈，我都二年级的女生了啦。”

“所以呵，你已经是个懂事的大女孩了，你要听妈的话，好好用功读书，好好背——”

“妈——”

“背给妈听。”

“妈——”

“背呵，床前——”

“床前明月光，疑是地上霜。举头望明月，低头思故乡。”

“很好，小莉真行，明天我再教你。教你——渭城朝雨浥轻尘，客舍青青柳色新。劝君更进一杯酒，西出阳关无故人。”

“妈——什么是地上霜？”

“地上霜？”林月云轻轻地搂着小莉的肩膀，瘦棱棱的，她有点心疼。而小莉穿着一身淡绿色的小洋装，却清洁爽爽的，好可爱。

“是不是电视广告上的无霜冰箱——”

“不是不是。”林月云想笑，但又笑不出，反而是眼眶有点湿润起来。雾峰乡下难得见到霜，有嘛，都在农历年前后那一段短短的时光。清晨起个绝早，赶紧走到屋后的菜圃去，一畦一畦的牛皮菜碧绿翻卷，上面打着一层薄薄的粉白粉白，用指尖轻轻地在上面画过去，就成了单轨或双轨的车道，经那薄薄的阳光一照，就一去不回了。

第二天再来看，碧绿的叶子有些已伤成斑斑的瘀褐。而真正的霜天却起自东眼山的北麓，那一年的秋季，芸芸表姐约了农学院的研究生上东眼山收集山地资源资料，她也陪着他们进入森林。白天在原始森林中纵走、寻觅，把蔷薇科的植物叶子连同风霜雨露整整齐齐地夹在厚厚的报纸里。夜里，就着刚刚生起的柴火，靠着粗糙的原木搭建的长廊望月。

月是从雪棱后浮上来的，把雪棱的边打成一线盈盈的苍白，而雪棱下则是一片悒墨。她从没过过这样的夜，诡异而沉悒。夜很冷，山上的夜，林中的夜特别冷。她一夜睡不着。次晨推开窗，窗外一片的白，她赶紧走出去，一步一个脚印，满地的霜，而盛开的石楠花则吐着血一般的殷红，怎么一转眼，把这一地的霜白，一树的红艳，全都推得老远老远，多少年了？

“妈，怎么了？”

“无霜冰箱哪有霜？霜是，霜是细细的雪，下次去周阿姨家，我给你看霜，周阿姨的冰箱有霜。”

"还有——故乡呢?"

"故乡，故乡就是家呵！老家呵!"

"妈，您的故乡呢?"

"雾峰呵!"

"我都不知道在哪里，我们班上的罗斯娜·维鲁，一放假都回北干那那的家去，妈——"

"等你长大了，我便带你回外婆家去。现在开始背渭城朝雨——"

"我不要背这些了，好不好?"

"不行。"

"好嘛!"

"你们学校都不念华文了，将来你长大了，要是不懂自己的文字，会变得没有自尊。"

"什么是自尊?"

"别人会笑你。"

"才不呢！现在他们就笑我了。"

"现在就笑你？笑什么?"

"他们都听不懂，还问我是不是念经？我说我背的是唐诗。"

"对呵!"

"罗斯娜说是支那斑顿，一直笑我。老师听了——"

"老师怎么说?"

"老师要我学好马来文，将来才能当公务员。妈，公务员是干什么的?"

林月云怔了一下，这算什么呢？念书只是为了当公务员吗？她本想找些话来说说，但想起每晚小莉在房里就着书本把马来文念得飞快，也就不说了。只是轻轻地点了点头："是要把马来文念好，不过——"

"妈，什么是公务员?"

"你就是爱问，公务员就是——"

"太多了，还当公务员干什么？国家都给公务员吃穷了。"陈凡一口把茶喝了，"不看看电信局的外务员，换个电表什么的，一来就是十几个，而动手的只有一两人，真搞不懂他们。"

"我们小莉才不干那种爬高跌低的事。"

“当然唠，小莉是女生嘛!”

“爸，买个摇摇给我好不好？他们都有。”

“贪玩,” 林月云拨拨小莉的短发，“你先回房做功课去。”

商晚筠及其入选作品简析

商晚筠简介

商晚筠，原名黄莉莉，后改黄绿绿，曾用笔名黄梅雨、商桑、舒小寒等，祖籍广东普宁。1952 年出生于马来西亚吉打州华玲小镇一个杂货商家庭，1971 年赴中国台湾留学，1972 年进入台湾大学外文系就读，1977 年毕业后返回马来西亚，后又于 1980 年二度赴台，就读台湾大学外文系研究所，因健康原因，翌年 3 月放弃深造返回马来西亚。曾任马来西亚《建国日报》副刊主任、《文道》月刊总编辑、新加坡广播局戏剧组编剧等。第二次留学返马后，商晚筠婚姻事业均遭挫折，生活并不如意，1995 年 6 月 21 日在马大医院病逝，年仅 43 岁。

商晚筠作品简析

商晚筠中学时代开始写作，第一次留学台湾期间就在台湾文坛崭露头角，《木板屋的印度人》获得台北幼狮文艺社举办的台湾短篇小说大竞写优胜奖；《君自故乡来》以及《痴女阿莲》荣获台湾联合报第二届和第三届短篇小说佳作奖，成为当代马华文坛有重要影响力的女作家。商晚筠生前在台湾出版了两部小说集：《痴女阿莲》（1977）和《七色花水》（1991），1995 年去世后，马来西亚南方学院马华文学馆出版其遗著：《跳蚤》。

商晚筠的小说在主题上有比较显著的特征，创作于第一次留台期间的小说集《痴女阿莲》，笔触多着眼于马来西亚乡土；《七色花水》中作品的亮点则在女性意识的张扬，尤其是对女同性恋的书写，是马华文学此类题材书写的经典文本。

第一部小说集《痴女阿莲》收入了商晚筠主要创作于1976—1977年间的11篇小说：《木板屋的印度人》（1976）、《黄昏以后》（1976）、《林容伯来晚餐》（1971）、《寂寞的街道》（1976）、《痴女阿莲》（1977）、《未亡人》（1977）、《君自故乡来》（1977）、《巫屋》（1977）、《最后一程路》（1977）、《戏班子》（1977）和《九十九个弯道》（1977）。马来西亚是一个多元种族和文化的国家，马来人、华人、印度人杂居相处，构成一幅充满多元文化情调的图景，杂货商家庭背景又使商晚筠自小就能接触到各个族群的人，了解不同族群的文化。在小说集《痴女阿莲》中，我们大致可以归纳出商晚筠马来西亚乡土叙事的两大方向：一是华人的日常生活与风土人情；二是以马来人及印度人为观照对象的“异族叙事”。

值得注意的是，商晚筠的祖籍地是广东普宁，属潮汕地区，《痴女阿莲》中的多部小说都带有明显的潮汕乡土印记。《林容伯来晚餐》《君自故乡来》和《戏班子》都将笔触指向在马来西亚落地生根后的潮州人。《林容伯来晚餐》中的林容伯，是马来西亚第一代华人，叙述者“我”的祖辈在潮州老家时曾受其父辈接济，因而当林容伯要来“我”家晚餐时，“我”的父亲和阿婆十分重视，张罗了一大桌好菜，这些菜都具有典型的潮汕特色。作者通过林容伯对饭菜的“挑剔”、对“我”母亲做菜的干涉以及对故土的难舍，成功地塑造了一位深受中国传统文化影响的潮汕人形象，以及第一代华人对于中国故乡的深厚情感。小说的另一个亮色是对潮州方言的运用和潮州饮食文化的描绘，强化了这部小说的原乡文化气息。《君自故乡来》中奄奄一息的陈日金仍念念不忘他下南洋时遗弃在中国的老妻——春妹，这既是对亲情的一份惦念，更是对故乡中国的深切守望。《戏班子》写镇子里上演酬神潮州戏，“我”一家开心不已，阿婆和阿姨还特地赶来，这篇小说没有紧张激烈的情节，却流淌着浓郁的潮州文化气息，下面这一段有关不看头天首场戏的禁忌描写，读来仿佛置身于潮汕某个乡村：“头一天的首场戏阿婆说是酬神明，咱们平民百姓看不得。小弟却热闹个劲的吵死人，直扯着我的裙角，非要我带他去不可。……阿婆又是疼他又是拿他没法子，叫阿姨拿十个角子塞到小弟两个紧握的小手心。‘这会子是演给大伯公神看的，你又不是神，你去听戏大伯公会不高兴，这白天的人家卖冰激凌烤鱿鱼的都不敢去戏台下，你一个五岁小人儿，你敢去呀！'"①

除了对华人文化的刻画，《林容伯来晚餐》和《木板屋的印度人》等还有非常成功的族群杂居场景的描绘，这些异族叙事，为我们展现了马来人和印度人独有的生活、文化习性，建构了一种纯粹华人视野的马来乡土文化景观，构成了与华人乡土文化叙事相对的异族乡土文化叙事，奠定了商晚筠早期小说乡土叙事的基本内涵。

商晚筠1977年毕业返马后，现实与理想格格不入，当她再度提笔创作小说时，华玲小镇和她家的杂货店开始淡出其视野，女性成为她观照的核心。第二部小说集《七色花水》收入了九部作品：《暴风眼》《街角》《捲簾》《轮迹》《茉莉花香》《疲倦的马》《七色花水》、《蝴蝶结》和《季嫵》，这些小说均以女性为观照对象，出现了大量有关女性身体的书写。在商晚筠后期以女性为书写对象的作品中，有三篇处理了女同性恋话题：收入于《七色花水》中的《街角》，收入于遗著《跳蚤》中的《跳蚤》和《人间·烟火》。这些作品开创了马华文坛同志书写的先河，具有重要的文学史价值。

商晚筠并不是一个女权主义者，她对女性的关注更多源于她自己的性别属性和对现实世界的观察与理解："我从不刻意强调女性主义。不过，潜意识中，我不自觉地往这方面走。日常生活中所见、所闻、所感，让我对女性问题刻骨铭心，我来自保守的小镇，从儿时就看到母亲、舅母这些传统女性逆来顺受，想逃避又逃不了的可怜可悲又让人同情的命运。我的父亲的大男人思想，我的祖母对我母亲的态度，我都尽存心底，我没有刻意地去记，刻意地去写，但是这些女人自然而然地都在我笔下流露出来。"② 正是从小就看到了太多女性的可怜可悲的命运，商晚筠笔下的女性才能鲜活地立于文学之林。我们从她早期的作品《痴女阿莲》中，也能感受到传统女性命运的悲惨。

《痴女阿莲》创作于1977年，收入于同名小说集《痴女阿莲》，是商晚筠早期写作的代表作。小说的主人公阿莲生活在保守闭塞的马盖瀑布村，虽是家中的长女，三个弟弟的姐姐，由于相貌丑陋、天生弱智，"三个弟弟全不当她一

① 商晚筠：《戏班子》，选自《痴女阿莲》，台北：联经出版事业公司1992年版，第223—224页。

② 商晚筠，永乐多斯：《写作，我力求完美》，选自《跳蚤》，马来西亚：南方学院马华文学馆2003年版，附录第3页。

回事，也不爱在别人面前提到她，反正一看到她就一肚子火，都不当她亲姐姐看。"① 不受家人待见又常遭左邻右舍取笑，阿莲成为瀑布村被嫌弃的"另类"。阿莲尽管痴傻，整天还挺着一个受尽嘲笑的大肚腩，但她就像未背封建伦理道德侵蚀的"赤子"，天真善良，纯朴自然："人家办喜事忙里忙外乐乎乎，她也跟着临自个儿头上似的一脸喜气洋洋站在自家大门口瞧那一辆又一辆猛按喇叭绕着村子热热闹闹过的嫁车"，"逢着人家办丧事哭愁个脸呼天抢地的，她也跟着大把泪水流啊流，难过上好几天"②。

本书节选了《痴女阿莲》的第四和第五小节，这是整个小说的核心部分。阿莲受母亲的派遣去给在村子瀑布边玩耍的弟弟阿定和他的两个同事送冰咖啡，在这里我们看到了一个不一样的阿莲：轻松快乐孩童般的纯真少女。"她母亲的声音死了，她兴奋地念着自己的名字，总是在没有人的路上她情不自禁地唤着自己的名字——白莲，白莲，白莲，白莲……"③ 这是阿莲自我觉醒的开始，值得注意的是，这种觉醒的前提是"母亲的声音死了"，这是一种强烈的暗喻，"母亲的声音"象征着乡土社会强大的伦理法则，更明确地说是古老保守的重男轻女意识，是长久以来阿莲自我遭受压制的根源。阿莲自我意识的真正觉醒是在遭遇了弟弟阿定的同事阿炳之后，阿炳同情阿莲的遭遇，心疼阿莲右手所受之伤，这份关怀和同情，是阿莲从未体验过的，尤其来自一位陌生的男性："阿炳的手小心地抚摸着那痕印，她有异样的感觉，一忽儿心里头又抖又怕，一忽儿心里头又喜又乐。"④ 此时，阿莲从阿炳眼睛黑黑深深的地方看到了自己：一个女性意识被彻底唤醒之后的阿莲、意识到自我存在价值和尊严的阿莲！但这种唤醒是短暂的，当阿莲试图从那个黑点再看清自己时，阿炳的态度发生了大的转折："阿炳把拖鞋和空壶子搁在路旁草地上，警觉地投一眼好几层耐人寻味的意思的眼光在她隆凸起来的肚皮上，退了三四步，一个急转，头也不回地

---

① 商晚筠：《痴女阿莲》，选自《痴女阿莲》，台北：联经出版事业公司 1992 年版，第 133 页。

② 商晚筠：《痴女阿莲》，选自《痴女阿莲》，台北：联经出版事业公司 1992 年版，第 136 页。

③ 商晚筠：《痴女阿莲》，选自《痴女阿莲》，台北：联经出版事业公司 1992 年版，第 141 页。

④ 商晚筠：《痴女阿莲》，选自《痴女阿莲》，台北：联经出版事业公司 1992 年版，第 146 页。

朝瀑布去。”① 这样的结局无疑是悲剧的，也暗示了女性寻找自我的艰巨。最后，阿莲的“莲”暗含着商晚筠对广大农村类似阿莲这样的女性的“怜悯”和同情。

商晚筠的早逝，留下了太多的遗憾，包括两部未完成的小说：《跳蚤》和《人间·烟火》，自古才女多薄命已经无法表达后人的惋惜之情。商晚筠作为一个潮汕籍的华人作家，我们从她的创作中能够感受到潮汕文化的魅力，及其对原乡文化的钟爱。

（温明明）

商晚筠作品选

痴女阿莲（节选）

（四）

阿莲她母亲心眼底越瞧那瘦黑小个子越喜欢，趁白定他们三人脚后跟出了门槛子朝瀑布上路，把阿莲叫入屋里吩咐了一番话。

半个时辰。“你瞧你要死不死的，能不能打点精神！”阿莲的母亲一把推着她掀起帘子出来。

这会子阿莲给七分打扮起来，竟也学时髦地换了件宽松松不着身的大蓝花的白底洋裙，头上梳了个大蓬头，脸蛋着一层白得隐了鼻端的雀斑的白凤粉，两胁处洒了半瓶花露水把薰人的狐臭给暂时掩住，大脚板套上一双像样却不像阿莲穿着会好看到哪里去的凉拖鞋，凭这七分装饰教她在后头跟上去白定他们，

---

① 商晚筠：《痴女阿莲》，选自《痴女阿莲》，台北：联经出版事业公司1992年版，第147页。

还准备了一壶喝剩的咖啡让她拿到瀑布那儿冰给他们喝。

阿莲从没这般不自在，她喜欢赤着脚板子喜欢自个儿身上那股怪异冲鼻的味道，她喜欢任头发自自然然的好像那些长在树上头的绿叶，她喜欢穿尼龙长裤和光着胳膊的T恤，她很不愿意她母亲吩咐她必须这样必须那样，但她还是任那些讨厌缠人缠得透不过气来的鬼东西摆布她，限制她教她走在太阳底下却老嗅不着自己两手摇曳出来的那股怪怪而又特别舒服的味道。

她一手提着咖啡壶一手叉着腰肚走出门槛子，她母亲站在门口喊她别再要那般插只手儿荡只手儿的喊破了喉咙，咳出一口痰。她就是乐个自在地充耳不闻，而且还加快了脚步走出她母亲的视野，渐渐地可以感觉到她母亲的声音给弯曲而长的路切断了或碰着树身一字一句地弹了回去，塞哽住她母亲的喉咙或胶插着老树身直卡在年轮里拔不出来，死在某一轮湮久的年代。

她抬起头来，醒亮的眼光拨开遮挡着天空的叶丛。她母亲的声音死了，她兴奋地念着自己的名字，总是在没有人的路上她情不自禁地唤着自己的名字——白莲，白莲，白莲，白莲……那种声音从她的肚子里凉凉地流出来，每一个白莲都摸过她的唇舌，她轻轻地把它们咬出来，她听到，感觉到这两个字合为一在她周围存在，她甚至可以感觉到她的名字为许许多多的草和树欣然地接受。

她最喜欢上瀑布这条路，离村子才两里半，而且又经过她父亲那片大果园，这路平时静得怕人。大白天曾发生过好几宗非礼案，大半夜又不怎么干净。但是每逢星期假日都有外乡外镇的车子和包车驶在这条路上直达瀑布那儿，她逢着星期假日准会背着她父母亲上这儿的瀑布，泡在冰凉的水泡一个热午，然后坐在大石头上边羡慕煞地看着那些无拘无束的外乡人。

经过果园的铁线网外，她觉得脚板微微泡肿发疼，把拖鞋脱了和那壶咖啡提在一块相互晃荡。她只停了一会儿，瞧见她父亲在最里头的红毛丹树下张着一只吊网在空中睡着了。

阿莲踩着路旁的野草，湿湿软软的草叶像芒草花扫帚端一般软中带点硬茎，一丛一丛的含羞草惊慌失措地把叶身吻合起来，她尽量不去踩着她，但还是惊扰了伊们宁静的午寐。

走了大半路，可热出一身汗，花露水的味道冲淡消失了，她又嗅到两胁那股怪怪而又舒服的味道，更加努力地使出浑身热劲，那股味道越聚越浓，浓得她忘了花露水的味道，专心一意的左右摆着脑袋贪婪地珍惜着她自己的味道，蓬蓬的发教她晃摆得自自然然地平静下来，沾着腻腻的汗水散着阳光枯干的味道。

半程路几乎可听到瀑布洪亮的奔泻声。她更加快了步程，兴奋得忘了那股与她共生息的味道。

脚后跟仿佛也有人偷偷地跟着她气咻咻地赶路，她惊觉地把淌汗的脸背着阳光回头看，看到地上一团黑色的影儿老跟着她，她又急又气，朝着前路狂奔，过了一会儿又停下来回头看，那黑东西还紧系着她不放，她朝它啐一口温温的口水，瞧它还是死皮赖脸地跟着后头，她反身朝那黑东西踩了几下，甚至踩平了一小片嫩绿的草，以为这回把它踏踏得爬不起身了，又赶这么一小截路，来到瀑布凉亭，回头看，愤恨地注视着那比什么都缠绕人不放的黑东西。它还不死心，好吧！我到冰凉的水里浸一会儿看这回你还活不活。阿莲想着就一步一步郑重其事地步下石级。

白定和他带回来的两个男人在瀑布上头崖壁，还直往上爬着，阿莲瞧着三个大男人贴着崖壁像壁板上摆着尾巴怪里怪气地扭着身躯或追逐或捕猎小飞虫的壁虎，又丑又可怜的小东西，它们和崖壁上三个男人缩小的身影一模一样。阿莲提着咖啡和拖鞋，一手抓着裙裾，提得高高离水面，先是露出两条腿，再往下走，冰凉的水贪婪地吞噬她的小腿，很快的两条腿儿都主动地喂下去给冰清的水，深及她底裤。她不得不将裙子一大幅掀上来抓牢在肚皮上，露出大红花黑底的三角裤，她尽顾着裙子竟忘了咖啡壶和拖鞋都泡在水里，壶盖想是封不紧，黑色的咖啡从壶盖渗出来，似一股暗流悄悄地染暗了一段水在她两腿间打绕旋转。她抓牢裙子，往瀑布上头瞧那三只扭摆着身体直想往上爬的壁虎，咧着嘴在阳光的缝隙间笑，阿定和那两个适才坐在她两侧吃饭的男人已爬到瀑布顶端，她喊着阿定，阿定和那两个男人低着头看她，她把咖啡壶提出水面朝阿定喊：“咖啡，冰了的咖啡。”

阿莲站在水里，抓着提高的裙裾，白定低头往下瞧，那上头很阴凉，阿定的脸上不似她敷了一大片阳光。

然后阿定和那两个男人一块下来，把背贴着崖壁一般滑着下来，阿定庞大的身影似一片乌云从天空落至她走过的石级。

“喏，咖啡，冰了的咖啡。”阿定咬着下唇，身上着了火地跳下水，大步划到她跟前，一手夺下她手里的咖啡壶，打开铁盖子，反着壶身往水里倒，然后黑黑浓浓的咖啡壶在她和阿定之间流走了。阿定盖上了壶盖朝那两个站在石级上头闷不做声的男人抛上去空了的咖啡壶，转身用手狠狠地抓开她拥着裙裾的玉指，她那只提着泡了水的拖鞋的手也派上用场，死死牢牢地护着掀上来的裙裾，嘴里喊着："阿定阿定，裙子会湿了，裙子会湿坏了。"阿定费尽气力使劲扳开她两只掌儿，扳开了她疼出两泡泪水，还赏了她一个又重又辣的耳光。"你给我回去！听到没有，不然我教你吃两记硬拳头，给我回去！"她委屈万分又不晓得是怎么一回事地低紧了头瞅那浸湿了一大片且渐渐蔓上腰肚的蓝碎花白底洋裙，"阿定，它湿了，你抓开我的手，它们都被弄湿了。"

阿定夺了她手上那双湿拖鞋抛上岸，一手狠狠抓她的胳膊将她使劲一把拉上岸，反正阿定是这么想——就算是不小心抓下她胳膊一块皮肉，她那种没多大反应的女人不会有什么痛楚的感觉的，于是又使多一倍力气，上了石级才甩开她，她差点撞到其中一个男人，阿定朝地吐上了两大泡口沫。"臭死了，呸呸！你这一身汗臭怎的这般浓烈，还不走，我叫你回去你听见了没，回去！"

她两手摸着湿了下半身的蓝碎花洋裙又急又疼地哭将起来："阿定，你弄湿了我的裙，妈会骂我的，妈准会打我的。"

那两个男人当中瘦个子黑黑壮壮的在阿定耳边说了一些话，阿定看着她，那种逼人的眼神好像要把她化得无影无踪免得碍眼似的。她怯怯地看着阿定。"阿炳带你回去，你别再回来，去啊，还不跟上去。"

那个叫阿炳的男人替她拿了咖啡空壶和拖鞋，走在她前头，她一手叉着腰肚一手拥着湿透滴水的洋裙裾："不是我弄湿的，是阿定要它湿成这个样子的，是阿定，不是我。"

"你还噜苏个没完，回去，别再让我看到你，看了倒霉，啐！"阿定两手插着腰间，又朝地上啐了一口水。

（五）

那个叫阿炳的男人走路模样有点像她父亲自快乐，脚尖儿朝里，一副躬躬鞠鞠小气男人。

刚才教阿定拼命地抓胳膊还没疼完，阿莲老叉腰肚的那只手直条条地垂挂在膀子下，另只手绕过来护着那块淤青的痕印。

"你要不要穿你的鞋子？"阿炳倏地回过头问她。

"哦……哦……"阿莲张口结舌地不晓得该怎么说。

"这路很难走哦！"阿炳瞅她说不出话，给她递了拖鞋过来，她伸出手想要接那双拖鞋，但是临了半途又收了回来，她想起穿拖鞋那种难受得走不动路的光景。

“不穿了。”

“你拿着好吗？”阿炳把拖鞋摆在她脚前。“阿炳，我不穿了。”又奇怪自己没当他是饭桌旁叫阿定带回家里来的男人，阿炳和阿定不一样，瘦黑个子脸蛋儿却常挂着月亮一般的亲蔼的笑意。瞧着她坚持不穿上拖鞋又无意弯下身子去拿，阿炳只好低下身子给她拿拖鞋。

“老定是你弟弟？”阿炳这回不急着赶路，倒也和她平行，她身上那股味道使他很自然地距了她两尺远，脸上一寸皮肉都不皱不蹙。

“老定，也是阿定，你说阿定？”阿莲半懵懂地问他。

“我们都喊他老定。”

“我有三个弟弟，阿定上头的叫阿杨，阿杨上头的叫阿荣，我是最最上头的，你怎么知道阿定是我弟弟呢？”

“看得出来你比他大，他性子不好就是，和哥儿们爱耍脾气，他出手大方，哥儿们就冲这点喜欢他。”

“他最小的时候白白胖胖，我偷偷抱着他去看变戏法卖膏药的，阿杨我也抱过，阿荣这么大个子抱起来最吃力，我把阿定跌伤在饭桌底下，他哭得很怕人，我也哭了，我不想让他坐在我膝盖头好端端地跌伤，阿婆和阿妈轮阵打我，像这青痕记一般打得我好疼，我哭不出来，阿定吓病了他们带走他，阿杨和阿荣不让我抱着到处玩，阿婆死了我并不想她死但她死了，我哭不出来。”

阿炳不知不觉地靠拢她，她身上还是浓烈地散发着那股味儿。“你很可怜。”阿炳忘情地把拖鞋和咖啡壶都交给了右手，左手抬起来放在她右手的青痕印上。“老定也过分了些，很疼是不是？这儿弄得很疼是不是？”阿炳别过脸来同情地凝近她。

从没有过这等事，阿定带回来瀑布村玩的男人和她靠得这般近，他的脸色那么轻松而又迫切关心，他说话的语气和大戏台上唱戏说词儿一模一样，有高有低，轻轻的，阿莲受惯了粗嗓门冲话，这阿炳，这瘦黑小个子名叫阿炳的男人为什么给她面对面的关心和耐心的嘴脸，阿炳的手小心地抚摸着那痕印，她有异样的感觉，一忽儿心里头又抖又怕，一忽儿心里头又喜又乐，她定定地看着阿炳的眼睛，阿炳停下来，她也停下来，她不记得身在何处，阿炳的眼睛黑黑深深的地方她看到了自己——白莲，她怎么会那般小心而又巧妙地给框在阿炳的眼珠里那点黑黑深深的地方，她想从那黑点上把自个儿瞧得更清楚些，阿炳却低下头，手也离开她胳膊上的痕印，然后往旁还挪了两大步，“走吧!”阿炳闭着眼睛，仰着脸，冷冷地说。

她站在原地，刚才已快瞧清楚了自个儿摆在阿炳眼珠子里黑点的整副脸，阿炳又挪开了。是不是也把他眼珠子里小黑点圈着黑黑深深的地方连同她小巧的身影都收紧了不还她也不让她看。

“阿炳。”她本能地靠近他。“阿炳。”她很想瞧他眼珠子里那点地方瞧个仔细究竟的。

“你不要这样，你不要靠过来。”突然阿炳弄出一副和阿定一般难看讨厌的脸。“你自个儿回去，我，我去找老定。”阿炳把拖鞋和空壶子搁在路旁草地上，警觉地投一眼好几层耐人寻味的意思的眼光在她隆凸起来的肚皮上，退了三四步，一个急转，头也不回地朝瀑布去。

“阿炳，我做了什么，你为什么和阿定一样的嘴脸看我，我做了什么。”阿莲辛苦地蹲下身子，把拖鞋穿上，湿湿紧紧的皮带子捆得她脚踝透不过气来，还有脚趾相互挤贴，仿佛要黏成丑恶的一排肉团子。

她蹲了很久，直想着阿炳，他逼近的脸孔，他瞳孔深深黑黑那点子上有一个很小很巧的白莲，她竟躲在一个男人睁大了眼睛瞧她的瞳孔里。但是阿炳为什么不让她多看一会儿，不让她仔细瞧那个停留在他黑黑深深的点子上的白莲一会儿，他怕她吗?他拔腿的那张脸一会光景变得好难看。

但是他带着那黑点子里的阿莲走了，她要那个小巧的逗留在他瞳仁里的白莲，她要！她要！那是她的！那是她的！她要折回去向他要回来这么一点点却一张嘴脸整整齐齐不短一只眼睛不缺一根毛发的白莲。

她穿着拖鞋抱着咖啡壶，嘴里喊着阿炳的名字直朝瀑布奔过去，阿炳，那是我的！阿炳……阿炳……那是我的！那是我的！我要！还给我，阿炳，还给我！

她忘了胳膊上那五根指印的青痕，她忘了阿定在瀑布那儿不愿再看到她。她心里头紧挂念着的那小小巧巧的白莲让阿炳带走了，那是她的，为什么会长在阿炳的黑点子里那种黑黑深深的地方。

她心里有一股疯狂的念头，她终于发现了可以属于她的东西，而且那是唯一能够属于她的东西，她必须跟阿炳要回来，一个完整无瑕的白莲。

她在阳光投射的路上奔跑，穿着不透气捆得她脚板儿紧紧的拖鞋，小脚趾有一阵破裂的疼痛直夺她心胸，脚底沁着热闷闷的汗湿和鞋面的硬皮摩擦一番，按着路面踩下去每一步都掀起难以言喻的痛楚。她的额头淌着大点豆汗，她心底的狂恣和每一步路引发的痛楚绞盘一团，绞得她跌跌撞撞得像一头老母鸭。

瀑布洪亮的奔泻声在路的尽头朝她逼近，然后整座瀑布移向她，她奔向它，它也奔向她，直到某一截短得不能再短的距离，她和它都停下来。

她搀着一棵野生的木瓜树，两只眸子渴切地寻搜阿炳的影子，他不在上头，她朝下边寻搜，一块黑蓝泛着阳光的平面大磐石上躺着三条壁虎般的男人，只着了一件背心和深色的泳裤。

“阿炳!”她喊了一声，她不晓得除了阿定以外那两个男人当中谁是阿炳，反正他们都差不多长得一般的尺寸，两只手覆着脸挡住直晒的阳光。

“阿炳!”她稍加力气大起嗓门，瀑布声反击回来，她听到她那声阿炳竟拌在洪亮的瀑布声里含含糊糊地抖散。他们是不会听见的。

“阿炳！阿炳！阿炳……”她朝着底下磐石上的三条壁虎喊，前边的声音这回是够劲。先是阿定放下手儿，眯起眼睛坐起来往上看，疲倦的眼神看清楚了阿莲，猝然半横半挑地竖起眉头，怒目直盯着阿莲。“你不是回去了吗？还回来干吗，想挨打?”说着，两个男人也坐了起来，穿藏青色的那个瘦黑小个子不就是阿炳吗?

“阿炳！阿炳!”阿莲挥着手，一会儿，觉得疼，浑身都伤着了似的害疼，又放下手。

阿定跳到水里，上了岸，步上石级，阳光和汗的混杂味袭过来：“你找阿炳干什么?”两只手同时举起来抓她的肩膀子：“你不照照镜子你那副见不得人的模样？你配吗？我叫你回去躲在屋里躲在被窝里藏起来别让我再看到你，你知道吗？我想吐！我一看到你所有倒霉的事儿都会发生在我身上似的，你听清楚了没?”阿定一派流氓老大横着皮肉毒辣地骂她：“我不打你，但是你得给我走，你听清楚了没，我说你——给——我——滚——回——去——别——再——让——我——看——到——你——这——副——倒——霉——的——样——子。”

“阿定……我要阿炳还我，那是我的东西……我要他还我。”阿莲晓得阿定的脾气，但是阿炳就在底下大磐石上，阿定的脸色愈来愈难看，阿莲不知不觉地往后退了几步，阿定一手闪电似的突击过来，抓了她湿汗汗的发一把，扯紧了将她拖过来。

“你还要不要脸，你看到男人就忘形了，你知不知羞？好！你不肯回去，我就这样拖着你回去，像牵一头不听话的母牛一样，把你头上的发扯光拔净，走！”

“阿……定……疼……疼……放手、放我，疼死我了，阿炳拿我东西……那是我的东西，阿定……我要我的东西……疼，放手，阿定……疼啊……”

阿定把她拖过来又摆过去，摆过去又拖过来，一放手，她整个地跌倒在石路上，咖啡壶“格当卡啦浪”地滚过木瓜树下落了边直滚下去，敲响着脆脆的铁皮声，然后漂在水上。

阿炳和另一个男人也上来了，那个较阿炳年轻的拉着阿定一旁去。“嗳嗳，别这样。她是你姐姐，够了，够了。”

“哼！”阿定冲一股气往鼻孔出。掉头和阿炳说了些话，三个人先后又走下石级，阿炳居最后，露出一个头回望阿莲，阿莲感觉到那一瞥便使他瞳孔里的白莲整个面临毁灭，她看不到她，她已毁灭了吗？怎么她看不到她，那么远的眼睛一瞄即逝，那里头包含了多大的敌意多具威力的一瞥，她感到浑身都是软弱无力的渗着骨肉那阵阵痛，从脚跟脚板儿涌上来，收集了手臂和跌着肚皮腰痛，所有的痛都聚在某一根神经冲刺上来。

她两手支着地坐起来，疼痛难熬地站起来。

七分的打扮溃掉了，一分一分的减至原来的零，她整个人站起来的时候是一个尖头尖尾的零。

她离开的时候瀑布也退得远远的，她不再听到瀑布冲泻的声音，她没刚才来的时候那般快乐，她晓得身上少了一样东西但是又说不出那是什么东西，她还是感觉到身上缺了一样东西。

阿莲她母亲睡午觉睡得正熟的时候逢着阿莲一脸讪讪地搅了一大朵阴晦暗色淹进来。

“阿莲，你怎么回来了，阿定他们呢？”她母亲从布帘子的缝隙睨见了她，又没听见阿定和他朋友的声音。

“我要冲个凉。”阿莲自顾自地走进冲凉房。

“阿莲，你怎么了。一回来就要冲凉！”她母亲懒懒地打了个哈欠，翻个身继续她中断的午睡。

阿莲在冲凉房里抓了一块香皂拼命地往两胁下擦，磨出一层又浓又厚的香皂泡沫，她低着头拿水瓢子盛着一瓢一瓢的水冲洗肥皂冲得手也累了，她听到她母亲在房里头骂，“好冲个什么劲啊！井水都叫你那水瓢子舀干了。”

阿莲低着头瞅那降低的水面，瞧见自己赤光着的身子顶了圆鼓鼓的肚皮，肚脐眼也凸了出来，她哭了，从小声地抽搐到大嗓门地号哭。

她母亲不晓得她是怎么回事，从房里出来，一边喊她一边敲着冲凉房门，铁皮门敲得好响，“阿莲，你怎么了，你在里面干什么?”

阿莲一句话都不说，一味哭号着，好伤心好难过的样子，哭得她母亲好生害怕，以为她被人欺负了，敲打铁皮门的声音越猛越大:“阿莲你在里边干什么啊你，开开门? 你快点开门。”

一阵敲打之后门打开了，拳头落了空，差点敲到阿莲，她一丝不挂地向着她母亲，脸上挂着一行行的泪，还在哭着。“你怎么不把衣服穿上。你衣服呢?”昏暗的冲凉房里的地板上堆弃了湿成一团的裙子、内衣裤，“才换上的衣服，真是的。”说着回身到房里拿了她巧克力色的尼龙长裤及一件无头无袖的蝴蝶花上衣和干净的内衣裤。

“你说你哭什么来着?”她母亲一件一件地递给她穿上。“我不知道。”阿莲拿哭丧的脸呆呆地望着她母亲。

“洗把脸吧！哭成这副样子又不说。”

她母亲不当一回事地回房里去睡觉。

……

梁放及其入选作品简析

梁放简介

梁放，本名梁光明，祖籍广东新会，1953 年出生于马来西亚沙捞越州拉卓镇一个并不富裕的华人裁缝家庭。少时在乡村接受了六年的华文小学教育，后转读以英语为教学媒介语的学校，在英语学校高中毕业后，曾就读于吉隆坡工艺大学，大学毕业后赴英国深造，先后获得英国土木工程学士和苏格兰土壤力学硕士学位。留学回国后曾任沙捞越水利灌溉局土木工程师，现已退休，云游四海。

梁放是马来西亚著名作家，兼擅小说和散文，著有小说集《烟雨砂隆》(1985)、《玛拉阿妲》(1989)，散文集《暖灰》(1986)、《旧雨》(1990)、《读书天》(1993)、《远山梦回》(2002) 等，曾荣获象征沙捞越华文文学最高荣誉的“沙捞越民族文学奖”，2016 年凭借小说《我曾听到你在风中哭泣》获得“第 14 届马来西亚华文文学奖”。

梁放作品简析

工科出身的梁放，只接受了六年的华小教育，却成为东部马来西亚华文文坛有重要影响力的作家，这不得不说是一个奇迹。细究梁放的文学历程，我们发现，虽然没有接受过正规的文学训练，但丰富多彩的世界和五味杂陈的生活造就了文学的梁放，正如他自己说的："生活中的一切比什么艺术都丰富。"梁放虽然家境并不富裕，但他有个热爱文艺的大姐和嗜书如命的父亲，大姐爱投稿，读华小的梁放也跟着投稿，而父亲"几乎每天都在看书，我自他那儿学会了看书，这一切导引我走上创作的道路"。在这样的家庭中成长，使梁放从小就热爱写作，并且视生活为创作的源泉："我自小喜欢阅读，自小热爱生活。写作应是这两者的累聚后适时的碰击。""我的写作是一种意外，这意外来自当时自觉日子含糊不清突地要正视自己而文字成为一种调理工具的结果。""我的作品来自我的生活，来自我熟悉的环境。一离开了砂州，我想我的小说也随之有所改变。我早期的作品有一些的背景是在英国。我从没刻意做任何事，尤其是文学。"① 梁放的文学之路可以给有志于创作的文学青年很多的启迪，看似奇迹的背后暗合着作家成长的基本规律，只有深刻地认识了生活并能够从中感知到世界的美，才能找到通向文学之途的密钥。

梁放的出生地沙捞越被誉为"犀鸟之乡"，坐落在婆罗洲西北方，南部和加里曼丹交界，北接文莱及沙巴，是马来西亚最大的州，拥有人口 200 多万，散居着 30 多个原住民族。古老的热带雨林、丰富的物种、神秘的原住民文化，造就了沙捞越独具魅力的自然和人文地景，也成为沙捞越华文作家重要的创作资源。梁放显然也从中汲取了丰沛的文学养料，他的散文和小说大都以他出生成长的这块土地为素材，勾勒这里的底层人们的平凡生活，因而常有人将他归入乡土作家的行列，认为"（梁放）把当地人、本地景以及古朴独特的民俗有机地融为一体，使其作品具有强烈的本地色彩和浓郁的乡土气息"②。尽管如此，却不能将梁放简单地等同于一般意义上的乡土作家，他的散文和小说的价值，也绝不是所谓的"本地色彩"和"乡土气息"，梁放创作的意义在于对沙捞越这片土地多元族群文化的呈现，以一种平视的眼光看待原住民及其文化，批判并消解华人的俯视猎奇心态。

在梁放早年出版的散文集《暖灰》中，大量地呈现了当时的华文写作尚不多见的原住民文化，"梁放在有限的散文篇幅里，从在地华人的生活视角，真诚地记述了具有非凡文化吸引力的婆罗洲雨林，却没有为了强化自身的在地色彩，而置入争奇斗艳的原住民文化元素。……梁放较简朴平实的'砂华文化'散

---

① 梁放：《生活的一切比什么艺术都丰富》，选自叶啸主编：《当代马华作家百人传》，马来西亚华文作家协会 2006 年版，第 222 页。

② 彭志恒：《谈梁放的小说》，《华文文学》1996 年第 2 期。

文，是另一座完全不同的马华文学地景。”① 收入其间的《长屋》《帆船·蚊帐》《消失了的地文》等文化散文，至今仍散发着耀眼的艺术魅力，是相关题材还经常被提及的典范文本。在同一时期出版的小说集《烟雨砂隆》《玛拉阿妲》中，对原住民及其文化的书写也经常被评论家讨论。

本书所选《龙吐珠》创作于1984年，同年荣获沙捞越文艺创作比赛小说组首奖，后收入第一部小说集《烟雨砂隆》中，是梁放前期创作的代表作。小说的叙述者古达是沙捞越华侨与伊班族妇女结合所生的混血儿，通过古达的回忆，讲述了一个伊班族妇女被丈夫和孩子抛弃的悲剧。

古达的阿爸是个下南洋来谋生的华族小商人，以到伊班族的长屋收购土特产为业，托人介绍“娶”了印代，印代死心塌地地爱着阿爸，细心地照料他的生活，但阿爸从没把她当作妻子，仅仅是一个无关紧要娶来陪宿的女人，连“我”这个儿子也不受他的待见。只因“我”的身上流着一半的伊班族的血，就被阿爸蔑视为“黑黝黝的”“拉仔种”。这是一种带有歧视性的家庭组合关系，“阿爸一向就处处显得比印代与我优越。吃饭时，他一个在桌上开饭。……印代与我却坐在桌子脚边的草席上，匍匐着舀着铁盘内的食物。我不止一次要上那桌子，阿爸却一再把我喝住”②。在这里，夫妻情、父子情都没有了，弥漫的是冰冷的华族的自我优越感。所以，当阿爸决定要回中国老家时，他才能毫无愧疚的抛弃“我”与印代只身离开。阿爸的歧视没有换来“我”对印代的同情，反而使“我”也延续了阿爸的高傲，“我”不肯承认自己是半个伊班人，不愿与伊班人生活在一起，甚至厌恶自己的伊班族母亲。当“我”成年后重新回到长屋寻找印代时，她却已经变成了一个坟冢。

这是一个“他者”歧视“他者”、弱者欺负更弱者的故事，“集中刻画出华族与伊班族在身份、种族地位的对比与文化撞击的情境”，借助强弱、善恶的二元对立方式，“展示同样不具国家主导地位的华族，在面对更为弱势的族群时倨傲绝情的粗暴情态”③，批判了“父亲”高高在上的华族心态，赞扬了印代的朴

① 钟怡雯、陈大为主编：《马华散文史读本（1957—2007）》（卷一），台北：万卷楼图书股份有限公司2007年版，第296页。

② 梁放：《龙吐珠》，选自江少川、朱文斌主编：《台港澳暨海外华文文学作品选》，武汉：华中师范大学出版社2013年版，第250页。

③ 庄薏洁：《龙吐珠：少数民族的形象绽放》，选自许文荣、孙彦庄主编：《马华文学文本解读》（下册），马来亚大学中文系毕业生协会、马来亚大学中文系2012年版，第584页。

实善良品格。小说的最后，在印代坟前的那朵龙吐珠，“白色的一颗心，呕着一汪艳红的鲜血”。而阿爸临走前留下的那个笨重的雕了一条云雾中翻腾的龙的木质黑箱，“却已蛀了，龙身脱落不少。蛀虫还蛀入龙的眼睛。那是一条瞎了的龙”①。作者通过这种象征的方式，鲜明地表达了对印代的褒扬和对阿爸的贬斥之意。

当然，这也是一个忏悔的故事。作者没有让古达一直延续对印代的敌视，当他结婚组成自己的家庭，并有了一个完全遗传了印代样貌的孩子时，“我”清醒了，“这么些年来，印代不知怎么过的，但这一切已成为过去，我要她一起回古晋来，一家人再也不分离”②。“我”返回长屋迎接印代的过程，即是认识自己过错不断忏悔的过程。“种族偏见在此已被人性之美所泯灭，原先充满怨恨的世界在观念瞬间的转变下已被温情所占据。”③“我”最终摒弃了延续自阿爸的种族偏见，正视自己的血缘身份，以一种平视的姿态看待原住民族。

值得注意的是，《龙吐珠》还涉及海外华人故乡观念的转变。小说描写了两代华人的故事：作为叙述者的“我”（古达）和阿爸。阿爸是第一代华人，他漂洋过海到沙捞越谋生，并且娶了伊班族女人为妻，育有一个混血的儿子——古达，转眼就在沙捞越生活了25年。但对于阿爸而言，沙捞越只是讨生活的异乡，他的家乡在唐山（即中国），落叶归根是这代华人永恒的执念。“回唐山，阿爸老挂在口边的话，尤其是与印代吵嘴时，口口声声说我们把他给拖累了，若不是多了两张口吃饭，他早已蓄足钱回去。”④因而，无论“我”和印代怎样哭泣挽留，来到沙捞越25年的阿爸回唐山的想法仍如磐石般坚定，“他说那儿才是家”⑤。这句话道出了落叶归根一代华人共同的心声：无论走多远，离开多久，他们的根在中国，那儿才是他们身体和心灵的归宿，也正因如此，

---

① 梁放：《龙吐珠》，选自江少川、朱文斌主编：《台港澳暨海外华文文学作品选》，武汉：华中师范大学出版社2013年版，第254、255页。

② 梁放：《龙吐珠》，选自江少川、朱文斌主编：《台港澳暨海外华文文学作品选》，武汉：华中师范大学出版社2013年版，第249页。

③ 庄薏洁：《龙吐珠：少数民族的形象绽放》，选自许文荣、孙彦庄主编：《马华文学文本解读》（下册），马来亚大学中文系毕业生协会、马来亚大学中文系2012年版，第587页。

④ 梁放：《龙吐珠》，选自江少川、朱文斌主编：《台港澳暨海外华文文学作品选》，武汉：华中师范大学出版社2013年版，第249页。

⑤ 梁放：《龙吐珠》，选自江少川、朱文斌主编：《台港澳暨海外华文文学作品选》，武汉：华中师范大学出版社2013年版，第250页。

我们在落叶归根一代作家的海外华文文学作品中，才能感受到普遍性存在的浓烈的乡愁和中国情结。相对于过客阿爸，作为在沙捞越出生长大的第二代华人，“我”早已落地生根，沙捞越才是寄托了童年记忆、可以真实触摸到的家乡，阿爸的故乡中国，已转化为符号化的原乡。当“我”为了寻找印代回到小镇时，作者写道：“家乡已在望。”这里的“家乡”已非阿爸坚持要回去的唐山，而是“我”出生长大的地方。虽然小说的主题不是讨论海外华人“故乡”观念的演变，但显而易见，我们从中还是能够看出“我”与阿爸之间对于“故乡”理解的不同。

梁放对于马来西亚少数族群题材的开掘，源于他常年在婆罗洲雨林的云游，他对原住民及其文化的深入了解，造就了他的相关题材写作的深度。他的例子再次提示我们：对作家而言，没有什么比生活更重要。

（温明明）

梁放作品选

龙吐珠

车不停地在颠簸不平的道路上飞驰，车后滚着尘沙，烟霭一般，像个湮远的梦。

我靠窗而坐，由古晋出发，奔向一切尚待发展的乡野，心情也豁然开朗。

十年前，一考完剑桥文凭，不等成绩揭晓就随朋友远走他乡，继而因成绩不俗而得奖学金，到吉隆坡念了三年的估价课程。这之后又工作了七年，从没回家过。我从这条路出去，又从这条路回来，十年间，这路一成未改，而我已由不知天高地厚的少年演变成重荷着生活担子的青年。

我想起我的孩子，结实的身子，褐色的健康肤色，油黑柔软的卷发，黑亮而凹进的大眼睛，卷而长的睫毛，全部遗传自他的祖母，“伊逆”，我这样教他用伊班话叫祖母，他也似样地学："伊——逆——"① 那声音使人忘却一切疲劳，若不是秀雯请假不果，我多希望她与小航和我同行。印代②见了他们不知有多高兴，这么些年来，印代不知怎么过的，但这一切已成为过去，我要她一起回古晋来，一家人再也不分离。

想到印代，我的心已飞回那曾刻意忘却，但又始终摆脱不了的童年。

那一个下午，我背着书包从学校回来，躲过在店面看报的阿爸，一径来到厨房内，里头灶火不生，印代盘膝坐在另一边的地板上，一看到我，眼神幽幽地注视我良久才说：

"孩子，你阿爸要走了！"她把跟前那个铜盒子打开，拿起钳子，企图弄碎一颗槟榔，但我发现她的手在颤抖。

"去哪里？"我随口问道。那年，我十岁，还在小镇的华小念四年级。印代经我一问，把钳子放下，撩起宽松沙笼的一角，拭着眼。

"他要回唐山去了！"

回唐山，阿爸老挂在口边的话，尤其是与印代吵嘴时，口口声声说我们把他给拖累了，若不是多了两张口吃饭，他早已蓄足钱回去。这一切，我已习以为常，但这回，好像并不是说说而已那么简单。

"那我们呢？"

"我们不能去的。"

"印代，你留住阿爸吧。他走了，我们怎么办？"

"孩子，我该怎么留法？他非走不可！"

我看着印代，她已哭得肩膀一耸一耸的。我冲出店面来，一时忘了一向对阿爸的恐惧：

"阿爸，我们也回唐山去。"

阿爸显然给吓了一下，透过无边的眼镜，默默地盯住我一阵，我始终忘不了那神情，什么表示也没有，冷漠得叫我不敢再往下说。

原来阿爸那边有妻儿。他来了 25 年，要回去了。

那边是明媒正娶的妻子与儿子。

这边是私生子与一个原无关紧要娶来为了陪宿的女人。

到今天，我还不明白。难道我不也是阿爸的骨肉？难道印代不也是他的妻

---

① 伊逆，伊班语，祖母之意。

② 印代，伊班语，祖母之意。

子？印代十几年的服侍与所付出的青春真的抵不过他与中国妻子那几年的聚首？

他要回家。他说那儿才是家。

阿爸一向就处处显得比印代与我优越。吃饭时，他一个在桌上开饭。他蹲坐在凳子上，左臂弯钩住左膝头，手上捧着一只碗，右手的筷子夹菜扒饭，吃得稀里呼噜响。印代与我却坐在桌子脚边的草席上，匍匐着舀着铁盘内的食物。我不止一次要上那桌子，阿爸却一再把我喝住：

“下去，下去，跟你印代吃，弄得一桌子饭粒，脏死了。”

偶尔，阿爸会出其不意地端详我一阵，我已喜不自禁地向他献好，他突然板起脸来说：

“怎么有你这孩子的，黑黝黝的，拉仔种！”

那时候，印代会低头不语，把我带开。我并没遗传阿爸的白皙修长是事实，但他的鹰钩鼻、斗鸡眼、龅牙，硬给我的小骨架镶上了。这一些全让我走上一段不平坦的心路历程。我有时也想。除了外表，我还承续了阿爸的劣性。

他真的走了。

留下一块远离市镇的一亩多的地皮与一些钱。

他不知是否知道，物质的给予并代表不了什么。以前，我以为他走了我的损失最大，后来了解印代才是这一出悲剧最不幸的人。阿爸走后这些年，她依旧独处在长屋里，默默耕耘，啃着阿爸与我留给她的无边无际的寂寞。

怎么会嫁给阿爸的，印代绝口不提。我缠着舅舅，他不胜其扰地告诉了我。

阿爸是个小商人，专门到长屋去收购土产。他在小镇内赁了半爿店，楼上有个房间。他托人介绍，找到印代。印代当年16岁，初来时还以为给比她大整20岁的阿爸打理家务，却不只是那一回事。

我明白了。阿爸无非要一个女人，一个长期服务的女人。

“你印代死心塌地地爱他，那是她的悲哀。”舅舅说着，叹了一口气。我嗤的不屑，再不出声。印代才不会爱上这种男人。

家是碎了。阿爸走的前几天，半爿店退了租。印代打点着行李，茫然中理出一条出路：

“回去我原来的家呀！你舅舅他们一定会收留我们的。”

“我不去，那儿什么也不好，我不要与那些伊班人在一起！”印代一开口，我已大声抗议。

“孩子，你是半个伊班人！”

“我不是，我什么也不是！”在学校里，我不可以稍微发脾气，不可以打架，怕的是给指责“拉仔性情”“拉仔种”，就连阿爸也不承认我的血统，从不跟我说福建话，华语更不必说了。我哭闹着在地上打滚。

印代侧过头去，泣不成声。另一边阿爸正收拾他的行李，全屋子几乎是他要带走的东西，他连头也没回过。

结婚那天，秀雯遗憾地说：

“可惜你父母不在了，否则他们一定也像我父母一般高兴。”

我沉默不语。一直到小航出世后，他的长相一再勾起我心里一阵绞痛。我再也不要瞒下去。

“去吧，去把她接出来住，我们这里不怕多她一个人。”秀雯依偎着我，倾听我全部的故事，眼里闪着激动的眼泪。

小航会是幸福的，他在一个充满人间温暖的环境生长。小航若有一天会问他的父母：

“爸爸妈妈，我从哪里来的?”

我会给他编个童话般的故事。

“印代，你为什么要生我?”

我记得那一场暴风雨后，阿爸不介意与我们同桌吃临别的最后几顿饭。他看我好像安静了许多，从没向我说过那么多话，他一直在唠唠叨叨，告诉我还是长屋好住，那儿有舅舅照应。我尽管听着，之后，直着眼，牛头不对马嘴地问印代。

印代不做声，低头吃饭。

“为什么?”我嘶声大喊，也把桌子面上的碗碟扫下桌。阿爸是如此惊愕，碗筷在半空中停住，口中嚼咬的动作也刹住了，鼓着的是给饭撑硬的腮帮子，但怒火已急不可缓地在他眼中燃烧。印代蜷缩在一边不知所措。阿爸跳下凳子，一抢步把我揪下凳子，左右开弓打得我满天星斗，一踉跄，我跌人印代的怀里。

“你问她，你问她！我一开始就要她把你拿掉。为什么要生你?气死我了！”

阿爸大声叫喊，印代也给推了一把，连我一起栽倒在地上。

当时我多么希望他们立刻死掉，阿爸和印代。

车窗外依旧是连绵不断的绿野。过了许久，它转了一条支路。

家乡已在望。

在小镇里，我找到一间简陋的旅舍过了一夜。小镇未改，人事也未有大变动，街上遇到的人，却都再也不认得这么一位风尘仆仆，从来不曾那么迫切过的还乡人。

翌日清早，我赶到码头搭船。四小时的川行后，我该可以看到印代了。

在船舱内，我一路看着河岸的景色，一边想着印代见到我的惊喜，以及要我舒舒服服住几天的忙碌情形，心中不禁掠过一阵阵温暖。

船靠了岸，迎面是一间小学。

板墙锌顶的校舍依然安安详详地坐落在环绕它而栽的美人蕉里边。记忆里，它们一直这样相随相伴。

校舍后面是一所新建的学生宿舍，与两间教员宿舍相去不远。以前，我们来这里上学，走读不方便，全住在各自搭盖的亚答屋里。那时，这儿像个小村落，七零八落的小屋子，住着全是小小的人。

我与表姐同住一间，七尺见方，前后还有一个小小的走廊与厨房。在这儿我住了两年。表姐比我大两岁，但与我同班，我们每周五步行三小时回长屋去，星期一一大早又赶回来。回来时包裹里多了一个星期的米粮，还有印代给我的一块钱。我买瓶煤油，三毛钱咸鱼，两毛钱食油，其余的才买纸笔。有时练习簿用完了没钱买，我与表姐混着用。那一块钱，印代一再吩咐我小心收好，用一条小手巾的一角绑成一个点，塞藏得十分严密。

晚上七点到八点，我们一行几十个人各秉着一盏油灯去课室做功课，那行列在当时是多么好玩的灯火游行，现在想起，不免带着一分苍凉。下雨时，灯熄了，人湿了，冷得浑身发抖。

印代那两年间常来看我。来时每每都带了吃的米，尤其是舅舅猎到了什么野味，她一大清早就来了，而且还带了白饭。

中学是在斯里阿曼念的。我当时是唯一通过中学入学考试一关的学生。印代比任何人都高兴，更为我的升学做了许多准备，而我一心只想逃开那穷乡僻壤。

中一那年，我在篮球场上摔了一跤，折了手。校长不知如何与印代联络。当时公路未通，印代一路搭着公共工程局载送筑路工人的吉普车，也断断续续地走了一些路，花了两天的时间。在一个傍晚出现在我宿舍的门前。

我右手裹着石膏，见到印代，她身着一袭粗布娘惹衣与半旧的花沙笼，与现代化的宿舍形成了强烈的对比。我并不怎样高兴。

同学们也投来好奇的眼光，我看了看印代，连她脸上那不保留的慈爱与关怀都觉得讨厌了。

“你回去吧！”我说。

那时天已黑。是一个没有月亮的晚上。

“我可以在你这儿住一晚吗？”

“不可以，老师要骂！”

“我跟老师说。”

“不要，你回去吧！”我再三催促，把她搁在我床上的黑色假皮的手袋与一小包裹的衣物一股脑儿全塞在她怀里。

她接着，突然想起什么。

“差点忘了，这儿有你喜欢吃的乍拉糕。”她从小布包里抽出一个用塑胶袋装的东西来。陈旧的袋内，依稀看出几个半月形的乍拉糕，那封口竟用布条绑紧。我厌恶地看了一眼，这东西怎见得人！

“还有哪，别用那只手拿东西，知道吗？”她又嘱咐一番。

“知道了，你快走吧！”我不耐烦地摆摆手，同室的两位华籍同学瞪着眼，像看一场戏剧。

印代走开了。我从百叶窗口望出，看她消失在黑夜里才松了一口气。

“你的伊班话那么好呵，那是你的母亲？”阿林走过来问，顺手把那包乍拉糕凑近鼻了嗅了嗅。

我狠狠地盯了他一眼，把那包东西夺了过来，迸出一句：

“不是！”

第二天一早，印代却在我未醒前已坐在我床头。她神采奕奕地说：

“你猜我昨晚在哪儿过的夜？唔？猜不着？哪，那个屋子里面！”

那是饭堂，四面无墙，里面只有80张长桌长凳，夜里不知有多冷。

“有人看到你吗？”我急着问。

“有一位老师，他查夜。他很好，让我在那儿睡。”

我恨透那老师。他知道我有个伊班母亲。

上了岸，还得走一段路。

途中，依旧是那条独木桥，扶手一样是两根横竹绑得低低的，非哈着腰过不可。

桥下那流水，是我与小朋友爱玩的地方，印代以前是喜欢用沙笼泡进空气，变成一个大篷篷，背着我在水中游来游去。她还常用呈三角形的渔网沿岸捕鱼虾。

一样是蜿蜒的山路，胶树上的鸟儿啁啾，可是问候久违了的异乡人？时光果真流逝十年？这儿一草一木都是那么熟悉，我怀疑自己曾经离开过。

长屋到了。屋前有个矮矮小小的亭子，里边插着几尊木雕的神祇。当年上中学，印代还给其中一个套上新衣服。现在她还在，却赤着身体，咧着大嘴巴，龇着几颗疏疏落落的大门牙，似是对这世界做无声的狂笑。

我一边拾级而上，一边在心里数着那条木桐梯的级数。29，一级也不少。

以前每逢开学时，我与印代协定，我要的零用钱就不得少过那级数。学费与寄宿是免费的。那三十几元。在同学中一点也不寒酸。那时候，阿爸留下的几百元都花光了，印代省吃节用，还编制藤席藤篮换取我全部的费用。

也是在一个假期里，市镇上有人转来一封信，是阿爸寄来的。他说唐山不好过。

最伤心的是他买回去的缝衣车，两个媳妇争着要，弄得一家不欢，我看了按捺不住一分快感，把信立刻揉了丢得老远。我看它在屋前那荆棘丛上驻留片刻，颤着就跌下去了。他也没写来第二封信。印代一直追问那封信的内容，我什么也不说。她只有长吁短叹。阿爸也有今天，我笑在心里。

在舅舅家门口，舅母在屋内的灶边忙着，那一篮子的“古必腊”仔，准是舅母要煮熟当零食。她抬头看到了我，一时认不出来。

“伊姆。是古达!”我报了一个埋了十年的乳名。那是印代取的，说我脸长，像马。

“是古达？真的是古达？你怎样来的？我的孩子，我们一直以为你不要我们了!”

她走到门口来，上上下下向我打量。

我沉吟半晌，两眼一直在黑黝黝的屋内探寻，印代若不下田工作，应该闻声出来了。

那微弱的光线所至，我见到那自屋顶的横柱直垂下的一根草绳，尾端系着一片残缺不全的枯叶梗。刚住进长屋时，我每晚做同样一个梦，梦见阿爸走了，我在码头上大声嘶喊。印代找到一名巫师做法，在我睡的地方上头用绳拴上一大串大叶子，叶子下是一个草扎的小人儿，它一直在那儿晃来晃去，奇怪的是那些梦果真不再出现了。

一直到我上了中学，进了学院，偶尔还梦过一两回。我知道，阿爸的离去，表面上没什么，却一直烙印在我当时尚稚嫩的心灵。今天，我庆幸。同样一个梦，我已摆脱。

现在那叶梗给蜘蛛网封了，不再随风摇晃。是的，那毕竟已过去。

“印代呢？”我问。

“孩子，你的印代死了!”

“死了？”我不由惊愕，简直不敢相信。

“医生说得了什么子宫癌，没得医了。今年的卡歪节我们一屋子的人也没过。”舅母平平板板地说，像说件十分湮远的事。我不时点点头，身体每一个细胞，是理智的麻木。

后来的一切，我不甚记得。

那一片坟地，舅舅带着我越过一个个坟冢。没有一个是特别的。绝没有一个引人注目。

哪一抔土，埋着印代？

“前一阵子下了雨，还把泥土冲散……”舅舅说。他告诉我许多故事，那些故事听来竟像是关于一个漠不相关的人似的。印代，她死了。

我把那没刻名字的墓碑扶正，也把那陪葬而在坟上倾斜的陶瓮稳牢地按下，半埋在泥里。舅母他们在坟边还种了一些龙吐珠，油绿的叶子丛里，怎么只开那么一小朵，白色的一颗心，呕着一汪艳红的鲜血。

“改天再好好地修一修吧！”我说，在旷野里的冢地上，我为自己的声音吃了一惊。那语气，我还以为是阿爸的。修一修？留下一个凭吊的地方吗？这苍翠浓绿的森林原野，我一生还会来几次？小航呢？他会来吗？即使仅仅一次。

“你印代留下一个大箱子，你要拿回去吗？”舅舅说。我知道，是阿爸留下的那个笨重的木制黑箱子上雕了一条云雾中翻腾的龙，箱子两端是铁环提手，上锁的机栝是一个小小的虎头。小时候，我常喜欢俯在箱子上，用白纸盖过龙身，用彩笔把它印了出来。

“给我看看。”阿爸有一回发觉，向我要了去，“哦，是一条龙。我们中国人最重视的就是龙。”他自顾自地说，蛮得意的样子。他说他肖龙。

今天那木箱却已蛀了，龙身脱落不少。蛀虫还蛀人龙的眼睛。那是一条瞎了的龙。

我揭开箱子，里面是我小时候的全部玩具，一些衣物……印代把它们一一珍藏。

箱底有两张相片，一张是阿爸的，一张是我八岁时与印代合拍的，还有一张给揉皱再舒平的纸张，我打开看了看，那是一封信，一封我一直以为在荆棘丛中化泥的信！

我把这一切全兜在怀里，一阵鼻酸，像缺了的堤防，眼泪再也忍不住地四面狂流。

“印代……”

1984 年 4 月 3 日脱稿

张贵兴及其入选作品简析

张贵兴简介

张贵兴，祖籍广东龙川，1956 年出生于马来西亚婆罗洲罗东镇，先后就读于罗东中华小学和国立中学。1976 年赴中国台湾就读于台湾师范大学英语系，1980 年毕业后在台湾就业定居，1982 年放弃马来西亚国籍，入籍中国台湾。

张贵兴 1978 年开始在《中国时报·人间副刊》和《中外文学》发表小说，先后出版《伏虎》(1980)、《柯珊的儿女》(1988)、《赛莲之歌》(1992)、《薛理阳大夫》(1994)、《顽皮家族》(1996)、《群象》(1998)、《猴杯》(2000)、《我思念的长眠中的南国公主》(2001)、《沙龙祖母》(2013) 等小说 (集)。张贵兴是台湾各种文学奖的常客，1978 年即以《侠影录》获得第一届中国时报文学奖短篇小说佳作奖，此后接连斩获第二届中国时报文学奖短篇小说优等 (《伏虎》)、第三届中国时报文学奖短篇小说佳作 (《出嫁》)、第五届中国时报文学奖佳作 (散文《血雨》)、第十届中国时报文学奖中篇小说奖 (《柯珊的儿女》)、《联合报·读书人》1997 年最佳书奖 (《群象》)、第二十四届中国时报文学奖推荐奖 (《猴杯》) 等近 10 项文学奖，成为世界华语文坛著名作家。

张贵兴作品简析

张贵兴的创作以20世纪90年代为界分为前后两期，早期的创作（20世纪80年代的作品），包括1994年出版的《薛理阳大夫》，处理的多是台湾题材和台湾经验。但真正奠定张贵兴在华语文坛地位的却是20世纪90年代以后创作的、一批以他的故乡马来西亚婆罗洲为场景的作品：《顽皮家族》《赛莲之歌》《群象》《猴杯》《我思念的长眠中的南国公主》等，凭借这些作品，马华作家张贵兴在台湾文坛建构了一幅以婆罗洲雨林和“马共”传奇为主的文学地景。

张贵兴出生长大的地方婆罗洲是一个密布雨林的世界第三大岛屿，对他而言，“进入雨林，仿佛婴儿回到母亲子宫，殷殷吸吮，不再苦恼。……雨林胸怀宽大，现实生活里无孔不入的不愉快和郁闷被雨林稀释得无影无踪，隐然是我们中学时期逃避和疗伤的地方”①。当张贵兴在台湾从事创作大约10年之后，他开始书写曾经生活过的婆罗洲：“对我来说最鲜明的记忆还是童年、少年的时候，虽然我没有办法再回到那个地方，但我知道很多作家花一辈子都是在写他童年、少年的记忆。如今年纪增长，反倒觉得那份记忆是最真实、最宝贵的。在那其中，有很多东西值得我去思考，而那也是我最了解、能比较深入的地方。”②“重返雨林”成为张贵兴书写童年记忆与乡愁的最佳途径；经过又一个10年的努力，张贵兴在相关作品中描绘的热带雨林，已成为当代马华文学最显著的区域标志之一。只要谈到张贵兴，人们便会想起他作品中描绘的婆罗洲雨林，这片雨林既培育了他的生命，也成就了他的文学。

本书所选《群象》，以婆罗洲热带雨林为背景，采用虚实结合的方式，讲述了沙捞越境内施、余两家的家族兴亡史，以及沙捞越共产党的传奇；这是一部与热带雨林有关的史诗，诡谲梦幻的雨林中不断上演着家族史、革命史、群象传说、殖民史、原住民与华族交往史，革命的暴力与性的暴力交织其间，使《群象》这部小说充满寓言性。

---

① 张贵兴：《重返雨林》，选自张贵兴《猴杯》，台北：联合文学出版社2010年版，第13页。

② 潘弘辉：《雨林之歌——专访张贵兴》，《自由时报·自由副刊》，2001年2月21日。

对于大多数的人而言，热带雨林陌生而又神秘。本书节选了《群象》第一章的部分内容，讲述了施家几兄弟与舅舅余家同进入雨林猎象的过程，同时用大量的笔墨描绘了婆罗洲雨林的神奇景象：到处都是荆蔓密丛，各种奇特的声音如交响乐般此起彼伏，“窸窸窣窣。滋滋嘎嘎。唧唧嗡嗡。仿佛隔着一段距离互通声息，像吼猴、竹鸡，拉开嗓子聊天。细声絮语被虫兽流水咀嚼得尸骨不存”①。张贵兴笔下的婆罗洲雨林极具母性特质，在《群象》中各种母性意象恣意流淌：“阴须累累的如蔓。如荄。肢参差无数，正被雨林同化。獠牙长毛的，有掠食活口的冲动。走一步，连根拔起雨林的多情啜吻。雨林鸭般的唇齿刨耳。水鸟般的长喙掏耳屎。雨林的母性使它们产生许多绮想、幻象。伊乳房像熟烂野果等它们去撷、去吮。私处如樱桃，皮滑瓢嫩。如猪笼草装满蜜水。阴茎化成无眼无毛香肠状的鼹鼠，在布满腐殖质的雨林土壤中扒穴觅巢。”② 这样的描绘极大地满足了人们对于雨林的各种想象，但也遭受到了来自马来西亚本土作家的“失真”指责，例如田思就认为，《群象》是一部“失败之作”，“失败的原因是扭曲了婆罗洲的真实面貌，……书中有些‘离谱’的描写比比皆是，有时到了令人难以卒读的地步”③。这里涉及文学的虚构与真实的问题，《群象》对婆罗洲雨林的书写显然是存在虚构的，如若按照小说的描绘去按图索骥，显然是要闹笑话的，因而不能把《群象》当作婆罗洲旅游指南，但作为一部以雨林为场景的小说，它在虚虚实实间，提供了读者美的享受，就应该予以肯定。

《群象》中描绘的婆罗洲雨林，是一个由人、动物、植物共同构成的生存空间，生命的存活与消逝的故事在这里不断上演；同时，它还是一个族裔想象的异质空间，革命与理想，追寻与失落，殖民与反殖民，到处都是耐人咀嚼的故事。其中，马共扬子江部队首领余家同的故事，也是这部小说常被人论及的地方。

马来亚共产党（简称“马共”）成立于1930年，“二战”期间积极参与抗日，在马来西亚独立建国的进程中，因与英殖民政府政治理念的差异遭镇压，此后长期遁入森林从事武装斗争，直到1989年与政府签署协议结束对抗，马共才走出森林。作为一群曾经集体失踪，也一度被马来西亚当局列为政治禁忌的

---

① 张贵兴：《群象》，台北：麦田出版社2006年版，第32页。

② 张贵兴：《群象》，台北：麦田出版社2006年版，第33页。

③ 沈庆旺：《雨林文学的回响——1970—2003年砂华文学初探》，选自陈大为等编《赤道回声——马华文学读本Ⅱ》，台北：万卷楼图书股份有限公司2004年版，第635页。

群体，马共在相当长的时期里成为马华文学书写的禁区，直到 20 世纪 80 年代后期，马共书写才开始浮出马华文学的地表。

张贵兴的《群象》《猴杯》和《我思念的长眠中的南国公主》都涉及马共书写，但无一例外的，这些小说中的马共形象都是灰色的，情欲化、残酷化和政治扩大化成为他们的共同特征，而他们的命运，都和暴力与死亡有关。“他其实仿照了康拉德《黑暗之心》的模式，把革命的骚动与激情内化为一场意识/形态的好戏。……张笔下侧重的不是革命者对义理的信仰辩证，而是他们精神面貌及行动方式间的相互投影、转移、及断裂。”① 如果比照 20 世纪 90 年代以来出版的由马共党员书写的回忆录，如陈平的《我方的历史》、张佐的《我的半世纪——张佐回忆录》、拉昔·迈的《从武装斗争到和平——马共中央委员拉昔·迈丁回忆录》等，会发现张贵兴的马共书写多为个人的浪漫想象，“历史在其中其实是以传说的方式存在的”，“离史诗远而离传奇与神话近”②。正因如此，我们在阅读《群象》时，应该将它与历史进行区别，在文学的层面去思考张贵兴对人性、人心的精彩刻画，只有这样，才不至于陷入历史与文学纠缠不清的泥淖。

张贵兴的雨林书写在马华文学谱系里早已成为显学，以致很多人误以为雨林书写就是张贵兴创作的全部。殊不知，张贵兴 20 世纪 90 年代中期以前的早期创作，却充满台湾色彩，即使两部以婆罗洲雨林为场景的小说《猴杯》及《我思念的长眠中的南国公主》，台湾也占据重要篇幅。张贵兴 1988 年出版的第二部小说集《柯珊的儿女》，收入《如果凤凰不死》(1981)、《弯刀·兰花·左轮枪》(1983)、《围城の进出》(1986) 和《柯珊的儿女》四部中短篇小说，这部小说集处理的正是张贵兴的台湾经验。这些以台湾题材和经验为书写对象的小说，体现了张贵兴写作的多样性，换言之，雨林书写并不能完全概括他的全部写作。

（温明明）

---

① 王德威：《在群象与猴党的家乡——张贵兴的马华故事》，选自张贵兴《我思念的长眠中的南国公主》，台北：麦田出版社 2001 年版，第 27 页。

② 黄锦树：《从个人的体验到黑暗之心——张贵兴的雨林三部曲及大马华人的自我理解》，选自张贵兴《我思念的长眠中的南国公主》，台北：麦田出版社 2001 年版，第 258 页。

张贵兴作品选

群象（节选）

二木桨缓慢划动，一在左舷，一在右舷，一由男孩操纵，一由男孩同学朱德中操纵。舢板逆流而上，徐徐回溯拉让江上游。二人汗流浃背，可以听到彼此沉重的呼吸。累时，德中行准岸边一荫处，熟练地将舢板靠过去，用船索系住一根粗枝，躲在阴影下喘气。江畔两边枝叶蓊郁，恨不得化身飞禽穿梭其中。每一棵树都臂粗腰肥，挺得住一座峻岭。鬼蜮般的巨树。爬满青苔蒙茸的巨兽之骨。河底繁衍至陆上的巨藻。鸟滑翔的姿态如鱼。兽类吼声如鲸，如海豚。男孩喜欢长久聆听突如其来的各种兽音，仿佛他的脉搏就是兽类不时振动的喉囊，没有它们呜呜嗥嗥，血液就会停止循环，溃不成脉，像没有音乐的舞者，没有沟壑的河水，搁浅之鲸，无穴之獾。虽然两手酸麻，男孩浑身舒畅。也许这里空气特别纯净。氧气也很蛮荒，百日之内，无人享用过。两岸常冒出高山险峰，云霭笼罩峰顶或拦腰截断峰峦。矮山也多，丑怪奇崛。男孩想起邵老师展示的山水画。朦朦胧胧，仿佛航行古老中国。

河岸上出现二人。一人坐着，一人站着，正在烤食什么。胸前别着北加里曼丹人民军军徽。男孩示意德中摇桨过去。

“北加人民军?”男孩抓住河岸上一根树桩，将舢板稳住。

瘦如荆城，红丝满眼，衣衫溃烂得不成形，仿佛陷落蜘蛛网的虫骸。连皮带骨啃着手上烤得像黑炭的小兽。四十岁左右的华人。停止嚼食，沉默得像两面墙。

“扬子江部队?”男孩说。

沉默。

“火焰山部队?”

沉默。

“小犀队?”

沉默。

男孩和德中对视一眼："准备出去投诚？"

沉默。

男孩憋不住气，大声说。"不管你们属于哪个部队，反正都是共产党员，对吧？我是扬子江部队领导人余家同甥儿，我四个哥哥都加入了扬子江部队。请告诉我，到哪里找余家同？扬子江总部在哪里？"

沉默。

男孩荡开舢板，继续航向上游。起桨那一霎，男孩看见岸上黑乎乎二男人慢慢扯下胸前军徽，掷入拉让江。两只囚徒般的雄眼始终困着他们，两坨黑乎乎影子始终牛一般刍着他们。航进囚徒之眼，航进破裂的视网膜。……半小时后，又一个黑乎乎影子盘坐河岸上。不是刚才那二人？黑衫军看见舢板，随即立着。男孩上岸。

"北加人民军？"

腰部之番刀，被黑衫军攥在手里。凝视男孩甚久。"你是……什么人？"

"我是……"男孩发现番刀沾血。兽血？或是男孩眼花？"我是……余家同甥儿……"

"余……家同……"那人喃喃念了一遍，"……甥儿……"

"我想打听舅舅消息，"男孩说。"我是他甥儿。我四个哥哥……"

沾血之番刀扬起，指着男孩胸口："滚。……"

"叔叔……我只想打听……"

番刀挥得嗖嗖响："滚。走。滚远一点。……"

1973年12月，男孩19岁。高中毕业后，男孩打工存钱，驾舢板到拉让江上游砂捞越共产党最活跃的红色区域寻小舅余家同。朱德中，同窗好友，伊班人，受华语教育，说流利华语。高中毕业后在木材厂工作，毕业后第一次返乡。朱家在拉让江上游距大锣四百多公里，二男结件。从大锣坐小轮船至上游约三百多里处之终站，划舢板逆流而上。男孩难以想象德中每年如此前颠簸往返。男孩行旅塞满舢板，仿佛吝啬鬼搬家，而德中除了一个小包包，就是口袋里一年薪水。两岸景致有点凛，若结了霜。数个普南人持吹矢枪狩猎。树干上垂下一支腐臭猴尸，长蛆的猴头离水数厘米，据说是捕鳄陷阱。猴肚藏着铁钩。一只水獭无声游向下游。兽嚎凄厉。相同之风景和气氛不断复制，令人方位混淆，仿佛不停绕圈子。划到两手失去知觉时，前后不分，好似划向后方。

遇到浅滩，须下水推船。坍树拦路时，德中用番刀三两下砍断，让它随波荡开。四点，二人在一处浅滩痛快泡了一会儿，眼看太阳西沉，二人打赤膊继续划向上游。晚霞提早出现在从林上空。蛮荒中的晚霞，浓艳而冗长，如马来皇后头衔。沙沙沙。嗤嗤嗤。长满及膝芒草的河岸上鼠窜着一人。手提番刀，身着绿衫，额头系一绿色缎带。隐身灌木丛。一人也提番刀着绿衫随后赶到，在芒草丛中茫然张望。灌木丛中的绿衫人忽然跃出，挥刀差点砍中茫然张望的绿衫人。二人以番刀无声搏杀。其中一人腿上被削一刀，转身窜向莽丛。另一人紧追。二人旋即消失。德中缓缓提起20世纪初期一个中国人带领千多个福州人开垦拉让江两岸，在蛮荒中造巢。“当时这里两岸是我族人最活跃的地方，”德中停桨，四下扫描。“现在它是中国共产党的温床。”

河水冰凉澄清，仿佛井水，郑和凿通的井水。……德中停桨太久，男孩控制不住方向，舢板逐渐荡向岸边。岸上枝丫参差，直指男孩，有的像钉耙，有的像鲃耙。男孩放下船桨，用手分开枝丫。德中拾船桨。约划出一公里后，一着黑衫男人要尊在河岸上用猎枪射击丛莽。每射一枪，，就趴在一块岩石旁。似乎丛莽中躲着敌人。射了半天，没有敌人还击。那人依旧子弹上膛，孜孜不倦射击。发理身后缓缓航行的舢板时，疑愕地直视二男，玛上又转过身去射击。砰。莽从静止不动。该飞走的早飞走，二男划出数公里后，那和射击者一致疑愕的枪声仍隐约传出。暮色低垂，河面弥漫雾霭，喙爪出穴，声如金属，掠食中。幽幽，如觅臊之狗。河岸偶尔坚着一西座泥墓，刀削出木碑上之字，不易辨别。“李春之墓？中国共产党之光西元一九六八年八月十四日”“扬子江队员江光平之墓战（?）斗（?）之魂西元一九七一年九月二日”“爱妻周宝霞（?）之墓”晚霞逝去。萤火虫点点滴滴如蛮荒之血。男孩觉得航进了大自然伤口，皮色黯得像洒满她的瘀血。男孩忍不住打开手电筒。船尾传来德中声音。熄掉手电筒，节省电池。你尽管划，我操作方向。男孩熄掉手电筒。月如骷髅，飘飘荡荡，悬在祖父五指下，禁闭在漂洋过海的货箱，挂在土人长屋屋檐下，扣在某政府官员颁发奖金的手。二哥俊，余家同之后崛起大锣的白马王子。今身首异处，男孩幻想拿着二哥血淋淋的头，用仍温柔多情的唇和慕他的女孩吻别。二哥生前对她们说谎，在雨林和灌木丛让她们像蜜熊失去初夜，弃她们，恋着大锣戏院女售票员戴沁云。沁云16岁，坐在售票厢中像被怪兽掳囚的平民美人。男人冲她看电影。电影无色无声，非鬼既妖，仿佛幽灵的创作。二哥19岁，飞机头喇叭裤猫王鬓，在售票厢和沁云童言儿语。沁云只想从二哥口里打听森林中余家同讯息。此女终于离家出走，轻装便服到森林投靠爱人同志余家同，加入了响叮当的扬子江部队。傻二哥不久后追随心上人，响应中国共产党伟大号召，成为余家同手下大将，被土人剁得好绚烂，像糟。他的唇还有微温，她们可以尽量舔，这时候他再也不会躲。

“什么人?”

数道手电筒光芒射在男孩德中身上。二人眯着眼，停桨。前方荡过来二艘舢板，上面人影绰绰，约七八人。

“我是毕加人，”德中报出故乡名字，“返乡探亲的。”

“你?”三四道光芒集中在男孩身上。

“我是大锣人，”男孩指了指德中，“他是我同学，我到他家玩。”

大锣?”一个粗粗的声音。喉头仿佛千疮百孔。“和余家同什么关系?”

“没关系。……”

“没关系。哼?”

二艘舢板左右夹攻他们的舢板。窸窸窣窣。拿走他们船上所有东西，只留下二桨。男孩发觉其中数人着黑衫。一人胸前别着扬子江部队军徽。

“我是余家同甥儿。我叫施仕才。我来投靠余家同……”

所有手电筒光芒四面八方汇向男孩。

“真的?”

“我四个哥哥都是扬子江部队的……”

“施家兄弟。”

“为什么不早说?”

“刚才……不知道你们是谁……”

“你也来送死?”

“你是施家最小的男孩吧？回去……不要让施家绝了种……”

“各位叔叔，你们都是伟大的共产党员，伟大的革命战士，我是由衷佩服的。请告诉我，到底哪里可以找到我舅舅……”

是笑声？或是咳嗽？或是……争吵?

“小子，我告诉你……”

“走吧，谁知道他是真的假的?”“我怎么敢骗各位叔叔？我包包里有我的身份证……”

“是真的又怎么样?他妈的……”

“走吧。走吧。”

舢板正要荡开，一人忽然说：“带钱吗?”

男孩和德中对望一眼。

“拿出来。”

一人端出猎枪。男孩和德中从身上掏出包扎在黄色封信皱巴巴的一年薪水。一手抢了过去。打开信封。

“不少呢。”

“叔叔高抬贵手，那是我们工作一年的报酬，”男孩指了指德中。“我的你们拿去吧。他的是要孝敬父母的……”

“拿一半，剩下的一半还给他们。”粗粗的声音。“小兄弟，对不起，身上没钱，借点用用。”

信封扔回男孩和德中脚下。舢板箭矢般荡开。伴随着笑声？咳嗽？或争吵？……

“叔叔，别拿走我东西……”

“妈的，没拿你全部钱，算你命大，”一人用力吐出一口唾液，仿佛熟果“噗”落在河水上。“啰唆……”

黑暗中传来粗粗的声音：“傻孩子，告诉你算算，叫他别做梦了……”

笑声。一长串的。这次很明显了。

“德中，对不起，”男孩视着黑暗中同学的脸。“他们一身黑衫，是扬子江部队。等我见到舅舅，叫他把钱讨回来……”

“算了，没全拿走就不错了。”

“我这一半先垫给你吧。反正我用不着……”

“不可以。你什么都没了。钱用得着。划吧，我家快到了。”

不及半小时，船已抵达德中族人的长屋。上岸，朝长屋走去。德中说：“就说翻船，行李全掉到河里去了。我族人对扬子江部队印象不好。”

长屋外系着数只斗鸡，趴着数只狗。走廊上系着一只黑色大犀鸟。二人刚现身，狗、斗鸡和长屋底层下猪牛鸡鸭全发出温和如琴弦之鸣奏。汪汪咯咯。噢噢唧唧。诡异的家畜交响曲。唯独大犀鸟叫声扎耳。德中三十数口庞大家族站在阳台上迎客。长屋长一百多公尺，住着三十几户人家。畜口似乎远胜人口，人声被畜声淹没。晚上德中家人宴客。菜肴丰盛，米酒辛辣。殷勤热情之女，豪爽硕壮之男。男孩划了一天船，一话不说埋头吃，数杯米酒下肚，醉倒在德中脚下。第二天清早男孩带着数分宿醉从草席上爬起。屋外大雨滂沱。晚来的雨季又开始了。

这场怪雨下了一星期，嚼着日月星辰，下得大地哑然，家畜不语。莽丛如藻，山石如卵壳，苍穹如山壁，雨如鱼鳞。昼如夜。长屋的煤油灯一天燃 24 小时。偶尔阳光普照，大雨依旧，雨水闪烁着橘光。晚上可同时听雨，看月，嗅星星。雨中月宛如一座幽幽古井，一颗水晶球。雨中星宛如不会陨灭的流星雨。雨中天宛如泡水的火药。雨滴滴答答落在盐木片和椰叶铺成的屋顶上，落在晒谷场的阳台上，落在树叶泥土河川。落在屋顶上像小壁虎。晒谷场上像小蟋蟀。树叶上像小蚱蜢。河上像小虾。滴滴答答。叽叽喳喳。消失不见。11 年前也下着这种大雨，椴光弥漫白蚁纷飞的傍晚，男孩因为猎鳄发高烧昏迷床上，一个戴雨帽披雨衣的老者用泥淖般的声音沿家挨户传送消息。“文莱起义大败，英国政府开始逮捕人民党员，各位同志今大晚上立即到河口码头集合。”传送消息者装扮成各种人生百态：老年、少年、驼背中年人、口吃老婆婆被擅化妆术、易容术、拟态术的余家同和其同伙所伪装。英同政府大惑不解。大锣潜伏着五六百名共产党员，也潜伏着数目不详的政府奸细。1962 年 12 月，文莱共产党发动武装叛乱，一周后，叛军大败，领导人流亡国外。支援文莱剿共的英国政府开始全面逮捕砂共，全州最亲共的大锣首当其冲。余家同率领 500 多名大锣男女青年潜入雨林，翻山越岭，在砂州边境接受印尼共产党军事训练，准备和英国政府展开武装斗争，大雨将他们窜逃的痕迹冲毁得点滴不存。数十头狼狗和数百名英军望林兴叹。

豪雨不断。莫非想把结构不牢的长屋冲刷得尸骨不存？男孩两手伸出屋檐外，掬雨水洗了一把脸。屋檐下以藤条挂着百多颗骷髅头，显示德中祖先狙猎人头的成绩。屋檐上的雨水落在骷髅上，一根巨大水柱沿着骷髅落到地上。水柱仿佛树干上的疖瘤。枯果。蜂集。“等雨停了再走吧。”德中说。“好像不会停……”男孩说。“老是吃你们住你们的……我带来的礼又被……”“什么屁话？我们伊班人最好客。”“连一把番刀也没有……”“放心。你要的东西，我族人会补给你。”“我有钱……”“钱你留着。父亲说扬子江总部可能在河上游五十公里一带。我闲着。我们好朋友，雨停了一起找。”“找你丢掉的六个月薪水？”“……好朋友最了解我。”

十天后雨势变小，据德中族人判断，翌日即放晴。男孩和德中打点行李，准备第二天一早起航。族人送了一把番刀给男孩。刀背有立雕，如一黑龙。刀柄刻着非犬非鹿的怪兽，木鞘也有许多旋涡状浅雕。晚上备宴席送行。少女们敲锣（中国数百年前输入的铜锣……），擂鼓，抚琴，舞蹈，唱“迎宾舞”。男孩怯酒，频食肉压胃，仍止不住酒力。叮叮咚咚，铮铮鋐鋐。随口哼听不懂的“迎宾歌”，乱七八糟吟即兴创作的“迎宾歌”。对酒当歌，人生几何？……我有嘉宾，鼓瑟吹笙。德中问：“好朋友，你唱什么？”男孩说：“唱我们中国的迎宾歌。你们又在唱什么？那个少女。是你妹妹。还是你表妹。”德中说：“这歌词我大概说给你听。你涉水渡山来我们长屋，我美酒佳肴安慰你的疲惫。你匆匆来又匆匆走，像一头受伤又没巢穴的山猫……她是我妹妹，我们长屋最漂亮的女孩子，你如果有意思，留下来当我妹夫。”男孩说：“我没这福分。我不能再喝了。我怕酒后乱性……像……像我大哥……”德中说：“好朋友，起来，到外面阳台去，我族人斗鸡给你看。”

男孩走到阳台，看见屋外围一群人。圈中站二男人，一人手上抱一只鸡，一只枣红，一只雪白。距爪上系一支小弯刀。二男人释手中鸡。雪白的颈子中刀，血流不止，殒。枣红的振翅啼叫。男孩和德中回到屋内。男孩握杯的手摇摆，脸红如枣，有时候坐，有时候站，不知身在何处今日何日。少女嫣然一笑，眼如水，齿如贝。斗鸡跃起，刀光一闪。剸。骨刃相见。男孩对德中说：你们这斗鸡算什么？我大哥的斗鸡才是一流斗鸡。德中说：“你大哥也饲斗鸡？”男孩说：“是……”男孩在米酒和迎宾舞中忆起大哥。仕农用蜈蚣、蝎、蜘蛛、蝙蝠、蛇饲斗鸡。和它们同睡同住。售价调到全大锣最高，赌客还是竞价买回去。战场上胜多败少。一天下午，男孩那时离家出走在拉让江畔猎鳄，两个蒙面马来人趁男孩哥哥外出寻找男孩时攥番刀砍死施家两只忠犬，将大哥一百多只斗鸡切成肉丝。大哥伤心欲绝，筑了一座大鸡冢，数日后随余家同遁入雨林，临走前在市场一面木墙上写了六个字和两个标点符号：“中国人，站起来！”如果斗鸡不死，大哥必然不舍得离开。鸡在人在，鸡亡人亡。据说大哥不是英勇战士，常被政军炮火吓得屁滚尿流。家同介绍伊班少女给仕农，倡导华土通婚，让共产思想渗透全民，此时扬子江军容正强盛显赫，出入拉让江流域如入无人之地，军队每至一镇，华人烹鸡宰牛，呼为民族英雄。男孩凑到德中耳边说：“少女如果像你妹妹这么漂亮风骚，大哥必然心猿意马，连我也要考虑迎娶。”一事无成数回后，家同这次介绍时请双方饮酒作乐，将大哥灌倒。那位仰慕大哥的伊班少女是家同特意安排，孤男寡女送入房内，先软后硬生米煮成熟饭，伊班祖先骁勇善战，猎人头，杀海盗，以血肉之躯对抗英国舰炮，这种英雄种不只流窜在伊班男人体内，也流窜在伊班女人体内。大哥婚后被妻子训练成伊班勇士，穿丁字裤，打赤膊，喝米酒，吃槟榔，兽文身；用吹矢枪射猴子，用番刀杀野猪。被一颗手榴弹炸得胸膛空空，战友弃他而去，政府军将尸体抬到施家。大哥终究是好汉，以战士像他自己训练的斗鸡死去。如果不是父母反对，男孩就把大哥葬在鸡冢旁。男孩又凑到德中耳边说：“德中你不能学我舅舅趁我酒后不省人事将你妹妹骑在我身上。你问我找我舅舅做什么？我找他做什么？……我找他做什么？……我……”

男孩呕出一堆秽物，昏倒在两位跳迎宾舞的伊班少女脚下。

晴天，破晓。雨林上的晨曦鲜艳得像毒蛤蟆。椰子树像铁雕。大鸟飞得轧轧响，像引擎故障的飞行物戳入树丛。数只黑猪自由牧放在长屋四周，长鼻刨土，偶尔刨出指粗腕长的蚯蚓，猪发出绵绵不绝的战斗声。家畜随吃随拉，消化泌尿系统功能完整，健康自在。男孩德中告别江畔上送行的族人，划行不及二公里，二人先后蹲在船尾拉屎。粪落在水上，如婴臂、婴腿。稀拉聚在岸边，如一具婴尸。德中一桨在手，把船操纵得服帖如奴。船屁股像装了马达。男孩有点晕头，不停以河水洗脸，愈洗愈晕头，愈污秽，仿佛划入了粪坑。头前的30米河面上升一朵乌云，嗡嗡嗡，嗡嗡嗡。对着河上一截疙瘩，落下升上，升上落下。二人忍不住一手掩鼻，一手划桨，徐徐前进。乌云飘过船边，疙瘩漂过船边。疙瘩密密麻麻层层叠叠布满绿头红头黑头蝇，绕着一群大鱼小鱼。舢板前进的浪头惊动了蝇，在河上聚成一朵更雄伟的乌云，露出疙瘩上也是密密麻麻层层叠叠的菊黄粉红蛆。浪头未退，乌云已东一片西一片罩下。一具人尸。屁股朝上，四肢俱全，肉腐骨现，蝇蛆模糊筑成一“大”字。尸仍穿着一身破绿衫，火焰山部队制服……

二人拼命划桨，节奏大乱。船桨激起的水花愈大，船前进得愈慢，浮尸愈朝船靠近。一颗眼球弃尸，被波浪卷向船，“啪”打在男孩桨上。仿佛有一股力量将浮尸吸过来，随着一朵乌云。数蝇如子弹从二人眼前呼啸穿过。二人大叫数声，顾不得掩鼻，死劲划。仿佛肺部胀满腐气，胃部飞满蝇，浑身爬满蛆。不停划了20分钟，在一棵树荫下透数口气，又不停划了十多分钟。经一处浅滩，下船推舟，推到水深及膝，放了船，剥光衣服，用河水疯狂地洗刷身体。腐味似乎永远洗不去。那尸体之华丽仍弥漫。据说这种蝇常在人类头皮和衣服上下蛋，偶尔下在阴部。

“再往上游一点是一所中小学，我族人儿女都在那儿上学。”德中说。

“有数位华人在那儿教书，可以打听一下。”

“没看到你弟妹上学。”

“时间还早，等一下也许可以在学校里和他们碰面。”德中有意无意说，“我大弟拉查儿和大妹法蒂亚负责载送他们。”

二人将衣服晾在船舷上，着短裤，划向上游。毕加中小学位于一座山坡，学生约两百，大部分是土人。校园里只有两列木制矮房，据说就是教室。较长的是小学部，较短的是初中部。二人穿好衣服，上岸。操场空荡荡，竖一根竹旗杆，顶端有滑轮，垂一根绳索。五六个土人小孩在绿油油操场上踢足球。足球溜到男孩脚下，男孩一脚踢回去。足球是进口货。教员宿舍离教室约一百公尺，一列白色矮房。一个男人从白色矮房里骑脚踏车出来。渐行渐近，约四十岁，眉头深锁，是华人。

“你是老师？”脚踏车经二人身边时，男孩说。男人停下脚踏车。“打扰一下。知道余家同吧？北加人民军……”

“找他做什么？”男人说。

“有事……”

男人打量二人。朝远处看了看。“余家同从前常来这里，最近没看到他了。这人来去无踪。”男人不等男孩再开口，向下坡踩去。脚踏车铿铃铛锒滚得飞快。吵得像一爿修车厂滚下山坡。

二人目送男人逐渐远去：“荒山野地，骑着脚踏车去哪里？”

“有一些学生住得很远，老师接他们上学，”德中说。“放学后还要送回去。”

“天天如此？”

“我们族人不喜欢小孩子上学，老师不接，小孩就不来了。”德中说。“当初我大哥费了好多口舌，我父亲才让我到大锣读点书。大哥说那里的老师较有学问。”

离上课还早。往山坡上走半公里有一座长屋，德中访长屋探消息。男孩留江畔上看舢板和行李。晶莹如白玉的小螃蟹在河滩上快速行走，钻入小穴，潜入河水。大螃蟹如小斧钺，步行时仿佛全部出鞘的多功能瑞士刀，爬树上枝斫杀食物。弹涂鱼在水上打水漂，偶有一两只落入蟹螯，瑟缩如烫到的舌头。骑脚踏车的老师一前一后载着两个伊班小孩，在教室前将他们放下，骑脚踏车又往山下冲，铿铃铛锒。校园里慢慢聚了一些学生。男孩行李中原有一支瑞士刀，十天前被黑衫军劫去，现在他唯一的武器是伊班人利用天然铁矿锻冶的番刀，未沾染过血或树汁。一支舢板从下游迅速荡上来，泊在河滩上，上面坐着德中四位弟妹。拉查儿 17 岁，法蒂亚 16 岁，初中毕业后就断了学，一日二回接送弟妹上下学。法蒂亚，宴会中令男孩遐想翩翩，成熟女人的身体和风韵，眼神像拉让江，笑容像热带雨林，声音像涩果，皮色像夜晚。十指，飘悠悠，像她的长发；腰板，千折万拗，像她的十指；脚掌丰，趾嫩。她坐在船头对男孩笑了笑，说了数句土语。男孩也对她笑了笑，无话可说。两个小学生下船后，姐姐交代了数句，舢板慢慢荡开，折了个弯，顺流漂向下游。法蒂亚挥挥手，对男孩笑了笑。拉查儿也对男孩挥手微笑。男孩目送他们离去。

德中回返时学校已开始上课。二人朝校园走去。伊班校长和德中父亲是世交，在校长室招待二人。下课后，校长介绍老师。毕加中小学共有四位华人老师。男孩撒了个谎。

“奉父母命，来劝舅舅投诚。长辈们担心舅舅会被政府军射杀。各位老师如果有我舅舅消息……”

“投诚好，投诚好。”六十多岁的华人老师说。“投诚者既往不咎，政府宽大为怀，还辅导就业呢，这……多好，这……多好……”

“是啊。”四十多岁的华人老师说，“差不多每个人都投诚了噢……只有余家同……唉，难，我们见过他，但是这个人……”

“扬子江部队最强盛时，他试图把毕加中小学改制成华校，后来知道这是不可行的。”骑脚踏车的华人老师说，“民族工作做得不够深刻嘛。但他还是捐了钱给学校，要我们推展华语教育……”

“还有共产主义。”二十多岁的年轻华人老师说，“他捐了一些马克思、列宁、毛泽东思想的书给学校。我们不敢摆出来。摆出来有什么用？学生怎么看得懂……”

“学生的华语程度连看童话都有问题。”

“后来都烧了。”

“共产失势后，余家同就没来过这里了……”

一阵沉默，男孩说：“各位老师有没有线索?”

“扬子江总部只有资深党员知道。”六十多岁的华人老师说，“你只管往上游走……”

校长请他们吃完午饭再离开。男孩和德中在校园里逛，看小朋友上课。雨季中的太阳并不炎热，半数教室笼罩大树阴影中。一只水牛在操场上埋头啃草。白色之蝶飞到走廊上，从窗口飞进教室，从另一个窗口飞出时七彩斑斓，染着小朋友梦想。屋檐下挂数盆野胡姬，花朵拟态成一串蝶，色泽在小朋友朗读声中变幻莫测。走廊上一队蚂蚁步兵运一只风干壁虎。壁虎扁皱如枯叶，被压死或踩死。水牛啃着走廊外野草，愈啃愈有书香味。春眠不觉晓，处处闻啼鸟。……小学时代朗读过的诗句。男孩不觉停在窗外望入教室。小学六年级华语课，骑脚踏车的华人老师站在讲台上，满脸热诚讲解黑板上数个斗大字。他说一字，学生说一句。他念一句，学生念一句。他写一字，学生屏息观察。他说了一句好笑的话，学生哄堂大笑，他以手背拭汗，以食指尖频频扶镜框，裤管沾满粉笔屑。这不是三哥吗？三哥高中毕业被网罗到大锣中华小学任教，被邵校长评为校史最优秀教师之一。男孩下午没课时偶尔和四哥爬上小学旁的大树偷看三哥上课。频频向三哥挥手，三哥假装没看到。大锣中华小学从20世纪50年代中期宣扬共产思想，酿出一批共产党员，直到邵校长1962年离校后。虽然政府抓得紧，三哥仍冒险赤化课堂。男孩在树上听三哥教小朋友读玉面战神一首什么词，说是曹操写的。教育局官员彼时就站在窗外。小学旁是大锣英文小学，两校学生人数相当，校园只隔一道铁篱笆。早上周会升旗唱校歌，常比赛谁唱得响。有时候就要被对方压倒，双方校长、老师立即加入。“中华母校在大中，知识渊源在其中。……”两校常打架，马来人打华人，华人打马来人。校长不敢偏心，两边屁股被打得红绿参半。共产如日中天，在各个乡镇打游击战。大锣实施宵禁，夜出者格杀。大锣小学被放了一把无名火付之一炬。三哥失业后带着数篮子书于1969年步大哥、二哥后尘投靠扬子江部队。扬子江部队，正式名称是“北加里曼丹人民军”，当年正在拉让江流域蹿红。1963年，沙捞越脱离英国殖民统治，加入马来西亚联邦共和国。1965年印尼军事政变，亲共总理苏加诺下台，印尼共产党领袖艾地丧生，印马联手剿共。在印尼接受军事训练的两千名沙捞越共产党员失去支援，1965年潜回沙捞越，成立三支武装部队，在雨林建设秘密基地，向全砂撒下社会主义和共产主义红色事业种子。……吃完午饭后，男孩、德中继续航向上游。毕加中小学老师欲言又止，校长不识华语，神情举止暧昧。男孩茫然忧虑。当年大哥二哥三哥四哥离家投共也接近他现在这个年龄。……上游河面较窄，河岸上枝叶如篱，连蚱蜢也难以穿透，疏疏扶扶垂向河面形成天然拱门。大蜂窝悬在枝干上，野蜂如滚滚黄沙，嗡嗡嘤嘤。仿佛刮着小型龙卷风。蜘蛛在两岸枝丫疯狂搭网，让他们白发苍苍，桨划到头上，织成一座线锤。枯枝上挂满蝙蝠，倒吊行走，像鱼干、猪干。绿叶上有绿蛇，红叶上有红蛇，黄叶上有黄蛇，紫叶上有紫蛇。像玛瑙钻戒、女人酒窝、肥大之摄护腺，太阳寻找它们，它们盼望太阳。枝叶逐渐萎缩，河面渐次放宽，右岸终于出现一片平原和矮树丛。一棵野红毛丹长在河岸上，毛茸茸的果子。触，如大蜈蚣栖在树上。二人停桨，站在船上采果，用桨将高处的果子打落船上，或用番刀整枝削下，坐在船上痛快朵颐，吃得肚胀舌麻。红毛丹皮如火球，肉如荔枝，老人家叫贵妃果。男孩家里也有数棵红毛丹树，兄弟常爬到树上，摘两粒吃一粒，一粒丢给树下的君怡。“君怡，君怡，你要多吃一点，将来富贵美丽如杨贵妃。”……

男孩第一次使用新番刀。番刀砍了树枝，仍散发木柄和木鞘上的木屑味道，无甚悍劲。德中的番刀大不一样。刀出鞘，男孩就嗅到杀气。德中削树枝如削指，砍得红毛丹树嘎嘎惨叫。刀刃长二十四英寸，两面刀身各浮雕一鳄。刀背也有立雕，波涛汹涌，伏着一兽。柄之首雕一人头，深轮廓，长发扎满整个刀柄，是一猎人头象征。五指攥在刀柄上，仿佛就攥着敌首头发。已有百多年历史。德中祖先以它保家抗暴，杀敌削首。二次大战时，德中祖父追随华人抗日义勇军，以此刀削下四颗鬼子头颅。

吃不完的红毛丹堆在船上像一巢初出毛的雏雀。二人打着饱嗝划向上游。须臾，下小雨，雨势稳，不歇。这雨下得犹豫，让人难了断。航行停停走走，柔肠寸断。数次匿于树阴下，又仿佛小题大做。树上常有嗜血之山蛭乘风随雨落在人体上。男孩清楚记得三哥也是在这种雨势瞒着爸妈向男孩和四哥道别。

……

蓉子及其入选作品简析

蓉子简介

蓉子，原名李赛蓉，另有笔名秋芙、江采蓉、莫愁等。1949 年生于广东潮州金石镇，四岁被过继给姨母家做养女，童年时期在家乡祠堂接受过半年的启蒙教育，八岁时移民到马来西亚，后定居新加坡，现为新加坡公民。蓉子的童年和少年时代都比较艰苦，在马来西亚念了四年华文小学和三年英文中学，因为贫穷不得不辍学提前进入社会。在困苦的岁月中，蓉子只身在社会打拼，做过女工，当过推销员，可谓历尽世事。20 世纪 80 年代蓉子开始经商，白手创业，她的要强和努力，加上潮汕人不服输、不怕难的精神，最终造就了她的商业成就，成为新加坡著名企业家。蓉子 1984 年开始返回中国经商，并积极参与中国与新加坡的经贸交流，支持其家乡潮汕地区的经济发展。现为汕头市海外交流协会名誉会长、潮汕星河奖基金会荣誉会长、新加坡潮州八邑会馆董事、苏州工业园区新宁诊所有限公司董事长。

蓉子作品简析

1969 年，蓉子提笔写作，1970 年开始在《星洲日报》《南洋商报》《新明日报》《联合早报》等报纸发表小说、开设专栏。商海打拼并没有消磨掉蓉子对文学的喜爱，相反，商场的尔虞我诈使她更珍惜文学所营造的那个梦幻世界，以及文学带给她的与他人交流的快乐。从事写作已将近50年的蓉子，在文海也收获满满：已结集出版有短篇小说集《初见·彩虹》《蜜月》《又是雨季》，中篇小说《伴侣》，散文集《星期六的世界》《蓉子随笔》《白啤酒》《情未了》（一、二）《中国情》《百万之爱》《谁道风情老无份》《老潮州》《上海七年》《城心城意》《今夜，我想新加坡》《鱼尾狮之歌》等。曾任新加坡写作人协会理事、新加坡作家协会副会长等。

蓉子曾说，她的三大爱好是“做饭、写作和赚钱”，我们不妨从这三大爱好来探讨蓉子其人其文。潮汕女性对家庭的重视在全国都是出了名的，蓉子虽然童年时期只在家乡生活了几年，但她在马来西亚和新加坡生活创业期间，仍深受潮汕文化影响，是一位新时代的潮汕女性。蓉子将“做饭”列为头等爱好，可看出家庭和亲情在她心目中的地位，同时，从当下的眼光来看，蓉子应是一位懂得生活的女性。评论家在讨论蓉子的小说创作时，大都注意到她善于从家庭选材，透过一个个鲜活的家庭故事，去反映社会上的某些问题，因而常将她的小说归为家庭小说。蓉子写家庭，着眼点并不是家长里短，而是借助家庭里面不正常的婆媳关系、夫妻关系、母女/母子关系、妯娌关系等，揭示旧观念、旧道德、旧礼法对自由的扼杀和人性的戕害，尤其蓉子作为一个女性，她特别关注女性与家庭的关系，她是带着问题去创作这些家庭小说的，因而，我们不妨也可以将她的小说称之为问题小说。“写作和赚钱”，这个很容易理解，蓉子一生都在商海与文海打拼，她将文人与商人这两重身份很好地结合在一起。写作不是为了赚钱，却是蓉子与世界、与他人沟通交流的重要方式，我们说她是一位儒商，就是看到了她与一般商人的不同，她把写作放在赚钱之前，如若不是自我标榜，则应感佩她几十年如一日的坚守；赚钱是为了把生活过得更好，但不是蓉子唯一的追求，经商为她的写作提供了诸多素材，某种程度上也塑造了创作的某些特质。一手写作，一手经商，蓉子能够在文人与商人间自由转换，源于潮汕文化基因带给她的那份勤奋与执着。

蓉子从走上创作之路伊始，就坚持在新加坡报刊写专栏，几十年来，结集出版了近20部散文集，硕果累累。专栏写作并不难，但能够几十年坚持写，却极难，尤其对一位从商的写作人来说，这份坚持所要付出的努力是常人难以想象的。专栏文章因为都在报刊有固定的板块篇幅和出版日期，我们一般也称之为“框框文章”“豆腐块文章”，具有短、频、快等特征，符合商业社会高速运转的生活节奏，读者众多。蓉子的散文衍生于专栏，大多篇幅不长，生活小品、时事评论、社会杂感，畅所欲言，无所不包。这使得蓉子的散文不同于大陆20世纪90年代以来流行的小女人散文：在闺阁中喃喃絮语，蓉子的散文是“大女人散文”，跳脱了女性的自我限制，既写小我抒小情，也评社会叹豪情。

本书收入的散文《榴莲情结》创作于2006年，后收入于蓉子2008年在新加坡出版的散文集《今夜，我想新加坡》。《今夜，我想新加坡》收入的都是与新加坡有关的散文，表达了蓉子作为新加坡公民对这块土地的深厚情感，《榴莲情结》抒写由榴莲引发的“怀思”，这“莫名淡愁”既是思念新加坡的乡愁，也是半生漂泊不知身归何处的心愁。

《榴莲情结》从友人莫医生从新加坡给作者带来一盒榴莲写起，“我捧着这盒榴莲，如获至宝”，入夜后开始寻思找一个合适的地方“啖食美味”，屋里、楼上、后院、阳光房，细寻思，都不合适，最后“不辞园中去”，“独坐小园”，“享受着年轻人诚挚的厚意”。这盒榴莲作者极为珍惜，除了在上海难得吃到真正的新加坡榴莲外，作者由这盒榴莲想到了自己大半生的漂泊岁月：年少家贫，过继给姨母，八岁被带到异国他乡，孤苦伶仃，在马来西亚小笨珍第一次吃榴莲，从此与榴莲结下不解的情缘，“你敢吃榴莲就能留得下来”，作者果真留了下来。七年后，又辗转漂泊到新加坡，另一个出产榴莲的地方，“此一留，留下一生中的大半岁月”，此后经商，不断在新加坡与中国之间流动，新千年后旅居上海，“过番、移民、旅居，这一大圈，带回一个榴莲病”，而此时的作者早已半头白发。在新加坡，作者是一个移民新客，如今“人在申江，是客非客?”作者陷入了一种茫然。

新加坡是蓉子的第二故乡，所谓的“榴莲情结”，就是作者的新加坡乡愁，“无论天涯何处，南洋风物自难忘”，难忘的恐怕也是榴莲背后的新加坡！“乡”的内涵的转变是当代海外华文文学乡愁书写的显著特征，早期海外华文文学/华侨文学视中国为故乡，乡愁即中国愁，在当代海外华文文学/华人文学中，华人落地生根，根在之所即故乡，乡愁不再是单一的中国愁，也包括对定居国的思念。在这样的背景下来看蓉子的《榴莲情结》，就能理解她对新加坡的念兹在兹的思念之情。

这篇散文只有短短的五百来字，但内涵却很丰富，除了书写乡愁之外，也写了作者身份之尴尬。蓉子八岁去国，暂居马来西亚七年，终在新加坡落地生根，年过半百时却又以外籍身份回到原乡中国，定居上海。我们称这样的华人为“流动华人”，当然与其他流动华人不断向外流散不同，蓉子是朝祖籍国回流，这样的案例在近年越来越多，严歌苓、虹影、刘荒田、庄伟杰等海外华人，也多在中国大陆居住。以外籍身份回流祖籍国，对蓉子而言，必然遭逢身份的尴尬，“是客非客”的反问，恐怕也是回流的海外华人难解的结。未来，随着中国不断强大富裕，回流会成为一种常态，并将深刻地影响海外华文文学的发展。蓉子作为回流型华文作家，她的双重身份及携带的双重经验，给她的写作带来了新的特质。《今夜，我想新加坡》一书中包括《榴莲情结》等在内的散文都属于在中国写新加坡，这是典型的离岸写作，它与新加坡在地书写之间的差异值得深入研究。

蓉子的散文讲真话、描实景、诉真情，朴素自然，语言节制不拖泥带水。《榴莲情结》延续了蓉子散文的基本风格，融叙事抒情于一体，不矫揉造作，叙述张弛有度，毫不拖沓，但在语言方面，这篇散文却比较讲究，抛弃了常用的平实风格，大量使用短句，化用古语，精致优美，增强了文章的古典情境和抒情氛围。文章的最后一段，犹如宋词，言简而意赅，令人回味！

（温明明）

蓉子作品选

榴莲情结

莫医生从新加坡给我带来一盒榴莲，千里飘香的珍果，掀我半世纪的怀思。

已近两年没回新加坡，粿条我会炒，鸡饭我能做，就是榴莲种不了。上海也有榴莲，泰国来的，硬得像咬苹果，有色无味，形似味异，入口难解相思，真个是相见争如不见！无奈一喜其香，二赖以调胃寒，每每三两核入肚，胃病立止，当日见效。我家那对医生儿媳就是百思不得其解，老妈子我毛病多，偏方亦奇。

我捧着这盒榴莲，如获至宝，入夜在屋里找个安身地，这东西最是偷吃不得，盒子未开，满楼香溢，楼上当然去不得，后院有保姆怕怕，厅内又开着空调，阳光房里也担心：榴莲吃完了，香味变臭气，几天散不掉怎办?

隔着纱窗，探屋外一片寂寂，凉意微透，夏夜绿地湿气重，久坐又恐寒腿沉。为这榴莲，不辞园中去。放肆的蚊子兴许也受不了这异香，主动撤离说不定，就怕香飘邻窗，唤起几家榴莲梦!

独坐小园，啖食美味，享受着年轻人诚挚的厚意，遥想当年首回吃榴莲是在马来西亚小笨珍，犹是三尺小童，听得人们说：你敢吃榴莲就能留得下来。而今蓦然回首，惊愕！谁染了我半头白发?

我没在马来西亚留多久，八年吧，又来到新加坡，此一留，留下一生中的大半岁月，五味杂陈，不胜唏嘘!

在这无星无月的晚上，莫名淡愁伴着榴莲浓香悄然闯入，半生漂泊，此身何所归？人在申江，是客非客？茫茫然然!

过番、移民、旅居，这一大圈，带回一个榴莲病。无论天涯何处，南洋风物自难忘。再求索，料是此生难再!

2006 年 6 月 2 日

黄孟文及其入选作品简析

黄孟文简介

黄孟文，笔名孟毅，祖籍广东梅县，1937 年出生于马来西亚霹雳州美罗埠，新加坡独立后成为该国公民。1961 年毕业于新加坡南洋大学中文系，获得文学学士学位，1968 年获得新加坡大学中文系硕士学位，1975 年获得美国华盛顿大学哲学博士学位。曾任新加坡政府高级行政官、史丹福学院院长、新加坡作家协会会长、世界华文微型小说研究会会长等。现为新加坡作家协会及世界华文微型小说研究会名誉会长。1981 年荣获新加坡书籍理事会翻译奖、新加坡文化部文学奖及泰国“东南亚文学奖”。1996 年又先后荣获“第六届海峡情散文特别奖”和北京“中华英才”杂志颁发的散文奖。

黄孟文作品简析

黄孟文学生时代就开始写作，1952 年发表第一部小说《往事》，在南洋大学读书期间，主持创办《〈中文〉学报》，并参加该校创作社，成为南洋大学活跃的文学青年。1969 年出版第一部小说集《再见惠兰的时候》，第二年又出版小说集《我要活下去》，这是黄孟文创作的第一阶段，创作以短篇小说为主，多写底层人的苦难生活，张扬人道主义的精神。1970 年黄孟文赴美国华盛顿大学攻读博士学位，暂时停止了写作。回国后黄孟文进入政界，1982 年又全面进入商界，从政经商的生活为他后期的写作积累了大量的素材，同时也改变了其创作的风格。20 世纪 90 年代以后，黄孟文于先后出版小说集《安乐窝》（1991）、散文集《朝阳从我身边掠过》（1993）、小说集《学府夏冬》（1993）、散文集《啊！东方城市》（1997）、《黄孟文微型小说》（2004）、《黄孟文中短篇小说自选集》（2007）、《黄孟文微型小说自选集》（2008）等。这一阶段的写作有两个显著的转向：首先是从早期创作关注底层人，转向以亦庄亦谐、幽默讽刺的笔调，反映政坛商界的尔虞我诈、明争暗斗，揭示人心的黑暗和人性的丑陋；其次有意识地转向微型小说的创作，并取得了丰硕的成果，成为世界华文微型小说创作研究领域的先行者，2008 年在上海举办的第七届世界华文微型小说研讨会上获得“世界华文微型小说终生成就奖”，2011 年 6 月在河南郑州举办的第四届小小说节上又获得“中国微型小说创作终生成就奖”。

黄孟文是一位学者型作家，创作的同时，他还进行文学研究。20 世纪 70 年代就出版了《莫泊桑短篇小说研究》（英文）和《宋代白话小说研究》；90 年代转向微型小说创作后，他还积极参与微型小说的理论建构，先后出版《黄孟文微型小说选评》《微型小说微型论》等评论著作；同时他还积极参与新加坡华文文学的研究，出版《新华文学评论集》等论著。黄孟文是一位名副其实的创作与评论兼擅的两栖作家。

谈到黄孟文，必然绕不开他的微型小说创作及研究。20 个世纪 70 年代末开始，随着世界范围内掀起微型小说创作热潮，在新加坡有关文化团体的积极推动下，新华文坛也随之出现了微型小说创作的繁荣局面，产生了黄孟文、周灿、林锦、张挥、南子、怀鹰、董农政等一批微型小说作家。同时，“新华微型小说的兴起，与都市生活的繁忙、工商业的高度发达，有着密切的关系。……生活在快节奏的时代，人们希望费智力最小而获得最大的审美信息量，以便在艺术中，观照人生、观照自己，获得知识的启迪和精神愉悦。微型小说作为一种极为精短的艺术形式，正好可以相应地满足读者的需要，因而受到读者的喜爱与关注。”① 黄孟文是新华微型小说创作的一面“大旗”，多年笔耕不辍、不断创新，在题材和艺术手法等方面推陈出新，最终写出了“一个万紫千红的春天”。他的《官椅》《最后一次扫墓》《换血》《退休》《我爱毛果山》《学府夏冬》等微型小说，缩龙成寸，在有限的空间内，上演各种人性的丑剧，令人回

---

① 黄孟文，徐迺翔：《新加坡华文文学史初稿》，新加坡：新加坡国立大学中文系、八方文化企业公司 2002 年版，第 257 页。

味无穷。在创作的同时，黄孟文积极参与微型小说的理论研究，在微型小说的文体论、篇章论、题材论、技巧论、整体论等方面提出了许多真知灼见，为新华微型小说走向世界奠定了理论基石。

本书所选短篇小说《再见惠兰的时候》，创作于 1968 年，收入同名小说集《再见惠兰的时候》，是黄孟文的成名作和早期创作的代表作。小说故事情节并不复杂，“我”回到阔别两年多的新利谷，在自家杂货店见到儿时同学兼玩伴惠兰的女儿来买花生油，引起“我”对少年时代惠兰的回忆，傍晚时分，在母亲陪同下，“我”到惠兰家看望惠兰，没想到的是，经历了苦难岁月的风吹雨打，三十出头的少妇惠兰已变得人老珠黄，毫无年少时的英姿，面对这种“巨变”，“我”陷入深深地痛苦之中。

《再见惠兰的时候》是一篇典型的现实主义小说。小说的主人公惠兰，二十多年前，她还是一个聪明伶俐而又充满着勇气与活力、勤劳好学的小女孩，“她有一张鹅卵石形的脸孔，两撇粗黑的眉毛覆在两粒圆圆大大的眼睛上面，右唇上端有一粒绿豆般大小的黑痣”①，15 岁嫁做人妇，成为九个孩子的母亲，如今的惠兰，却变成了一个脸色蜡黄的中年妇女，那满脸的皱纹看上去“像是因多月未曾下雨而被晒得裂痕累累的一块泥地”②，惠兰对“我”也变得客气而陌生，“时间已经在我们之间划下了一道无法填补的鸿沟，要恢复以前那样子是再也不可能了。”③ 小说通过惠兰的前后变化，着重反映了新加坡建国前后的社会现实，以及底层民众在社会动荡变迁中的苦难生活。值得注意的是，惠兰的变化不是因为自己的愚蠢和懒惰，相反她是一个勤劳聪颖的女人，这是一个时代和社会的悲剧。“五年级尚未读完，紧急法令雷厉风行了。邦达金矿场遭逢封闭的厄运，居民全部被迫迁移到一个个的新村里去。我们搬到了 B 村，做点小买卖过活。惠兰一家据说搬到 K 埠去了。我继续在 B 村念书，而惠兰听说后来就辍学了。”④ 这是小说中交代“我”与惠兰命运开始发生转折的一段话，虽然没

① 黄孟文：《再见惠兰的时候》，选自《黄孟文中短篇小说自选集》，新加坡：云南园雅舍 2007 年版，第 102 页。

② 黄孟文：《再见惠兰的时候》，选自《黄孟文中短篇小说自选集》，新加坡：云南园雅舍 2007 年版，第 106 页。

③ 黄孟文：《再见惠兰的时候》，选自《黄孟文中短篇小说自选集》，新加坡：云南园雅舍 2007 年版，第 107 页。

④ 黄孟文：《再见惠兰的时候》，选自《黄孟文中短篇小说自选集》，新加坡：云南园雅舍 2007 年版，第 102 页。

有展开，但可以看出，动荡的社会环境使金矿场遭到封闭，惠兰父亲失去了“甲巴拉”（工头）的职务，被迫迁到政府规定的华人新村，家里没有稳定的收入，惠兰辍学，一步步走向贫穷的深渊。鲁迅先生曾说：“悲剧就是把人生有价值的东西毁灭给人看。”惠兰身上发生的正是这样的悲剧，一个时代和社会，不能使勤劳聪颖的人通过自己的才干努力改变自己的命运，不能使自己的生活越来越好反而越过越遭，那么这就是一个值得批判和诅咒的时代和社会。更为可怕的是，惠兰的贫穷和苦难继续在下一代延续，“我望了望买花生油的小女孩，再望望坐在她旁边的惠兰。同样的是大眼睛、粗眉毛、黑痣、鹅卵石形的脸孔。除了年龄悬殊以外，我看不出这两母女有什么不同之处。她们的命运也会像她们的脸型那样相似吗？我禁不住要自己问自己。20 年后的这个买花生油的小女孩，是不是也跟今日的惠兰那样，在贫穷的胶园农村中过着困苦的生活；还是她会有好一点的际遇呢？我感到惘然”①。“我”对于惠兰的女儿能否摆脱惠兰那样的命运，显然是不自信甚至持否定意见的，这就是小说的深刻之处，它没有局限于惠兰这一代的命运，而是在忧虑下一代命运仍然得不到改变：苦难还在延续！小说一开头，我时隔两年重回旧地，“新利谷还是老样子，一切都似乎并没有改变。……两年多的时间像是静止的，它并没有给这个移殖区带来新的气氛，至少表面上是这样”②。这段描写否定了进化论观念，“时间像是静止的”，意味着进化之不可能，随着时间的演进，现实没有变得更好，这是对惠兰及其子女命运的强烈暗示，也表现了作者深深的忧虑。正是意识到底层人改变命运之艰难，“我”在小说的最后，面对月光衬托下银光般的大地，“我没有闲情欣赏这些大自然的精心杰作，我的心像吊着一块铅，逐渐地往下沉，往下沉……”③

黄孟文家中共有八兄妹，小时候生活条件并不富裕，尝尽了生活的辛酸，因而以《再见惠兰的时候》为代表的早期写作对底层人的苦难给予了深深的同情。但是，仔细阅读《再见惠兰的时候》，会发现，叙述者“我”作为一个知识分子，是以一种俯视的姿态在观察惠兰，“我”虽然来自新利谷，但“我”

---

① 黄孟文：《再见惠兰的时候》，选自《黄孟文中短篇小说自选集》，新加坡：云南园雅舍 2007 年版，第 107 页。

② 黄孟文：《再见惠兰的时候》，选自《黄孟文中短篇小说自选集》，新加坡：云南园雅舍 2007 年版，第 100 页。

③ 黄孟文：《再见惠兰的时候》，选自《黄孟文中短篇小说自选集》，新加坡：云南园雅舍 2007 年版，第 109 页。

显然不属于新利谷，“我”也自觉地与新利谷的底层人相区别，小说在描写“我”家杂货店专卖油烟糖米等日常消费品时，写道：“移殖区的居民们一个个都是‘今日不知明日粮’的，只有这些物品能适应他们的要求。”① 可见作者是以一个局外人的视角、一种非平视的姿态，去书写惠兰的故事。

阅读《再见惠兰的时候》，隐约还能感受到鲁迅《故乡》的气息。两篇小说都是写一个知识者归乡之后，看到家乡的破败，体验儿时同伴的困苦。惠兰与闰土有一定的相似性，在惠兰身上，黄孟文既写了她物质的贫困，也写了她精神世界的蜕变，那一声声“黄先生”显然在逐渐锈蚀叙述者“我”心中儿时的那个同伴惠兰。当然，必须肯定的是，《再见惠兰的时候》无论是语言、叙述手法，还是对人物的刻画，尤其是惠兰内在精神世界的刻画，都还远远没有达到鲁迅《故乡》的深度。

（温明明）

黄孟文作品选

再见惠兰的时候

回到阔别了两年多的旧地——新利谷。

新利谷还是老样子，一切都似乎并没有改变。仰望俯视，远看近览，接触眼帘的不外是蓝天白云、青山泥径，还有就是疏疏落落的，千篇一律的，鸽子笼似的标准型锌板屋。两年多的时间像是静止的，它并没有给这个移殖区带来新的气氛。至少表面上是这样。

回家后的第二天早上，我在店铺内闲坐。这是由那鸽子笼似的锌板屋扩建而成的一间杂货店，专门售卖油、盐、糖、米、火柴、煤油等日常消费品——

① 黄孟文：《再见惠兰的时候》，选自《黄孟文中短篇小说自选集》，新加坡：云南园雅舍 2007 年版，第 100 页。

移殖区的居民们一个个都是“今日不知明日粮”的。只有这些物品能适应他们的要求。如果有人想要在这儿开一间美容院还是酒吧之类的商店，准会在开幕后的一两个月内就要宣布关门大吉的。

我坐在店面前，顺便帮忙照顾生意——其实我什么也不懂，有顾客上门时，就问问他要什么，然后叫九岁大的小弟弟去把货物找出来，问明价钱以后交给他，我只负责记账而已。新利谷的生意，有七十巴仙①以上是要挂账的。

其实嘛，早上是没有什么生意的，因为居民割胶的割胶，种菜的种菜，大家都出门工作去了，留在家里的多半是一些完全不能做体力劳动的人——60 岁以上的老头子，将要临盆的孕妇，三岁以下的幼童。

十一点多，母亲做完了厨房的工作，也到店面前来稍坐片刻，闲话家常。

不久，有一个十一二岁，头发剪得短短的小女孩，走进店里来了。她手里拿着一个瓶子，原来要买花生油。

待看清这个短发小姑娘时，我蓦地一怔。好生面善的小女孩呀！鹅卵石形的脸孔，粗黑的眉毛，圆圆大大的眼睛，右唇上端的一粒黑痣……咦！她到底是谁呢？怎么此刻竟然想不起？

母亲问她为什么今天没有去胶园锄草，她说她的小妹妹病了，要留在家里看顾她。

小女孩离开以后，母亲也许看出了我心中的疑惑，问道：

“你不知道她是谁吧？”

“很面熟，就是一时想不起。”

“她是惠兰的大女儿。”母亲神秘地笑了笑。“邦达金矿场的惠兰，你还记得她吗？”

“惠兰？什么？是惠兰的女儿？”我不自觉地站了起来。“惠兰也搬到新利谷来了？”我觉察了自己那种紧张的神情，缓缓地又坐了下去，双睛瞪住母亲。

“唔，惠兰搬来这里已经有两年了，我们一直忘记告诉你。你爸爸帮她讨得了一块地，唔，她就住在斜对面那个村落。”我顺着母亲的手指望过去，那是第三期移殖居民的住宅区。

这委实是没有变动中的一个大变动！我做梦也想不到惠兰——这个离别了将近 20 年的童年伴侣，竟然也会搬来这儿。这是造物主故意的安排，还是人世

---

① 黄孟文：《再见惠兰的时候》，选自《黄孟文中短篇小说自选集》，新加坡：云南园雅舍 2007 年版，第 100 页。

间不可避免的沧桑？

在接下来的几个钟头内，我无法把萦回在我的脑际间的惠兰的影子驱逐出去。

1945年，日本的膏药旗终于在原子弹声中遽然下降，接着被皇军运回到日本三岛去——星马沐浴在和平的曙光中。

那时我们住在邦达金矿场，离开邦达市镇约有三里。托了姨丈的福，父亲在金矿场做了个“甲巴拉”（工头），母亲开了间小咖啡店，总算能够糊口。

和平以后几个月，邦达市镇的侨领们很快地就在近郊兴建了一间邦达小学，还聘请了一位曾经读过小学六年级的年轻教师，以教导那些没有在日本铁蹄下死去的孩子们。

从邦达金矿场到邦达市镇去读“手拍手”的只有两个小孩，一个是我，还有一个就是刘惠兰——另外一个“甲巴拉”的独生女。

那时我们都只有八岁，两个非常要好，每天一同走三里的路上学，再一同走三里的路回家。在山芭里长大的孩子，是没有把步行几里路当着一回事的。

矿场里的人都知道惠兰是一个十分聪颖的小女孩，也很勤劳好学。她有一张鹅卵石形的脸孔，两撇粗黑的眉毛覆在两粒圆圆大大的眼睛上面，右唇上端有一粒绿豆般大小的黑痣。她虽然长得并不怎样美丽，但是她的一言一行，一举一动，都很讨人喜欢。也许因为她是我童年时唯一相投的同伴吧，她留给我的印象确实是太深刻了。

以下是最难使我忘怀的两件事。

由于“跳班”的缘故，我们从上学第四年开始就读五年级的书了。经过两三次的淘汰，读五年级的学生只有六个人。三年来，惠兰总是名列前茅。而我总是考第二，无论我怎样“拼”，都非对她甘拜下风不可。

我们两个都有爱看书的习惯。她总是每天一回到家就做功课，把先生教过的书背得滚瓜烂熟；而我则专门喜欢看课外书，尤其是一些表扬忠贞，歌颂英雄人物的故事书，举凡岳武穆传、薛刚反唐、五虎平西以及文天祥、班超等人的传记，都给我读完了，心里对于书中的主角人物有着莫名的钦慕与敬佩。此外，我对于《西游记》《白蛇传》这些神怪小说也有特殊的喜爱。

说起来你也许会感到奇怪，我是每天都边走路边看故事书的，常常因看课外书而被抛在后头，惠兰走远了又转回来找我。

有一个早上，我们照样走路上学。天气晴朗，微风习习，一路上都可以听见鸟啼，闻到花香。但我对这一切都熟视无睹，因为我的全部精神和思想都给大闹天宫的孙悟空的形象占据了。看得非但入了神，而且几乎忘了我。我不知不觉在一块大石上坐下来看个过瘾，完全把上学这一回事抛到九霄云外。

惠兰发觉我并没有和她一同走，于是照例走回头去找我。走到大石旁，她看见了些什么呢？她后来对我说，她看见我坐在一株大枝丫上，右手执着一支竹竿在晃动，还放到耳边去测量。你道是为了什么？原来我当时确实是给迷了心窍，竟然异想天开地要把竹竿变成铁针，放在耳朵内，准备到花果山去会见美猴王呢！

当时要不是惠兰走近来。哭丧着脸地对我说时间已经不早，迟到时先生要打手心，我才不知道会有一个怎样的后果呢！对于上课，惠兰是最循规蹈矩的，一想到先生要打手心，她就会害怕得全身发抖。她当时那种焦急惊骇的神情，翘起的粗眉毛，水汪汪的两粒大眼珠，使我直到现在仍然感到历历在目，久久不能忘却。

还有一件使人难忘的事。

为了帮补家庭的开销，我每天早上在上学之前，都手挽一篮豆沙包、花生包、椰渣包什么的到矿场湖边去卖给矿场工人。惠兰也总是跟我一同去，她卖的是肉粽和枧水粽。

后来母亲叫我把卖剩的包带到学校去卖给先生和同学，我只好照做。但是说来奇怪，我当时似乎觉得卖给矿工是理所当然的，心中并没有丝毫畏怯之感；可是卖给先生、同学可就不同了，我羞答答地总提不起勇气把包拿出来卖给他们。我实在害怕他们会讥笑我，讥笑我穷，讥笑我连老师和同学的钱都要赚。然而，母命不可违，不拿出来卖给他们又怎么回去向母亲交代呢？我急得在偷偷地抹眼泪。

后来还是惠兰替我解围。她见我执意不肯把包拿出来卖，于是不管我反对不反对，硬从我书包里把包挖出来，到同学们的面前去劝说，结果把包卖完了——当时的王老师也义不容辞地买了一个花生包。

可是他们所买得的包，一个个都是既扁又脱皮的；因为我把一大堆的包塞在书包底下，早已经把它们压成“薄饼”了。惠兰有办法把它们一个个分开来，而且知道哪个是豆沙包，哪个是椰渣包，哪个是花生包，真使我如今想起来还觉得羞愧无地！我当时是多么的不够大方呀！我不但学业上不是惠兰的对手，就是在办事能力上也无法跟她一较短长。惠兰了解我，能够为我解决困难，你说她不是我的知己是什么？

惠兰就是这么一个聪明伶俐而又充满着勇气与活力的小女孩！

五年级尚未读完，紧急法令雷厉风行了。邦达金矿场遭逢封闭的厄运，居民全部被迫迁移到一个个的新村里去。我们搬到了B村，做点小买卖过活。惠兰一家据说搬到K埠去了。我继续在B村念书，而惠兰听说后来就辍学了。

那是1949年的事，离开现在将近二十年了。二十年来，我和惠兰没有再见面的机会，从此音讯杳然。我又哪里想象得到，惠兰现在竟然也搬来新利谷，而且她的女儿已经长得这么大了，还长得跟二十年前的惠兰一模一样呢？

据母亲说，父亲几年前曾到K埠去过一次，是要拜访一位做水客的乡亲，托他带一点补药回中国去给年老的祖母。他在K埠的一个巴刹里偶然碰到惠兰在卖自己种的青菜，谈起往事，知道她十五岁就结婚了，嫁给K埠的一个“打白铁”的学徒。当时已经有八个孩子了，生活很不好过，所以父亲帮她在新利谷讨得了一块种树胶的土地，他们便举家搬了过来。

下午，我的心情相当恶劣。我想到自己今日所享受到的高级知识分子的地位，连同想到惠兰现在已是一个八九个孩子的妈妈了，心中充满了一种难以言说的甜酸苦辣！

黄昏时分，母亲陪我到惠兰的家去走走，同时看看这个离别多年的童年侣伴。

那不外是一间鸽子笼式的标准型锌板屋，简陋极了——新利谷的屋子都是发展局所建，每间都是同一类型的。我们的屋子在未扩充改建以前，也是如此。

接得小孩子的报告，一个五尺来高的中年妇女远远迎了出来。她跟母亲打个招呼之后，打量着我：

“是黄先生吗？我听孩子们说你已经回来了。”

我也许太过感到愕然了吧，除了点点头以外，不知要讲些什么才适当。我的天！这个满脸皱纹的中年妇女就是惠兰吗？若不是母亲直呼她的名字，我是无论怎样也不敢相信自己的眼睛的——中年妇女吗？当然不是。惠兰跟我同年，只有31岁，怎么能说是中年呢？可是当她和我母亲站在一块时，就仿佛是我母亲的妹妹，年岁相差无几。这又怎能怪我把她误认为一个中年妇女？

看见我目不转睛地瞧着她，惠兰也许有点不好意思，讷讷地说：

“黄先生，你发福了，我差点就认不出来了。”

“你怎么老叫我黄先生，这样客气干吗！”我恢复了镇静，尽量要说些轻松的话，以掩饰自己的窘态。

“嗯，不叫你黄先生要叫什么呢？”她莞尔一笑，笑得很不自然，蜡黄脸上皱纹显得更为鲜明，像是因多月未曾下雨而被晒得裂痕累累的一块泥地。

“你以前不是叫我森仔的吗？”

“呦，以前是以前，现在你已经做了大官，我怎么还可以这样称呼你呢？”

我顿时哑口无言。从这寥寥几句话中，我已经领会到时间已经在我们之间划下了一道无法填补的鸿沟，要恢复以前那种样子是再也不可能了。

“啊呀，我忘了泡茶！你们请坐一会儿，地方很脏。”她忽然警觉我们都还站着，于是拉过两条木凳，用一块桌布什么的抹了抹，转身往里面走。

“不必了，惠兰，”母亲赶紧阻止她，“我们是刚吃了饭过来走走的，不要泡茶了。”

“是呀，不必泡茶了。”我附和着说。

惠兰听我们这样说，也就不勉强，带头在桌旁坐了下来，还把一个个的孩子拉了过来，命他们叫叔婆，叫黄先生。围绕桌旁的孩子一共有七个，从一岁到 12 岁不等。早上到店里去买花生油的小女孩也站在旁边，手里抱着最小的妹妹。

我望了望买花生油的小女孩，再望望坐在她旁边的惠兰。同样的是大眼睛、粗眉毛、黑痣、鹅卵石形的脸孔。除了年龄悬殊以外，我看不出这两母女有什么不同之处。她们的命运也会像她们的脸型那样相似吗？我禁不住要自己问自己。20 年后的这个买花生油的小女孩，是不是也会跟今日的惠兰那样，在贫穷的胶园农村中过着困苦的生活；还是她会有好一点的际遇呢？我感到惘然。

正在我胡思乱想之际，我听到母亲问：

“两个大的呢？”

“哦，阿牛阿狗吗？跟他们的父亲到小溪边捉田鸡去了。”

“你们很喜欢吃田鸡？”我好奇地问，这时头脑已经较为清醒了。

“不，是捉来卖的。”惠兰显得有点不好意思。二十多年前卖包卖粽子的那种勇气似乎已经消失无存了。“街场的人喜欢吃田鸡，他们的爸爸几乎每晚都出去捉，碰到运气好，捉来十头八双的，每天也可以有多三四元的入息。孩子多了，有什么办法呢？”言下大有黯然神伤之慨！

静默了几分钟。

“有很多青菜出产吧？”我企图打破沉默的气氛。

“唉。常常天旱，收成很坏。幸亏香蕉已经有收成了，要不然真不知道日子要怎么过。孩子又多病。”说着，她指了指大女儿怀抱中的小女儿。“总是爱伤风咳嗽，今天才带她到街场去看医生。”

"孩子有念书吗?"问了我才自知失言。我实在不该问她这句话。

"哪里有钱呢?阿牛读了三年红毛书,没办法维持,只好停下来帮忙种种菜。"停了停,她望着我。"黄先生,你真好运气,能读完大学,现在还做了大官,全家人有好日子过了——不过,我早知道,你是会成功的。"

她口口声声说我做了大官,真使我不知要怎样回答才好,久久才迸出这样一句话:"还不是一样,好得了哪里去?"

八点多,我们告辞回家了,我的脚步异乎寻常的沉重。

月光照泻在大地上,像是洒下了一片银光。虫声唧唧,萤火虫在矮树间一闪一闪地发亮。我没有闲情欣赏这些大自然的精心杰作,我的心像吊着一块铅,逐渐地往下沉,往下沉……

黎毅及其入选作品简析

黎毅简介

黎毅，原名曾昭淳。生于1930年，祖籍广东省潮安县。笔名还有“虹父”“晓寒”“笨伯”“童心”“梅姐”“渔舟晚”“白虎堂”“骑虎”等。少年在中国受教育，20世纪40年代战后定居泰国经商。50年代初，他开始了自己的写作生涯，足足有五十年资历，可谓泰华写作界元老，作品散见于文艺刊物《灯》《七洲洋》，《中华日报》的《文学版》，《京华日报》的《星期茶座》，《中华日报》的《文学》和《华园》，《新中原报》的《大众文艺》《新半岛》，潮州会馆的《泰华文艺》等①。黎毅兼具多副笔墨，不仅在小说界大放异彩，还积极投身于散文及剧本的创作。在《七洲洋》文艺月刊的创办期间，黎毅积极投稿，常常是一期就发表三两个短篇外加一两篇散文，再加一两篇小品杂文。《东南亚华文文艺营》从1996年度开始设立的东南亚文学奖，限定每一区域一名得主，泰国地区首届得奖者即是黎毅。此外，他还历任泰国华文作家协会稽查、泰国《新中原报·大众文艺》版主编、泰国华文作家协会理事、泰国潮州会馆文学组委员等。

---

① 翁奕波，郑明标：《近现代潮汕文学海外篇》（上册），中国戏剧出版社，2006.12，第155页。

黎毅作品简析

黎毅“泰华的莫泊桑”（泰华作家年腊梅语）之称号可谓名副其实，他所着墨的几乎都是社会底层的小人物，不但精心刻画他们的外在面貌还殚精竭虑地探查他们的悲惨命运。这种执笔为现实的写作态度部分来源于黎毅不同寻常的早年经历。他在给友人曾心的信笺中自剖道：“我命运坎坷，在战乱的家乡，勉强受完高小教育。小时体弱多病，时读时歇、大胆超级方能领到图画老师用手绘的一张高小毕业证书。和平后留下一位养母，只身来泰，投寄一门远亲，没有职位可安插，暂在那里带食，每月供给30铢，一直到将近三年时间，方有一个洗公厕、擦地板、学烹茶的正缺份，工资升到50铢。后来又在本京一家米行当文书。在差强人意的生活中，用读书写作自慰，经济一直捉襟见肘。”年少辗转去国的种种心酸体验为黎毅观察泰国的社会人情增添了一份悲天悯人的情怀，尤其对那些挣扎在生存水平线边缘的小人物充满了同情与悲悼。这批小人物的身份背景形形色色，黎毅在勾勒绘形时也分别依据他们各自的特殊性来表现他们所面临的生存困境。黎毅的小说创作除了表现“苦命”这一主题外，还集中展示了一种为生计而永恒流浪的人物行动模式。从中国到泰国的颠沛之旅，不仅使得黎毅对华人的流浪格外敏感，其他族群的苦难历程也同样给予了黎毅创作的灵感与生命的感悟。因此黎毅运用现实主义笔触所描绘的一幕幕人间惨剧中，多元文化因子几乎从未缺席。

本书所选的短篇小说《鲁哈多和他的老牛》就是一篇表现一对从印度迁移至泰国的下层老夫妻以及他们二人极端贫困的动荡生活。此篇是黎毅的代表作之一，问世时曾惊艳泰华文坛。主人公鲁哈多与他的老妻二十多年前从印度来泰国，当第一人称的叙述者“我”在面对鲁哈多老妻时“因为和他们才第一次相识，在生活上和他们又是距离得那么远，不知到底和他们说什么，于是胡乱地与她搭讪说：“你们怀念印度吗?”结果那个其貌不扬的印度老妇竟然回答说：“当然和你怀念中国一样。”在这里黎毅于多元文化共存的社会环境中捕捉到不同种族对于原乡的共同情愫，尽管现实处境千差万别，但对于故国家园的依恋使得“我”与鲁哈多一家跨越语言与历史的鸿沟，在短短的假期里建立起真挚的友情。但是天有不测风云，本来就生计维艰的鲁哈多一家又遭逢老牛罹病，靠挤牛奶而获得的唯一收入来源也被迫中断。“蕉园给猫标油站建为停车场，他们无家可归，不知流浪到哪里去”，鲁哈多和老妻“这对异乡的旅人”最终只得再度踏上奔走谋生的路途。他们花费了二十余年仍没有在寄居国扎下根，因此只能继续背负着永远的乡愁挣扎在异国他乡的边缘地带。

从写作技艺来看，这篇小说典型地反映了黎毅对于中国传统小说遗产的继承。其一表现在塑造人物时所应用的精湛的白描技艺，“他个子高而且瘦，剃光的脑袋在脑后却特别留着一条鼠尾似的小辫，腮巴上长着半寸来长的茸茸髭子，下体围着一条白里透黄薄纱布，上身大部分时间赤裸着，黑茸茸的体肤只有当他眼睛一瞪的时候见到两点白的颜色；他的老妻造型和他恰恰相反，身体痴肥而且矮，走起路来就像一只患着严重脚气病的母鸭”。寥寥几笔便将鲁哈多与老妻的外形、衣着描绘地跃然纸上，也暗示了读者关于鲁哈多及老妻的不堪境遇。其二是以人物为中心来驱动小说叙事，进而在具体事件的冲突中深化主题，达到叙述节奏明快晓畅。小说的主线可归纳为鲁哈多喂养老牛，老牛生病，鲁哈多拒绝买牛，老牛病死后鲁哈多及老妻不知所踪。从铺陈到小说的高潮渐进到尾声，都与中国传统“志人”的小说传统分拆不开。

黎毅并不耽于描述泰国社会中与华人一样同为少数族裔的族群。与《鲁哈多和他的老牛》处于同一序列的作品还有像《夜航风雨》等作品，《夜航风雨》就将泰国本土的穷苦百姓作为咏叹的对象。主人公与船民仑湛和老妻在攀谈中得知对方刚得一女，即恭维说“老年产贵子，假如以我们中国人的古谚，那正所谓：老蚌生珠，必有福分。”像这样自然地引用中国民间俗语以及文学典故贯穿了黎毅所有的创作。在看到他们用手抓饭时，“我虽然一向用惯筷子吃饭，但在他们的船中做客，所谓入乡随俗，亦跟着他们把手指当作筷子使用，倒亦别有一番情趣”。尽管“我”看似被泰民生活方式所影响，但实际上“我”依照的是“入乡随俗”的华族文化礼仪。中华文化的包容性实际上在文化交流中帮助叙述者更好地理解异族文化。在《鲁哈多和他的老牛》中也是如此，“我”尽管生活条件优于鲁哈多一家，但“我”的华人身份使得自己能与鲁哈多及其老妻互相共情。黎毅从自己蹉跎几度的移居经验出发，客观地展现了蒙受苦难然而执拗如铁的离散群体，在残酷境遇与脉脉人情的杂糅中以活灵活现的人物形象来表现不同文明间的沟通与互尊互敬。

（何　珊　龙扬志）

黎毅作品选

鲁哈多和他的老牛[①]

我认识印人鲁哈多是去年的夏天。

那时候我患肠胃病施手术之后出了医院，因为身体太虚困，因此遵照医生的吩咐，过着一个不短时期的休养。那一段时间，我摒弃在曼谷的一切业务，搬去住在内地的伯父店中。

伯父的杂货店设在靠近哒叻的公路右侧，因为环境偏僻，在地利上受到相当的限制，故此生意上不见得好；但这么幽静的地方作为养病的所在，倒是适宜不过。

哒叻左近的人家，不过几天的时间，大都知道伯父家中来了一个曼谷的亲戚，就是公路左侧那个榨牛乳的老印人，亦知道这里来了我这么一个生客人。

我对着这个年老的异乡客，感到相当兴趣。他个子高而且瘦，剃光的脑袋在脑后却特别留着一条鼠尾似的小辫，腮巴上长着半寸来长的茸茸髭子，下体围着一条白里透黄薄纱布，上身大部分时间亦裸着，黑茸茸的体肤只有当他眼睛一瞪的时候见到两点白的颜色；他的老妻造型和他恰恰相反，身体痴肥而且矮，走起路来就像一只患着严重脚气病的母鸭。

我到山村的第四天清晨，便和他们这对异地的老夫妇相识。

那一天的清晨，我沿着公路散步回来，走过油站，走过公路左侧的蕉园，听见印人茅屋左近发出一阵小牛啾啾的叫声，有一点油灯在晨风中晃动。

因为时间还早，我信步拐入蕉园，看见那个年老的印度人蹲在一头母牛身边，双手用力搓住母牛乳房，白色的鲜乳从乳头注落在地上的一只铝质桶子。他的老妻坐在茅屋前一只绳子结成的矮床，用一条粗大的树枝恐吓拼命奔闯的

① 司马攻:《东南亚华文文学大系》（泰国卷），黎毅文集，鹭江出版社，1998 年 04 月，第 80—87 页。

小牛，小牛见到从母体流滴出来的鲜乳，仍是如饥如渴地拼命奔闯，莫奈在女主人的威迫下，它的努力终归失败，只有用这啾啾的哀鸣作为它一种愤怒和不平的抗议。

一个复杂而现实的问题在我的脑海浮现出来，我至今才体会到，鲜奶原来是这样来的。

老印人这时发觉我站在他的后面，回过头来瞥了我一眼，然后打着生硬的泰语说："早安!"

"早安!"

在他白色的眼珠子一瞥的当儿，他没有一丝表情，脸上是那么死板板。他埋头去把母牛乳汁榨得干净之后，迟钝地站起来又问我说："喝牛奶吗，很好!"

我还来不及回答，那头小牛在我的身旁拼命闯过，挤近母牛的小腹，抬起嘴儿把母亲干枯的乳头吞下去，一啃一啃地，然后又把乳头吐出来啾啾哀鸣。

老印人对于这些情景泰然地似没有所感。他把一个盛牛乳的桶子扶起来肩在肩上，那对白色的眼珠又向我一瞥说："鲜乳要吗？等下给你送一瓶。"

他的老妻从绳床上站起来，跷起大拇指帮同她丈夫对我说："鲜奶很好呀!非常之好!"

听了他们这些生硬的词语，看了他们简陋的用物和单调的生活，我觉到另外一种不同民族的特性。

老印人自顾肩着鲜乳入茅房去，他的老妻把一张绳床让给我说："坐吧！这几天才从曼谷来吗?"

"那你们呢?"

我的原意是想问他们几时到这里居住，可是她却爽朗地打了个哈哈说："从印度到这里已二十多年了!"

我因为和他们才第一次相识，在生活上和他们又是距离得那么远，不知到底和他们说什么，于是胡乱地与她搭讪说："你们怀念印度吗?"

"当然和你怀念中国一样。"

我真始料不到这个矮胖的印度老妇会回答出这么爽朗的话来。这时候她的丈夫又从茅屋里走出来，她指着他对我说："这是鲁哈多，他比我先四年来到泰国。"

鲁哈多丝毫没有点儿表情，白色的眸子又是向我一瞥。

我亦没有理他，回头去问他的老妻说："你没有孩子吗?"

“这里没有什么啦！家人都在印度，就只有这两头牛。”

鲁哈多伛偻着身子从屋后抱着一大束青草从我们身边经过，把青草扔到蕉丛下去给牛儿吃。

我又问他的老妻：“你们从印度来这里一直养牛过活？”

她摇摇头指着茅屋左侧的猫标油站说：“鲁哈多最先在这家油站工作，从他们才有一座木屋工作到他们建起这一幢簇新的油站；现在鲁哈多老了，他们用不着了，近年才出来养牛呢！”

我看了蕉丛下那头老牛，想起鲁哈多这对老夫妇，再问她说：“你们怎不多买一两条壮牛来补充？”

“当然是想买，但买不起，其实鲁哈多一年比一年老了，恐怕亦做不来呢！”

鲁哈多虽然工作迟钝；可是他不停地做，这时他又再从茅屋里出来了，这一次他的脑袋多顶着一个圆而扁的铁箱子，挺直胸膛，白色的眸子向我斜睨一眼说：“送一瓶到店里去吧！”

我向来没有喝牛乳的兴趣；但我又不便扼杀鲁哈多对我的一番盛情，因此我对他的问话没有答应亦没有推却，望着他高高的背影在蕉园里隐没。

回到店里的时候，伯父问我说：“你叫阿曼送鲜奶来吗？”

老早我就没有喝鲜奶的兴趣，看伯父的样子似乎不同意我喝牛乳，我对他的问话没有回答什么，只点头默认。

“叫他明天不用送来！”伯父的态度依然那么认真说，“我们两个人喝一瓶好了，反正我这瓶是辞不掉！”

我真料不到伯父会为着区区一瓶牛乳认真起来，心里委实有点不高兴，我回答他说：“其实多一瓶牛乳并不见得有什么大不了。”

“并不是这个意思。”伯父体察出我的反映，忙把沉着的表情和缓过来说，“你不知的，阿曼越来越凶，为着多卖一点奶，近来把牛乳掺兑得差不多变成白水，你如果不信，你自己去试尝看！”

伯父亦有他自己的见地，但大家都是为了生活，就成全他们一点，反正在数目上亦不见得如何大不了。

伯母指着壁上的一片黑板说：“阿曼米炭的挂账，这个月谨记把它除下来。”

“当然啦！”伯父说：“如果不是为着抵下这点挂账，老早就不喝他的牛乳了。”

我这时候才知多日挂在黑板上这条米炭款就是这个送奶的鲁哈多的。

虽然向来我是没有喝鲜奶的兴趣，但基于道义上的援助，我喝鲁哈多的鲜奶一喝就是一个多月，一个多月来不论晴雨，天天如是；至于伯父方面的挂账，依然是抵不尽，抵不完。

一天，两天……

几天来的清晨，我再不能看到那个毫无表情的鲁哈多，因为这几天他破例没有送来牛奶，这不能不使我感到奇怪，于是我到蕉园那边去看他，希望能看出一个究竟。

鲁哈多不在家，留着他的老妻坐在屋前那张绳床上抱脑袋，我干咳两声，她抬起头来眯着眼看我。我对她说："鲁哈多送乳还未回来吗?"

"我们完了!"她说这句话时的表情和一种绝望的音调简直就是一种无泪的哭泣。

我呆住了，不知他们完了什么。她大概意会我对他话意的迷惑，因此无可奈何地向我耸耸肩说："我们的牛病啦！完啦!"

我这时方才注意到蕉丛下那头老牛瘦了很多，口吐白沫，卧在泥堆里急促地喘息。

"那你将如何打算?"

"还有什么打算！鲁哈多活不了啦，他急得差不多要发狂呢!"

鲁哈多来了，从他急促的脚步，多少表露出他这时内心的烦乱。他依然没有一丝表情，眸子又是对我那么一瞥。

他进入房里又匆匆再走向我这边来，我等着他要告诉我点什么，出乎意外他却把一把钞票交给说："存下这点钱退还你，我们的牛已不行了!"

我想不收他这点钱，但看他态度的坚决，推却下来又似乎看不起他，因此默默把它收下来，把没有做出来的表情和没有说出的话藏在内心里。

他老妻指着鲁哈多对我说："你看这个蠢东西，牛已经不行，他却舍不得卖掉。你曾看过吗？世间有如此笨拙的家伙!"

看她老妻的态度和口气，他们夫妇对这头病牛的去留显然有过一段不小的争吵。

"由你吧!"鲁哈多白色眸子向蕉丛那边的老牛恋恋望了一眼说："我已叫哒叻的牛贩来看了，卖了看你又将怎么样!"

鲁哈多的话使他的老妻一时感到意外。

果然不久之后，蕉园外进入来了一个硕壮的中年泰人，鲁哈多指着蕉丛下的病牛对他说："你自去看吧！就是那样的货色。"说着头亦不回地径自走入茅屋去。

牛贩跟着鲁哈多的老妻走到蕉丛下面，旁边的小牛看见有生人到来，拉长尾巴奔入后面的椰林去。

牛贩踢了瘫痪在土堆上的病牛一脚，然后问鲁哈多的老妻说："你想卖多少钱?"

我没有兴趣听他们讨价还价，我只注意到那头垂死的老牛，它身子支持不起，不时搐动着身体各部分肌肉，虽然痛苦不堪，但面部就像他的主人鲁哈多一样，没有丝毫异样的表情，那一对眼泪汪汪的大眼注视着每个走到它身边的人；对它的女主人尤为注意。那样子似在无言地质问："你们真的这么忍心屠杀我吗?"我似乎看到一个忠实的弱者，被剥夺去自由的弱者，被剥削，受利用，当青春消磨尽了，便得到如此残酷的结局。我从它的身上喝过一个多月的乳汁，我不能没有一点儿感触！

"好吧！就这么决定！"牛贩的话活像判官最后的判语，我醒觉地看他掏出银包。

这时鲁哈多像发狂般从茅屋里直奔出来，他扳开老妻的身子，如临大敌般抢到牛贩的跟前说："我不卖，不卖就不卖！"

"这是怎么来着?"牛贩吃惊地望着鲁哈多，他失常的举动使在场的人都感到奇怪。

牛贩把银包再放入袋里冷冷地说："并非我来强买，不卖便不卖，何须这么大惊小怪。唉曼！"

牛贩走后，鲁哈多的老妻满肚子愠气，两条弯曲的腿子撑着肥躯，像患脚气病的鸭子般一摇二摆地径自走开去了。

金钱、良心、情感……在鲁哈多的心头矛盾地自相撞击。我和他认识一个多月来第一次看到他面部有着特异的表情，那痉挛的面部肌肉和那对冒火的大眼使人见了不敢亲近。我委实没有胆子去正视鲁哈多，亦不知怎么安慰他，只好回到伯父家中去。

回到伯父家里，伯父忽然对我说："人家在哒叻说阿曼要卖牛了，他欠我们这条米炭款，看样子是作烂了！"

我没有理伯父的话，伯父似乎亦没有劲儿再说下去，忽然递给我一封电报说："这封电报是谁的?"

我接过来看，原来是母亲拍给我的，大意说她病重，切切要我回曼谷去见她一面，因此我匆匆告别伯父母起程回家。

出了伯父店中，我顺道再拐入蕉园准备向鲁哈多夫妇告别，顺便想安慰他们一番，但凑巧得很，他们夫妇俩不知走到哪儿去，那座茅屋和屋前那矮矮的绳床构置成冷清清的角度，蕉丛下病牛睁开疲惫的大眼看了我一眼，又把眼皮徐徐盖下去。

我再不能耽搁，我必须和这景告别，我必须告别多灾多难的鲁哈多夫妇，告别这座简陋的茅屋，告别这头垂死的老病牛。

旅途中心情很乱，没有来时那么好，一方面想着鲁哈多，另一方面也牵挂着老母的安危。

当我回到曼谷时，母亲已经与世长辞。这急遽的转变，是我始料不及。我不能见到她老人家最后一面，是我毕生最大的遗憾！

今年春节，我有机会再到内地的伯父家去，借口是去看伯父，但大半目的是去看鲁哈多夫妇。

那一天黄昏，我下了火车，天上洒着潆漾细雨，我熟悉地走过蕉园，意外地蕉园已经砍平了，打着簇新的一片硬地，没有鲁哈多夫妇，没有他的茅屋和病牛……

走入伯父母家中之后。向他们问过安好，就向他们探询鲁哈多夫妇的消息，伯父惋惜地对我说："我倒忘记帮你向他们讨账！"

一时我真骇异伯父对我说这句话。他看我呆着，又是咻咻地说："他们的老牛死了，蕉园给猫标油站建为停车场，他们无家可归，不知流浪到哪里去，就连俺这笔米炭账亦烂掉了！"

"他们走了！"很久，我迸出这么一句话。

"是呀！"伯父又一再误解我的意思说，"搬走了，可惜我忘记帮你向他们讨账！他用过你多少钱呢？"

我只想到鲁哈多夫妇今后的生活，我呆了。

伯父倒来劝我说："其实给他们用过也不是什么大数目，就作为做善事般送给他们吧！"伯父边说边把黑板上鲁哈多的挂账也擦去了。

伯父向来吝啬成性，他是个牵一发动全身的老头子，但看他把鲁哈多的挂账擦去，已证明鲁哈多是难以再到这里来了。

外面细雨漾潆，鲁哈多和他的老妻，这对异乡的旅人不知流浪到何方……

1961 年

梦莉及其入选作品简析

梦莉简介

梦莉，原名徐爱珍，祖籍广东澄海。1938 年出生在泰国的三聘街，小名甲莉，泰名颂诗·聪叻那茵。

梦莉作品简析

泰国三聘街是华侨聚居的地方，梦莉的祖父在此开设了一家“徐成昌纱布行”①。抗日战争爆发时期，梦莉父亲由于从事抗日救亡工作而被有关当局逮捕，在被关押了几个月后被判出境，梦莉也就随父母回到中国东垄乡。随着战争局势的日益紧张，梦莉的父亲再次离开家庭奔赴抗日战争的前线，此后一去不返，音信渺无，梦莉从此再没见过父亲。父亲离去后，疼爱梦莉姐弟的祖父母也相继去世，母亲的农民出身使得孤儿寡母在中国封建习气仍健的老家处处遭受排挤。在亲戚的威逼恐吓下，孤独无依的梦莉母亲精神遭受刺激，动辄将怒火发泄在梦莉身上。为了生存，梦莉还经常需要外出奔波乞讨，受尽白眼。即便这样，梦莉还差点被母亲卖给别人当“养女”，经过苦苦哀求才得以留下

① 邓光东：《世界著名华文女作家传》，港澳与东南亚卷［M］，百花洲文艺出版社，1999 年。

来。后来梦莉又被母亲送至小姨家，小姨对梦莉极其冷漠，在逃难中甚至撇下梦莉一人，在混乱拥挤中梦莉险些溺水身亡。历尽千辛万苦才和母亲团聚的梦莉不久又被卖给别人当童养媳，尽管基本生活得到了保障，但九岁的梦莉宁愿受苦也不愿意离开自己的家，于是再一次悄悄返回寻找母亲。二战结束后，梦莉母亲嘱咐梦莉带着小妹坐船回泰国，在候船过程小妹突生急病，梦莉只好携妹折返。最终在一位泰国亲戚的帮助下，梦莉一家才回到了曼谷。梦莉在一系列散文中或自述或假托地描述了她不幸的童年往事，在《小薇的童年》中她喟叹“每个人的人生，都是一部现成的剧本；有的是悲剧，有的是喜剧，而我的人生是属于前一类。从我懂事之年起，便在人生的舞台上当了一名‘悲剧的童星’”。

梦莉持有双重身份，既闻名于泰华文坛，又驰骋于泰华商界。因为担任泰国中华总商会和国际贸易商会顾问等职务，坊间常称她为“女船王”。同时她也是泰国华文作家协会副会长、著名的散文家，梦莉对文学怀有一腔热诚，常常借助自己在商界的力量与影响积极组织泰华文学界办刊、出书和资助举行征文有奖比赛。20 世纪 70 年代末亮相文坛后，她便以其别具一格的“梦莉体”风格享誉泰华文学界。她的创作以散文居多，1988 年 6 月出版的《轻风吹在湄江上》收录了她 11 篇作品，这是她和司马攻、老羊、陈博文、征夫、白羚、三人水、年腊梅等八位文坛同侪的合集，他们八人素来有泰华文坛“八君子”之称。1989 年这八位再次出版了合集《尽在不言中》，其中梦莉的作品有 12 篇。同年，梦莉个人作品集《烟湖更添一段愁》出版，著名散文家秦牧亲撰序文，为梦莉在泰国华文教育式微，书籍出版不易的艰难条件下依然笔耕不辍，传承中华文化而感动万分。梦莉还有个人文集《在月光下砌座小塔》《人在天涯》《梦莉散文选》《片片晚霞点点帆》等。总体来说，梦莉的散文几乎全是怀人之作，即便是《普陀之行思如潮》《客厅之变》等，也是在作者意识的流动中钩沉往事，追忆故人。痴男怨女的爱恨离别与小人物的命运浮沉，无不浸润了悠悠岁月中的生命感悟。梦莉长于书写两性情思，丰富的感情如泉水淙淙流淌，客观来说却有视野狭窄之憾，有时不免老调重弹。

在多篇散文中，梦莉都没有详述造成老情人遗恨天涯，无从弥补的具体情境，总是草草以战争等大时代祸乱一笔带过，兀自沉溺于一种无限怅惘，念念往昔的状态中。名篇《烟湖更添一段愁》也是如此，作者直到结尾才点破这种两处相思不得见的原委，“我们不幸空有盟誓和默契，终因战争的残酷，时代的逆流，而造成了人间的银河。终于破灭了我们的美好的理想，把所有的一切都化为乌有。你我也亲自体验到这种生活的经历，也受尽了生离的折磨，而带着终生的痛苦，踯躅在这人生的道路上”！相似的自伤自悼一再出现并非偶然，梦莉回到泰国以后，与儿时的一位玩伴燃起青春的爱恋，但不久之后那位华族青年却决意回到中国求学。梦莉本打算共同前往，却为母亲所阻，并迅速被安排结婚对象。尽管结婚对象理解梦莉的遭遇并暗中帮助梦莉实现夙愿，谁料国际形势又突遭变故。朝鲜战争爆发后，中国遭到帝国主义国家的孤立，泰国和中国的交通也随即被切断，归国无路，梦莉只好顺从母意结了婚。这桩“包办婚姻”的无奈与年少爱情的失落成了梦莉写作的中心情结之一，而中国在文中则成为双重寄托，既是文化母国也是遗失的初恋。

本书所选的《人在天涯》就是这样一篇讲述女主人公思慕爱人的缠绵之作，这篇散文同时也可看作是一则浓得化不开的日记体小说。“我”的视角贯穿全篇，极尽铺陈之能事，与琼瑶笔下的痴男怨女相比有过之而无不及。“我”对“翔”难以抑制的思念始于通讯的暂时中断，“我”一人在孤独中渐渐回想起缠绵悱恻，耳鬓厮磨的旧时欢爱。不论是两人共处的时光还是“翔”的形象都是经由“我”的透视而呈现出高度理想化、浪漫化、唯美化的特征，尽情释放了“我”的一腔柔情蜜意和锥心蚀骨的相思之痛，这与梦莉本人的经历也在某种程度上暗合。

《人在天涯》深情却不至于滥情，直白又不失隽永，其中主要原因在于中国古典诗词的恰当应用。梦莉将中国传统诗作中的母题如离别、相思等化入当代语境，融成一种绰约有致，含蓄唯美的抒情风格。本文开头即引用了李清照的《一剪梅》，“此情无计可消除，才下眉头，却上心头”的忧虑奠定了全文的基调。秦观的《鹊桥仙》“两情若是久长时，又岂在朝朝暮暮”加强了“我”在收到回信时的狂喜，也印证了彼此的忠贞不贰。苏轼的《江城子》本是悼念亡妻之作，“我”在情深不能自制时竟也体会到这种爱情中的沧桑。于是“亲爱的，一想到你消瘦、憔悴、苍白而痴迷的神情，我便感到一阵阵的心痛！我也同样肝肠寸断，受尽了相思的煎熬”就被后续的互文增添了人世的深度，而不仅仅是小儿女的无邪情事。李贺诗《金铜仙人辞汉歌》中的“天若有情天亦老”被改成“天若有情，天也老，也不能将我俩爱恋之心分开！”历史的兴叹此时也只为“我”与“翔”的爱情佐证，“我”这位等待良人归来的现代版“怨妇”就这样跃然纸上。

（何　珊　龙扬志）

梦莉作品选

人在天涯①

“此情无计可消除，才下眉头，却上心头。”翔，近日来，连续给你挂了三天电话，结果都没挂通。

不是线路不通，就是人不在。前天，直等到五点，才怀着彷徨又忧悒的心情回归！这样，当然更难以压抑这段思念之情！

归途中，乌云密布，滂沱大雨，倾盆而下，我怔怔呆呆地看着雨景，听那滴沥的雨声，敲打着车窗的玻璃……它，勾起我莫大的感触，和无比的驰思！

翔，以前，当你我相依为伴的时候，一切的景物，都是那么美好！……

我们在园林美景中闲逛，踏着轻盈的步伐，徘徊于浅草与鲜花之间，到那林阴深处，曲径通幽之所，滔滔不绝的诉说着衷曲！情话绵绵！

在雨中，我们撑着雨伞，依偎在湖边的石椅上静静地欣赏着雨景！

我俩的约会，常是风雨无阻，尤其是特别喜欢在雨中漫步，你说：“雨中散步，别有一番诗意！”

在蒙蒙细雨之中，沿着湖边茂茂密密的林荫道，你推着自行车，我勾着你的臂弯，相依在雨中散步！时而互相对望，时而相视微笑，恩爱之情，表露无遗！……听你轻轻地唱着你的“夜半歌声”。

如今，人在天涯！相隔万里！我恨不能化作一缕轻烟，飘回到你的身边！

今天，终于收到你的信，信写得太好啦那是发自内心深处真情心声的披沥！感人的情绪，在心里猛烈地激荡！两情若是久长时，又岂在朝朝暮暮！信里倾诉了对我那份深切浓烈的思念之情，和真挚不移的爱情及那份落寞空虚的感觉！字里行间留下斑斑的泪痕！我读了一遍又一遍……我的嘴唇颤抖着，满溢在眼

① 司马攻：《东南亚华文文学大系》，泰国卷，梦莉文集，鹭江出版社，1998 年 04 月，第 28—30 页。

里的泪水，像泉水般的涌出，从脸颊上奔流而下！

亲爱的，一想到你消瘦、憔悴、苍白而痴迷的神情，我便感到一阵阵的心痛！我也同样肝肠寸断，受尽了相思的煎熬！每当夜阑人静时，这种感觉更强烈地敲击着我，我又照例抚摸你给我留下的那件衣，与你的照片，跟它“相对无言，惟有泪千行！”

而我只能把脸颊在那上面亲亲，依偎！含着带泪的眸子瞅着它想起那凄楚又深情的眸子，一阵凄怆的情绪突袭我的心扉，猝然把它拥进我的怀里，不知不觉，它已沾满片片的泪痕！

它把我的思绪，又带回到那充满诗情画意的湖里，那……“风！雨！云！雾！”的奇景之中，那白色的小船，节奏有序的橹声，优美的音乐……我们任由它在湖上飘浮，荡漾！悠闲又自在。

湖边迎风摇曳的垂柳，碧水、青山、歌声、音乐……回荡在你我的心湖……你我耳鬓厮磨，互相依偎，那如幻如梦的情景，和那深情的凝视，更痴、更沉迷。

我把头倚在你的胸膛上，你轻轻抚弄着我的头发，胳膊圈着我，那一刻，我们的心，充满了满足感，幸福感。亲爱的，当你紧握我，拥紧我的那一刹！你知道，你给我多大的快乐与力量！多少的幸福与温暖！……在你身上，我得到前所未有的满足！在你怀中，我找到失去的一切！我会像婴儿一样，甜笑的进入梦乡！

春天，并没有真正的溜走，为怜悯我们这对“真纯痴本的情侣，在夏天还赐予我们一份残余的春意！湖面不时吹来一丝淡淡的冷风，怕我着凉，你为我披上这件衣，我俩陶醉着，享受这份爱的温馨！……悄悄地，唯恐惊飞这甜蜜的憧憬！

有时，我感觉到模糊、困惑。分别至今，犹如过了10年、20年！多么漫长的一段岁月啊！

在我的心灵上，我只认为我的爱人，是世界上最美、最聪慧，炯炯有神的眼睛，唇红齿白，挺直的鼻子，最有魅力。尤其，那份洒脱的气质，使我更加欣赏。我心里朦胧地想着……爱情、快乐、幸福与命运！……我默默地凝视着照片，在你额上印下深深的一吻！

分别以来，我的心，却依然未归，被你留住了，我珍惜我们这份爱情，为我能有你这样的爱人而自豪！我会永远，永远，全心全意地爱你！对这段重拾的爱情极为珍惜。经历了沧桑！更加体会真挚爱情的可贵！

我想，“天若有情，天亦老”，也不能将我俩爱恋之心分开！

回忆那次夜里，汽车在崎岖颠簸的路上行驶，黑漆漆的一片夜空，是那么宁静，那么萧寂，只有瑟瑟的风声，与汽车轮轴的滚动声……四周静得那么可怕！那么悲凉！那是在我俩即将分离的时刻，你说：“云，我真愿这汽车，无休无止的一直往前开，开到一个无边无际的地方！”我说，我也同样希望，你我泛舟于无际的海洋中！像一对翩翩的燕子，在空中自由自在无拘无束地翱翔啊！

袁霓及其入选作品简析

袁霓简介

袁霓，原名叶丽珍。1958年生于印尼雅加达，祖籍中国广东梅县。在印尼的华文文坛上，袁霓是一位有着浓厚华文情结①的客籍女作家。由于1965年“九·三〇”事件后印尼施行的全面排华政策，印华文学的发展遭到了致命的打击。华报社团、华校、华报、华文杂志均被取缔，只有一份官办的华文报《印度尼西亚日报》②。小学五年级时，袁霓失去了在华文学校学习的机会，但她并未就此放弃华文学习，转而通过持之以恒的自修、函授、参加华文补习班等途径将华文学习延续了下来。袁霓1972年开始写作，以写诗亮相文坛，14岁时就开始给《印度尼西亚日报》华文版投稿。凭借着强大的毅力，袁霓在小说、散文、诗歌三个领域均有所建树，是海外华文作家中难得的写作全才。她尝言：“我相信，世界上没有任何一国的华人能像我们一样，在恶劣的环境中坚强不屈，只要有一点土壤，有一线阳光，一点雨露，我们就能生长。”③ 袁霓1978年曾一度因相夫教子而停笔，直到1987年才重返文坛。袁霓平常在协助丈夫经商、写作之余，还担任了印尼华文作家协会主席，世界华文微型小说研究会副会长等职务。1996年袁霓与茜茜丽亚、谢梦涵出版诗合集《三人行》，这

① 伍方斐，罗可群：《台港澳及海外客籍作家研究》，华南理工大学出版社，2005年8月第1版，第311页。

② 谭天星，沈立新，姜义华：海外华侨华人文化志［J］，1981年。

③ 陈喜儒：《中国魅力：外国作家在中国》［M］，上海文艺出版社，2009年。

是印尼华文首本女性诗集。至今出版的小说集有《花梦》《失落的钥匙圈》《雅加达的圣诞夜》。还有散文集《袁霓文集》，双语诗集《男人是一幅画》。2008年北京奥运会海外志愿者招募之际，袁霓不顾路途遥远且自费的条件，积极踊跃地报名并最终获选赴京参与了一系列服务性工作。

袁霓作品简析

袁霓身为印尼华裔，她对印尼的态度与第一批侨生相比已经大相径庭，如果说后者必须迫使自己适应异族文化，袁霓对于生于斯长于斯的印尼则天然地怀有祖国的情愫。她曾在美国洛杉矶举行的第四届世界华文作家大会中发言道："印华作协其中的一个宗旨是，印华文学是印尼多元民族文学的一个组成部分，应该'植根印尼，面向世界'。"① 很自然，袁霓在她的创作中不遗余力地关注印尼的国家命运、描绘印尼乡下的自然能风光，赞叹印尼原住民的质朴好客等等。早先那种新移民式的无根飘零已经被后代的家国情结所替代，袁霓扎根于印尼本土的华文写作丰富了华文写作的可能性，也因为强烈的"在地性"获得了与大陆当代文学不同的质地，这表现在文本中多元文化因子的杂糅与印尼华文文学的主体性。但这并不意味着袁霓海外华文文学创作实践完全脱离中国文学传统，她心系下层平民的艰辛生活，始终对苦难怀有一种人道主义的情怀，这恰与儒家体恤民生的精神息息相通。

本书所选的《花梦》是袁霓爱情小说中的代表作，以回忆的方式记述了主人公"我"与少女时期的初恋相遇、相识、相交、相恋、别离、重逢乃至终于错过的全过程，一路抒情到底。尽管时过境迁，主人公的心态却并未发生变化，只是将过去懵懵懂懂的情愫贴上"恋爱"的标签，并无多少回溯性的反思。从腔调到姿态，女主人公一直保持了青春期的娇憨与纯真。而这些是通过稚气但不乏华美的文辞来表现的，"就这样，流水带走许多笑语。涟漪消失又旋起，黄花开满一季又一季……我却不知道——我们是在恋爱"这一段收束了我们试探性的嬉闹，开始叙述"我们"曾经欢度的快乐时光。然后，莱蒙的赴美像是一个突然的句号画在了"我们"之间还未尽情享受的亲昵与友情之上。"我"于是带着缅怀初恋的心情，"怀念他的人、他的微笑、他的沉默，也怀念那一段甜

① 朱寿桐：《四海南音话文学》[M]，文化艺术出版社，2005年。

美的日子，那一段花梦——菩提花盛开，青藤缠绕，草儿青翠，黄菊摇曳，蒲公英飘飞的梦”。袁霓对于小说中的辞藻常常精雕细琢，这也是海外华文作家的一个突出特征，因为在生活环境中华文作为小语种位处边缘，它的实用性远远低于中国境内，基于此，汉语的审美性在海外往往得到意想不到的存续与发展。

袁霓在《花梦》中虽然将“我们”爱恋的主要矛盾设置成莱蒙的留学，但是即便莱蒙一直留在印尼，“我们”最终结合的可能性也不容乐观。小说中，我曾这样慨叹道：“他这样好，但是妈妈不喜欢我和他在一起，因为他是混血儿，他父亲是荷兰人，且我太小，妈妈不许我谈恋爱。”华人父母对华裔子女中国式的管教往往会与当地多元开放式的文化环境相龃龉，这一类事关代际的文化认同问题也是海外华文作家笔下常演常新的戏码。华人家长对子女私生活的控制欲常常让成长于海外的年轻一辈背负着相较同龄人来说冗余的锁链，某种程度上来说也阻碍了少数族裔最大限度地进入主流社会、获取文化资本的机会。家长制的威严本质上是为了向子一代灌输一系列等级价值观念，如长者的意见不论正确与否都要得到尊敬和遵从，外国人总是与蛮夷、番婆、洋鬼子等蔑称相联系，低华人一等。反讽的是，在华人鄙视其他族裔时，离散的华人群体与落地生根的华裔家庭同时也被本国主流文化及族群推至边缘地带，成为名副其实的少数族裔，在日常生活实践中遭受或隐或显的不公平待遇甚或是赤裸裸的歧视与排斥。因此，在国内可能只是单一的代沟问题被多元种族、语言环境复杂化为一个内蓄着多种话语张力的政治、文化问题。袁霓小说中所描述的婚恋选择经常是引发两代人矛盾爆发的一个导火索，《花梦》中的母亲对“混血儿”显然心存疑虑并反对女儿和“莱蒙”单独来往，类似这样的情感态度也曾在其他生活在多元种族主义国家的华文作家笔下。如菲律宾女作家范鸣英的《同是等待》和佩琼的《油纸伞》，两位男主人公的母亲都认定菲律宾女人是“番仔婆”，中菲混血儿是“出世仔”，并且反对她们的儿子与本土人通婚，从而酿造了一起起爱情悲剧。《花梦》中所隐含的文化偏见，某种程度上也印证了中国传统文化的无远弗届，在异境捍卫自身合法性的过程中有时不免矫枉过正，忽视了加强本土化可能创造的新转机。

（何　珊　龙扬志）

袁霓作品选

花梦①

我不喜欢想往事，但是偶然地，我会想起他，一个男孩。他的名字叫莱蒙，是一位网球选手。我认识他的那一年，只有十四五岁。

弟弟也是练网球的，他练得相当勤，因为那时候，他的志愿很大——想当一名出色的运动员。

我常常在练完泳以后去接他，在一边等着他换衣服。

那时候，莱蒙也已经练完了，他常常坐在球场边沿，和几个网球员在谈天。

我们经常见面，我们互相认识，但是，从来不打招呼。

有一个晚上，爸爸没有接我们，我和弟弟乘巴士回去。天空暗沉沉的，四周空旷没有人影，我们走路到巴士站去，看着越来越黑的天色，我有些心虚，于是没话找话地和弟弟扯，我说："你看莱蒙打得好棒啊！你什么时候才能像他啊！"

刚一说完，我觉得有人在笑，我蓦地回过头去——一看，我尴尬了，愣愣地作声不得。

背后，莱蒙正握着球拍，跟在我们后面，正笑眯眯地望着我，我回转头，再也不敢说话了。

我们上巴士，他也上巴士，巴士很挤，没有座位，我们只好站着，他在我身边，一副保护我的样子。

后来，他面前的座位空了，他捅了捅我，要我坐。我向他说了声谢谢，拖着弟弟坐下去了。

我们到了站，下车，他没有。于是我知道，我们的家是同一条路的，但是

① 江少川，朱文斌：《台港澳暨海外华文文学作品选》，华中师范大学出版社，2013.02，第288—292页。

他的家比我的更远。

第二天，我们见了面，他总是那么似笑非笑地望着我，害我不敢抬头看他。

然后，每一次碰见他，他总是那么要笑不笑的，我也是想笑又不笑的。

有一次，举行全椰城的网球锦标赛，弟弟被获选参加，他也参加。决赛的那一天，爸爸有事不能陪弟弟去，只好由我陪。

我坐在长椅上看他们比，那一张长椅是堆放衣服和毛巾的。

儿童组弟弟输了。轮到青少年组时，我紧张起来，我望着他，他在我眼里是个英雄。

决赛完，他打赢了，大家都争先恐后地向他握手道贺，我只能在一边静静地望着他，在这样的情形下，我是没有什么份儿的。

忽然我看见他向我走来，我的心狂跳，眼睛一眨也不眨地望着他，虽然心里不断地警告着自己："不要看他！不要看！"但是，我移不开我的视线。

他走到长椅边，拿起一条毛巾，擦了擦他的头和脸，又放回长椅上，低下了头。静了一会儿，他忽然又抬起头，匆匆向我展开了一个困难的微笑。

我愣住了，来不及回报他的微笑，他却走了。

我和弟弟回去，带着满心的疑惑和甜蜜。那时候，是怎样的一个十五岁啊！

以后，我们开始谈话了，我不晓得是谁先开始，也许是他，也许是我。

属于我的游泳队，是一个严格的泳队，我常常在太阳下山以后，还泡在泳池里浮沉。

他呢，还不到他的练习时间，常常会到泳池里来看我，然后，我们一同到网球场去，接我的弟弟回家。

有时候，他没有练习，他仍然会来看我，然后，我们坐巴士回去。

有时候，洗泳池，我没有练泳，他就会拿了个球拍，教我练网球。

他常常笑我的姿势，说像只鸭子。

他和我对打时，只用左手。

但是我说，如果我和他比赛游泳，他一定赢不过我。他不服气。于是，有一天，我们约定在泳池去决一胜负，他的力气大，但是，却赢不了我。

我整整高兴了三天，而他整整郁闷了三天。

于是，这一个故事就这样开始了……

网球场边，沿着铁线往上长的青藤长得更盛了，还开了花，白色的，带一点紫。

高尔夫球场的草地绿茵茵的——它是蓝空下的一块绿地毯，柔软，厚实。

路边的花坪，开满了黄色的小花。

如果花有梦，那么，这是一个花梦。花的梦，那般的香，那般的美。

蓝空下，青藤边，他会向我谈自己的理想，谈自己的家，谈将来的前途，但是当时，他只有一个强烈的愿望——当一名出色的运动员。

他许多时候都很沉默，当他沉默的时候，他就会那般柔和地凝视我——默默在听我说话，然后，静静在笑。我会非常非常感动。

当他练球的时候，他相当专心，有时不经意地看到我，他会传过一丝飘忽的笑。

就这样。流水带走许多笑语。湛漪消失又旋起，黄花开满一季又一季……

我却不知道——我们是在恋爱。

没有人告诉我，星星不曾告诉我，月亮不曾告诉我，菩提花也不曾告诉我，直到有一天——

那是一场选拔赛，选一名冠军参加亚洲少年组的网球赛，其他的都是国手，所以只能选一名。大家都说莱蒙会赢。尤其是我，每天晚上都默默为他做祈祷，每次他下场，我的手心总沁着一把冷汗。我想，我一定比他更紧张，更提心吊胆。

决赛前，他坐在我身边，看到我苍白的脸色，他反而安慰我："不要慌。"他说：

"我会赢的。"

结果，那一天，真的来了——他生命旅程中最重要的一个日子。

决赛的对手和他势均力敌，他们整整对打了一个钟头，还分不出胜负。莱蒙已经赢了两场，对手也赢了两场，只要这一场他赢，他就可以出国了。

我紧张得不敢看下去，四周的空气忽然凝重起来——

但是，最后决定性的一场——七比六，莱蒙输了。

我的心一下子冷了半截，像掉进一个冰窖里。

我不晓得他什么时候找到我，在我身边坐下。他满身满脸都是汗，软弱地靠在椅背上。我赶紧找了条毛巾，替他擦着汗，我了解他深沉的无奈与失望，所以故意向他伸出手，安慰他，他微笑地握住了我，但是——他的手那般地冰冷，像一个浑身乏力伸出手，安慰他，他微笑地握住了我，但是——他的手那般地冰冷，像一个浑身乏力的人。我难过得差点想哭。

"我的运气。"他颤抖地说。

"不要灰心，还有下一次，机会还很多。"我劝他。

他笑了一下："可能没有机会了。"

"为什么?"我吃了一惊。

"我要去读大学，到美国去，爸爸已帮我料理好，过了今年，中学一毕业我就走。"

我听着他的话，我有一刹那的失神。他也变得沉默。

这一天，我的心很沉重，鼻子酸楚，一直想哭。

我永远忘不了那一晚，从球场出来下着大雨，我与弟弟与他在车站等巴士。路上很静，车站只有我们，四周暗沉沉的。那一阵雨，是我一生中所见过的最大的倾盆大雨，像从天空中倒下来，连接着地和天，连绵不断。

莱蒙很沉默。覆天盖地的雨就像他失望欲绝的心情。我想不出什么话来安慰他，只好伸出手，悄悄地握住了他；他浑身一震，慢慢地向我展开了微笑，我也向他微笑，渐渐地，他脸上的阴沉消散，我们的心忽然间就这样拉近了。

后来，他常常约我出去玩，有时候骑着摩托，有时候坐三轮车，那时候，椰城的三轮车还到处都是。

我对他，依赖多过尊重。我非常依顺他，常常向他撒娇，而他那般地宠爱我，所以，我非常不怕他。但是，他也有专制的时候，他从来不许我敷粉。

有一次，我们出去吃饭，在餐厅的灯光下，他望着我的脸，忽然皱了皱眉："你擦了粉吗?"他问。

我点了点头。

"哎哟，太浓了。"他说，"你看你的鼻子，你看你的额头……"他伸手替我弄匀，结果被他一阵乱拍乱抹，我脸上的粉全被弄掉。气得我一把揪住他的手臂，低声叫起来。

"哎哟!"他痛得皱起了眉头，"放手嘛，我痛死了。"

我笑起来，放开了手，他却狠狠地反手敲我的头，一点都不留情。我再打他，他又狠狠地敲我，于是，我们赌气了，东西也不吃，走了。

那是一段孩子的恋情，是吗?

不过后来，我真的不再敷粉了，因为他一定会替我弄掉的。

那一次他姐姐生日，他带我去，我问他："我敷一点粉，好吗?"

他点点头："不要太浓。"

我换好衣服出来，他立刻拉住我："我看一下。"他说，在灯光下仔细端详看，"哇!大花脸一样!"他摇摇头，又伸手替我抹匀。结果，我脸上还是干干净净的，什么都没有。

我们约好要去旅行，妈妈不允许。我为了讨好妈妈，特意帮这帮那。那一天他来，看见我蹲在地板上抹地，立刻也蹲下来，“我帮你。”他说。我笑着耸耸肩，由他去了。

结果妈妈批准我去，但是有条件——弟弟必须带去。

我和他的朋友们混得很熟，他的朋友汉民一看见我就拍我的头，作弄我。我只要一看到他的手抬起来，就叫：“莱蒙！你看，汉民打我。”

他在练习时就霍地转过头来，大吼一声：“不许你欺负她！”

他的朋友都笑了。

他这样好，但是妈妈不喜欢我和他在一起，因为他是混血儿，他父亲是荷兰人，且我太小，妈妈不许我谈恋爱。那时候，我却没有想到我们那样在一起就是恋爱，我真的没有想到那么远。

他离开的时候，我不知道，我不在椰城。堂叔无端端地忽然从万隆跑到椰城，把我拖到万隆去，陪我去名胜地，这里那里，我要回去，他一直不让我走。我急得哭起来，他才放我。

但是来不及了——他已经走了。

回到椰城的第一天我就跑到网球场去，他不在。他的好朋友汉民告诉我，他已经到美国去了。

我的心沉下去，冷得像要凝固。

后来弟弟也告诉我，他每天都来找我，直到要上飞机时还打电话来过。

我哭了，哭得那么伤心。

我从来都不知道，后悔是这般地侵蚀着人的心。只是半个月，我只在万隆停留半个月，一切都变了。

我为什么要玩那么久呢？为什么，为什么？我哭也原谅不了自己。

他一定要告诉我许多许多话，也许他要送我一份纪念品，也许他会有什么要求？

但是，我为什么不在呢？

我也有许多话要向他说的——我要告诉他，我喜欢他的微笑、他的眼睛，他的沉默，还有，我愿意等他。

但是，天！我后悔得想下地狱。

我开始盼望他的信，一天天，带着满心的希望醒来，又带着满怀的希望睡去。

然而，半年多过去，我的心冷了。

我退出了泳队；弟弟也不再练球了。

七八年的艰苦练习，就这样白费了。

我记得以前，我们所说过的愿望——然而我们几个人中，却没有一个实现的。

我怀念他，那样地深沉。

当我孤独的时候，当我空虚的时候，当我被人欺负的时候，我都会想起他——他曾经是如何地宠我，又如何地陪我。

我常常在沉思中觉得，他就在虚浮的空中，在向我微笑，在柔和地凝视我，在温柔地和我说话。于是，我就会哭了。

直到今天，多少年过去，我还是会想他。可是我想，我们一定是没有缘。

两年后的一天，我们曾经在路上相逢，我看到了他，他也看到了我，我清楚地看见他脸上又惊又喜的神情。

那一次，我坐在奥不烈的车中，他却坐在三轮车里，当我想到要下车时，车子已经把我载得好远好远。

我懊恼地想大哭一场。

我不知道，我是不是还能再见到他。

那是我的初恋，一个那样美、那样纯、那样无邪的初恋。我做了许多爱情的梦，但是还会想起他。

我怀念一个人，他的名字叫莱蒙……

他是一个最好最漂亮的男孩。

他希望当一个出色的运动员，但是他没有继续他的愿望。

我们本来可以做好朋友，但是他没有给我写信。

我们本来可以很好地在一起，但是我们没有缘。

不管如何，我还是会永远怀念他，怀念他的人、他的微笑、他的沉默，也怀念那一段甜美的日子，那一段花梦——菩提花盛开，青藤缠绕，草儿青翠，黄菊摇曳，蒲公英飘飞的梦。

1977 年 5 月

梁文福简介及其入选作品简析

梁文福简介

梁文福，笔名文符。1964年4月9日生于新加坡，他曾在自己作词作曲的《新加坡派》中自述“爸爸说我出世在60年代，一岁多国家才算诞生出来”。祖籍广东新会，曾祖为晚清官员，后在战乱中携家带口迁移到马来西亚。梁文福受过良好的高等教育，前后获得新加坡国立大学文学硕士（中文系）、南洋理工大学哲学博士（中文文学）学位。梁文福是个多栖作家，在诗歌、散文、小说、寓言和小品文等领域都有不俗的成绩。出版有散文集：《曾经》（1983），《最后的牛车水》（1988），《自然同窗》（1994），《散文@文福》（2001）；小品文集：《眉批情》（1993），　《半日闲情》（1997）；诗集：《盛满凉凉的歌》（1985），《其实我是在和时光恋爱》（1989），《嗜诗》（1996）；寓言小说集：《梁文福的21个梦》（1992）；翻译诗集：《想人飞飞》（2000）。梁文福曾任国家艺术理事会艺术咨询、文化奖与青年艺术奖受邀评委国家艺术理事会，获得第一届青年艺术奖（文学，1993）、书籍奖（1994、1996）、金狮奖（1985）等①。

除了文学创作以外，梁文福在乐坛也有一定影响力，创作了一批脍炙人口的“新谣”作品。他16岁开始发表歌曲，1986年出版第一张个人作品集《门》，到目前为止已经发行了11张专辑，2015年还开过个人演唱会。“梁文福

① 骆明主编，艾禺、烈浦副主编：《新加坡华文作家传略》，新加坡文艺协会，新加坡作家协会，锡山文艺中心，2005.05，第215页。

在新加坡的地位，就等于罗大佑当年在台湾一样轰动”①。《她来听我的演唱会》《羞答答的玫瑰静悄悄地开》《你究竟有几个好妹妹》等广泛传唱的名曲都是由梁文福填词。

梁文福作品简析

梁文福的文学写作与音乐创作形成了有趣的互文现象，常常能置于同一主题下加以比照，他多重文本的交叉点之一就是挥之不去的怀旧情绪。微型小说《年糕的味道》中的“大伯”对于自己在新加坡另娶新欢总是还有深深的愧疚，因此当“我”声称从广州带回“大伯”从前原配亲手所做的年糕时，“大伯吃了一口，就流下了眼泪”。实际上，“大伯”的结发妻子早已过世，年糕也是“我”就近在新加坡本地买的，但是味觉丧失、健康每况愈下的“大伯”仍旧深深沉浸在回忆与自责中，不能自拔。与之形成微妙对比的是，梁文福在歌曲《新加坡派》和《新加坡派 2.0》表达了一种属于和他同时代人的怀旧情绪，他细致地梳理了从 20 世纪 60 年代独立到 90 年代的新加坡，历数流行文化印迹与社会变迁，用幽默的小片段勾连起一代人走过的路程。“旧家戏院”“黑白粤语片”“林青霞”“凤飞飞”“林宝玲”等构成了他这一辈人的共同记忆，既有黄金时代港台流行文化的风向标，又有出自新加坡本土的奥运冠军，梁文福对于自己及同代人成长经历的回顾与整理彰显了他作为第四代华人移民的在地意识，他所深深的认同是自己的新加坡人身份。歌词还讲述了从移民海外的新加坡人到外人移民来新加坡的变化，诙谐逗趣的腔调也遮蔽不了梁文福对身为新加坡人的自豪感。

与怀旧相伴而生的是对时间流逝的敏感，梁文福凭借着良好的学养与出众的文学天分，曾对时间与命运的不由人意在散文中做过深邃的思考。《苍凉三句》尤其探究了人生匆匆流逝所带来的生命困惑与折堕，“能不能呢？在无涯而苍凉的时间荒原上，我们能不能多几次停一停，学会旁观自己与其他赶路人的慌张。能不能像捉迷藏的小孩，忽然大声嚷不玩了，然后自己跑去荡秋千，让那个原本躲得很远好隐秘，得意扬扬的家伙，无可奈何地走出去。能不能呢？能不能停一停，让生命的荒谬也猝不及防地输了一招。能不能？”无常的命运无

① 刘卓辉：《辉常伤感》，译林出版社，2014.05，第 50 页。

从逃避，无论是有意识还是无意识地生活在短暂的人间，古往今来的一切生命均不得幸免。在恒定的大限到来之前，梁文福除了体会并揣摩这桩大悲剧之外，也四顾周围，在暖意人情的启示中筑起活着的意义。

梁文福并非一味消极地留恋过去而对当下现实视而不见，他的另一批作品将镜头对准了日常生活中的种种矛盾。本书所选的《汉语词典》就是这样一篇心系现实的作品，梁文福通过一本汉语词典的遭际表达了对中华文化在新加坡社会日益不受重视、江河日下的忧虑。因为新加坡官方语言为英语，在日常生活中也处处强调英语、轻视汉语。因为在使用的过程中不被人珍惜，办公室汉语词典已经面目全非。“那本词典多舛的命运，令他联想起和那本词典息息相关的文化的命运，多灾多难的命运。好在根基稳固，颜面脱落了，肌肤受损了，还是撑得下去。许多不幸是人为的，然而该由谁来负责呢？他不知道。就连一本汉语词典的维修工作，也得在几个人之间推推托托的，那恐怕是一种令人无言的悲剧。”正因为身边人对汉语及背后文化系统的淡漠与随便，梁文福对这种现象忧心忡忡之余，也像散文中的主人公一样身体力行，试图通过自己的努力来恢复汉语本身的存在意义。《汉语词典》选自梁文福的散文集《最后的牛车水》，而所谓的牛车水，即是新加坡的唐人街。但是梁文福在《舅舅说话的那一天》中提到牛车水时，主人公一再强调说“华文老师说，不能照英文报上的名词直译成‘唐人街’”。在散文集的序言中，梁文福更是直剖心迹，“牛车水是一个令我骄傲的名字，一个记载着我父亲的童年，我爷爷的奋斗，以及无数先辈们的血汗悲欢的故事。”这种对华人文化象征的敬意在散文《守城人》中也有过表现，“我们把学院称作黄城，因为校舍的古雅，书香的浓郁。在老师的心目中，它是巩固传统文化的堡垒；在学子的感觉中，它是酝酿美梦的城府”。

梁文福一方面为新加坡的成就感到自豪，但是现代性发展的内在驱力却也让他所珍视的华族文化逐渐日薄西山。就连牛车水，也就不复旧时面貌。“不远处，一栋新的大厦已经等得有点不耐烦了，它骄傲地站在那里，那是一种很现代化的骄傲，虽然我不知道它有什么值得骄傲的。”“历史价值，文化传统，现代化的发展障碍，旅游业的影响，舆论界的朵朵舌花。”词典与中华文化一道成了“烂东西”“没用的”，因为太多人都盼望着移居到美国去，一个更加发达的现代化国家。梁文福借散文中的主人公委婉地批判了这种一味崇洋媚外，而完全抛掷本族文化的行径，“他不是文化沙文主义者，异族文化遗产中令他激赏处比比皆是，令他惋惜的是身旁的许多人竟忙着抢拾他人所遗弃的糟粕，而弃锦帛于不顾”。后殖民社会所呈现出的混杂性与不平等的文化权力差异，赋予了梁文福的创作更加复杂、多维的面向，但不论是文学文本还是音乐作品，他所关注的焦点都扭结在他对新加坡华族社群文化症候的诊断上。

（何　珊　龙扬志）

梁文福作品选

汉语词典①

一个平平淡淡的下午，一个他并不在意的人漫不经心地说出的话，一本天天照面，翻阅了无数次的汉语词典，竟然掀起了他涌动难抑的心潮。

那本汉语词典在办公室里已经待了不少年月，论起资格来，还比他老上好几载呢。记得第一天到办公室里来时，和每一个人打过招呼后，同事就带他去和那一排歪歪斜斜地躺在书架上的字典词典打个招呼——“这些都是我们的好助手兼好老师。尤其是这一本，中文部的撰稿员写稿时少不了它。”同事一边说，一边在那本厚厚的汉语词典上，重重地拍了一下。

也许是从前的撰稿员在使用词典时不曾小心保护吧，初见面时，它的封套已经脱落了。不消几个月，书前书后好些页数都破损了，不过欠缺的都是些说明文字，所以大家都不很在意地如常翻阅。偶尔当彼此传递词典时，才一边赶稿一边应答几句：

“词典烂成这个样子，有空时为它贴补贴补吧。”

“又不是我弄坏的。”

“我没有说是你弄坏的，只是你也有份用嘛！”

“那么你呢？你也有份用呀！”

结果当然是不了了之。好在那本词典原本是很厚重壮实的，颜面脱落了，肌肤受损了，还是撑得下去。有一次一个同事不慎弄翻了茶杯，奶茶溅污了词

① 梁文福：《最后的牛车水》，心情工作室，1988.03，第53—57页。

典的一角。又有一次，当他在翻查生字时用力太大，撕破了两页。那本词典多舛的命运，令他联想起和那本词典息息相关的文化的命运，多灾多难的命运。好在是根基稳固，颜面脱落了，肌肤受损了，还是撑得下去。许多不幸是人为的，然而该由谁来负责呢？他不知道。就连一本汉语词典的维修工作，也得在几个人之间推推托托的，那恐怕是一种令人无言的悲剧。

然而他原本不曾想得那么多，那么远，直至那个下午。那个下午，撰稿员的办公室里只剩下他和一个英文撰稿员。不知是哪一个同事，把那本汉语词典搁在那个英文撰稿员的桌上，那个素来就爱说刻薄话的家伙，不客气地对他说："喂，你们怎么把这本烂东西放在我的桌上？"

正在赶稿的他，停下笔来，想要反驳几句话，然而那人说得没错。他闷不作声地走过去，把词典拿过来放在自己的桌上。那人却意犹未尽地加了一句："反正又没用的，不如扔掉算了。"

他忍不住了，瞪住那人直问："你说什么？没用？"

那人原已有事要走，发觉自己失言后，便提起公事包，径直走了出去，离开前还理直气壮地，操着一口并不太纯正的洋京片子说："至少对我没有用你知道吗？我连自己的中文名字也不会写，可是我还是活得好好的，什么也不缺，也没有什么不便。明年，我就要移居到美国去了。"

不知是那几句话，抑或是那张黄皮肤的脸庞在消失所做出的表情，使他在那间冷冷的办公室内，愣了半晌。

轻轻地他抚触着那本词典，宛若一个受了伤的人在抚触着自己的伤口，越触越疼。翻开了词典，触目尽是美丽的方块字，那么美丽，那么幽幽地在颦戚着。掀了几页，一个赫然的"辱"字出现在眼前，他怏然合上了词典，把脸埋在手掌间，双手用力地搓着自己的脸，搓着搓着仿佛要搓走什么羞辱似的。

羞辱是搓不走的，正如骄傲一样，而几千年的骄傲和羞辱已经被搓在一块儿了，已经不容选择地写在他那黑头发黄皮肤东方型的五官上了，固然那些令他感到自豪与悲哀的事都是发生在很久以前的事。很久以前，在他诞生以前在他的父亲，他的父亲的父亲诞生以前。

当他诞生时，联系着他与母亲之间的是一条令人惦念的脐带，但他的父亲也曾扮演过脐带的角色，也曾谆谆地牵引着他去认识一个源远流长的母亲般的文化。他记得当他还不懂得使用汉语词典，还不识字之前，父亲在白纸上端正地写了一个"天"字，一个"地"字，还有一个"人"字，严肃地说："这是天，我们头上的天；这是地，我们脚下的地；这是人，我们做人，在天地之间，该做得光明磊落，堂堂正正，更不能忘本。”

忘本？他从来不知道如何去忘。字忘了怎么写倒是常有的事，尤其是小时候，当他开始尝试用自己懂得的几百个字写文章时，总是忘了一些字怎么写。每一次，他都去问父亲，每一次，父亲都叫他查字典。父亲说，只有自己从字典中，花了工夫学到的字，才能永远牢记在脑海里。于是他就自己学着翻查那些大大小小的字典和词典，慢慢地，他学会了执着，学会了匡护，学会了扼腕，学会了黯然神伤是怎么写的。

他再度翻开了那本词典，翻呀翻呀，翻出几个老师的容颜来了——教他注音符号的邬老师，不断地给班上同学四角号码测验的黄老师，自己一边学、一边教他和同学们怎么用罗马字母汉语拼音的陈老师。不知何故，当他闭眼追忆时，总记得那些老师们脸上淡淡的愁容多些，欢颜寡些。是不是每一个和方块字结缘的人，都不能件免地沾上了一些诗词中的惆怅之气呢？没有道理呀，他不停地看不停地翻着那本词典，里头有缠绵也有潇洒，有氤氲也有晴朗，有郁结愁肠也有豪情磅礴，有随波逐流也有正气凛然。他越翻越快，越翻越快，眼帘模糊了，那些字字词词都渗在一起了，就像那些骄傲和羞辱一样，搓在一起了；苏武，文天祥，秦桧，吴三桂，林则徐，李鸿章，袁世凯，孙中山，甚至那个专事讥讽的英文撰稿员和那个恨不得揍他一顿的中文部同事，全都搓在一起了……

他不是文化沙文主义者，异族文化遗产中令他激赏处比比皆是，令他惋惜的是身旁的许多人竟忙着抢拾他人所遗弃的糟粕，而弃锦帛于不顾。对于自己的文化，他不敢说欣赏，他不能以一个局外人的心情去欣赏，因为那已成为他的一部分了，或者说他已成为前者的一部分了，他只能要求自己爱它如同自爱一般。然而，诚如对待那本汉语词典一样，他爱得似乎不够。

终于，他站了起来，带着那本汉语词典到隔壁的办公室去，向那儿的同事商借胶纸和剪刀。他们望着那本词典，笑道：“烂成这个样子了，现在才来照顾它，迟了些吧?”其中一个人建议说：“到书局去买一本新的吧，反正字典和词典都正在大减价呢!”

“是吗?”他抱着那本汉语词典，向窗外望了望。

窗外，地还是父亲教他写过的地，天，还是父亲教他写过的天。

1984 年 11 月 24 日

美　洲

郑霭玲及其入选作品简析

郑霭玲简介

郑霭玲（1953—　），1953年出生于加拿大温哥华，为第三代华裔移民，加拿大著名华裔女作家。在成为专职作家之前，作者在1981—1984年期间供职于加拿大财政部，曾为总理办公室担任一年的特别顾问。从政府部门辞职后，郑霭龄开始了专职写作生涯，从1987年开始搜集家族资料，到温哥华的唐人街去做调查，带妈妈回到广东中山张家边村寻根，从外公的书信中了解家族的往事。同时利用丈夫在北京做记者的机会，在中国的大江南北跑了好几遍。搜集资料的过程，对作者而言是认同感叠加的过程。1994年，《妾的儿女》出版了。超出所有人的意料，郑霭龄凭借此书相继获得温哥华城市作家奖、总督文学奖提名等。《妾的儿女》在德国是畅销书，在美国和荷兰也是。它曾连续93周位列加拿大图书销售榜首。《妾的儿女》被作为研究文学、历史、女性、亚洲历史的资料和教材，这本书在问世后的20年间出版了14种文本。遗憾的是因为历史和文化的隔膜，一直没有进入中国大陆读者的视野。直到2013年，中文版才面世。在此之前，中国读者更多的是通过其他作家的中文写作得以知晓此书。

郑霭龄作品简析

《妾的儿女》是郑霭龄的处女作，在该书中她用非虚构的文学形式，把家庭的历史写出来，从外祖父一代写至现在，书中每一个人的名字都是真实的。作者也因此被誉为华裔历史题材非虚构类创作的先驱、开拓者。作为第三代华裔移民，郑霭龄对中国的“乡愁”情绪已经不像上两代人那样强烈了。她坦言“如果我的外祖父母能活得长久些，我也许可以保留更多我的中国人身份感”，只是外公在她很小的时候就去世了，在执笔写作此书的时候距离外婆去世也有20年的时间了。所以，她只能从母亲的讲述、自己的回乡寻访中去想象遥远的中国，在铭记与遗忘之间努力找到那个平衡点。

在写作的过程中，作者按照年代顺序将往事一点点理清，中国和加拿大两个世界相互穿插，将一个跨国华人移民的家庭故事呈现在读者面前。外祖父陈山早年去加拿大讨生活，在中山乡下娶过两个妻子，第一任妻子去世后娶了黄波，未能生育，于是又娶了我的外婆梅英做侍妾，将其带到了温哥华。梅英在加拿大接连生了两个女儿陈萍和陈楠，到了上学年龄，陈山带着他们回了中山。梅英再次怀孕，于是陈山带着梅英离开了家乡返回温哥华，生女儿陈杏。接连三个女儿使得梅英和陈山都很失望，加上20世纪30年代初世界经济大萧条，华人在加拿大生存环境较为恶劣，他们搬到小镇生活。梅英在小镇酒店当招待，追求者众多，加上梅英喜欢喝酒、赌博，陈山与之分居。1935年陈山回国盖房，梅英继续留在加拿大挣钱，生活拮据窘迫。1939年陈山再回加拿大，两人正式分居。陈楠在抗战中被强奸死去，陈萍嫁人不淑，生活不如意，陈杏因得不到家人的温情转而追求学业上的成功，成为一名医务人员，并嫁给白人离开唐人街生活。晚年陈山主要靠卖陈萍和陈楠的出生纸贴补生活，梅英则独居脾气古怪。1987年陈杏带着女儿“我”回到中山，过去的一切都浮现眼前，姐姐陈萍令她感受到亲情的温暖。

郑霭龄在访谈中谈到自己写作此书的动机是在还债，为所有家人还欠外婆梅英的债。作者于1987年陪妈妈回中山老家，终于看到了主要由外婆挣钱盖的碉楼，但里面却没有半点儿外婆的痕迹，而家乡的亲人对外婆也毫无印象，这是对梅英最大的不公平。写作此书的目的不仅仅是反映加拿大华人的历史，也是在记录自己的家族发展史，更是为了替外婆讨回公道，她应该得到后人的尊重和铭记。叙述者“我”在讲述家族故事的过程中，尽量做到客观公正，然而其为外婆梅英申诉言说的态度极为鲜明，本书节选的第6—8章的内容就可见一斑。

作者肯定了外婆在经济上对整个家族的贡献。一个女人，不仅实现了个人经济的独立，还要把挣来的钱源源不断地寄回中山老家去买地盖房和养女儿。

在这种情况下，即使外婆梅英吸烟、赌博、酗酒，和不同的男人交往，这一切似乎都是可以理解的。外婆在温哥华的唐人街，不仅生活艰辛，而且在羞辱中毫无尊严地活着。刚到温哥华，就被外公抵押到茶楼去做女招待，赚的钱也全部交到了外公手里，梅英的经济收入还一度成为整个家庭支出的来源，在战争期间陈山失去了工作，当时加拿大华工男女比例严重失调的情况下，梅英还是能相对容易地找到一份女招待的工作。但在茶楼工作的外婆，名声非常不好。男人去茶楼喝茶，往往也是醉翁之意不在酒。外婆慢慢地也和不同的男人交往起来，对于她的这种行为，作者借母亲阿杏之口说出“无法分清母亲和其他男人的交往是对是错”，并没有表达明确的批判态度。在当时如此艰辛和恶劣的生存环境下，我们不能过多地指责一个女人为了养家糊口而做出的精神和肉体的牺牲。但梅英一直力图做到自己在经济上的独立，就算后来和陈山分居，在和周光交往的过程中，她也不想让人家认为是看上对方的钱。“梅英过起了独立的生活，既不依靠陈山，也不靠周光”，如果缺钱了，她宁愿拿首饰去当铺典当或者找别人借，也不会首先考虑周光。从这个层面讲，梅英的出轨并不是为了取得生活上的物质保障，而是寻求精神的慰藉和伴侣。

在作者看来，外婆是一个具有鲜明的自我意识的女性。梅英虽然作为侍妾来到温哥华，她并没有成为男性的附属品，反而积极追求男女平等、自主、自由的生活。梅英在经济上对家族的无私贡献并不代表她认同陈山的观点，即她本人也是陈山的财产。在梅英看来，她愿意每个月都寄钱回中山，愿意出钱盖房子是因为两个女儿在中国，她必须承担起一个母亲的职责；另外一个更重要的原因是只要给陈山钱，就能避免两个人之间的争吵和矛盾，为自己换来自由，“只要能保证两个人之间相安无事，要梅英给多少钱她都愿意”。另外，梅英也敢大胆地追求自己想要的情感生活，她不管儒家“夫为妻纲”的传统思想，不去在意唐人街华人的异样眼光，有自己的一套生存哲学。为了“向世人宣告自己在男人的世界中享有一席之地，是一个自力更生，不依靠男人的女人，应当赢得其他人的尊重”，梅英特意去“现代裁缝店”定做了一款男士时尚外套，还配上男士的领带和帽子。也许她的这套男性装扮并不能真正让她享有和男性一样的社会地位和权利，但起码能说明一点的是在加拿大女人可以按照自己喜欢的方式生活，因此她宁可留在加拿大挣钱养家也不愿跟随丈夫回到中山。

作者郑霭玲作为第三代华裔，已经与中国的传统文化有所疏离，母亲陈杏能够给她讲述的也只有自己家庭的故事和童年时期看过的中国戏曲。因而，在叙写家族史的过程中，我们不难发现，作者对儒家传统中的重男轻女思想是极为批判的，外婆梅英在陈家的不幸遭际以及在家乡亲人心中的缺失等问题均引起她较多的思考。儒家传统中，无论妻妾都必须服从丈夫，而小妾更需无条件服从丈夫，她是丈夫的私有财产，可以随意出售。陈山带着梅英到达温哥华后就把梅英抵押在酒店当招待，而当陈山得知梅英和周光交往的时候，他提出“要是你想跟他过，那就去吧，我不拦着，但是有一个条件，周光必须给我三千块钱”。梅英辛苦挣钱寄回中山养家，家里的亲人却把这些都归功于陈山，这就是家族历史的真相，因而作者要提笔写作，将外婆被掩盖的历史挖掘出来，以此纪念和缅怀。

（张利灵　李亚萍）

郑霭龄作品选

妾的儿女（节选）

对于阿杏来说，妈妈收到的信件代表着爸爸离开加拿大的日子。她看着妈妈心不在焉，面带讥讽地打开来信。妈妈收到下一封信时还是同样的表情。就连阿杏也能猜到信中的内容：爸爸又没有钱了，需要妈妈再寄回去点，这样才够盖房子。阿杏脑子里一直牵记爸爸没有完成的工程，因为她决定自己也要造个房子。阿杏六岁，现在上一年级。放学后，她和朋友维奥莉特会绕远路回家，就为了看看商业街上五颜六色的圣诞彩灯和节日商店的橱窗。一家玩具商店的橱窗里放着微型的中国房屋模型。房子由亮红、亮蓝、亮黄和亮绿的砖头砌成。高高的围墙后面是一座有很多门的房子，塔状屋顶镶着金边。房子后面是一个花园，花园里有拱形的小桥。阿杏只能从商业街拿一些墙纸样品回家，这还是她和朋友说服一家五金商店的员工后才弄到的。（P112）

共同的责任感和爱国心，陈山和梅英的关系渐渐转好。可没过几个月，俩人关系又恶化了。梅英真心为黄波生下陈元而高兴，因为自己也是陈家的一员，陈元的出生维持了陈家香火，自己死后不至于成为孤魂野鬼。从某方面来说，这对梅英来说也是一种解脱，因为她和陈山之间的生理关系就此结束。同时，陈元的出生提升了黄波在陈家的地位，梅英的地位随之降低。

当陈山和梅英相处时——主要在餐桌上，俩人的分歧就没完没了。陈山在道德层面居高临下地看待梅英，梅英被激怒时就毫不犹豫地反唇相讥。梅英特别容易跟陈山发火，陈山也越来越动不动就冲梅英发火。夫妻俩有事的时候吵架，没事的时候也闹。温哥华华人社区要求每个成年男子最少购买50港币（约相当于16加元）蒋介石政府的战争债券。梅英反对陈山买这么多债券，说还不如把钱汇给家里。陈山发现梅英现在抽烟越来越厉害。陈山把自己听到的议论告诉梅英，说她现在滥赌滥饮，身无分文的时候还要赌钱喝酒。陈山并不在乎梅英跟谁在一起，可是很讨厌她喝得烂醉如泥。梅英也受不了陈山在饮食上的节俭——米饭加番茄酱或果酱就算是一顿饭。

梅英的确没有克制嗜酒好赌的习惯。她不愿意生活在陈山的管教下，也不愿意把自己当成是陈山的财产。赌钱喝酒还不是梅英表示反抗的唯一方式，她还跟一个叫张诺的人亲密起来。这个张诺是梅英和陈山共同的好友。这是梅英第一次精神出轨，但是最终没能和张诺走到一起，俩人保持了毕生的友谊。（P120—121）

温哥华唐人街有两家中国戏院。遇到没有作业的晚上，阿杏吃完晚饭就自己出去，到其中一家戏院赶着看七点钟的那场戏。两家戏院都很大，里面能容纳几百个座位，看戏的大部分都是上年纪的男人。每个星期，阿杏都跟着一群伯公从看门人跟前走过，钻进戏院。和这些上年纪的伯公一样，阿杏也没有其他娱乐活动。跟阿杏在一起的其他孩子都有朋友可以一起玩，还可以参加社团和体育活动，但是梅英不允许阿杏参加任何自己了解不多的活动。梅英之所以准许阿杏去看戏，是因为梅英自己小时候也看过很多同样的经典戏目。由于戏院最早要到半夜12点才散场，早就过了孩子该睡觉的时间，所以很多家长都只准许孩子周末去看戏。不过梅英可不一样，她给女儿买了一张季度通票。她想以此确保自己知道女儿每天晚上都去哪里了，而且还可以从戏园子看门人那里打听到女儿到底有没有来看戏。

幸运的是，阿杏喜欢沉浸在戏剧之中。她最爱坐在高处楼厅的木椅子上。她认识演出的每张面孔，知道这些明星舞台上的昵称。她明白服饰和妆容的象征意义。皇上穿黄色，正直的人穿黑色，好人穿红色；脸抹成红色或紫色的是刚正不阿的人，而脸大部分涂成白色的人都是奸邪的坏人。阿杏能从不起眼的东西中看出门道：有时候一张桌子在这个场景中是桌子，在其他场景中就成了洞穴、床，甚至一座山。如果将军要出征了，他会假装骑上一匹马，而士兵会把鞭子抽得噼啪作响，一路小跑，穿过舞台，告诉大家将军来了。阿杏能感受到演员掩饰的情感，从颤抖的手臂看出他们的恐惧，从缓缓举到面前的手掌看出他们的哭泣。在黑暗中，阿杏可以尽情地流下欢乐和忧伤的泪水。她会根据橱窗里贴的传单决定看哪一场戏，或者依自己的心情而定，看悲剧还是看喜剧。阿杏会选择看两出戏，一出戏讲述的是失去丈夫的母亲寻找儿子的故事，这出戏可以让观众“整晚泪眼婆娑”，而另一出戏讲述的是山寨的爱情故事，保证能让观众捧腹大笑，“笑得上气不接下气”。这些剧目阿杏看过好几遍，所以她可以在黑暗中边看边织东西。三年级时，阿杏给红十字会织了 112 条棉毛巾，用来送给在“二战”中作战的加拿大士兵，这么多数量足以赢得公立学校的比赛了。（P144—146）

梅英努力约束自己的习惯，同时想在其他方面树立自己的好形象。她追求时尚，体现出城市人的时髦。不用穿工作制服时，梅英就穿着印花束腰裙子出门，脚踩一双高度适中的高跟鞋，腿上套着闪烁光泽的尼龙长袜，袜子顶端是她亲手缝制的松紧带。从梳妆台最上面的抽屉也能看出梅英对妆容打扮的一丝不苟，里面放着梅英精心整好的宝贝，有发夹、梳子、精心绣制的手帕、涂漆的粉盒、几瓶香水和几沓抹唇红和腮红的纸。

与此同时，由于受到周光这个职业赌徒形象的影响，梅英也给自己的衣橱增添一丝男性色彩。赌桌上走运的人常常会光顾“现代裁缝店”，这家店是王功来家族经营的。这家店的主要顾客是男人，但是偶尔也有女人光顾，拿着丈夫夜里赌钱赢的钱，给丈夫定制三件套。梅英有一天就来到这个店里，为自己定制衣服。她从“美国时尚先生”的海报图案中选择了一款，而这张海报是纽约百老汇的一家裁缝店宣传用的。梅英挑选了英国进口的精纺羊毛，又从裁缝桌后面按颜色分类的罐子里挑出了心仪的纽扣。梅英要求裁缝在夹克里面多加个口袋。试衣服时，她把手提包掏空，试着把手提包放进里面的口袋。自从上一次被抢包之后，梅英心有余悸，不敢过分张扬地拿手提包进出赌场。在街上总会遇上小偷小摸的行为。最后一次试装时，梅英十分满意穿着的效果，又买了一条男士领带和帽子来搭配。

大家在唐人街和赌场看到梅英这么穿，都知道她在向世人宣告，自己在男人的世界中享有一席之地，是一个自力更生，不依靠男人的女人，应当赢得其他人的尊重。也许她这身男性装扮尤其能够说明一点，那就是女人可以按照自己喜欢的方式生活。仿佛为了证明某种团结似的，梅英也说服了另外两个女性好友这么做，穿上男人的套装，戴上合适的帽子。她们称自己为“三姐妹”。她们三个人在周玉昌照相馆拍的照片就摆在梅英的梳妆台上，跟梅英三个女儿的照片放在一起，这三个女儿才是不折不扣的亲姐妹。

要不要离婚完全取决于陈山，梅英至少违反了中国传统社会“七出”中的两项内容：“淫佚”和“口舌”，不过陈山没有选择把梅英赶出家门。如果陈山要休梅英，梅英也可以用“三不出”中的一项来替自己辩护：“有所娶无所归”。因为这些都是中国的传统婚姻规矩，到了北美新世界，就失去了意义。受近二十年排华法案的影响，加拿大唐人街的男女比例严重失衡。这样一来，老一辈华人对非婚姻的男女关系宽容了许多。像梅英和周光这样，一个女人跟老婆留在中国的男人在一起，在唐人街是可以容忍甚至宽恕的。通常，这些女人以前都是在酒店上班的女招待。要是她们找到一个愿意给他们提供房子，并且愿意照顾孩子的男人，唐人街的华人不会说三道四地指责他们。

陈山这个人不愿意为了迁就现实而放弃传统，所以来到梅英的房间，准备跟她好好理论。

陈山愤怒地对梅英说：“是我把你从中国带到这里来的，周光应该先来找我。她要想跟你来往，首先得获得我的同意才行。”

梅英不甘示弱，反唇相讥。“我没有结婚戒指，”她说道，“你是戴着婚戒，但又不是因为我。”没错，陈山手上的确戴着婚戒。陈山手上这只金戒指已经戴了将近30年。当年的陈山就已经成家，他把自己的第一任妻子留在中国，然后孤身来到加拿大。这个妻子死了之后，陈山才娶的黄波。

“要是你想跟他过，那就去把，”陈山说道，“我不拦着，但是有一个条件，周光必须给我三千块钱。”这是中国的传统做法，一个男人可以把自己的小老婆卖给另一个男人。他要的数额很多，许多华人在加拿大辛苦一辈子也攒不了那么多钱。

梅英说这句话时几乎是啐出来的。“我不是你买卖的牲口。你这个贪得无厌的家伙。你怎么能这样?！别指望他会给你钱，我想怎么样就怎么样。”

梅英说得没错：周光一分钱都没给陈山，梅英也过起了独立的生活，既不依靠陈山，也不靠周光。只要梅英和阿杏在温哥华的唐人街住着，她都跟周光分开住。即使没人在乎，极度自尊的梅英也决心证明自己跟周光在一起，并不是看上了他的钱。所以，等到它缺钱的时候，她先去找别人借，然后才会管周光要，或者干脆挨饿或者去当铺典。（P147—151）

伍可娉及其入选作品简析

伍可娉简介

伍可娉，笔名小草，出生于华侨之乡原台山县冲蒌镇建基里村。1959 年考入中山医学院（现为中山大学中山医学院），1965 年毕业后从医。伍可娉与大学同学喜结连理并生下四个女儿。为了孩子的学业，1982 年全家移民美国，丈夫考到了针灸执照，开了个诊所。伍可娉则开了个花店，定居在旧金山。伍可娉从 1990 年开始创作，近 30 年来笔耕不辍，除了广为人知的“金山伯三部曲”（《金山伯的女人》《要嫁就嫁金山伯》《金山伯与弃女》），她还写了许多其他题材的故事，发表在《世界日报》《侨报》《美华日报》《星岛日报》等众多刊物上，还有多篇小小说被收入《美洲华文微型小说选》。伍可娉现为美国华文文艺界协会会员。

伍可娉作品简析

作为地道的美国华侨后代，伍可娉对于自己的出生地侨乡台山有着十分深入的了解，特别是当她看到来到金山打拼的亲人们生活的不易时，一种神圣的责任感便促使她开始创作。因此伍可娉的作品总是饱含着自己对家乡亲人们的浓厚深情，她曾表明，“我现在虽然是美国国籍，但始终是黄皮肤人，永远是江门的女儿，台山的女儿”。同时也强调，“金山伯三部曲不仅仅是文学创作，那是融入我血液中的责任”。

十几年的家乡生活给了伍可娉丰富的创作素材，“如果没有家乡给我的生活体验，就没有《金山伯的女人》”。她在自己小说研讨会上陈言道：儿时在村里让她刻骨铭心的所见所闻随着年纪越大，离故乡越远，越来越清晰，终于长成一个大包袱压着她，逼着她要向人倾诉，触动着她的心灵。因而她天天都在饭桌上，和丈夫、女儿讲村里的金山伯的女人们。终于在 1993 年，她开始酝酿提纲，查找资料，经过十几年的创作，有了 30 万字的长篇小说《金山伯的女人》。作品一出来便获得了多方的关注，获众好评。纽约商务出版社总编辑冰凌就针对其作品中的文学价值和对华人华侨史的研究价值方面进行了高度评价。同时，《金山伯的女人》作为“金山伯三部曲”中的首部，具有开创性的意义，是“第一部反映台山侨胞移民美国的骨肉分离血泪史”的长篇小说，更被“美国华文文艺界协会”会长刘荒田称赞为“填补了百年空白”。

《金山伯的女人》的主要关注点在“金山婆”的故事上。“金山婆”的故事与广为流传的“金山伯”故事不同，她们鲜有人关注，不仅被史学家遗忘，以侨乡为题材的作品也少有对于她们命运的展现。只有在民间歌谣中才有部分反映金山婆空守家园、年华老去的篇章，如这首台山侨妇吟所表达的思念、寂寞之情。

> 三更守生寡，千里迢迢谁共话？
> 想来想去心如麻，细想他，
> 虽在天边云脚下，三更还望他早回家。
> 年华当二九，谁不爱风流？
> 只奈夫君去美洲，锦绣罗帏悲独守。
> 春复秋，秋复冬，倚窗空盼久！
> 命里有时终须有，何时归家慰寂寞。

伍可娉的《金山伯的女人》以小说的形式将这群被遮蔽的“金山婆”故事和命运呈现出来，更形象具体地表达了这个特殊的女性群体所面临的痛苦与不幸，这也是该小说最具特色也是最具价值的部分。“摸下床中又无儿无女，摸下床边又不见郎。”作品中开明宗义的两句话真切地剖露了金山婆难以为外人所道的凄苦命运。作品中不满 16 岁就嫁给金山客，独守空房十余年的林翠玉；思念成疾最后悲剧收场的林娉婷；一生从未与丈夫见过面的顺好……伍可娉女士的作品为我们刻画了一个个真实可感的金山婆形象。

本书所收录的是《金山伯的女人》开篇关于“金山婆林翠玉身世”的一章，在这一章中，作者以林翠玉的个人内心剖白以及和彩凤婆的对话细致地揭露了金山婆外表风光下的独守空房的寂寞与凄苦。特别是林翠玉在闺中洗澡独白的一小节——“她除去内衣，幽暗的灯光立刻爱怜地把这雪白而浮凸的女体拥抱，这灯伴了她13年，已懂人性似的十分熟练这一动作，它像知道似的，如果它的光亮不拥抱她，她便更加清冷凄凉。事实上，除了那灯光，便没有其他人可以接触到这具雪白的、曲线玲珑的女体……”作者以“煤油灯”为媒介，借着灯光把林翠玉美好的身段和容貌一一托出，孤独的林翠玉13年来只有煤油灯陪伴，“灯光温柔地在那脸上来来去去地抚摸，亲她的凤眼，吻她的红唇，捏她的脸颊，揉她的颈项，却没法使她挤出一个笑容，只好无能为力地看着她抿着嘴懒洋洋地拖着自己的身影走出房去”。

伍可娉在这一章中用极其细腻的笔触把一个渴望得到怜爱的闺中怨妇纠结的心理刻画得淋漓尽致。林翠玉一方面渴望自己这雪白的身子能有人爱，另一方面又为自己如此“骚”情的想法羞愧不已；一方面渴望自己十几年未见的丈夫能马上回来，另一方面又担心回来看到自己的丈夫嫌弃自己老了……夜夜只有孤灯陪伴的林翠玉甚至出现了幻听，以为自己的丈夫在和自己说话。林翠玉的这段命运可说是“浸透了泪水或鲜血的悲凉凄绝的人生”，她未满16岁就嫁给了金山伯陈年章，丈夫在新婚两个月后便远赴金山，从此音信全无，林翠玉独守空房13年。13年来日夜挂念丈夫加上遭受浪荡汉陈金荣骚扰的遭遇让林翠玉越发沉默寡言，变成了一个郁郁寡欢的少妇，她所得到的不过是“在大屋里埋葬了自己的青春”。

“台山有条无名村，间间烂屋冇门墙，独有我一间高二丈，得来师姑透风凉，几好凉风都系假，丢了青春贱如泥。摸下床中又无儿和女，摸下床边又不见郎。唔好爹娘把我害，将奴十六许配郎才，当初贪佢系金山仔，谁知独守空房咁难挨……”文中反面人物陈金荣故意唱给林翠玉听的这首木鱼调，粗俗无比，却真切地写出了林翠玉这个金山婆难熬的生活，是林翠玉人生的最佳写照。林翠玉自己也感叹道：“简直活在地狱门口，一不小心便跌下去被魔鬼吃掉，我的日子真难过!”像林翠玉这样的金山婆历史上还有很多，她们被剥夺常人应有的生活，受到封建礼教重重束缚，她们的命运更多只是男人的附属品——“在男人建功立业的名义下，成为一个个有血有肉的望夫石”。刘荒田对《金山伯的女人》的心酸与悲凉做了一番经典而准确的概括：“极短暂的团聚，与生命等长的分离，空闺中的期盼，空床上的煎熬。”伍可娉对金山婆命运的刻画自然表达了作者对他们的无限同情，同样也向读者展现了华人历史的另一面，金山伯在海外面临的是残酷、艰辛备受侮辱的排华历程，而作为家属的金山婆同样因为排华法案遭受了人性的无情摧残。这些独守空房、年华逝去的金山婆的存在也是对美洲排华法案残酷性的另一种证明。

除了对金山婆命运的刻画，伍可娉的作品还具有浓厚的风俗特色。熟悉台山生活的读者们会发现伍可娉的写作十分“地道”，那是因为伍可娉的写作“全程在场”。伍可娉不仅从小目睹家乡的亲人们年纪轻轻就成为独守空房的“金山婆”，而且咸水歌、花笺、锣鼓八音、媒人婆、上头公、拜榕树娘娘、女仔屋、乞巧节等独具家乡特色的风俗也浸漫了她的童年和少年时代。这些年少的记忆形成文字体现在文本中便是伍可娉运用了大量的细节描写，对台山一些独特的风俗进行介绍。比说，在林翠玉出嫁前的傍晚，林翠玉妈妈用“大果叶”煲水叫翠玉洗澡，文中详细介绍了台山的这一风俗，台山人把柚子称为大果，并认为大果叶煲水洗澡可清除霉气——“明天你便做新娘了，要用大果叶水把全身都洗过，洗过大果叶水大吉利是”；文中还写到一个关于台山县乡间的俗例，“不论出嫁或出丧都要唱歌，而且要唱出与当事人或当时情景切题的歌词，不然，别人听了会当成话柄讲你一辈子，你唱不出歌来更会被人骂蠢猪”；“领饼”也是台山女子出嫁前的一个重头戏，台山把女子结婚前一个月过大礼称为“领饼”，主要是男方送来的礼品，以结婚礼饼为主，还有槟榔、酒、椰子和礼金等，有钱人家还有烧猪和金首饰。在“领饼”时，出嫁的女子必须躲在“女仔屋”，不能出去也不能回家，礼饼进屋时也不能看。在描写“翠玉嫁金山客”的这几个小节中，一系列风俗描写，极具台山乡村的特色，具有丰富的民俗意义和历史价值。

（龙永琼　李亚萍）

伍可娉作品选

金山伯的女人（节选）

无名村最高最大的两层楼房就只住着林翠玉一人，她不足16岁便嫁到无名村，两月不到，她的丈夫陈年章便去了金山，一去便13年全无音信，她靠耕家中的田和家翁的接济为生，身边没儿没女，陈金荣唱的是谁，村人一听便明白，所以，每当那木鱼响起，林翠玉便躲在家里不想出门。不知何故，今晚金荣只唱一会儿便停了，翠玉却仍未露面。

此刻，在翠玉房子旁边坐着的老妇和女孩是彩凤婆和她的孙女巧娉，婆婆约50岁，中等个子，脑后梳着小小的发髻，脸上有一些皱纹，左眼瞎了。她泼辣大胆，说话诙谐，连自己的名字也不会写，却常唱花笺。她的孙女巧娉八岁。此刻正倚在祖母旁边问："阿人（台山县媳妇称婆婆和孙儿称祖母为阿人），婶姐为什么还不出来?""是呀，我去叫她。"彩凤婆说着，拿着葵扇站起来，拖着木屐走到翠玉的窗前叫："翠玉，大热天躲在屋里干什么？快出来乘凉!"说着用葵扇在那开了半边的铁窗上拍了两下。

台山县乡间不少村庄，房屋是门对门地排列成巷。翠玉那间两层高的大屋位于巷尾。下屋是彩凤婆一家，左侧是菜园，右侧是旧屋倒塌留下的碎砖断瓦，屋后是一块约两间屋面积大的空地，空地尽头有一棵婆娑的老榕树。村民说，那棵榕树起码有一百年的历史了。榕树的另一边是一道邻村用的溪水。天热时，彩凤婆与孙女常陪着翠玉在她的屋旁乘凉。今晚，因翠玉迟迟不出来，彩凤婆只得到她的窗前去催促了。

近年来，翠玉越发沉默寡言，遇上村中长辈只低声地打个招呼，极少大声讲话。婆婆知道她刚嫁进来那几年不是这个样子，而是有说有笑，相当开朗，但是，13年来的遭遇已把一个纯净得如白纸般的少女磨成了一个郁郁不欢的少妇了。婆婆是因为感触而叹气，她很了解翠玉，两人上下屋的相处十多年，又都是金山伯的女人，都是天天想着金山的男人，日夜望夫归，所以即使年龄相差一大截，也很合得来。婆婆看到翠玉孤单一人被人欺，便挺身而出护着她，翠玉也把婆婆当家姑看待，也习惯听婆婆说笑、讲风流话，但是，不知何故，今晚婆婆这几句话却撩动起她寂寞的心，使她有点精神晃荡。

此刻，她房中的煤油灯正静静地照着一个不高不矮的苗条身段和一张苍白的瓜子脸，灯光温柔地在那脸上来来去去地抚摸，亲她的凤眼，吻她的红唇，捏她的脸颊，揉她的颈项，却没法使她挤出一个笑容，只好无能为力地看着她抿着嘴懒洋洋地拖着自己的身影走出房去。不一会儿，她默默地端了一盆八分满的水回房，准备洗澡。她的住屋是全村最高、最大、最时兴的，却也没有洗澡房，她与村中所有的女人一样，只能在盆中抹身。

她除去内衣，幽暗的灯光立刻爱怜地把这雪白而浮凸的女体拥抱，这灯伴了她13年，已懂人性似的十分熟练这一动作，它像知道似的，如果它的光亮不拥抱她，她便更加清冷凄凉。事实上，除了那灯光，便没有其他人可以接触到这具雪白的、曲线玲珑的女体。她就在灯光的抚摸下默默地用毛巾沾着水把全身湿遍，又擦了点香皂，便洗起澡来。本想快快洗完便到屋外乘凉，但那手却又反拗似的慢慢移动着，她擦着摸着身体的每一个部分……

软软的瓜子脸和稍为突出的颧骨；滑滑的颈项；高高翘起、用手按下去又立刻弹起来的乳房；如水蛇般细滑的腰肢；柔软平坦的小腹和鼓鼓的外阴……那清清凉凉的水使她感到舒适，却洗不掉心中那种古怪的燥热，她望着自己的身体有点烦躁不安。

这个玲珑的身段比她刚嫁进无名村时更丰满浮凸，她已是一个29岁的成熟女人了，可是，这13年来，这个一天比一天成熟的身子却没有男人触摸过。她心头一酸，不觉喃喃自语："我这雪白的身子长得并不丑，为何就这样被废弃？难道就这样憔悴衰老而无人过问吗？"讲完，又觉得这念头有点骚，有点放荡，立刻做了更正："我想要的并非单纯是男人的触摸，而是丈夫的真情，如果他有情有义，年年有信有钱寄回来，那独守还是值得的，但是，这13年来，他却音信全无，使我日夜挂念，猜测惶恐，我的心就像悬在半空中似的不得安宁呀，加上那衰人陈金荣的骚扰，更使我提心吊胆，简直活在地狱门口，一不小心便跌下去被魔鬼吃掉，我的日子真难过。"

她叹了口气，不觉地摸了摸腋窝，拉了拉腋毛，把头贴着腋窝闻了闻，那个地方散发着一种汗味与香皂混合成的女人体香。一个很轻又有点俏皮的男音即时在耳边响起："你的气味真好闻，腋下是香的！"那是13年前她新婚时丈夫把头埋在她腋下讲的。她有点错觉似的精神一振，猛抬头，低声问道："年章哥，是你在讲话吗?”她的目光在周围搜索，希望丈夫现身，可是，房中空空的只有她自己和她的影子以及床头那盏伴了她13年的孤灯。

一种莫名的空虚与惆怅涌上心头，像无形的千斤大石压得她几乎窒息，郁闷的心中突然冒出强烈的渴望：“如果真像彩凤婆所讲，丈夫今夜突然回来多好呀，盼了13年，那讲不出口的相思会使我不顾一切地扑向他，在他怀抱中诉说这13年的思念和磨难。”但她又担心自己不敢这样做，毕竟，她和丈夫相处的时间不足两个月，而他去金山已13年了，这13年里完全没联络，连他如今的模样也不清楚了……

她只记得他18岁时的样子，而在这13年中自己已变老，他还认得吗?若扑向他，他会不会嫌自己放荡不知羞?！好一会儿，翠玉才把情绪稳定下来，抹干身，穿上一件短袖花绢上衣和黑绸裤，那薄薄的衣裳知趣地把她玲珑的身体与不安的心绪包裹着不让人看见。她拿了一把葵扇，提张小凳到屋外去。

“又想老公了?”彩凤婆悄声问。黑暗中，她没看见翠玉那惆怅的脸，也不知道她刚才在房中洗澡时自怜自叹，但她像懂魔术似的对翠玉的心事一向了如指掌！翠玉没回答，在离婆婆两步远处放下凳，坐下来。

“也真难为你，一年一年过去了，又没一男半女，光阴不饶人呐。唉！金山伯的老婆真不好做。”婆婆十分感触地说。翠玉叹了口气，幽幽地说：“婆婆，你还是幸运的，有儿有女又有孙，你嫁的是有情有义的高文举，我嫁的是无情无义的陈世美。”彩凤婆闲来爱唱花笺，常常唱高文举与王珍珠、陈世美不认妻等故事，翠玉听多了，也能随口讲出几句。

“但我那个是穷鬼啦，”婆婆大声说，“一年才寄那么一点钱，我想买两亩水田也没买成，害得我在饥荒时几乎饿死。”翠玉叹了口气，说：“如果我那个一年也寄一次钱，即使很少，我也感到安慰。”“这倒也是。”婆婆同情地低声说。

“婆婆，你常想你的高文举吗?”翠玉悄声问。婆婆也叹了口气说：“唉！他去金山时我才26岁，腹中还有个孩子未出世，近30年来，我经历了数不尽的磨难，连眼也盲了，你说我想不想?现在，他已变成老头子，我也变成丑老太婆了。他认不认得我，我不知道，但他变成什么样子我都认得，即使化成灰我也还认得，花笺唱一日夫妻百日恩，我们七年夫妻情也不算浅了。”

翠玉说：“你们是恩爱夫妻，我真羡慕。”“我不知道怎样才是恩爱夫妻，我们不像花笺唱的那样哥呀妹呀卿呀我呀，我只知道心中只有他，他大概也惦记着在唐山的家（美国的华侨把祖国家乡称为唐山）。唉，老实讲，他远在金山，即使嫖赌饮吹我也管不着，只希望他记住唐山有个女人带着孩子在等他，盼他回来就好，只是往后他回来时，我们都已老态龙钟了，多遗憾呀!”婆婆十分感叹地说。

翠玉没吱声。

“婶姐，闪电那边是什么地方?”巧娉指着闪电的方向问。村中有很多婶姆，巧娉都是称呼她们为大嫂二婶三伯母的，但自小祖母便教她称翠玉为婶姐，听起来又特别又亲切。“那是南边。俗话讲，东闪雨丛丛，西闪日头红，北闪闪三夜，南闪逆面射，所以刚才婆婆讲，今夜会下雨。”翠玉靠近巧娉耐心地解说着。“婶姐，你真聪明，阿人一讲你便知道。”“我才笨呢……”

“当初贪佢系金山仔，谁知独守空房咁难挨……”那特别高亢的木鱼声又随着一股粪臭飘过来，陈金荣唱得洋洋自得，把“挨”字拖得长长的，气也不用吸一下。

正在对巧娉讲话的翠玉刹地停了口，咬着牙默默地忍受着那木鱼啃噬她的心。

汤亭亭及其入选作品简析

汤亭亭简介

汤亭亭（1940— ），英文全名为马克辛·洪·金斯顿，1940 年 10 月出生于加利福尼亚州的斯托克顿，1962 年从加州大学伯克利分校毕业，在中学教书十余年。1976 年发表处女作《女勇士》（*The Woman Warrior*）在读者和批评界引起强烈反响，这一作品着重描写汤亭亭母亲一方的女眷们。1980 年出版的《中国佬》则着重描写家庭中的男性，包括父亲在美国旧金山的经历，该书于 1981 年荣获美国国家图书奖的小说奖；1989 年发表的《孙行者》则对 20 世纪 60 年代早期旧金山华裔嬉皮士的生活作了生动地描写从而获得了西部笔会小说奖；2003 年出版《第五和平书》以及 2006 年出版的《战争的老兵，和平的老兵》均以“反战”为主题，从美国华人的亲身经历出发，以双重的文化身份去反思战争。以上的成就为汤亭亭赢得了 2008 年度美国国家图书奖的杰出文学贡献奖。

汤亭亭作品简析

《女勇士》以一个华裔小女孩的视角转述了她从母亲那里听来的中国传说与往事，向读者展现了周围华人尤其是自己家族中的女性被压制与失声的困境，以及作为一个在美国出生的华裔女性勇敢发声，在两种文化的碰撞与交融中不断寻找自我，逐步成长的艰难心路历程。全书分为五个部分：第一部分“无名女子”回忆了投井身亡的姑姑，讲述了几十年前“我”的姑姑作为“金山客”的妻子被留在大陆老家，后与人通奸怀孕，家里遭到村民围攻，姑姑抱着初生的婴儿投井自杀，从此全家不再提起她的故事。第二部分“白虎山学道”记叙了当“我”得知作为华人女孩，长大后只能给别人当妻子或佣人后感到不平，于是从母亲讲的神话故事中得到启发，想象自己成为花木兰式的女英雄，在白虎山上跟神仙师傅学艺 15 年，下山后代父从军，杀富济贫、建功立业、荣归故里的故事。第三部分“乡村医生”讲述了母亲勇兰的故事：她在大陆老家做医生的经历，还有她捉鬼招魂的本领，以及她口中讲述的稀奇古怪的中国故事。第四部分“西宫门外”记叙了勇兰帮助妹妹月兰从香港来美国找变心再婚的丈夫，但软弱的月兰无力使丈夫回到她的身边，也无法适应美国的生活，最终精神失常，死在疯人院里。第五部分“羌笛野曲”写“我”在旧金山的唐人街的成长经历，对华人圈子里歧视女孩的观念感到愤怒，通过自己的努力改变命运，并从母亲讲的故事中得到启发，讲出自己的故事。小说融合了家史与神话、真实和虚构，以碎片式的拼贴手法将中国的文化传统与西方的女性主义拼贴于一体，营造出独特的文化杂糅色彩。

虽然在血统上而言，汤亭亭是华人，然而出生与受教育均是在美国完成，在她自身而言，是个纯粹的美国人，然而，中国始终是其血液中无法散去的文化因子。无论是《女勇士》《中国佬》《孙行者》及《第五和平书》都不同程度地展示了她对中国文化的热衷与爱好，尽管在挪用过程中会遭到同样为华裔作家的赵健秀等人的批评，认为她是以伪中国文化迎合西方人的阅读兴趣。暂且不论其笔下的中国文化的真伪问题，也不论及其写作上呈现出的东方主义色彩，而仅就汤亭亭如此执着地在其小说中融入中国传统文化的因素而言，她与中国是有根源上的亲近感的，这种亲近感使她对中国的文化传统有自己的清晰思考。汤亭亭从父母那里传承了中国文化基因，用美国人的文化视角对其审视、反思和批判，特别是在《女勇士》中呈现出她对中国封建父权统治下形成的性别歧视的大胆反抗与勇敢发声，为自己及家族中被淹没的女声立传写书。

本书节选的《白虎山学道》和《羌笛野曲》都从第一人称“我”的视角讲述了自己的成长故事。《白虎山学道》是叙述者“我”的一段白日梦，为了替无名姑姑复仇，于是幻想自己七岁时，在小鸟的引领下爬上一座高山，遇到两位武艺高超的老人，便立志跟他们习武。15 年后练就一身武艺，回乡后替父从军，父母在临行前在她的后背刺上了复仇的誓言。她女扮男装，组建了自己的军队，驰骋沙场，威名远扬。征战途中遇到了14岁时父母帮她订婚的丈夫，在战争期间生下儿子，由丈夫送回乡里，她则继续率军北上，刺杀了皇帝，选出新的农民皇帝。回乡后除暴安良，建立了新村。完成重任后回到婆家，穿起红装，孝敬公婆，恪守妇道。

很显然，作者在叙述这个幻想故事时，运用了中国民间传说“花木兰代父从军”和“岳飞刺字”并对之进行整合改编，形成了自己的故事。作为熟悉这两个故事的读者，自然会认为汤亭亭在随意改编中国故事显得荒唐可笑，张冠李戴。然而，结合《女勇士》的主题表达，我们即可从中看出作者挪用、改编中国故事的目的。汤亭亭通过该小说直接指向中国社会尤其是她所生活的美国华人群体中，极为严重的男权统治、女性受压制和歧视的现状。正因为长期以来形成的厌女文化，才会导致叙述人“我”对自身家族中的女性遭遇感到不平，对华人社区的各种女性歧视论颇为抵抗。“女孩是米里的蛀虫”“养鹅比养女儿更合算”“养女孩徒劳无益”等论调激发了作者从中国传统文化中寻求支撑点以建构“女勇士”的精神脉络。女英雄花木兰的故事在中国民间广为流传，树立了“女比男强”的典范，她的存在和流传恰恰证明了女性独立平等甚至强大的可能性。作者正是要将这一突出的女性英雄作为自己发声的起点，有力对抗华人的男权政治。与此同时，作者也尝试重述个人话语，将岳飞刺字的故事由“精忠报国”改为“复仇”二字，淡化中国儒家文化传统中的家国一体的集体性话语，而将之弱化为个体的复仇行为，这些都呈现了汤亭亭对父系话语的一种抵抗式表达。

如果说“花木兰”的报仇只是“我”对现实不满的想象性反抗的话，那么在《羌笛野曲》中表现出来的则是现实中真真切切的强烈反抗，作者在这一章中又挪用蔡琰的故事引导自己寻求一条发声之路。在现实中，“我”不仅在华人文化传统中没有发声的权力，在美国文化中也处于失声状态。长时间处于沉默失声的状态影响了“我”的正常性格，在家人和邻居眼里，“我”又笨又丑，脾气暴躁，没礼貌。于是，“我”真的变得很古怪，整天头发乱蓬蓬的，衣服皱巴巴的，连走路也不正常了，“我”故意在客人面前打碎盘子，歪着嘴。这些行为，是为了反抗父母和华人邻居们心目中的“女孩都是赔钱货”的传统观念。“我”无法认同华人社会中那些传统的成见和价值观念，讨厌华人移民群体中那些言谈粗鲁的行为，因为“中国人说话不仅声音大，而且也难听”。“我”希望自己能够成为地道的美国女性，“我们华裔美国女孩子只好细声细气，显出我们的美国女性气”。同时，“我”在学校努力学习，各门课程都拿到

"A"，尽力融入到美国白人群体中。但是最后却发现这些努力都是徒劳的，"我"还是能时刻感受到自己身为华裔在美国社会中被歧视、被排挤的遭遇，深深地体会到自己无法完全等同于美国人、无法融入美国社会的边缘状态。对此"我"感到愤怒和无奈。性别和种族的双重排挤和劣势使她处于双重的边缘，这更加深"我"内心深处的挣扎和痛苦。

在痛苦和困惑的挣扎过程中，"我"不断地思索、寻找、质疑和反抗。试图在充满敌意的环境中找到属于自己的出路，"我"努力地想打破沉默的状态，让周围人听到自己的心声，力图找到自身的价值和尊严。最终，"我"通过自己查书的方式去弄明白一些麻烦的、难以启齿的事情，终于领悟到"当然喉咙仍然时常会痛，要制止这种疼痛，只有把我心中所想的说出口，也不管是否会丢掉工作。……我仍在不断地想理出个头绪来：究竟什么是我的童年、我的想象、我的家庭、我们的村子、电影故事、现实生活等等"。而蔡琰的故事给了"我"极大的启发，蔡琰被匈奴掳去在荒漠生活了12年，最终又被赎回自己的国家。这双重的流放无异于"我"目前的状况，既不能在属于自己文化传统的唐人街内部得到认同，又不能被美国社会所接受。汤亭亭同样改编了蔡琰的故事，在民间流传过程中凸显的是蔡琰难忘故国，一心向汉的爱国热忱，然而作者用她沉默后在"羌笛野曲"伴奏下唱出《胡笳十八拍》来象征女性的发言途径。女主人公以蔡琰为先驱，找到了适合自己发言的方式，即通过讲故事的方式去寻找解脱。这也正是作者的"报仇"方式：要打破华人多年的沉默，用文字向世人宣告华人同胞在美国的遭遇。

美国学者屈夫在《女勇士》的"译序"中提到："汤亭亭在整本书里探讨的是作为一个华裔美国人对她意味着什么的深刻内涵。"我们在《女勇士》这部小说里看到的，正是一个美国华裔女性的成长历程，如何从沉默到发声的抵抗经过。在小说中，作者大量运用中国传统文化的因素，对之进行必要的改编和挪用，起到了非同一般的效果，虽然会有贩卖中国文化的嫌疑，但是也从另一种角度展现出美国华裔作家独特的文化承传和衍变方式。

（张利灵　李亚萍）

汤亭亭作品选

女勇士（节选）

也许正是因为我的舌筋被割活泛了，我在心里想出了大约 200 件事情想对母亲讲，那样她就会真正了解我，我的喉咙也不会憋得痛了。我开始数要讲的事情的时候还只有 36 件，我祈祷拥有自己的一匹白马——白颜色，不吉利的孝服颜色。我祷告的想法引起了我对那些穿黑白两色衣服的修女们的上帝的注意，那些修女常在公园里向我们散发“圣卡”。我是多么希望有那么一匹马，那样，我头脑中想象的一幕幕就都可以化为现实了。我也要告诉母亲：我曾经欺负一个女孩子，把她欺负得直哭，我还从现金收入记录机里偷钱买糖果分给大家，不仅分给弟弟妹妹，也分给陌生人，洋鬼子小孩，我生气的时候把园子里洋葱拔出来了，我头朝下从梳妆台上跳下来，不是因为不小心，而是想飞起来。我还要给母亲讲我在华人学校里打架的事情，那些修女常在公园里拦住我们，那座公园就在华人学校的对面，她们对我们说，如果我们不受洗礼，就会下地狱，永世不得出来。她们说那地狱就和道家们说的九层地狱一样。我还要告诉她：大人不在家的时候给我们打来的色情电话；墨西哥和菲律宾女孩子去做“忏悔”，我真羡慕她们的白衣服以及每个星期六都有机会说出自己的罪恶，哪怕只是有罪的念头。只要我让母亲了解我的这些事情、这些想法，她——乃至世界——会更喜欢我的，我将永远都不会孤立了。我要每天在母亲单独一人的时候，告诉她一件事，这样不到一年，我就可以都讲完了。如果我与母亲谈话对她来说成了一种折磨，使她太生气了，那我就像天主教女孩子们一样，一周只讲五件，即使这样，我一年也总可以讲完，也许只需十个月。母亲最平静的时候是傍晚浆白衬衫的时候。那时洗衣店里已打扫得干干净净，灰色的木质地板洒上了水再加上锯木屑，扫得很干净。她在这样的时候，总是站在浆缸旁边拧衣服，从不到别的地方去，父亲和弟弟妹妹们则各自忙着各自的活：缝的缝，折的折，装的装。白浆冒着气，空气也终于凉爽起来。对，这正是对她讲话的好时机。（P180—181）

那个大块头，我们店的驼背坐客，又拿来了第三只箱子，用来搭脚。他拍打一下箱子，穿着上身坐在那些脏东西上。我的喉咙一刻不停地在痛，声带紧得像要崩断似的。一天晚上，店里很忙，大家只好在店里围着小餐桌用餐，这时我的喉咙终于爆发了，我站起身来，口若悬河。我直盯着我父母喊道，“我要你们对那大块头，那黑猩猩说，别再来了，别再来打扰我们，我知道你们想干什么，你们觉得他富有，我们贫寒。你们觉得我们古怪，不漂亮、不聪明。你们以为可以把我们嫁给畸形人。你最好别那么干，妈妈。明天我不想见到他或看到他那脏箱子再到这儿来。如果我再在这儿见到他一次，那么我就走。我反正是要走的。我要走，你们听清楚了吗？我可能又丑又笨，可有一条，我反应不迟钝，我的大脑没问题。你们知道洋鬼子老师是怎么说我的吗？他们说我很聪明，我能获得奖学金，我能上大学。我已经申请了。我聪明，样样都能干。我知道怎样考试得 A。他们说只要我努力就可以当科学家、数学家。我能自谋生计，自己照顾自己。所以你们不必找人来养活我，你们找的人愚笨无比，吃亏还不知道怎么吃的亏，我聪明，如果他们要求我写 10 页文章，我能写 15 页。我做洋鬼子的事情甚至比洋鬼子做得还好。并不是所有的人都认为我是废物。我不想去当女仆或者主妇。即使我笨我说昏话我生病，我也不能让你们把我变成女仆或主妇，我要离开这里，再在这里住下去我受不了。我说话古怪是你们的错。我幼儿园不及格，唯一的原因是你们不能教我英语，你们给了我零智商。当然，我提高了自己的智商。现在人们都说我聪明了，在学校里我能做好一切，老师拿来故事让我们改写成文章，我不必再让人替我拼出英语单词，我自己可以想出来。我要获得奖学金，我要离开这里。上了大学我可以交我喜欢的人做朋友。我可不管他们的爷爷的爷爷的爷爷是患肺结核死的，我不管他们四千年前在中国曾是我们的敌人。所以，把那只猩猩赶走。我要上大学，我不再去华人学校了。我要在美国学校里争取个职务，我要去参加俱乐部。我要获得足够的职务、参加足够多的俱乐部，写在档案里，以便进大学。我反正对华人学校不堪忍受，那里的孩子卑鄙无赖，整晚打架。我也不想再听你们讲的故事了，没一点逻辑，把我搞得糊里糊涂，你们讲故事的时候骗人，你们讲完了故事从不说：‘这是真事。’或者‘这只是编造的故事。’我真假难辨。我甚至不知道你们的真名实姓，不知道哪个是真名哪个是假名，哈！你们不能不让我讲话。你们曾想割我的舌头，那也无济于事。”就这样，我在一次发作中说出 10 或 12 件最难启齿的事情。（P184—185）

我喜欢查出弄明白一些麻烦的、令人难以启齿的事情，然后说一声：“噢，就是这么回事。”书上简单的解释可以减轻与父母吵架后回家的恐惧。它把心头的恐惧赶跑了，我甚至都有可能在某一天回到中国去。我知道如今的中国已不卖女孩子了，也不滥杀无辜了。

色彩变淡了，也少了，四处是防腐剂的气味，镇上的人说在这个地下室里曾见到个瓶子大小的小女妖跳舞，我现在再扒到窗户上向地下室里张望，已看不到那个身穿光束裙的小精灵了，只能看到一个女孩以为没人注意，在默默无语地跳舞。就在我发作了一通，要把那个驼背的迟钝人赶走的第二天，他失踪了，我再也没见到他，也没听说他出了什么事。也许他是我想象出来。我曾见到的景色也许全然不是由于我是华人，而是由于我仍是个孩子。这样的景象即使不付出这么大的努力，最终也会消失的，当然喉咙仍然时常会痛，要制止这种疼痛，只有把我心中所想的说出口，也不管是否会丢掉工作，或者在宴会上唾沫横飞地说些很不得体的粗话。申请工作的时候，我不再填报“双语”栏了。面试的时候，我一句也听不懂中国航空公司的人的用语，他也听不懂我的话。总有一天，我要回到新社村去看一看，究竟在方圆多大的地方人们讲我这种方言。我仍在不断地想出个头绪来：究竟什么是我的童年、我的想象、我的家庭、我们的村子、电影故事、现实生活等。(P188—189)

这里有一段故事，是母亲讲给我听的，不是小时候讲给我听的，而是最近，当时我对她说我也讲故事了。故事的前半部分是她讲的，后半部分是我加的。

在中国的时候，外婆特爱看戏（母亲说，因为我只有七年级的汉语词汇那些戏文我是听不懂的）。戏班子进村搭起戏台，外婆便买下台前的一大块场地，大得能容纳下整整一家人外加一张床；她白天黑夜待在场子里，重复的剧目也不肯错过。

演戏的时候家里的人少了，土匪便来打家劫舍。戏班子走到哪，土匪就跟到哪。

“可是，外婆，”家里的人抱怨道，“我们走了，土匪就会来偷桌子了。”他们把椅子都搬到戏场子里去了。

“我要你们每个人都到戏场子去，”外婆生气地说道，“包括丫鬟，每个人都去。我可不想自己一个人去看戏。我怎么能独自在那里笑？你们想让我一个人在那里拍巴掌，嗯？每个人都去。包括孩子，都去。”

“强盗会把吃的都搜走的。”

“由他们去，把能吃的做熟拿到戏场子去。如果你们老担心那些土匪，不能一心一意地看戏，那就把门敞开，把窗敞开。让房子四门大敞。我要你们把门都打开。这样我们就可以无忧无虑地去看戏了。”

于是他们让房子四门大敞，一家人都去看戏。果然，那天晚上土匪来了——没去洗劫房舍，却来袭击戏场子。“啊，土匪!”观众惊叫道。“啊，土匪!”戏子惊叫道。我那一家人四处奔窜，外婆和母亲抱成一团，跳进一条水沟。她们蜷缩在那里，因为外婆裹小脚跑不远。她们见到一个匪徒用绳子把我小姨爱兰五花大绑，要把她拖走。突然，又把她放了。“这个更漂亮。”他说道，手里抓住了另外一个。天亮时分，外婆和母亲终于回到家中，一家人全回来了，安然无恙。在外婆看来这证明了只要以一家人去看戏，就可免灾避难，此后他们又去看了许多场戏。

我乐意这样想：在那么多的演出场次里，他们听到过蔡琰的歌，蔡琰是个诗人，生于公元175年，其父蔡邕，因藏书丰富而闻名。20岁那年，在一次袭击中，她被南匈奴的一个首领擒获。当这个部落像被鬼追魂似的从一块绿洲迁往另一块绿洲的时候，这位首领让她与自己同骑一匹马，为了避免摔下马来，她只好用手抱住首领的腰。她怀孕后，首领捉了一匹马作为礼物送给了她。像毛以前的兵一样——毛的兵都是自愿的——蔡琰在战火还远时显得很懒散，可是一旦接近敌人，她便发疯似的见人就杀。这是个骑马打仗的部落，一窝蜂似的拥进村子寨子。她在沙地里分娩了。据说野蛮的匈奴女人能在马鞍上分娩。在于蛮人共处的12年间，她生了两个孩子，他们不会说汉语。他们的父亲不在帐篷的时候，她就对他们说汉语，他们只会像唱歌一样跟着模仿和嬉笑。

野蛮的匈奴人是原始部落，在河畔扎营的时候，他们割些不能吃的苇子，拿到太阳底下晒干。他们把苇子拴在旗杆上、马鬃马尾上晾干。然后他们在苇子上割出些坡面和洞眼，插上羽毛和长长的箭杆，制成响箭。战斗中，箭便发出长而尖细的哨音，一旦击中目标，哨音戛然而止。即使这些蛮人没有射中目标，满天死亡的啸叫也足以使敌人丧胆。蔡琰原以为这便是他们唯一的音乐。可是一天夜里，她听到了乐曲声，像沙漠里的风一样忽高忽低。她走出帐篷，见数以百计的蛮人坐在沙漠上，沙漠在皎洁的月光下一片金黄，他们的肘是抬起来的，正在吹笛子。他们一次又一次地滑动手指，想吹奏出一个高音。他们终于成功了，箫声就停留在这个高音上——仿佛沙漠里的冰柱。这乐曲搅动了蔡琰的心结，那尖细凌厉的声音使她感到痛苦。蔡琰被搅得心神不宁。夜复一夜，她在帐篷外散步，不论走出多少个沙丘，那些乐曲在整个沙漠上空回荡。她躲进帐篷，曲声萦绕于耳，使她不能入睡。终于，从与其他帐篷分开的蔡琰的帐篷里，蛮人们听到了女人的歌声，似乎是唱给孩子们听的，那么清脆，那么高亢，恰与笛声相和。蔡琰唱的是中国和在中国的亲人。她的歌词似乎是汉语的，可野蛮人听得出里面的伤感和怨愤。有时他们觉得歌里有几句匈奴词句，唱的是他们永远漂泊不定的生活。她的孩子们没有笑，当她离开帐篷坐到围满蛮人的篝火旁的时候，她的孩子也随她唱了起来。

在匈奴堆里生活了12年以后，蔡琰被赎了回来，再嫁董祀，这样她父亲便可有汉人之后了。她把歌从蛮人那里带了回来，其中三篇之一是《胡笳十八拍》，流传至今，中国人用自己的乐器伴奏，仍然演唱这首歌曲，歌词翻译得也不错。（P190—192）

刘荒田及其入选作品简析

刘荒田简介

刘荒田，原名刘毓华，1948 年出生于“中国第一侨乡”广东台山。现任旧金山“美国华文文艺届协会”会长，旧金山《美华文学》杂志执行主编，是“旧金山作家群”的代表。刘荒田在高中时代赶上“文革”，一毕业就下乡，当过乡村教师，也曾担任县里职员。1980 年，32 岁的刘荒田携妻带子，挑着行李走过罗湖桥，从香港前往旧金山找“出路”。身在异乡，为了养家糊口，刘荒田从最低级的洗碗工人做起，中途和朋友经商失败，最后有幸成为旧金山最大的五星级酒店的职员，成为了一名真正的“蓝领”。一系列新奇而又坎坷生活经验的积累，成为刘荒田日后重要的文学素材。1983 年，素来热爱文学的刘荒田开始用文字抒发他对母国的思念，记录他在“新乡里”的平凡琐事。新诗《这是北美洲的天空》以刘荒田的笔名，发表于旧金山的《时代报》。因“再也无法忍受无聊的没话找话”，1994 年后刘荒田开始转向散文创作。兴之所至，随性而发，他用含蓄隽永、真实自然而又充满哲思的语言，描写自然风光、日常生活、家园故土、伦理亲情，以真实的在场性讲述海外华人移民的悲欢歌哭，描绘出一幅幅旧金山的“浮世绘”。刘荒田著作甚丰，在海外被誉为“有中文的地方就有刘荒田”。至今已出版了四本诗集和包括《刘荒田美国笔记》《旧金山浮世绘》《人生三山》《这个午后与历史无关》等二十多本散文集。2009 年，刘荒田更是凭借《刘荒田美国笔记》获得中山杯华侨文学散文首奖，其散文更是创造了北美华文散文的高峰。

刘荒田作品简析

讲到海外华人移民，就不得不提到“金山箱”。刘荒田的《金山箱》就是写自家外祖父留下的四口“金山箱”。但金山箱里装的并非美钞宝珠，而是蜡烛、腐乳、牛油等最基本的又实用的物件。唯有一口箱子“切题”，盛着衣服、容器和给亲人的礼物。如刘荒田所言，根据中国人惯于节俭的品格推论，箱子里恐怕还有从别家捡来的弃物来充数的。“金山箱”对常年在外的海外华人来说意味着什么？其实“金山箱”乃衣锦还乡的象征，中国人爱面子，箱子就是面子的全部，箱子越大，面子越大。正如刘荒田在文中所说“彼时金山客在番邦，长年累月受了多少屈辱与磨难，不复发的青春岁月，从未享受到的家庭温暖，告别是妻子是披着红盖头的娇羞新娘，归来时见到的确是龙钟老妇。老屋犹在，送儿远行的父母如今被神龛上的线香供奉着。失去的一切，拿什么补偿？就是靠金山箱，它所连带的气派向村人宣告：“这一趟金山没白去，老子发了!”“金山箱”虽好，但刘荒田印象最深刻的怕还是祖父那一双在卤水里泡得像鸡爪的手。作者从“金山箱”切入，以短小的篇幅，极真诚的文字，寥寥几句就勾画出了海外华人在异乡的艰难，情感真挚，让人感慨万千。

现如今，在旧金山居住了二十多年的刘荒田，自己也成为一个地地道道的“金山客”。他的“金山箱”里，装满了对故乡的眷念，旧金山的风情和海外华人悲欢歌哭。作为“草根阶级”的代言人，刘荒田始终从底层人物视角出发，描写底层移民的生存空间和生活状态。《听雨密西西比》描写的是诗友一家人在绿树镇险象环生的生活。他们居住的地方“让好些白人发怵的”，周围的治安丝毫没有保证，每日都必须忍受黑人的无理和暴力。在毫无秩序和安全保证环境下生活的好友——一个手无缚鸡之力的诗人，身边随时都放着左轮手枪。杂货店被抢劫了无数次，另一友人还被枪击中。在这里生活近似于赌命。每日担惊受怕、忙碌而又与中国文化完全隔绝的生存状况，更是一种精神上的折磨：有位从广州来的老妇人，50 年来从未迈出过镇子一步，没看过一场电影，没回过一次家乡；读了大学的青年人也最终回到镇子里打理杂货铺，“生命像店里神龛上那盏暗淡的长明灯，在密西西比河隐隐的涛声里，寂寞地撑持着，无声无息地熄灭，仿佛被不经意地按下去的烟头”。恐惧不安的生活环境、一步步失落的“美国梦”、疲惫不堪而又麻木的生存挣扎，这样的生活并非诗人正一家人的经历，而是千千万万底层移民真实生活境况的再现。

同样是描写海外底层移民的生活，《唐人街的女乡亲》重点关注从故乡来到旧金山唐人街的女性的生存状态。早在故国，南国骄阳年复一年地给她们的皮肤上抹上一层褐黄，“她们健壮、顽强，偏矮的身量，偏胖的体型，常年的田间耕作赋予她们稍嫌粗阔而不是挺拔的腰肢和劲健的四肢”，这样壮实的体型和吃苦耐劳的性格，使得她们虽然身在异乡仍具备顽强坚韧的生存条件。不管是纵然已经皱纹重重叠叠，却仍然坚持用一双青筋凸起的手，在铁丝网上晾晒白菜干老妇人；还是虽然个子矮小、肩膀消瘦却能肩抗 50 英镑大米袋回家的女工；又或是送女儿上学一路唠唠叨叨的，要“把今天的遗憾与对明天的期许全压在后代身上”的母亲；再或者爽朗的叫刘荒田“靓仔”的米粉店新移民女工，她们身上都充满了干劲和希望，蕴含着中国人的勤劳、朴素、智慧。她们没有知识人酸不溜秋的挫折感，凭着最低工资，也活出尊严和成就感，“她们不懂乡愁这文绉绉的字眼，但对故土的怀念，对家乡的热爱，不在任何人之下”。作者借此表现出了海外“草根”阶级的艰辛，抒发了底层移民们未曾用文字表达出来的浓浓乡愁。从故乡迁移至“新乡里”的女乡亲真实的生活体验，也体现出中华妇女身上独有的传统美德，她们的命运更反映了大部分移民女性的共同命运。

《叩问篝火》是远在异乡的刘荒田对身份认同和魂归何处的探讨与思考。作者“这个蜷缩着的半老的异乡人”，独自站在太平洋城沿边赏景，大海浩瀚，人更显渺小。移步走向沙滩，忽然看见远处沙滩篝火团团，“这边一丛，那边一丛，十来丛烈焰，肆无忌惮地吞吐”。火焰释放的温暖吸引作者踌躇地向前走去，七八堆篝火各有各的特点，围着火堆的人各有各的故事。走过所有火堆，他不由质问自己“刚刚结束的火之旅，可曾真的叩问过火焰”？作者只是个“冷漠的旁观者”，即使不指以身殉火的壮烈举措，连火的外围，连围绕火焰的人群，也没有进入过。“也许我主动示好，这些群体至少有一两个会伸出欢迎的手，让我也投进一两根木柴，那么现在我的手乃至夹克，就带有好闻的烟火气”。本有可融入异国社会的机会，但在异乡生活了二十多年的刘荒田始终置身事外。因为他并不能“剑及履及地深入这个迥异于故土的天地”，“这里的篝火，烤不出那种从心里感到熨帖的暖意”。这是异乡所有火的通病，“以篝火论，顶多能烘热你向火的半侧身体，背火的一面，总是冷的”。纵一任别离，相隔万里，作者仍坚持在《梦回荒田》里所写：“在汉字里安身立命的人，最终要回到汉字的国度去，一如落叶归于泥土，是没有折中余地的宿命”。无论身在何处，“根”始终在中国，梦在“荒田”。

《梦回荒田》可以说是刘荒田收获赞誉最高的散文名篇之一。这篇散文是当时仍在异乡的作者对自己未来还乡的彩排。作者带着陶渊明般“载欣载奔”的激动和愉悦的心情，选择梭罗的方式，像趁墟卖菜汉子，平淡无奇地悄悄归家。作者不是“调转船头百算百”的古典金山客，自然不必带上象征面子和身份的“金山箱”，收拾好日常用品和得以“立命安身”的写作工具便回归故土。作者想象回乡之时恰逢干爽静谧的深秋，头一夜便可安坐在老屋厅堂的太师椅上“静静思索生命，从家族到自身”。记忆的阀门就此打开，溺爱长孙的祖父，色厉内荏的祖母，象征宗族血脉的神龛，承载家族经历的阁楼，满是回忆的照片……这些物和景蕴藏着作者童年的记忆和早年的困顿的生活经历。记忆零零碎碎，眷念却如“抽刀断水”。刘荒田朴素自然，含蓄内敛的文字，如一曲恋歌，将自己对故乡浓浓的眷念，身在故土体会到的温暖和重回故土的欣喜快慰娓娓道来，真挚而感人肺腑。刘荒田借这一“梦”，也表达了自身的精神追求和对待生命的态度。重拾故乡生活，必然要搭建一个关系网。然而故乡人烟渐少，昔日老友各有生活，年轻一辈身上都刻下了岁月的痕迹，“物是人非”的沧桑感油然而生。但这不妨碍作者继续在“荒田”里“载欣载奔”，三两知己，一茶一文，写下一篇《归去来兮》便足以安乐。把根扎在“荒田”，此生“构成生命之圆的弧线”便能合成一体。“我卑微而劳累的肉身，在绕了地球一大圈后，在生命的发轫处栖息，重新获得生机……我可能获得叶芝式的宁静。”

刘荒田的散文立足于俗世生活，从平常生活的微小处切入，在琐碎中发现美，在平实里播撒生活的智慧。正如《刘荒田美国笔记》的获奖词所说：“二十多年来，他用生命聆听一座城市的心跳，他用精妙的细节刻绘形形色色灵魂的悲欢”，刘荒田以旧金山新移民为主要写作对象，始终以一个底层人的眼光观察叙事，以自身真实的生活体验，贴切地写出旧金山“草根”的欢乐与艰辛，说他是美国华人移民的代言人也并不为过。刘荒田的散文里对人生和个人命运思考，充满幽默、自由洒脱、闲适雍容的文字里，都彰显了他的智慧和生存哲学。

（梅　鑫　李亚萍）

刘荒田作品选

刘荒田散文选

一、梦回荒田

自从儿女自立，在这个第二故乡栖迟了20多个寒暑后，越来越强烈的愿望就是：换一个活法。前半生“为别人活”，往后该“为自己活”——做平生要做而没工夫做没条件做的事，读平生未读之书，见平生未领略过的自然与人文的风景。“为自己活”的基地，我定在故国，我虽然已经放弃了国籍，但没有也不可能失去对她的依恋，在汉字里安身立命的人，最终要回到汉字的国度去，一如落叶归于泥土，是没有折中余地的宿命。

荒田村于我，不但为宗族、家族的血缘所系，而且是最后的故园。母亲不知半开玩笑地说了多少遍，1949年我刚满一岁，解放的炮声逼近十多里外的苏江。母亲用背带背着我，从开着文具店的小镇回村里躲避。母亲扛一把伞，在田埂上趱行时，我在她背后又笑又叫，挥手蹬脚，兴奋异常。母亲担惊受怕之余，对我的举动极感纳闷：兵荒马乱的，欢喜个什么嘛？巧合的是，我此生“开场白”式的记忆，就是从这一情节开始的。

好了，让我独自回去。我不是“乃瞻衡宇，载欣载奔”的陶渊明，却可能被乡亲误作“掉转船头百算百”的古典金山客。抗战胜利以后那几年，他们从大洋那边的“金山大埠”乘远洋轮到达香港，然后，舟车辗转，终于顾盼自雄地走上布满牛蹄窝的村路。三件头西装，三接头皮鞋，上衣口袋里的袋表拖出黄灿灿的金链，手里一根乌黑的手杖。巷口站满了把脖子伸得和池塘的鸭子一般长的乡亲，渴望以一声巴结的“大老爷”“XX叔”的招呼，换来一个夹着美钞的利是封。体积吓人的“金山箱”，业已由信得过的乡人预先抬进家门。这就是典型的衣锦还乡。为了昙花一现的风光，漂泊异乡的男性乡亲，在唐人街“衣裳馆”带药水味的蒸汽里，在市郊杂碎馆的油烟里，在萨林那斯大田的烟尘里，苦苦熬了大半辈子。在我出生的1948年，外祖父就是这般回去的，携带的不但是毕生的积蓄，还有十个指头都缺掉大半指甲的鸡爪般的手，这是在旧金山企李街和人合伙开豆腐芽菜店，两手长年累月地泡在水里的后遗症。不过，我如果还乡，可能光彩不起来，因为此行过分突兀。这些年，海归的不少，谁不住进城市郊外新建的小区，当起高级寓公？如果在外头不被一撸到底，谁会逆着“城市化”的潮流，回到乡人迫不及待地外迁的破村？尽管，严格意义上的“落叶归根”，“归”到供着列祖列宗神位的祖居才算“到位”。

我这一趟行旅，不会像台湾诗人郑愁予所吟咏的四川游子一般，“拉纤回去”；也不会像我曾经做过的诗句：“挑担，挑一根花旗松削的扁担回去”，而是采取梭罗的方式，悄悄地独自回去；像趁墟的卖菜汉子，平淡无奇地回去。梭罗在麻省康考特镇的华尔腾湖畔，自造房子，尽量不花钱，像野人般住了两年零两个月。在荒田村，我也许待久些，但不能仿效年富力强的洋鬼子梭罗，住在村里不算，还要下地，插秧除草，打禾挑肥，这些农活，在30多年前的知青时代干，尚且龇牙咧嘴地叫苦，如今一把老骨头在泥泞的田埂，只有摔个仰八叉的份儿。为了不致冻馁，我会带上尽可能多的钱，当年外祖父带回苏江畔老家的，拢共17万港币，按当时的币值，在县城旺区买上十栋八栋铺子不成问题，可惜经不起嫖赌饮荡吹样样精通的大舅父踢蹬，才几年工夫便花得差不多。我一辈子打工，勤俭的本领有，花天酒地却不内行。我能带多少？现在没底，总得够对付到终老吧？

我开始启动笔记型电脑，敲出回乡后第一篇作品。题目权且叫《归去来兮》。也许我在阁楼上来回地走，文思黏在英汉夹杂的思绪里，我肯定思念清洁的旧金山，无蚊蝇的家居，代步的汽车，现代化都市的一切便利和安全，社会上的礼貌，人的隐私，人际关系中的必要距离，较高的文明程度，英语语境所含的幽默和暗示，自在和冷漠的个人空间。我一定多多少少会为自讨苦吃而后悔。生命的连根拔起，22年前是第一次，到我完全适应了异邦的水土后，却来第二次，由此而引爆让人瞠目结舌的洋式乡愁。

但我终究会接受故园的一切，我多年来惨遭夷化即异化的中国式行事方式、思维习惯，一定会逐渐回归。终极言之，我这命定地要以汉语来思维和表达的中国小文人，这一回归类似鲑鱼向出生地的洄游，九死一生也得实行，不同的是：鱼为了繁殖后代，我为了繁殖汉字。

本文是我未来还乡的彩排，姑且算是“梦回”吧！梭罗说：“拥有最廉价愉悦的人，也是最富有的人。”这一行，在为机票付出数百美元之后，其他方面可算惠而不费：晨曦夕阳，清风明月，蟋蟀和蚱蜢，松涛和竹影，乡音和乡情，不费一个子儿不说了。……哪一天我把双程机票改为单程，那就意味着：构成“生命之圆”的弧线行将接合。一生的圆也许如阿Q最后所画的押，丑陋是丑陋点，好就好在首尾呼应。

二、金山箱

小时候，我家阁楼里放着两个巨大的木箱，长三四尺，高约三尺多，阔约三尺。箱子的所有边角都镶着铁皮，两侧有铁环，箱身打上排排铆钉，其气派，只有戏班子盛戏服的戏箱子可比拼。祖父告诉我，是外祖父带回来的“金山箱”。我的外祖父，在旧金山唐人街的企李街，和别人合伙，经营豆腐店二十多年。晚年，带着四口金山箱和被卤水腐蚀得指甲全缺了一半的手，回到家乡。

“金山箱”乃衣锦还乡的象征。彼时金山客在番邦，长年累月受了多少屈辱与磨难，不复返的青春岁月，从未享受到的家庭温暖，告别时妻子是披着红盖头的娇羞新娘，归来时看到的却是龙钟老妇。老屋犹在，送儿远行的父母如今被神龛上的线香供奉着。失去的一切，拿什么补偿？就是靠金山箱，它所连带的气派向村人宣告：这一趟金山没白去，老子发了！中国人爱面子举世闻名，箱子就是面子的全部，箱子越大，面子越大。

三、叩问篝火

太平洋的边沿，我扶墙而立。墙是老厚的砖头砌的围墙，年深日久了。它的功用，首先是防波，一如最初，长城的齿堞是为了架弓弩而不是为了让游客搁背囊一般，所以造得坚固粗糙，宽达一英尺的墙头，虽然在一百多年间被千千万万双看海人的手摩挲了，泛出端砚一般的青色，表面在沉沉而下的暮色里，近于透明，印着天上最后的晚霞。“栏杆拍遍”，这一极富诗意的怅惘的雅举，该只适用于竹或木制的，在阁或者榭前，面对着故国的江山如画。

我仍旧旁观。离开故国这二十多年，我都充当这样的倒霉角色：在边缘看，无论热闹还是不热闹，不论走运还是不走运。不是从来不曾参与，偶尔的投票就是，然而，我并不能剑及履及地深入这个迥异于故土的天地。买六合彩恐怕是最放肆的投入，但总是被推出来。

我想这些人肯定都有纵火欲，不然，不会这般狂热，把木头尽情燃烧。不过，如要放火，这是唯一的安全地带，相邻的是海，下面是沙。和人间，隔着高高的围墙。

海水拍着围墙，没有铿锵的声音，我也没有吟宋词。

四、唐人街的女乡亲

我曾被晾晒在铁丝网上的白菜干感动，一双青筋和皱纹重重叠叠的老妇人的手，利落地把煮成乌青色的白菜从桶里捞起，在老人公寓楼下的铁丝网摊开来。阳光正好，白菜帮子和老婆婆额头雪似的头发都闪烁着迷幻的光。

我曾被街旁肩抗50英磅大米袋走路的女性感动。她个子矮小，白色米袋压着瘦削的肩膀很是触目。她在上陡坡，呼哧呼哧的喘息声隐约可闻。异乡日子的重担就这般承担着。她并没有把这当回事，从车衣厂下了班，上街买菜，捎带把米也买了，省得当建筑工人的丈夫到了假日开车来一趟。

第一代移民的第一道难关永远是语言，她们只有小学或者中学程度，从乡村直接进入异国的都市，漂洋过海地“大乡里出城”，从来比原先是大城市居民或受过高等教育的同胞，要面对尖锐得多的文化冲突。有趣的是，她们在旧金山的“姻亲柏文”（由车库改建的非法附加住宅单位）或廉价客栈单人房里定居，却没有巨大的心理落差，原因在于，她们的生存状态，基本上和国内20世纪80年代以来没有太大的差异：为谋生而奔忙，站八小时柜台，两三个小时乘巴士回来，做饭、接送孩子，晚间一个小时的中文电视新闻，最高享受是临睡前一家子看一集韩国电视剧，被女主角感动得一把鼻涕一把泪，狠狠捶了几拳嘲笑她的老公，才眼睛红红地钻进被窝。一天就这般饱满而平淡地过去。她们受惠于蒙昧，得益于知足，忧郁症是衣食丰足、有房有车的老移民才有资格生的富贵病，暂时和她们无缘，她们目前有的，是吟哦“洵此美而非吾土兮”的博士后所缺乏的精神优势。

不能说她们没心没肺，她们不懂乡愁这文绉绉的字眼，但对故土的怀念，对家乡的热爱，不在任何人之下。半世纪之前，老金山“掉转船头百算百”的理想，她们是坚定的继承人。她们和丈夫孩子回到老家，在村头烧的鞭炮，是要用长篙伸到屋檐上磨合炊烟争长短的；她们在村头禾堂或者小镇餐馆摆的酒席，不但要堂皇，而且要在门口写上“XX宴客”的标语。“衣锦还乡”，在老家赚足面子，不丢宗族的脸，是她们美国梦的核心。

黄运基及其入选作品简析

黄运基简介

黄运基（1932—2012），1932年10月5日出生于广东省珠海市斗门县大濠冲，取名黄忠民，结婚时改名为运基。母亲早逝，自幼失学。1948年随父亲赴美谋生，做过工人、花农、办过报、任过大学讲师和政府官方翻译。他在美国的第一份工作，是在《太平洋周报》当排字工，后转到《中西日报》做排字工，这使他对新闻工作产生了强烈的兴趣，并在17岁生日时许下以后要创办一份自己的报纸的心愿。1953年黄运基应征入伍，正是在军旅生活之余，他开始尝试进行文学创作，并向《美洲华侨日报》投稿，强烈主张中美建交。1967年至1968年任《东西报》总编辑；1968年至1969年任《世界日报》编辑；1969年至1971年任三藩市《华声报》总编辑兼总经理。

黄运基作品简析

作为一名爱国华侨，黄运基在促进中美友好往来上做出了很多贡献。1971年春，“美中人民友好协会”成立，黄运基是创始人之一。1972年2月23日，经过黄运基的不懈努力，旧金山唯一一份大量报道内地消息、主张美中友好的中文报刊——《时代报》创刊，黄运基任社长和总编辑，他办报纸的“美国梦”也就此实现。1986年《时代报》被迫停刊后，黄运基并没有停下脚步。

1995年，《美华文化人报》在旧金山创刊，黄运基任社长，1998年改版为杂志《美华文学》。同年旧金山市议会通过议案，正式宣布将1998年2月1日确立为旧金山“黄运基和美华文化人报日”，这对于美国华侨华人和黄运基个人来说，都是一个极具历史性纪念意义的日子。同年，黄运基被选举为美国华文文艺界协会会长，在他的主持下，美国华文文艺搞得有声有色。他自己也笔耕不辍，著有长篇小说《异乡三部曲》(《奔流》《狂潮》《巨浪》)，短篇小说集《旧金山激情岁月》，散文集《唐人街》《黄运基选集》等。

黄运基的一生是一次用“中国心”去寻“美国梦”的逐梦之旅。他的散文集《唐人街》不仅记录了自身的寻梦足迹，而且字句之间处处流露着作者对于祖国的思念、关切与期盼。其中《漫漫心路七十年》写于黄运基七十岁生日之际，文中回顾了他自己在15岁这个爱做梦的年纪，怀着对于自由国度的向往，横跨太平洋来到美国，可面对他的却尽是艰辛和困苦。虽然在美国的这几十年中吃尽了苦头，黄运基依旧无怨无悔地追求着自己的“美国梦”。“绿原”书店给了黄运基这个“在沙漠中孤独的跋涉者”生存下去的精神食粮，让他“打开灵魂的窗子”，“看到了一片蓝天”，民主青年团成为了黄运基在美国温馨的家，在这里他结识了许多良师益友，对黄运基的成长影响颇深。

正如散文中提到的，黄运基的“美国梦”是跟美中关系的风雨阴晴连在一起的。因为他知道，只有中美关系好，华侨在美的日子才能好过。在他的编辑、作家生涯中，黄运基始终用一颗赤诚的爱国之心去对待所做的工作。在宣扬中美人民友好、两国关系正常化上，黄运基也历经了很长一段充满血泪的岁月。因主张中美建交而被颁发“不荣誉退伍”证书也没有使他退缩，唐人街游行、花园角的集会都有他身影。几十年过去，历史证明黄运基是对的。在他70岁的寿宴上，国会参议员范士丹送来一幅她亲笔绘画的富贵牡丹图，并感谢黄运基在推动美中友好关系方面做出的巨大贡献。年过70，黄运基的梦想却从未停止，他在文末表露心迹：“当庆祝我的80大寿时，我期盼海峡两岸已经达成和平统一，我们侨社再也不分彼此，和谐共处；一个统一的、繁荣的中国屹立在世界强国之林，炎黄子孙傲视全球。”黄运基用他的至情至性诠释了一位爱国华侨身在异乡却心系故国，纵然白云苍狗，这颗中国心却从未改变。

黄运基在《漫漫心路七十年》中提到他的“美国梦”是和美中关系联系在一起的，在散文《四十五年的甘苦》中，作者结合自己的人生经历讲述了自己对于中美关系正常化所做的努力和对祖国的热切期盼与祝愿。这篇散文曾获《人民日报·海外版》纪念建国45周年“祖国和我”征文活动的优秀奖。

黄运基说自己是没有童年的，那时候的国家饥殍满途，“是一块满目疮痍的伤心地”。当他离开故土来到美国，听到新中国成立的消息时，内心的激动无以言表。可在麦卡锡主义的威慑之下，华侨们只得把这炽热的爱国之情深埋心底。黄运基受到新中国成立的感染，许下一个“架筑中美两国人民友谊的桥梁”的“美国梦”，让更多的人民了解巨变中的中国。

1972 年，也是黄运基离开祖国的 24 年，尼克松访华打开了中美关系的大门，由黄运基和老一辈爱国华侨创办的《时代报》也终于面世，详细报道了尼克松的这次访华之旅。同年，他在旧金山州立大学做讲师，讲授的题目就是《中国》。黄运基怀着对祖国坚贞不渝的信念，用多种方式和途径向世界人民介绍中国。他的爱国情怀从不是一个虚无缥缈的抽象概念，而是切切实实地融进了他的生活和工作之中。尽管这中间路途坎坷，还曾被美国政府视为“罪犯”而受了牢狱之灾，他也曾忧心过、痛心过，但黄运基对祖国的发展始终充满了信心。

他不止一次提到“祖国的兴衰，与我们休戚与共”，在异国他乡的种种经历，无论是初到美国时在移民局受到的拘禁审问，还是在美所受到的种种歧视，都使黄运基深切地认识到，只有祖国强大，华人在海外才能扬眉吐气，他们对于祖国繁荣昌盛的期望甚至超过了居住在国内的人。所以尽管离开中国多年，黄运基的目光却从未离开过祖国家乡，正如他在散文中说的那样，“海外的炎黄子孙，魂系中华”。光阴无尽，岁月留痕，如今看到新中国在这 45 年间所创造的种种奇迹，已然成为“一块生机勃勃的开心地”，黄运基在字里行间透露出满满的自豪与欣慰，并对新中国发出了由衷的赞颂，“中国像个巨人，正在一步一个脚印走向世界”！

熊国华在黄运基的传记《美国梦》中评价黄运基道：“他跟美国人在一起的时候是一个美国人，说一口流利的英语，处事方式也是‘美国式’的。但跟中国人在一起的时候，又是一个地道的中国人，能说一口标准的广东话和比较标准的普通话，很懂得中国的风俗人情。”黄运基作为一名美国华文作家，在积极地了解、融入到美国的文化之中的同时，对于中国文化也有着深刻的理解。他的短篇小说集《旧金山激情岁月》呈现了华人在美国生存的辛酸历程，同时也表现出了美国华人在面临种种磨难时所选择的精神信仰和生存态度。小说集中塑造了诸多在美国社会底层求生的老华侨形象，他们在美国的社会环境渲染之下，身上依旧保持着中国的传统品格，在思想和行为上都恪守着中国式的原则。

《O. K. 马之死》就是黄运基在美国的文化语境中对于中国人的情感与命运的言说。小说的主人公O. K. 马是一位正直、热心、善良的爱国华侨，他在一次反越战示威游行中救了被奔跑的群众挤倒在马路边的美国女青年茱迪。之后又在茱迪险些被一男子强暴之时勇敢地伸出了援手，并把无家可归的茱迪带回自己的家，给了她一个安身住处。面对外面的闲言碎语，O. K. 马从不介意，当茱迪想用自己的身体报答O. K. 马时，却被他严肃地拒绝了，他的回答是“不是不想，是不应该”。此后O. K. 马还拒绝了茱迪用豪宅和金钱报恩，而是提议建立中美教育交流基金会，帮助中国留学生。作者通过O. K. 马与茱迪这两个人物之间的“摩擦”向我们展示了中西文化与思想价值观上的碰撞。

在O. K. 马对茱迪的一次又一次拒绝中，O. K. 马的形象一点点高大起来。他是一位堂堂正正的中国人，纵然在美国这样一个开放的国度，也始终坚守着自己的原则。O. K. 马可以说是在美国社会底层辛酸打拼的中国人的代表，苦难也不曾使他们堕落，反而可以在这群人的身上看见极具信仰的民族性。他们接受着西方的物质文明与现代化的洗礼，却依然保持着中国传统的勤劳善良的美德和对于道德的至高追求。不仅如此，他的那份爱国之心也从未随着时间推移而褪色。小说写到在O. K. 马的耄耋之年总是流露出对于神州大地的怀念，茱迪本想在O. K. 马73岁生日之时与他一同访问中国，可最终却未能如愿。在O. K. 马死后，茱迪将他的骨灰一半撒在他奋斗了大半辈子的太平洋，一半撒在了他怀念的祖国长江，O. K. 马终于可以魂归故土。O. K. 马死了，但在茱迪心里，在许多人心里他还活着，他所代表的那个时代将被人铭记，他的精神品格也将在海外华侨之中代代传承下去。

在《O. K. 马之死》中，中国人O. K. 马与美国女青年茱迪的真诚和谐相处，体现了黄运基对于东西方两种文化观念之间相互沟通与接纳的美好畅想。而正是因为黄运基看到了居美华人处于文化边缘的尴尬处境，才会发出这样的祈愿。小说《曾任先生》就提出了美国华侨的文化身份认同问题，主人公曾老头就是这样一个处于文化尴尬位置的边缘人物。

在美国打拼多年曾老头不曾融入西方的文化氛围中，他始终把自己当作一个异乡人，还破口大骂自己的老对头曾一鸣是“洋奴”。他坚持着自己从祖国带出来的信念，并不打算向西方文化妥协。他在美国的境遇让他明白，“不管你怎么说，你还是个黄皮肤、黑眼睛的中国人。人家绝不会把你当美国人看待”。种族歧视的阴霾始终笼罩在唐人街的上空，平等与尊重对于华人来说只能是一种奢望。可当他们回到中国旅游参观时，却没有因为回到了祖国而感到温暖与亲切，祖国似乎已不是自己记忆中的样子，而是金钱至上，到处都是“钱！钱！钱”，就连世界之窗的收票员也因曾老头是外籍华人而要求他补交高额的门票钱。曾老头感到痛心与迷茫，原来祖国已不把自己当作中国人看，自己也失去了最后的精神家园。向前无法融入西方文化，回头亦没有退守之地，曾老头在生命的弥留之际回想着祖国的河山，看着从祖国带回的唯一纪念品——一幅写着“知足常乐”的书法作品，这段被双重文化排挤在边缘的尴尬人生故事画上了句点。

作为移民华侨的后代，曾老头的儿子阿明是在旧金山出生并长大的。面对父亲对中国文化的固守，并强迫自己也遵循他的原则十分反感，父子二人为此争吵不休。他说：“我是吃汉堡包、饮可口可乐、跳的士高舞、听滚石音乐长大的，你强求我懂得中国的风俗习惯、历史文化很不公平。”阿明想要冲出唐人街的束缚，开创属于自己的天地。正是因为文化选择的不同，导致父子二人无法沟通，阿明一上大学就逃离了唐人街，连母亲去世也没有回来奔丧，曾老头无法阻止儿子阿明，却感到十分悲哀。在儿子阿明的身上，我们可以看到在美国主流文化的强压之下，移民后代选择了对美国文化的主动靠拢和价值观的接受，而因为没有东方文化的话语环境，他们对于东方文化几乎一无所知。小说《菊园泪》中的李炳耀也是这样，不仅自己选择融入美国文化，还劝说女友也归化在美国的文化之下。曾老头的悲哀与无奈、临终之际的孑然一身，在父与子、东方与西方的碰撞中，黄运基试图在沟通中西之间寻找一个共同的支点，希望人们可以用一种更加包容与开放的心态去面对文化的差异，以实现不同文化上的理解与对话。

无论是从他的工作生活还是写作中，我们都真切地感受到了一颗漂泊在海外的赤诚的中国心和绵长的故土情。在黄运基的作品中，我们很难读到绚烂的辞藻和花哨的技巧，他用质朴简洁的文字、真挚饱满的情感写下了一篇篇文学创作，表达着他对于祖国的美好祝愿和对于中美文化充分交流的企盼。

（邓佩琪　李亚萍）

五

我的“美国梦”是跟美中关系的风雨阴晴连在一起的。我一直有这样一个想法和体会：美中两国的关系好，我们在美国的日子才好过；不然，我们会遇到难以意料的麻烦。我们的额头上没有任何表征，人们哪知道你是来自中国大陆的，来自中国台湾的，还是来自中国香港的，或者是在美国土生土长的。在美国人的眼里，我们都是黄皮肤、黑眼睛的中国人。每当美中两国的关系出现问题的时候，美国有些媒体、民间有些人便常常以一种怀疑的、不友善的目光瞪着你，在心底里厌恶你；或者，你开的店铺被歧视性的文字涂鸦……这样困扰我们的景况，我们都经历过，而且不止一次、两次，像不测的风云，随时降临在我们头上；过去有，现在有，将来还会有。要改变这种不正常的情况，要靠好几代人的努力。我们都要做一点一滴的付出。

回顾自己走过的历程，在宣扬美中人民友好、两国关系正常化的一段艰辛的日子里，我面对的除了一些白种人的冷酷的眼光，以及各种各样的打压和迫害之外，在我们的同类当中，让我听了感到最为心酸的话是：“你这么憎恨美国，喜欢中共，为什么不滚回大陆去！”我绝不会跟这种人辩论，因为我知道结果可能始而动口，继即动手，弄得两败俱伤。在那个有理说不清的年代，连自己的父老乡亲都不理解你，还能叫别人理解你吗？于是，我学会了宽容。让历史做结论罢。

然而，我是深爱着这块土地的。美国就是我的国，我的家。我爷爷，我父亲和我一家三代，在这块土地拼搏了一辈子。我女儿和她的两个孩子在这里出生。怎能说憎恨这个养育我们的乐土呢！爱之深，责之切！这是做一个公民的最起码的权利和义务。几十年之后的今日，我对我们政府的呼吁，我的敦促，我的批评，是对呢还是错了？历史是最公正的证人，容不得任何人辩解。

国会参议员范士丹在我的70寿宴上，委托她的办公室主任刘绍汉先生送给我她亲笔绘画的一幅富贵牡丹图。她还在贺状上说：“您促成我以市长的身份访问中华人民共和国，并在访问中建立了上海——旧金山友好城市关系。您在推动美中友好关系方面做出了巨大贡献。您的远见与努力使我们受益良多。”

几十年来，自始至终，我从未怀疑过我对美中关系的言行。历史证明我是对的。我为此感到欣慰和自豪。

（节选自《漫漫心路七十年》）

1948 年的早春二月。我未足 16 岁便离开了祖国，随父亲漂洋到美国谋生。

记忆里，我没有童年。我曾经不止一次地在早上拾猪粪，路过学校，爬上窗口听老师讲课而被地主恶霸的儿子抛石头追打；最要好的童年小朋友因偷吃地主的东西充饥而惨遭活埋；天天在公路上看见被抛弃了的婴儿；常常在潮来的时候发现河里漂流的浮尸；饥殍满途，哀鸿遍野……

那日子，国家是一块满目疮痍的伤心地。

年幼无知的我，到了美国。听父亲说，美国就是美丽的国家的意思，人只要刻苦耐劳，勤俭持家，就会有出人头地的一天。我半信半疑，开始为自己编织一个“美国梦”。然而，心里老有个疙瘩：如果父亲的话没说错，为什么他在美国劳碌了一辈子只当白人的厨子兼仆人呢？

1949 年 10 月，我参加了加省华工合作会在华埠同源会举行的中华人民共和国成立庆祝大会。当我第一次听见“中国人民从此站起来了”这句激动人心的话时，我所认识的祖国蓦地有了崭新的意义！那天晚上，庆祝大会被几十名歹徒用暴力捣毁了会场，打伤了群众，庆祝大会的组织者被列入黑名单，张贴在华埠的电灯杆上。恐怖弥漫整个华埠。自此以后，在美国麦卡锡主义的威慑下，热爱祖国的华侨、华人，只好把他们那股炽热的感情，隐藏在内心深处；曾经首次在庆祝大会挂起的五星红旗，也隐藏在内心深处。在往后的岁月里，不管环境有多坏，日子有多苦，总是有一股无穷无尽的力量在推动着海外炎黄子孙为祖国做一些添砖加土的工作。而我呢，也开始受了新中国的感染，懂得要编织一个什么样的“梦”了。我想：我可以为架筑中美两国人民友谊的桥梁流点汗水吧！

我在美国的第一份职业是排字工人。在我 17 岁生日那天，我暗自许下了一个心愿：我要当记者，当编辑。不为别的，只为我心里有许多话要说。我要了解巨变中的祖国，也希望能帮助别人、包括美国人民了解巨变中的中国。从那个时候开始，华埠唯一的一间书店——绿原书店，是我天天消磨时间的地方。老板体谅我这个穷孩子，没钱买书也让我爱读什么书就读什么书。我贪婪地、饥渴地畅游在知识的海洋里。像打开了灵魂的窗子，一个全新的神州大地展现在我的眼前了。在书店认识了几个朋友，他们把我带去华侨民主青年团——董必武曾经为它题过字的唯一的一个进步团体。这里成为我最热爱的地方，因为我感到靠近祖国。但也从这个时候开始，没有亲戚肯认我这个“赤子”了。

1972 年的早春二月，在我离开祖国 24 年之后，在尼克松访问中国重新打开美中两国关系大门的同一个星期，我 17 岁生日那年许下的心愿实现了。在热爱新中国的老一辈华侨和一群青年男女义工的支持下，我们创办了《时代报》。创刊号详细报道了尼克松访华的历史性之旅。同年，我在社区团体的推荐下，在旧金山州立大学当了讲师，讲授的题目是：《中国》。

（节选自《四十五年的甘苦》）

O. K. 马打开生日贺卡，读着。茱迪是这样写的：

If I lit a birthday candle for each caring thing you havedone
The world would see a special glow as brilliant as the sun
If I tried to sing your praises, the song would never end
So many are the times you had support and strength to lend
If I found the perfect birthday gift
It never could compare to the special gifts within youthat you always seem to share

翻译成中文，大意是：

如果我把您对我的每一次关怀为您点燃一支烛光，
这些烛光将会像太阳的光辉一样把世界照亮。
如果我为您高唱颂歌，这些颂歌将永不停止，
因为您从不吝啬给予我支持和力量。
如果我找到最佳的生日礼物，亦无法比拟您内在的特殊礼物与人分享。

O. K. 马坚拒收下茱迪的三万元支票。茱迪对他又劝又吵，甚至急得大哭一场，还是无法说服 O. K. 马。最后，他们同意了一个方案，用这笔钱成立一个美中教育交流基金会，帮助那些急需援助的来美留学的中国学生。几年来，从这个基金会受惠的已有好几个中国学生。

自那次茱迪为 O. K. 马庆祝 70 大寿之后，O. K. 马每隔一个周末就到茱迪家

里做客。他们常常回忆20世纪六七十年代那动乱的岁月。O. K. 马临近耄耋之年，更多地感叹自己的一事无成，每次谈话都流露出他对神州大地的怀念。茱迪没有到过中国，每次她听着O. K. 马讲起万里长城、黄河、长江、秦始皇陵兵马俑的时候，她就感到异样的激动。她提议和O. K. 马一起访问中国，作为她送给O. K. 马的73岁生日礼物。然而一拖多年，茱迪为他庆祝的70大寿，竟是他一生中的第一次，也是最后一次庆祝生日。

他和茱迪未能一起去中国。他也没写下遗嘱，因为他死时还是孑然一身。但是，茱迪知道该做些什么。

离开丽安殡仪馆后，茱迪约了唐学兵等几个人到她家里商量处理O. K. 马的后事。O. K. 马的遗体火化了。茱迪把他的一半骨灰撒在金门桥畔的太平洋；另一半骨灰由她带回中国撒在长江。茱迪深知这是O. K. 马的最后遗愿。O. K. 马留下的几百册书籍，也由她带回O. K. 马的家乡，捐给一所中学的图书馆。O. K. 马生前写的一些作品，由唐学兵找几个人负责整理编纂出版。茱迪继续每年增捐一万元给中美教育交流基金会，帮助中国留学生，以及组织美国学生访问中国。

O. K. 马死了。不，在茱迪的心里，在许多人的心里，O. K. 马还活着。

（节选自《O. K. 马之死》）

那年冬天，他的老妻遽然病逝。儿子、儿媳、孙女都远居美东波士顿，打来电话说遭暴风雪突袭，50年罕见，不能回来旧金山奔丧了。他一切从简地殓葬了老妻。一股从未有过的落寞的情绪压抑着心胸，像蛆虫般噬咬着他，使他感到阵阵痛楚。儿子阿明，在旧金山土生土长，自念大学一年级开始，便离家跑到波士顿去，大学毕业后在该市成家立业，过年过节才回家小住三几天。曾老头很了解儿子的心态，他不愿屈困在唐人街虚度一生，他要冲出唐人街历史上构筑起来的堵堵无形的围墙，要冲破压在头顶上的玻璃天花板，开创自己的天地。

儿子说："我是吃汉堡包、饮可口可乐、跳的士高舞、听滚石音乐长大的。你强求我懂得中国的风俗习惯、历史文化，很不公平。"

曾老头就对儿子说："不管你怎么说，你还是个黄皮肤、黑眼睛的中国人。人家绝不会把你当美国人看待。"

两父子每次都为此争吵不休。但曾老头没有、也阻止不了儿子远走。这是他的选择。奈何？可想起来真叫他感到悲哀。他就这么一个儿子，却彼此分隔东西，无法沟通。老妈死了，也不回来奔丧尽孝。

而今，人到晚年，孤零零的，每月单靠几百元养老金过活，日子难熬呵。

他的思绪不清不楚地、漫无着落地在狭窄的陋室里游荡，越出窗口，飞向广阔的空间，洒遍大地，然后慢慢地、点滴地沉淀下来。第一个映现在他的脑际的人，竟是连自己也感到惊奇莫名的曾一鸣。在80年代之前的几十年，由于彼此对不同理念的执着，两人每次在宗亲会碰上面，常常仇目相视；一个拥左，一个支右，由口角而动武，有一回几乎闹出人命来。

曾任生指着曾一鸣的鼻子骂："洋奴!"

（节选自《曾任先生》）

苏炜及其入选作品简析

苏炜简介

苏炜，1953 年出生于中国广州。1968—1978 年曾下乡插队海南岛农垦兵团十年。1978 年作为“文革”后第一批大学生进入中山大学中文系学习，大学毕业后赴美留学，获洛杉矶加州大学文学硕士，并在哈佛大学费正清东亚中心担任过研究工作。1986 年回国后曾任职于中国社会科学院文学研究所。后赴美国，任教于耶鲁大学东亚语文系，系中文部负责人。就创作而言，苏炜自 1974 年开始发表文学作品，迄今 30 余年，曾出版长篇小说《渡口，又一个早晨》《迷谷》《米调》，短篇小说集《远行人》，学术随笔集《西洋镜语》，散文集《独自面对》《站在耶鲁讲台上》《走进耶鲁》等。

苏炜作品简析

作品数量的多寡，不能决定写作质量的高低。从新时期最早阶段的一位留学生到回国在国内最高社科研究机构从事文学研究，再到重新返回留学所在国家名校担任教职，无论是站在母国还是异国的位置看，苏炜都是一位经历“去—返”体验的写作者，身份的跨国性变化不仅仅是地域的，更是心灵的。就是站在文学从业者的角度来看，苏炜集评论研究、课堂教学、多体创作、文学交游等行为于一身，多角色的社会性承担，对于其文学创作来讲，不自觉地烙上丰富而不同一般的移民文学色彩。

在曲折而丰富的人生经历中，对于苏炜个体生存（尤其是文学创作）的影响相对剧烈深远的应该说是“文革”知青身份与异国生存现实。知青下乡、去国留学教学，是现实世界里的离乡，更是心灵世界的离乡。空间距离让现实生存的不便与满足并存，心灵距离在挤生痛苦思想的同时也使情感倾诉成为可能。曾经的“知青”生涯，是苏炜成为作家的必要契机。作为特殊时代千万知青中的一员，苏炜不普通不流俗，是有自己精神底色的。这不是因为他在相对漫长的十年下放后进入大学回城，而是在于他知青身份显现的背景力量的特殊性。“父亲苏翰彦，‘文革’前曾长期担任中国民主同盟广东省委秘书长和省政协常委副秘书长一职，‘文革’中含冤下狱，‘文革’后赋闲在家，晚年定居香港，算是一个不大不小的‘民主人士’”，“也许不是什么声名显赫的人物——政坛耆老或者社会名流，但也不是一般市井的平头百姓”，“或许可以看作是上一代、老一辈向往革命进步并为之赴汤蹈火的中国读书人的巨大群体中的一个普通代表吧”，“无论在实际的权利和权位上，或是在具体的声名和业绩上，都只能算是普通而微末的一位‘机关干部’，简直是宦海滔滔中的一叶扁舟”（《走进父亲》）。就是如此宦海中扁舟般的家庭，自幼年起即给苏炜培植了一种不一般的成长世界及其精神灵魂——“以理想主义作为其基本质地的”担当，“那种敢于为自己的人生、为社会公众给出承诺、承担责任的担当；那种当民族危难时、社会困厄时敢于挺身而出、拍案而起，‘虽千万人，吾往矣’的担当；那种关怀广大、体恤弱势而直面真实、蔑视权势的担当；那种不吝名利、浮沉、毁誉而‘明知不可为而为之’的担当”，“为着承担责任而需要在日常琐细中不求闻达、勤恳敬业的担当，在面对顺境与诱惑之时那种‘有所为而有所不为’的担当”。

父辈的理想主义式的担当意识深深地楔入苏炜的生命里面。理想主义者的精神单纯不是指疏离社会、不谙世事，而是不放弃追求和始终坚守信仰，故常常在涉入世事时满含激情力量、真性情与同情心。在谈到小说《米调》时，有学者指出：“米调像一匹‘黑骏马’般始终追寻着一种现在已消失的情怀，凭内心一直涌动着的强大意志支持着他的信仰。结尾处米调对作为理想和爱情双重隐喻的‘罗布泊’从喃喃自语到抽搐大吼，除了缅怀生命历尽沧桑后的失落之痛外，也显示了他所积蓄的蓬勃不倒的力量。《米调》带来的情感冲击力，全在人物强大的精神追求。这种追寻理想主义的激情，放在80年代不出奇，但在当下所谓‘小人文学’充斥文坛的环境中却难能可贵。”

作为一个相对纯粹的理想主义者的苏炜，即使“平素个性乐天外向，好热闹，爱朋友，人来疯”，然而一旦“要为小半生‘一锤定音’”，只能是“独自面对”为妥。“这‘独自面对’，莫非又要成为自己人生的另一段宿命吗？或者，它本身，早就是自己人生来路上一道挥不去、摆不脱的烙痕和印辙？”“孤独而充实的童年”，“12 岁开始离家到远地上住宿中学，只有每年寒暑假才能回家，我的‘远行人’生涯于焉开始”，“从粤地乡间到海南岛山寨，我是一次走得比一次更远。大学四年，是‘远行人’成年后终于可以回家、傍在父母身边的仅有日子。却万没想到，人生中真正的‘远行’，这才于焉起步了”。“一九八二年初，我的第一部长篇小说《渡口，又一个早晨》在《花城》上连载刊发，《酒娘》等短篇获奖。恰逢七七级本科毕业，在大家为毕业分配绷紧神经的时刻，我出其不意的向全班同学宣布：“我决定到美国去留学。”几十年来，一个始终“在路上”的苏炜颠簸着、寻找着、创造着、收获着，其海外华文写作也在一定程度上实现了新移民文学的本质性超越。

首先，在移民的流散路途上苏炜始终捧着一颗中国心。作为耶鲁大学东亚系中文部的负责人，苏炜自身与周边发生了太多的值得行文的故事。《给美国学生起中文名字》《为美国学生改中文作文》《第一个教吃“中文螃蟹”的人》《史力文为什么终止了学中文？》等，望文生义，每一篇都与“中文”关联，而行文当中无论是赞肯抑或批评，都深深渗透着作家浓浓的中国情怀。苏炜在《母语的诸天》中说：“是的，无论从哪一个层面上说，是母语，带给了我在耶鲁的‘诸天’”，“有什么乐土比能让自己的母语在异国的职业疆域里尽情驰骋，是更大的人间乐土呢”，“在此地，对于我辈，我以为没有什么比教会美国孩子说中文、用中文、热爱中国文化，是更有成就感、更值得你交付心血与生命的职业了”！一个对于母国语言如此骄傲的人，其情怀的根本一定也是母国的，即使生命处于流散之中，也不会放弃故国之思、家园寻觅的，而是会把胸膛撕裂扯开，直然袒露一己的热烈之心。

身居异域的苏炜那颗炽热的中国心表现在日常例行的教学实践中，而其小说世界里于此的表现得更为深厚而激荡人心。作家对于身体流散（漂流）的认识是清晰的，中篇小说《米调》以一个留美学子阿苍暑期在沙漠旅游的一次奇遇为线索，讲述了主人公米调从叱咤风云的红卫兵小将到沙漠精神流浪者的传奇故事。米调曾是位叱咤风云的红卫兵领袖，他上过山，越过境，参加过缅共，打过仗，当过“克钦帮”，曾与死亡擦肩而过，后受佛教高僧的点化，认为自己的远祖来自一个湮灭了许久的古国。为此他苦学古梵文，在丝绸之路到处流浪、考证、寻根。米调见证了一切疯狂、苦难、人性的残忍、理想与自然的毁灭，也许他苦苦寻找连自己也不敢完全确定其存在的人的“根性”最终没有结果，从而注定成为人类理想祭坛上无数个“祭牲”中的一个，但是其西西弗式的思考与追寻的确深深地影响渗透到旁观者阿苍的眼睛与心灵里面，给这样一位留美学子以关涉中国传统文化的再思考契机。

其次，苏炜是整个新移民写作集体里讲故事的高手，其想象力实为翘楚。不可想象，对于文学（尤其是小说）而言，如果没有了想象力的积极介入，其内容世界与阅读效果会平淡到什么地步。笔者一直认为，文学是离不开想象力的；人类只要还需要想象力，文学则不会消亡。学者李陀在谈到《米调》与《迷谷》时说：“当代文学艺术的想象力匮乏，让我感到的沮丧真是日甚一日”，“文学想象力应该有更多的维度，更多的层面，更多的可能，它应该像一种香味，不受任何拘束地向任何地方散发和流动”。“我喜欢《迷谷》和《米调》，就是因为我在这里闻到了想象力的另一种香气。比如阿佩这个形象，无论是她的那种带着强烈的野气的个性，还是她和身边几个男性建立的那种奇特的关系，以及她在这种关系里绝不接受男性权力支配的独立意志，不用说在‘文革’时期，就在今天，恐怕也是在现实生活里找不到的。我以为想象力的解放，是你这两部小说写作上的最大的特点。《米调》在这方面似乎比《迷谷》更突出。这个小说从头到尾笼罩着一种似真若幻的气氛，可是在匪夷所思的经历和奇遇里，却又贯穿着某些沉重的写实性断片，贯穿着某些严肃的历史思考。”① 以一种现实社会几不可能存在的人伦关系营造出似假却真的艺术世界，从而以别样的方式完成“文革”历史的解读，这就是想象力的魅力能量。

第三，学者、作家的二重身份，使苏炜的创作具备了学院派温情的质疑批判色彩。早在20世纪80年代还在中国社科院文学所工作期间，苏炜已经广泛涉猎西方文艺理论，不时与当时学界大家一起谈文论艺、指点文化，从而建构了自己作为学者的根本底色与人间情怀。一旦某种生命情绪或思维习惯深潜入思想的核心区域，主体在面对叙述对象的时候，就往往难以摆脱、拒斥这种情绪或习惯的介入或干扰。苏炜自己坦承：“米兰·昆德拉曾在他的《小说的艺术》中提出过，小说创作中有四个召唤：游戏的召唤；梦的召唤；思想的召唤；时间的召唤。前三者并不费解，‘时间的召唤’在我的理解中，是对个人记忆

---

① 李陀，苏炜：《新的可能性：想象力、浪漫主义、游戏性及其他——关于〈迷谷〉和〈米调〉的对话》，《当代作家评论》2005年第3期。

里的‘集体时间’或集体记忆里的‘个人时间’的追究和发问。作为作者，《迷谷》和《米调》在创作过程中，确实好像在冥冥中听到了这四个召唤。具体地说来，在这两部以‘文革’作为背景材料的小说中，《迷谷》是在一个狭小的空间里做文章，截取时光之流中一滴水珠，把它作透视式的放大、观察；《米调》则是在截取各个时光之流的片断，想在每一段历史碎片里，观察时光和世态的维度。在写法上，我是确实想刻意和以前的‘文革小说’‘知青小说’拉开距离，也可以说，算是一种‘后文革小说’吧”，“写一部‘很不一样的文革小说’”①。如此，其理自现。

（李　良）

苏炜作品选

米调（节选）

7

如果不是因为黑皮，我恐怕第二天就“出局”了——米调打算天亮后在“黄旗营”设法甩掉我，这是日后他向我坦白的一个不算小的“阴谋”。他说他一下子感到了对我的腻味—— 我的步步设防，我的“大汉人的无聊世故”，我的“假洋鬼子” + “丝路游客”的伧俗不堪的优越感，等等。我猜想，特别是那个不识趣的“最后的小问题”，把我们的“索罗卡拉”激怒了，甚至是亵渎了吧。

黑皮病得不轻。伏身倒在土炕上，胸口像拉风箱似的，大口大口喘得厉害。我们进得屋来，他大概连对我这位“宿敌”的戒备或者仇视都没有力气表示了。向我瞥了一眼，目光显得无力而又无助。米调摸摸他的额头，猛地跳开手，脸上绷紧的僵硬，说明烧得不低。“从楼兰考古队要来的那些药，吃完了吗?”米调问。“吃过了，吐了一通，可是喘得更厉害。”潘朵说着，求援似的转向

---

① 李陀，苏炜：《新的可能性：想象力、浪漫主义、游戏性及其他——关于〈迷谷〉和〈米调〉的对话》，《当代作家评论》2005 年第 3 期。

我，“往日他只是发低烧，从来不会这样喘的。”

我的医学家庭背景，每每在这种时候让我得到某种出人头地的机会。我默默站在炕前，注视着脸颊低陷、半闭着眼睛的黑皮，他的抽喘是波浪式、阵发性的。拉过他的手把把脉搏，掌心烧得火烫，心律过速，那指头骨节的软搭搭和手背巴掌的粗拉拉，恰成一种对照。我说：这孩子属于过敏性的体质，恐怕是一种过敏性的哮喘。持续低烧说明身体内部有炎症，是一种肺功能长期衰弱的病状（“原子病”?）。有两样东西也许是今天发病的过敏源：一是刚才打扫掸起的满屋的尘土，二是傍晚那顿吃急了的泡馍——他刚才不是吐了一通吗?

米调飞快地打量了我一眼，我其实咽下了后半节原因未说：还应该加上心理因素——为着一路上我和那个冤大头钱包，黑皮心里所郁结的种种不快。

随身备药已经成了我多年来出门的习惯。我打开背囊，想到刚才那个从这里失而复得的钱包，笑了笑，便仔细在那堆药瓶子里翻找起来。

黑皮小子和你有缘。这是米调日后常常挂在嘴边的话。在当晚，这话可真算是说应了。我自己也正属于过敏性的体质，每年北美的春秋之交，花粉过敏、尘毛过敏，闹个没完没了。所以这一回出门，我恰巧把那管美国专治支气管过敏性哮喘的喷雾药剂带上了，另外，还有专为退热用的常用药“泰勒诺”（TYLENOL）的速效水剂。

我问：“有热水吗?”

潘朵慌忙从炕口灶台上递过一搪瓷口缸浑黄的热水。

我抱起黑皮，他抬眼见是我，极力想把脸别到一边去，脖项却软耷耷的没力气。我把几管水剂的“泰勒诺”滴进他嘴里，让他就着热水吞下；然后在他波浪式的大喘间隙，让他张开嘴，把止喘的喷雾药剂喷进他的气管里。潘朵一直面容严肃地端坐在暗影里，紧紧盯着我的每一个动作。果然，不消一阵功夫，黑皮的呼吸平顺下来了，昏昏然熟睡了过去。米调探手摸摸他的额角，猛地又跳开手来，咧开嘴皮，似笑非笑，瞪眼看着我——高热，显然也很快退了下去。米调故意抡着眼珠子瞄瞄潘朵。“真是的? 真是的?”潘朵细长的眼睛里溢满惊喜。我感到黑洞洞布满尘网的土屋，因为我的煞有介事的“医术”，顿时变得生暖透亮起来。

米调笑道：“麦克，看你像真的似的，没准当过村里的赤脚医生吧?”他提起这些陈年旧事，像是说着眼前的光景。

“不瞒你说，真当过，还评上过什么积极分子。”

“在西双版纳吗? 噢噢，不，在海南岛? 你告诉过我的。”

我笑道：“你好像对西双版纳特别感兴趣?”

“再说吧，明天路上再说吧。”这一回，他的话里少了那份冷淡。“素罗,”潘朵这时又冒出了这个古怪的名字，“该睡了，让你的朋友也早点睡吧，同志你,”她显然不知道该怎样称呼我，却是大半天来第一次向我递过笑容，“多亏了你……你今天一定走累了吧。”

“你们先睡吧，今晚由我负责陪黑皮,”我摇了摇手中的喷雾药剂，“这药需要三四个小时定时喷一次，才能最后把支气管的习惯性痉挛压下去。”

潘朵拉过两条油腻发黑的翻毛羊皮毯，扔给我一条，随后把酥油灯拧灭了。我把那条毯子盖到黑皮身上，和衣躺了下来。地窝的黑影里印上了月亮的光斑，火炕口的暗红影子在那个角落里晃动着，风声仍然像拉锯一样，在屋外的沙原上嘶吼。累。腿骨关节尤其感受到一阵阵袭来的酥麻，却毫无睡意。几天来的奇特际遇，过电影似的撩拨着我的神经，随后，便感觉到了炕上的那一头，另一张羊皮毯里的异样动静。

米调和潘朵抱在一起，他们显然并没打算对我有所避讳，起先只是絮语低喘，随即便剧烈地、却近乎无声地翻滚起来。我听见了压在下面的潘朵低微的呻吟，却惊诧自己并没有因为这些突如其来的特殊响动，带来本来应有的生理反应。暗影中，头顶上有一个蜘蛛网的游丝在低喘声中隐隐抖动。我莫名地笑笑，背转身去，不时睁眼看看侧边黑皮的动静。

夜里黑皮又急喘过一回，很快就被我喷进去的药剂压下去了。天亮前，蒙眬中我感觉到炕那头的两个黑影又翻滚了一次，并且发出了低低的欢悦的声音。可是睡意把我沉重地压了过去，我只是随着那个似乎持续恒久的响闹声，做了一个怪梦——关于牦牛和骆驼的首领大战长安城什么什么的。待我在一片炫眼的光亮中醒转过来，发现门外是一片刺眼的白光，身边的炕席是空的，昨晚盖在黑皮身上的羊皮毯盖在了我身上。米调和潘朵已经在地窝里收拾捆绑着什么，看见我爬起来，米调连连笑着：“我们的赤脚医生醒了，华佗再世了，伟大的新生事物胜利了!”

“门巴，同志你像是雪山里下来的神手门巴呀!”潘朵的五官游动着，鼻眼活泼地说，“黑皮好得就像没发过病一样，该怎样谢你呢?”“门巴”是藏语“医生”的意思。我以后知道，在这荒沙野漠，没有什么比“门巴”更受尊重、更受称誉的了。

“黑皮呢?”我问。

“上阿妈家给我们那三条骆驼备上路的水和草料去了。”米调说，“一大早，就为我这回不让带他的库莎大鸟出门，怄气呢。说不准回头的日子，我怕他把他的鸟老弟，折腾坏啦。”

隐隐传来了脆沉的驼铃声。恍惚中像是当年海南黎寨里的打梆声，穿过岁月烟云飞来。我脑海里浮出了这两个奇怪的字眼：浪漫。我站在地窝门洞口伸了一个懒腰，只见满眼一片金蓝。大漠上的晨风干爽清冽，我闻见了从哪里飘来的烧煮青稞面的焦煳香气。

8

早晨一出发就不顺。

黑皮趿拉着长靴子，领着三峰昂然的骆驼飒飒走来的时候，我才发现，他其实是一个多么利索能干甚至不无几分英武的大孩子——唇上一抹细绒毛，都可以称上是个大小伙子了。虽然依旧对我板着脸沉默，可是瘦挑的身子里潜蓄着的某种激情，连米调都被感染了，悄悄说：你等着，黑皮今天可要好好向你露一手呢！黑皮的奇迹般康复以及与我的迅速和解，使得连潘朵这样细心的“上路人”都忘记了：早晨起来，天际线间那抹危险的金蓝——那纯亮透明的黄、蓝单色。在沙原上讨生活的人都知道，连绵的闷黄与天际的灰蓝，是这里的恒常景观，那意味着会有一段燥热苦旱但相安无事的日子。天际线一旦出现爽亮爽亮的金黄、蔚蓝单色，甚至大气里浮荡起炫目魅人的海市蜃楼，那就是老天爷要作怪的预警表示了。用过青稞面疙瘩早饭，我记得阿妈扑在米调怀里送行的时候，像是嘤嘤呜呜地提醒过什么的，可是黑皮和潘朵，已经牵上驮好行装水粮的骆驼，欢快地走到前面去了。

米调告诉我：那三峰骆驼，是他们前些年用每头500元人民币的价钱买的。为此花光了他们为西北一个什么工程打工攒下来的几乎所有的钱。

“可是，有骆驼，就有活路，这是沙漠上的真理。”米调说。从黄旗营赶往我那天歇脚的夜店，不必再绕我前两天的来路。今天的行程是要穿越一条狭长的沙质漠区，按骆驼队在沙质区一天走20公里算，从这里到那夜店的直线距离还不足15公里，日落前一定可以抵达的。只是，这一段路是西北方大塔漠南进侵蚀的必经风道，气候一夕三变，当地一般的马队、骆驼队宁可绕着走，舍近求远，也不愿触碰这个风道的霉头罢了。米调说，以他和黑皮、潘朵的沙漠历练，这实在是“小菜一碟”。

——谁料想到，我们这支小号的骆驼队才刚刚从沙土区边缘走入沙质区不久，就遇上了突如其来的大沙暴呢？

我学着黑皮的样子，在风沙骤起的瞬间，用一件汗衫包住了头部，只露出那对别扭十分的大眼镜，对着米调怪笑连连："瞧，我们这样子，多像武侠小说里写的那些马贼刀客！"

米调却不笑不应，侧起耳朵在聆听着什么。

瀚海之中，不知从哪里突然冒出那么多古怪的声音。开始是闷雷似的，像是脚底的沙原在打鼾，猛然间便有一个调过了音量的喇叭在耳边昂昂地尖叫起来。随后是巨幅幕布被撕裂的嗞嗞怪响，马上又变成了气锤砸在铁砧上或者蒸汽机车启动的咣咣轰鸣。以后，一片喧声嚣杂，反而似乎进入了无声的深海之中，只觉得风沙嘶啸着劈面砸来，眼前的世界，开始晕晕浑浑地旋转起来。我们伏在倒卧下来的骆驼身上躲避飞沙劈打，在每一阵骤风刮过后，吆喝起骆驼在软沙里疯赶一阵路。在骆驼队拼力进入一个大沙窝避风的时候，才陡然发现：我们迷失了方向。指北针在米调巴掌窝里突突乱抖个不停。我的汗衫和眼镜很快就被飞沙打跑了，嘴里本来还在往外吐着沙子，后来连嘴唇都僵住了，脸上却早结成一块沙饼蛋糕。三头骆驼都被飞沙打得昏了头，陷在软沙里再不肯动弹，被黑皮用砍土镘敲了几下，那头叫"阿赫"的领头骆驼，忽然像中了邪一样，在风沙中嗷叫张狂起来！

我后来知道，"阿赫"是他们借用了最早穿越塔克拉玛干大沙漠的瑞典探险家斯文赫定的名字，另外两头骆驼"阿普"和"斯坦"，则分别是发现西夏古都黑水城的俄国人普约特和发现敦煌经卷的英国人斯坦因的名字。

"阿赫"这时挣脱了黑皮手里的缰绳，往沙窝口的斜坡下冲，"阿普"和"斯坦"便一蹶一蹶地跟着在软沙里疯狂兜转起来。米调吼叫着冲到沙窝口，连拽带扯，几乎是用趴倒的身体才挡住了"阿赫"的去路；要不是黑皮死命揪住缰绳，"阿普"几乎便要把我踩在蹄子下了。潘朵个子小，手上缠扯着缰绳，仍然被同样个儿小的"斯坦"撂倒了，这头幼齿的驼驹一看拖倒的是一向专事照看它的潘朵，又慌乱地围着潘朵兜转起来。惊慌中背负的行李和水袋在滑动，卡到了它的两腿之间，它就拼命想甩脱，结果，在叮咚乱响的驼铃和潘朵、黑皮的惊叫声中，皮囊水袋被"斯坦"一脚踩破了。那水——沙暴之中仍旧显得那么炫白刺目的水头，哗哗地，迅即，就被沙土吸光抽尽。

米调回身想把剩水抢住，皮水袋已经瘪得如同一条风干的黄鱼。

"一定又是罗布泊起怪风了。"米调望着呜咽的天色，低声说，"每一回从罗布泊刮过来的怪风引发的大沙暴，核试基地的大气里放射性元素的分值特别高，骆驼总要这样中邪张狂一回的。”

好不容易安顿好三头骆驼，沙暴终于席卷而过。米调站到居高的沙窝口观察了一下来路，说：方向走迷了。本来想循着骆驼脚印退回去的，可是沙暴把所有来时的印迹都刮掉了，无路可退了。“——麦克你别慌，今晚，咱们恐怕得要在这沙窝里歇夜啦。”他呸呸往外吐着沙子，向我调侃着，“浪漫呀！刚才一路上，你不是说，陪着这大漠驼铃的走上几天，就好像咱们现在聊起西双版纳的高脚竹楼、海南岛的黎家山寨一样，完全就是歌子里唱的浪漫吗?”他的兴致又来了，滔滔发着宏论，“咳呀呀，浪漫！我看哪，浪漫，其实是距离感造成的。你看眼前这黄沙落日，驼铃叮咚的，浪漫吗？——恐怕只有够呛吧，够他妈的呛吧?”

我没回话。我还在为他刚才那一番“放射性元素”的话久久发呆。一时觉得，脸上、身上、肩上落满的沙土，黄澄澄的晃眼，都在闪闪发光地“放射”起来。

惊魂甫定之间，我看见渐浓渐淡的沙尘里，果真透出了一轮玫瑰红色的颤颤摇摇的落日。——“浪漫”吗?

冯湘湘及其入选作品简析

冯湘湘简介

冯湘湘，1954年12月生，广东电白人，原名冯穗芳，笔名有书茵、湘女、淇淇等。1979年从广州到香港，曾在香港任记者和编辑。她写小说、散文和电影剧本。80年代末移居加拿大，已出版作品有散文集《在水之湄》《悠悠我心》和《人在香港》，小说集《娱林外史》和《唐人街皇后》，人物特写集《加拿大移民众生相》等。她对武侠小说创作情有独钟，出版有《西域天魔》《月落乌啼》和《剑侠悲情》。1997年，《剑侠悲情》获得香港皇冠出版社第一届“武侠、科幻小说大赏”特等奖。《西域天魔》获中国文联出版公司和云南省举办的“世界华文小说优秀奖”。

冯湘湘作品简析

如果以近年文学创作情况评价，加华作家冯湘湘算不上高产，却是一位经历丰富、不容忽视的粤籍作家。从生存场景的转换看，她可谓独特年代离散华人的样本：生于20世纪50年代，在广州学习表演艺术，改革开放之初即移居香港，从事中文报纸副刊、杂志编辑，80年代末因求学定居多伦多，虽然身处异国他乡，却仍能看到她活跃于香港文坛的身影。

冯湘湘曾经谦称自己并非严格意义上的“写作”者，这种认定大概跟她写作身份的多重角色存在一定关系。不难理解编辑身份对写作多样性的塑造，从撰稿人到编务、记者以及社会活动组织者，本身就是社会多元角色的集中体现，而编者与作者的关系处理，也从一定程度上决定了参与文学的不同角度。

考察冯湘湘对香港社会文化的介入和文学活动的认知，80 年代完成的台港作家系列传记可能是一个不能忽视的角度。她前后写过有关金庸、亦舒、琼瑶、张帆、舒巷城、陈浩泉、也斯、蔡炎培、陶然、东瑞、席慕蓉、温瑞安、方娥真、白洛等港台作家的传记，后来结集为《港台作家小传》（与黄南翔合作）由中国友谊出版公司出版。这些传记并不是严肃的学术访谈和传记，她通过淡笔勾勒，作家的生平经历、日常生活与性格志趣已跃然纸，塑造出一种栩栩如生的画面感。

从她的作品返观其成长经历，传统文化、古典文学和艺术极大地影响了她的人生志趣和文学素养，只要阅读收入散文集《在水之湄》的小品短文，读者不难感受弥漫其中的文化气息。虽然受报刊篇幅限制，文章的表达不能充分展开，但是点到为止的叙述，也造就了她简洁、明快的文风。80 年代香港文坛的复杂性无疑受“过渡期”导致的不确定性影响，当很多作家着力书写内心何去何从的迷惘时，冯湘湘那种皈依传统、心系古典的写作，构成了香港作家展示内心、独抒性灵的一道独特风景。

她的诸多小品选的都是寻常之事，细腻之情。虽然远离故乡，然而故乡风物早已印刻于心灵深处，成为不断激活乡愁的精神符号。她的《在水之湄》这样叙述童年的经历：

> 我在水边停下脚步，偌大的天窖，被云翳蚕食着，那西下的夕阳斜斜照来，水波滚动间，粼粼地反射出亮晶晶的波纹，一闪闪，奔向边岸，消逝了；有如在表明水的踪迹，也在找潮湿的记忆里掀动涟漪……
>
> 是我那在水边嬉戏的童年。江水滔滔．帆船远飏，岸边的垂柳随风飘荡，好像秋千，摇走了那嫩绿色的时光。
>
> 我生来就是水畔的女儿。我的故乡，是海边的城市。命运安排我生长的地方，也有那条日夜奔流的珠江。
>
> 我看惯了水，倾心于水，当水流动，我总想伸手掬一把。在心潮澎湃中，晶莹、透明的水，常常带给我安详而柔软的梦。
>
> 这梦境延伸而来，我就到了这美丽的海岛定居。我依然生活在水的怀抱。我把我的期望，告诉飞翔的海鸥，它们又轻轻地——怕惊醒大海深处

的人鱼公主？——低语滚滚的白浪……

可以说，凡是从珠三角走到世界各地的作家，内心都深藏于生命的乡愁，通过文字回望故土、想象家园时，都会不由自主地表达对岭南水乡的深情眷恋。

冯湘湘的小品擅于从日常经验中寻找灵感，然后进行理性的提升，这样一种写法在受专栏限制时比较常见。比如选入国内诸多散文选本的《生命的投篮》，写一个篮球运动员战俘受到纳粹德国军官刁难，他投中了挽救自己的篮球，也克服巨大的压力投中了挽救其他战俘的生命之篮。这样一个小故事阐释的道理很简单，看起来平凡的人或许蕴藏着超出人们想象的潜力，更值得尊敬的是，并非每个人都肯这样拿自己的生命去为别人做赌注。

写于80年代末的《莫道无情却有情》谈的是友情，从中可看出她的人情交往：

> 对朋友的挚情，往往浓到化不开，如果有一天，一朝醒来，发现失去所有朋友，也许会哀哀然犹如末日，把自己投入造物主撒下的那一张灰色的无生大网，离开尘世，不再回来。
>
> 因此对所有朋友，我都愿意爱得多一些，爱得真一些，在有生之年，能够长久不息，拥有朋情，何等欣喜，总不成自青春少年，至头顶一片雪白时，只余揽镜自照："谁知明镜里，形影空自怜。"那才叫悲。①

香港是一座高度商业化的城市，人际关系被金钱、利益所严重塑造，友情至上既是赤子之心的自然流露，也是对传统伦常的深刻认同。冯湘湘90年代离港定居多伦多，像很多移民作家一样，开始书写华人的异域生活故事，比如《娱林外史》《唐人街皇后》《加拿大移民众生相》等作品。90年代后期开始涉足武侠小说创作，有读者认为这是受到香港通俗文学兴起的大潮流影响，其实这也只是皮相的观点。一方面，冯湘湘闯荡香港之初，与金庸、古龙、温瑞安等人过从甚密，有良好的交情。另一方面则跟她长期浸淫于传统文化关系密切。

陈平原先生曾说"千古文人侠客梦"，指的是中国知识分子素来就有一手仗剑，一手握笔，写尽胸中志气，扫除天下不平之传统。而文人对侠义社会的想象，主要还是出于对现实世界的不满。所谓"风雨如晦，壮志难酬"，指的

---

① 冯湘湘：《莫道无情却有情》，《博益月刊》1988年第10期。

就是这样一种矛盾。移居加拿大之后，冯湘湘着力创作武侠小说，可视为她对传统文化的深情回望。当她以“方舞阳”的笔名携带《花剑悲歌》（1999）、《东瀛奇侠传》（1999）、《幕府风云录》（2000）重新出现于香港文坛，外界惊呼新武侠小说后继有人了。

21 世纪初，冯湘湘应香港《武侠世界》之邀，撰写系列解读香港武侠小说家的文章《剑侠悲情》《武林应否独尊金庸?》（2003）、《“今之侠者”——温瑞安》（2003）、《新武侠世界的顽童——黄易》（2003）、《侠骨琴心的梁羽生》《酒色之徒的浪子古龙》，既联结着当年的文字情缘，又渗透了自己对武侠小说的重新理解。所有这些对她而言，显然是轻车路熟、水到渠成的事情。

作为重构人生的一种选择，冯湘湘移居多伦多，无疑开启了文学生涯的格局。多伦多是加拿大第一大城市和文化中心，从 80 年代开始即成为部分香港市民重建生活的栖居城市，由此汇聚不少香港作家，如石人、王亭之、戴天、黄国彬、金依、杜渐、冯湘湘、梁枫、金炳兴、伍秀芳、陈孟贤、潘国键、伍子明等，加上中国大陆、台湾、澳门等定居多伦多的新移民不断增加，多伦多逐渐与温哥华并驾齐驱，成为加拿大华文文学版图的双子星座。如果说冯湘湘的武侠小说是身在异域追忆逝水流年的一种文体选择，那么她的在地书写就是努力融入本地文化的尝试。其中，极具代表性的可能是《枫叶园谋杀案》，这是一部充满悬念的侦探小说。小说写的是低调富豪、枫叶园主人巴格恩自杀，警方认为其中有阴谋，介入自杀事件调查，结果发现巴格恩与女友伍雅伦、司机郑宗维之间关系非同一般。随着调查的深入，马来西亚混血儿伍雅伦拜金、轻浮、纵欲的面目也通过遗产官司被慢慢勾勒出来，并调查出与她关联的情人孔铭生，后者正是伍雅伦推荐给巴格恩的私人医生。警长贾鲁克起初怀疑是孔铭生和伍雅伦勾结谋害巴格恩，但在枫叶园总经理希莱姆的办公桌里发现了他与伍雅伦大量私会的照片，随着伍雅伦官司失败，她被枪杀，由邻居的谈话排除了医生作案的可能，希莱姆最终被查出。由于巴格恩将遗产全部赠予司机郑宗维，牵出巴格恩与郑宗维母亲银燕当年的线索，银燕的父亲是老华侨，在巴格恩少年时候穷困潦倒的时候给予悉心照顾，银燕与巴格恩之间产生了爱恋之情，但是因为父亲的反对，这种情感不了了之，银燕亦远嫁香港，也走入了不幸的婚姻。后来她资助巴格恩回国继承遗产，巴格恩由此投身商海，为他购置枫叶园、雇佣郑宗维埋下伏笔。

尽管从艺术角度看情节的安排处理有唐突之处，比如借巴格恩的遗书直接介绍他的身世，这跟武侠小说的设置一样，难免给人一种生硬之感，甚至反映出作者对复杂结构的把握存在某种局限，但是小说以悬案侦探为线索，逐渐剥离出一个爱与恨、欲望与真情、邪恶与正义相互纠缠的故事，体现出作者巧妙的叙事才能。有学者认为它也表现了华侨流离孤独渴望家园的社会现实。①

无论身份如何转换，文学角色如何变化，冯湘湘已是加华作家的一个重要存在，甚至成为加华的代表个案被译介。②这些对她而言也许并不重要，重要的是不断书写自身的人生感知。虽然身在万里之外，她仍保持着心念故园的文化乡愁。她曾在诗歌《悠悠的乡愁》中这样写道：

烟水仍冷，风景如画的江南
易水仍寒，关山千里的故国
你我行舟若此，红枫满谷的北国
击节同歌一曲：

穿过亿万年辛酸的岁月
东海怒潮拍岸，昆仑惜在远方

在游子一生似断非断的梦里
夜那么冷，浪那么急，海水正蓝
风雨中默立是牵系天涯那边的人
多年以后，连一声低泣也不会留下
徐缓生命里
只有百花轻轻堕地的声音

如今再也见不到维多利亚港的一页归帆了
还有被晨阳染红的太平山
像海像天，连成一线，都成了烽烟
泪如川
长安已不在，汉武也逝去

---

① 陈贤茂：《海外华文文学史》（第4卷），鹭江出版社，1999年版，第478页。

② 韩国釜山大学金惠俊译介的“现代中文文学作品系列”，收入16位加华作家的作品集《他是我弟弟，他不是我弟弟》（2017年），第1篇即是冯湘湘的小说《遗孀》。

黄河、长江，可还卷起千堆万堆雪

在这异域殊方
回首处，只有白云悠悠
一弯明月，照亮着美洲
感叹多少消逝在人海深处的乡愁……

（2001 年 9 月 9 日于多伦多）①

全球化带来了跨界流动，主体注定生活在漂移状态，文学成为安顿灵魂的最后居所。志在弘扬华文文学的先辈曾言："有海水的地方就有华人，有华人的地方就有华文文学。"当年的夸张如今已是常态。只要铭记着祖先的文字，不论身处何方，都不会忘记当初为什么出发。

（龙扬志）

冯湘湘作品选

莫道无情却有情

凭栏远眺，仰望夜空，星光点点，一团团，一片片，纠纠缠缠，就像心中的情绪。

那天骤听友人温瑞安兄说："任情易伤，任性易败，还是任意的好！"

闻之心头一凛。年来，意气用事，率性而为，思来不由幽情暗恨生，袖间掸苦泪。正如冰雪与花的不能相容，花开花谢，残红无数，枉自伤害自己。

虽然人性本来就恶，虽然这是一个无情世界，虽然生命从一开始就是消逝；但是，情感随生命而来，抛不脱，离不了，有时幻成美景令我们留恋。更多的，

① 冯湘湘：《悠悠的乡愁》，《香港文学》第 206 期，2002 年 2 月。

是拽着我们走向一个不可知的深渊。回首落日，情不可再时，徒自怨情之如云飘离，无从掌握。

任意固然好，但古往今来，有哪一个是“遂了心愿”的。林妹妹如能与她的宝哥哥“成大礼”，就能任意东西了吗？还有生儿育女的责任、周围上上下下的人际关系和病魔的折磨呢。人生，本来就是波澜多变、良辰难遇，空余满腔的惆怅而已。

夏天，万物早已从萧瑟中走向欢愉。一切冬季的凋零、寂寞，早已在春之至时复苏，眼下已还你我一片生机。人生有限，宇宙无穷，大自然四时运转的节令，总算令人有活在人间的意趣，对于任情任性的我，也有一点点刺激，不至时时嫉俗愤世。

犹记多年前，怀着波澜壮阔的喜悦，慷慨激昂来此香江：登上最早一班车，坐在硬席座上，身子像船似的摇晃。望着留在身后那座桥，每个人都展现最欢快的笑容。那墨黑的河水恍恍惚惚地向前流去，人却是豪情万种地迈进这个都市来了。犹如坚硬的物件，在黑暗中被猛烈碰撞，这一撞，使铁百炼成钢。幸运者如我，粉墨登场，是二EL是生是旦，一任台下众人指点，笑论评谈。

有人形容我是一团火
但我是一团天火
烧毁的是幻彩后面的灰色
剩下只有茫茫的一片白

风雨来袭的日子，我会在一片苍茫中，用思维拥抱整个维港，沉默的我，慢慢走到窗前，看着窗外雨漾漾，脑海中浮现故乡的山、故乡的水，还有人在远处呼唤我的声音。仿佛，只要转过身，打开门走出去，就可以看到那道熟悉的长堤，顺着长堤走，就是我温暖的家。但一个声音恶作剧般大叫：“你流落到香江来了，你流落到香江来了……”

记得和他坐在海边，那冷冷的海、蓝蓝的天，海鸥飞处，浪花闪闪，溅湿了我们的鞋袜。经过亿万年辛酸的岁月，这海水咸得像整个历史长河堆着那幽灵的眼泪，使人蓦然涌起一股冷冷的悲怆。

呼唤我的那个声音又响起来了。但不是他，也不是她，不知道是什么人，为什么老要呼唤我？令我依依。

只是，我的心已裂成满天星斗，我的不平像无边的银河。我向无形的黑暗挥剑复仇，他们以为我走火入魔。但愿世上真有魔鬼，我要用灵魂与其交换，只要换回我的平静，和伴随我的一室和暖的灯火……

人生究竟是永爱还是永恨？我们每个人急急忙忙、精力交瘁地向前俯冲，究竟是去践谁的约？那些伟人和英雄，他们当年驾着长风慷慨高歌的声音又消失在哪里？一切找不到答案，人间空余有情，情到浓时，又转为恨。怅未休，生生不息，于是友人向我呼喝：“勿要任情任性啊！”

海洋上有一种岛，叫作“幽灵岛”，其一夜之间自海中浮起，又能于瞬间沉没深海，这是大自然的奇迹。我想，从俗眼看人生，千般不好，不如置有情人与绝情人于该岛，由其漂浮，由其爱煞恨绝，再如风逝去，永远把人类情情爱爱的惨烈，深埋海底。世界上，只留下不解风情之辈，让他们罩在红尘大网下，任意胡为，那该多么好。

澳　洲

抗凝及其入选作品简析

抗凝简介

抗凝，1959年生于广州，1983年毕业于广州外国语学院，曾任《广州日报》记者，1991年赴澳大利亚留学，在西悉尼大学获得商业学硕士学位。她的小说，对那些想了解澳大利亚乃至一般意义上的海外华语文学所达到的水准的人们，提供了一个很好的切入点。一方面，海外女性写作活跃，抗凝是其中一分子但又较少女性写作易见的自恋倾向；另一方面，西方评论界近年开始注意和翻译“少数民族”（包括华人）的写作，澳大利亚则出了好些对澳华作品的英语译作，而抗凝是其中尚处于“沉默”之中的一个：她尚不为英语批评界和翻译界所注意，也因此尚未被西方视角的偏见所“改造”。这又使她的写作可以不考虑迎合英语文学市场的口味，而葆有汉语写作那些最内在的品质。

抗凝作品简析

在繁盛的世界华文创作的芜杂底色下，抗凝小说的艺术品质正日益突出。

对我来说，比较重要的是这样两点。第一，抗凝小说非常风格化，语言资质较高，语感颇具吸引力。她的小说结合了机智的隐喻、镇静的反讽、要言不烦的感慨和点到即止的描摹，配合着时空交错的多线索故事和被无数小段分隔，断续跳跃而勾连自如的叙述结构，使人在任何一个地方开始阅读都会感觉有味。

抗凝小说在其题旨的可能深度和传达的有效性方面取得了令人意外的平衡。如果说，近十多年来澳大利亚新华人文学的崛起，的确留下了一批成熟的和具有形式美感的叙事类文本，那么，抗凝的中短篇小说，虽然数量不多，却的确是其中的重要篇章。

第二，抗凝的小说有较为深远的题旨，它使读者的感悟不囿于一时一地的事变和世相。我们知道，所有20世纪八九十年代出国潮的目标国（也就是那些主要的西方社会），都发生过“中国留学生”争取居留权的运动，澳大利亚也不例外。我所称“新华人文学”的发生，即以此为重要的社会历史基础。“居留故事”在海外华文世界里可说连篇累牍。但抗凝的居留故事从不黏滞于具体场景，而是渗透了关于命运、时间、土地、全球化等重大疑难的哲学领悟。

总的来说，抗凝一段又一段从容的述说，要做的是揭示“彻头彻尾的外乡人结构上的悲剧”。（《最后的天堂》）但这基本上不是那种可以哭出声来的东西，而是在岁月的回味中“原来如此”的惊心发现和“不过如此”的徒劳无奈。抗凝提示了：那些人生中至关重要的决定，常常是在我们没有充足理由的情况下做出的。中篇小说《天黑之前回家》一开头，引入的是一个在日本侵华战火中仓皇逃难的家族故事，在一场“我们要到哪里去”的混乱争执中，仅凭无知无识的“外婆”一个偶然的决断改变了行进的路线，就是一番完全不同的命运，如同树枝在某个节点分出新的枝丫就无法再重合为一。抗凝在据此展开的整个故事中揭示：人心与人生的聚散离合可以基于情欲，可以基于利益，还可以基于偶然的直觉，就是不基于可靠的设计。因为任何设计都有错失，人想谱写的任何生活之歌都会在命运的演绎中离弦走板。“过把瘾”的一次出洋闯荡不过延伸了家族茫无所终的“走难”里程，望穿秋水的夫妻团聚最终以分道扬镳收场，精心策划的创业可以一无所获，严密推导的法案判词建基于全盘荒谬……这些人们非常熟悉的“留学生”情节因被编织在所有“地球人”的混乱版图之内而获得了普遍的领悟。从历史上以色列人神圣而无谓的战争，到中国内地的斯文扫地鸡犬升天，历史行动中的每个人开始时都以为知道自己在做什么，所以“人通常要把程式全部走完才会死心”（《天黑之前回家》），才知道命运的无常。

无法预知的宿命，这是抗凝小说醉心的主题。由此她深刻质疑了人类行为结局的可知性和可控性。她似乎把一个源自索福克勒斯的亘古命题，转用于包括“留学生”在内的当代中国移民在这个可疑的世界上的历史性迷失，从而使之获得了某种超越性的启示意义。这意义直指人作为文化造物在身份上的流变、分裂与混杂无解。20世纪八九十年代出国潮中的中国人争取在西方社会定居的斗争，历经数年曲折，在90年代中后期相继获得成功。区别于针对此题材许多“苦尽甘来”的喜剧调子，抗凝故事的发人深省之处在于，它拒绝把留学生在世俗的法律意义上获得“居民身份”看作这种荒诞宿命的边界：

> 就这么一块可怜的陆地，人类在上面声势浩大、前赴后继来回搬了几千年。
>
> ……（1993年11月1日，澳大利亚政府公布准许中国人居留的决定）那一夜有雾，雾色苍凉。雾气把夜团团围住，使夜更加凝重、安详，有人悄悄唱起了国际歌，随后又有人压住嗓门唱起《九一八》。歌声四起之际，人们一下子都悲壮起来。琴唱得比谁都动情，低沉的女中音铅一样沉沉压下来，在唱到“在那个悲惨的时候，我离开我的家乡，流浪……”时，琴突然捂住脸，泪从她那纤细美丽的手指缝中流下来。
>
> 那天夜里，大屋的情绪在琴用手捂住脸之后，便一发而不可收拾。越来越多的人开始哭泣，思绪如潮，悲歌如潮。绿卡作为敲门砖的使命至此全部结束。人们再一次被偶然所操纵，迎来了生命历程中真正的漂泊。（《最后的天堂》）

有关这方面描写的最为奇异之处，还是让我们回到《天黑之前回家》这个中篇。抗凝在讲述“我”这个留学生在中国的家庭故事时，给“我”的母亲安排了一份异乎寻常的职业：一个大陆的法医。“母亲”每天都尽责地在解剖室检验每一具尸体的特征，做出身份认定，考证有关他们死亡的错综复杂的原因和过程并编成与“事实”一一对应的档案。“母亲”醉心于这种研究，并且成果累累。如斯过了大半生之后，“母亲”在一次解剖中，无意把两具同性别，同年龄尸体上的标签张冠李戴。母亲的错误“使两具千辛万苦之后才被验明正身的尸体再次失去身份”。这个错误忽然使母亲感到这“如同把猴子的标签贴在马身上一样有趣”，“母亲”由此发现：一个虚假的过去完全可以理直气壮地代替一个真实的过去，一具毫无生命的尸体，叫什么名字有什么关系？既然死亡的事实不重要，结论会有多少重要性？

于是，这个法医界的模范工作者，开始时常故意把尸体的名字互相对换，这样的恶作剧做了一次又一次，竟能一再瞒天过海，一个复杂而又简单、无法解释而又任凭解释的死人对活人意味着什么？“母亲”竟被这个在她和尸体打交道的多年中还从来没有想过的问题，弄得迷醉不已。这是一个带着阴森快意的奇特的文学玩笑，是抗凝提供的一个关于“身份错置”的象征。死人是不能为自己证明身份的，而附在他们身上的所有故事只是别人任意注解的结果：无论对错，一个死人无法再为自己言说什么。在任何死亡案件中都会有一些只有在场者知道或谁也不知道而被死亡带入沉默与遗忘的东西。这个象征对一切试图弄清事物确切成因的“真理”进行了残酷的嘲弄。

小说中的母亲似乎是做了大半生“必然性”的仆从之后，玩了一回只有上帝才有权玩的把戏，她也把自己和上帝的身份错置了。她从此知道自己罪孽深重。但是，罪孽深重不仅在于她故意让尸体失去身份。一个问题是，就算在她“正确”地编写着尸体档案的时候，难道她就没有僭越上帝的权能吗？人真的可以确切地掌握真相、真理、因果、规律、本质、必然性吗？在这个作品中，“我”作为留学生的出国故事是这样穿插进来的：

“母亲”一生只为两件事，一是成为一部解剖书的作者，二是强迫“我”学医。“母亲”认为，人体如宇宙奥妙无穷，而“我”始终觉得人体只是一副臭皮囊，不能与宇宙同日而语。“我”开始与“母亲”作对。作对以“我”大获全胜告终。“我”远走悉尼攻读神学，“我”相信，“母亲”折腾一辈子拯救的充其量是人的肉体，而“我”拯救的是人的灵魂。虚无的神学不过是一出对严谨医学的“恶作剧”以及对“走吧，再不走，日子都过完了”的一个随机选择。此后，“我”开始了在澳大利亚折腾……

多少年之后，在“母亲”弥留之际，“我”赶到了“母亲”的病床边。“我”给“母亲”最后捎去只是（只能是）鲜花，“我知道，对于母亲，鲜花与神学一样虚无缥缈”，“母亲”在她生命的尽头，仍然期望“愿望达成”。那一刻，“我”坐在“母亲”床边，一遍一遍向“母亲”解释那些令“母亲”耿耿于怀的恶作剧，“我的执着与母亲的执着一样不可置疑”。“在明明白白的死亡面前，我相信了一切有关‘原罪’的说法”。生命有许多无可挽回的遗憾，“我”终于感悟到自己当年执着于自由选择的“恶作剧”，其实只是证明了人性的偏执和迷误，也由此证明了“我”确有“原罪”，正如人人都有一样。而“我”卷入神学，又似是歪打正着，不意而得之。这使“我”在悲哀之中有了喜剧式的。这整个故事充满了关于“必然性”的虚妄和“偶然性”无所不在的启示。在这种启示中带出了一些汉语文学不多见的神学和哲学命题，例如关于“原罪”，关于人的偏执与宽恕，特别是关于意志自由的限度。值得注意的是，抗凝不仅是在对社会束缚应否做出反抗这个意义上提出自由意志的限度问题，而且是在对人的行为能否做出有效的完满的解释这个意义上提出了问题。

把抗凝的作品看作一种“叛逆”之后的“回归心理”或“忏悔故事”是不准确的，虽然《天黑之前回家》的主人公赶回母亲的病榻旁边时的确充满了悔意，她的悔意不是指不应该出国，而是不应该以恶作剧的、反叛长辈的形式出国。但是，这种悔意完全是一种面对垂死亲人的“情感发现”，而不是一种凡事三思而后行、循规蹈矩的劝诫。因为，这个故事的内在逻辑，使那个可能用于“母亲”的问题也适用于“我”：如果没有出洋闯荡，而固守于长辈规范的生活轨道，我们的“罪孽”就会少一些吗？

因此，真正的问题是人类在这个世界全部生存所具有的“漂泊”性质：没有哪一种人生选择是能够预知后果和有确切意义的。抗凝已经表示过，新华人在澳大利亚的居留这个结局其实没有什么皆大欢喜的价值，它根本不是“漂泊”的结束，而是“生命历程中真正的漂泊”的开始。居留曾经充当了这批中国人舍命追逐的一个本质上是临时的、现世的目标，一旦达成，目标的意义便同时失去。只有在这时，为什么在这里活着的问题才真正突出了出来，人生的“漂泊”性也才变得极其尖锐起来。“漂泊”这个隐喻同时唤起了“流逝”与“流失”的意味，这使人们对于自己经历的意义解释成为急迫而尴尬的任务。如果万里出洋不只是一番来自“恶作剧”的“原罪”证明的话，人们能够就中国人在澳大利亚的经历出示什么令人满意、不致前后矛盾的理由呢？

（钱超英）

抗凝作品选

天黑之前回家（节选）

19

七月，阳光普照。外公在一个阳光普照的早晨，从此没有再醒过来。这距离他把外婆迎娶为妻的那次婚嫁整整过去了48年。这段48年的婚姻由于太平凡，无人为它盖棺定论，如果随便概括一下的话，那就是乌龟娶了美丽的兔子为妻，安然无恙过了一辈子。

外公死于突发性心肌梗死。告别人世之前几乎没有任何交代。生前最后一晚，他十分清晰地对外婆说下人生的最后一句话：他明天不去买菜了。根据医生判断，外公在那一刻正站在性命攸关的关口。外婆这次未能再次拯救外公，甚至完全判断错误。外婆断定那晚外公又来雕虫小技。外婆最后对外公说，你不去谁去。为这句话，外婆后悔了很长时间，外婆说，这句话很不吉利。

外公选择了一个极为平常的深夜，突然而去，再一次令全家措手不及。母亲陷入极大的悲痛之中，不能自拔。母亲整天躺在床上，泪流满面。那一刻母亲看上去十分可怜。她重重复复地对父亲说，她未曾报答养育之恩。而一切又都无可挽回。

外婆在母亲悲痛欲绝的时候反过来安慰母亲，外婆说，人老了就得死，我到时也会死。母亲哭得更厉害。母亲在外婆面前痛哭的时候，不停地用手背去擦眼，完全像个做错事的小孩。

外公去世以后，外婆变得沉默寡言，老是丢东西。外婆丢失的东西重复出现，又重复丢失。事情来来去去都变成一样的。按照以往的习惯，外婆会把这一切归罪于外公。外公的去世破坏了这种恒定的秩序。外婆一下子老了许多。这时候，外婆提出了退休。

外婆退休之后时不时把死挂在嘴上，这使死亡在日常生活中变得随便而又意味深长。外婆让母亲给她做好两套上好的衣服，藏在柜里，之后又把她的存折交给母亲保管。外婆觉得人活到这种岁数得着手准备些事，怎么也不能像外公那样手忙脚乱。

母亲在外公去世后一个月，郑重其事地把我叫到跟前，说，如果你死了，是不会有人记住你的，人们记住了你的书，才会记住你。当时我愣愣地站在那，不知为什么母亲一定要让人记住。母亲又说，不要像你外公，走了就走了，什么也没留下。

20

我决定绕过困难重重的第二章，先写第三章。以色列战争写到第三章出现了各种毁誉参半的战争人物，其中一个最著名的人物叫亚瑟。以色列战争使一个叫亚瑟的人受尽磨难，让他失去三个儿子，一个女儿以及父亲。但又使他的名字连同那场战争一起名垂青史。我从图书馆借出了亚瑟的传记。亚瑟为题目的人物传记有12本之多，再查这些亚瑟们的生年卒日，这12本书竟是写同一个人。

我在一个星期五的下午准备把有关以色列战争的史书从图书馆全部调出来，我在检索电脑书目时，意外地发现以以色列战争为内容的书竟有二百多本之多。我一口气翻了12本书的前言。每本书的作者在书的前言部分都三番四次重申，他们最全面，最忠于历史。后来我还发现，以以色列战争为题以及与此有关的书目，一百年来一直层出不穷。谁都希望通过这个畅销的题目使自己一举成名。

那天，我一个字也没写出来。我呆坐在如沧海桑田一样的图书馆，感觉自己如沧海一粟。我对自己的选择十分失望。我相信如果有人可以超越前人，那绝对不是我。这一发现令我痛不欲生，那一刻，我渴望写成一本书的冲动消失殆尽，这如同那些荷尔蒙冲动一样，不堪一击。我决定放弃写作。

这个决定让我无可奈何想到母亲。我猜想母亲此刻在大洋彼岸，可能正要上床睡觉，或者刚刚躺在床上，处在想睡又不想睡的蒙胧状态之中。这种状态很要命，最适合做那些漫无边际的不合实际的联想。母亲说过，她退而求其次了，写成一本书是她对我的最后希望。母亲还说，她不怕等待，谁不等待呢。母亲的执着让我觉得她和我都同样没有希望。

我把这个决定告诉大卫，大卫高兴得手舞足蹈，说我终于找到生命的真谛。大卫说，神都不能主宰一切，何况人。大卫那天认为我找到真谛之后，又讲他那个城堡的故事。

大卫说，那个叫沓沓目的人，花了20年的时间，研究了一个以他命名的沓沓目城堡。他把世界上那些著名的断路，单行路，死路全部融汇进去，还用某些惊骇的符号在每个拐弯角贴上标志。

大卫说，城堡最精彩最无与伦比之处就是露天。你站在山顶可以纵观城堡全局。你可以看到人在三岔路口面临选择时，那种犹豫不决，错误百出；或者看着他们全然不知走进一条死路，一味走到尽头才发现错了，等他们重新从死路折回来，已经花掉了一天的大部分时间。

大卫那天躺在草地上，眯着眼望着快要下雨的天，不紧不慢讲完这个旧故事。大卫说，他不相信失败，也不相信成功。他说他是一个天生的旁观者。沓沓目就是一个旁观的启示。

那天是我最后一次和川在一起。

那天有太阳。川一定要带我去吃一顿饭。那天川收拾得更加整洁。川总是太整洁，太整洁使他离群索居像一只远离狼群孤独的狼。川那天眼睛盯着我说，这是最后的晚餐。川说这句话时，我心使劲往下一沉，我知道川这句话是故意说给我听的，川没必要这样。

我临走的那段日子，川变得越来越古怪。他时常借故胡说一些充满暗示的话，一只飞过的鸟，一片飘落的树叶，全都成了他借题发挥的话柄。吃饭的前一天晚上，我们坐在阳台上，满天繁星与流萤。川说，天上的星是石头做的吗，可能还有别的什么东西。许多秘密老早就在那里了。只是你不知道而已。川又说，你知道看星星是什么滋味吗？我说，不知道。川说，看星星只有两种滋味：一种是心如明月，一种是心如死灰。许多年后，在我一个极其灰暗的日子里，我仔细品味川那种看星星的滋味，泪如雨下。

那天饭吃了一半的时候，川说，你怎么证明一个人不是在撒谎。我没答川。川又说，总有一天，他会沿着珠江顺流而走。这是他一生最后一件事。这条河奇奇怪怪，只往一个方向流。我说，如果你觉得这条河奇怪，那其他所有东西一定也很奇怪。川神色黯然，不断地点头：对，对，你说得太对了。我知道川已经不是指那条河，而是指那条河以外的其他一些东西。川在说话的过程中，抽过两根香烟。后来我对川说，我明天就走了。川一听走字，突然回过神来。川的情绪开始躁动，川急急地说，必须接受现实，就像接受河水往一个方向流一样。

川那天的躁动与饭桌周围的闲散极不相干。接着川开始冒汗，川满头大汗的时候，对我讲了许多热情洋溢的话。川在公众场合仍然热情洋溢，再次证明青春的力量。川扬手让人结账。结账的时候，服务生问我要不要热毛巾，川抢过话头说，不需要。川讲话的口气十分肯定，好像他就是我，我就是他一样。

我和川在饭店门口分的手。本来川约好走的那天送我到机场，但由于母亲执意要由她送，最终没有送成。那天我们在饭店门口随便说声再见便从此分了手，这是我后来怎么也没有想到的。那天我走了很远，回过头去，川仍然木然站在人群之中，颓丧而又平凡。

许多年后，我重返故里，遍寻川的踪影，终是寻不着。

21

1985 年一个冬天的早晨，外婆穿上三件毛衣，用围巾把脖子团团围住，然后打开家门。外婆搬来一张凳子，面朝门坐着，开始吃早餐。早餐才开始吃，有人陆续进来，一个，两个，直至 12 个。进来的人脸色参差不齐，全都老态龙钟。他们管外婆叫主任，他们把这个由来已久的头衔叫得娴熟而又理所当然。

外婆朝每个来的人慈祥地点点头，继续吃早餐。这个过程每日上演一遍，十分持之以恒。

外婆边吃边说：煮早餐也是很麻烦，不煮又不行，还是要去煮。许多人纷纷表示同意。有人说，王伯今天不能来，一早起来头晕，昨晚又跟媳妇吵架。有人对外婆说，你早上吃得太少，应该吃一个蛋。外婆说，她今年74岁，明年就75，吃什么都没用，说死就死。外婆在讲这话时，语气阴晦。坐在那里的人，个个神色凝重，默不作声。外婆又说，她最后一定死得千辛万苦。外婆说她男人算是交了好运，晚上很平常地睡一觉，第二天，事情就搞定了。他走的那天，脸上很平静，像一朵祥云。哪会不安祥呢。有人说，明天一起去喝茶吧，有新出的叉烧包，赶紧吃呀。

太阳爬上中天的时候，来人纷纷告辞，临走时互相叮嘱明早喝茶的事。一眨眼全部消失在巷口。

来人走光之后，外婆无所事事。她在房间踱来踱去，一天剩下的时光对外婆变得十分冗长，外婆踱到外公的像前，沉默一会儿，上一根香。外公去世后，外婆在外公的抽屉里，找出许多陈年纸条。那上面都是外婆亲手写下的承诺。外婆答应外公，相夫教子，为外公生八个儿女，保证弄得儿孙满堂。外婆翻出那些纸条之后，又把它们叠得整整齐齐，原封不动放回抽屉，然后挂上外公那把大锁。外婆说，他锁的都是他觉得有用的东西，还是放回去好，不要动他的。我每次去外婆家，外婆总要我在外公像前也上一根香。外婆说，三人同行也有十世的缘，何况夫妻。

那一年年底，每早到外婆家小坐的人越来越多，这种有聚众之嫌的聚会最终引起有关方面的注意。有人对聚会的内容做过精密的统计：家庭话题占三分之二，死亡话题占三分之一。有人把这种现象称为夕阳现象，并把它写成论文登在报纸上。有人对这个聚会的主要人物外婆做过这种评价：74岁那年再次被推举出来，代表一群人，一生由两三个意外的机会以及无数微不足道的胜利所组成。

那一年母亲光荣退休。退休之所以光荣，是因为十年前那具神秘男尸重见天日。汪洋的妻子在男尸被平反昭雪之后，把汪洋收藏的那份解剖报告交了出来。这一页破纸在十年之后，成了一个重要人物死于非命的历史见证。这份价值连城的报告受到了格外的礼遇。它被人过了塑，装进镜框，摆进了历史博物馆。这成了母亲一生最辉煌的成就。这个成就在母亲经历了一切幻灭，心境日趋平静的时候，突然从天而降。这时母亲已经满脸皱纹，百病缠身。母亲在得知这一消息那一刻，只说了一句，怎么会有这种事。

那天晚上，母亲专门去看望了汪洋的妻子。汪洋之死早已被人遗忘，无人再对他自杀抑或他杀感兴趣。母亲站在汪洋英年早逝的像前，深深鞠了一躬，沉静而又木然。母亲知道，汪洋早逝是因为他应当早逝。母亲终于为这件事找到了一个令自己满意的解释。

母亲退休那一年解剖室还发生了两件事。一件是市面上突然出现了一本名为《案件解剖大全》的畅销书。畅销书中所列举的案例以及解剖分析过程中的种种细节正是解剖室不翼而飞的档案的翻版。畅销书作者的署名是王盖。

另一件事是，在 1 月 15 日那天同时推进解剖室的两具女尸，标签贴错了。这使整个案件的侦破出现了方向性的误差。无人知道这种事是怎么发生的。等人们把错误纠正过来，案件的侦破时间比原计划迟了整整三个月。母亲对除她之外，还会有人弄这种把戏感到不可思议。她先是兴奋，接着是颓丧，后来是冷漠。她觉得这些事不足为奇。一具没有生命的尸体叫什么又有什么关系。

母亲退休那天，家里来了很多庆贺的人。母亲把解剖 30 年的经验精辟成一句话：你要是杀死一个人你就完了。那天人走了以后，母亲又把这句话对我说了一遍。母亲还说，这个城市每天都有人死于非命。我当时对她的话十分吃惊，我怎么会去杀人。杀人是一件很大的事，我知道我做不了这种大事。

那一年，我最终还是一意孤行选择了神学。母亲和我较劲较到最后一刻，突然松手。母亲接受了现实。母亲说，人是不能期待得太多。母亲在 55 岁那年突然才明白过来。在我拿到斯福坦丁大学入学通知书那一刻，母亲的烦恼突然烟消云散。母亲静静地坐在沙发上，心平气和地望着我，说，不管了。全然一副大彻大悟的模样。母亲心平气和的时候，我心如刀绞。母亲两鬓已经花白，眼角的皱纹像刀刻一样。在我面前，母亲怎么也是一个失败者。

胜利的喜悦一下子消失了。我在等候签证的那一个月，每天伴陪着如残花败柳一样的母亲，心绪如秋风落叶。

22

大卫在那个冬天一毕业立刻找到工作，在一个政府的专门部门，研究安乐死的道德问题，即时走马上任。大卫认为政府完全是在浪费纳税人的钱，谁要死你还能不让他死，死什么时候都比活容易。

大卫在学期最后一天喝下午茶的时候，对我说，人最理想的生命程式是一生换 30 份工，经历五次婚姻，育八个子女。大卫说他得出以上的结论花了 30

年。大卫说，人除去成长和衰老的时间，其实有价值的生命只有30年。这30年里面，人要挑挑拣拣，品尝各种滋味，人通常要把程式全部走完才会死心。你只要想想看，人只有一次生命，没有这些变化，谁会死心。大卫还说，他可能会不断换工作；不断说关于爱或者不爱，一生太长。

那天晚上，我做了一个很长的梦，好像一个晚上都在做梦。我发现我其实是从海里爬上来的。我被海水冲到这个四面环水的地方来。我爬上岸时还吻了一下那块湿漉漉的泥巴地。可我明明记得我肯定是乘飞机来的，是母亲亲自把我送上飞机的。

早上醒来，我坐在镜子前面，突然泪流满面。我弄不清我一早起床突然痛哭的直接原因。那一刻我好像在为大卫哭，为母亲哭，为外婆哭，哭到最后，我一心一意为自己哭。哭得痛不欲生。我发现许多东西可能错了，我以为是这样的事情，其实并不是这样。

我在痛哭的时候，不断猜想大卫经历五次婚姻的情景。大卫生命中的五个女人都如花似玉，明显带着所有男人都喜欢的羞捏。她们温柔无比地为大卫生下优良的四男四女。而她们在把儿女养至五岁时，全都变成河东狮。五年是许多事物的一个界定时间，或者说五年是一个容器的量，超过五年，必定是多事之秋。河东狮以后的故事逐渐连不起来，到最后干脆戛然截止。

这种猜想使我突然停止了哭泣，我又躺回到床上。我重新躺在床上时，感到浑身发烫，每个关节都像针刺一样疼。疼痛使我无比痛苦又无比兴奋。疼痛让我感到周围的一切突然变得十分清晰，室内的桌椅台凳，窗外的阳光树木，颜色突然都鲜艳起来。我试着移动一下身躯，那种痛真真的从腿移到心，真真的痛入骨髓。我被痛苦和兴奋弄得魂不守舍。这一刻，我断定我肯定是错了，人的所有错误，都是从走进城堡那一刻开始。

23

我至今仍然相信那天毫无缘由的疼痛与某种暗示有关。当天晚上，我接到国内的长途，说母亲病重。

母亲躺在医院时常陷入昏迷。她每次醒过来就问守在床前的父亲，今天几号了？母亲听天由命地等待我的归来。

母亲被推进手术室的时候，我赶回了中国。一直沉默寡言的母亲，上帝安排她患喉癌。手术后母亲已经不能说话。我给她捎去鲜花。母亲望了一眼鲜花和我，无力地朝我点了一下头。母亲对我千里迢迢赶来并没有打算对我笑一下。

我知道，对于母亲，鲜花与神学一样虚无缥缈。母亲期望看到一本印成铅字的著作，书的封面有与她在血缘上密切相关的名字。母亲看我垂手而立，沉重地叹了一口气。

母亲不能说话的时候，时常漠不关心地望着雪白的天花板，两眼直勾勾，空洞无物。母亲在死亡面前，执着地以这种方式表现生命意志，令我痛苦万分。我坐在母亲床边，一遍又一遍向她解释我那些令她一生耿耿于怀的往事。我说，其实那些医书我都看过了。还是神学好，神学没有秘密。我说，一部关于神学的书籍同样会名垂青史。我对着一个永远沉默的听众，一个劲地讲。那一刻，我的执着与母亲的执着一样不可置疑。我看见母亲朝我点点头。

母亲朝我点头时，脸上露出了微笑，母亲的微笑让我相信母亲再一次被蒙在鼓里。那一刻，我相信了一切有关“原罪”的说法。我相信我的出生与罪恶紧紧连在一起。许多东西可以篡改，包括解剖手记，浩瀚无边的书籍，以及历史的各种细节，但留在人心里的罪恶感只能长留心底。

医生后来告诉我，母亲的癌细胞已经扩散。母亲像枝头上已经生长了一个春夏的树叶，随时飘然而下。我在明明白白的死亡面前，忍不住放声大哭。我知道谁都没有时间了：已经走到尽头的母亲和这时候希望做出补偿的我。

母亲那个晚上再一次醒过来，母亲一醒过来就朝我摇摇头，而后又点点头，我弄不清母亲要什么。母亲弄了半天不得要领，疲倦地合上眼。那天深夜，母亲又睁开眼，母亲这次睁开眼非同寻常。她示意我去拿纸和笔。而后又示意我出去。我立刻意识到这个程序的庄重和无可挽回。那晚母亲在纸上写了很久很久，一共写下一句话。母亲说，她应该感谢命运，没让她死于非命。

母亲最后始终没合上眼，那双疲惫而又十分苍老的眼，一直地望着天花板，冰冷如磐石。这最后一幕如同一幅苍凉的历史画，使我再一次无可救药地走进那个熟悉的幻觉：那块广漠的大地上，有豺狼，士兵，妓女以及遍地终日忙于糊口的蚂蚁，那些打了一辈子仗的士兵整齐地站在战场两边，他们敲着战鼓，一次又一次高声呐喊一些简短而又相同的句子，直喊到全部人都头脑发热。喊声停下来的时候，一个更老的长者站了出来，他胸有成竹地对着黑压压的人群说，孩子们，如果你们想青史留名，那么就与我一起战死沙场。

张奥列及其入选作品简析

张奥列简介

张奥列祖籍广东大埔，生于广州，澳大利亚籍华文作家，悉尼《自立快报》副刊主编。张奥列毕业于北京大学中文系，20 世纪 80 年代就是国内知名青年评论家。

张奥列作品简析

那时读中文系本科的我开始学写评论文章，经常拜读他的大作，颇引为先辈和同道。可惜他渐渐淡出，听说移民澳洲了。若干年后我也在中澳之间奔波，很快有缘识荆，知道他移民后仍执着本业，除了给一家华文报纸当编辑，心无旁骛，继续做评论，只是评论对象由国内文坛换作澳华文学，其“悉尼文坛逐个数”“澳洲风流”系列至今还是研究澳华文学的权威参考著作。在几乎一律为生活所迫或对物质生活有更高追求的 20 世纪 90 年代澳洲华人新移民中，这种专业精神使奥列成了一个不折不扣的异数。

澳华文学表面热闹，但很少专事创作的，大多数只是“洋插队”一点余兴而已。这固然难能可贵，但因此也就缺乏专业精神，专业文学评论意识的稀薄更是到了新世纪才有所改观，所以我和奥列之间同道之谊按理应该更加深厚。但我每次去悉尼都很匆忙，偶尔文友小聚，奥列总是安静地坐在角落，笑眯眯听别人讲话，很少高谈阔论。后来我们一起为萧虹教授设立的“南溟基金会”做评委，见面主要讨论评奖事宜，也难得交流。最近我们先后辞去评委之职，相聚更少了。他留给我的印象是严肃，内敛，低调，朴实，如“五柳先生”所谓“闲静少言，不慕荣利”，跟周遭的张扬喧嚣形成鲜明对比。这固然有古人高致，但也让我感到几分神秘。

去年10月我正独自在意大利漫游，忽然接到奥列邮件，嘱我为他新著“游记散文集”写序。我略加思考就答应了。这倒并非自觉有资格写序，而是因为我本人意志薄弱，害怕舟车劳顿，况且很早看过布宁小说《旧金山来的先生》，对堂而皇之炫耀成功专图享乐最后乐极生悲的“豪华游”既害怕又反感，但全球旅游业并未因我的这点小情绪而萧条下来，所以我很想知道为何那么多人爱满世界跑，当然很想看看奥列的游记散文写了些什么。比起正襟危坐的文学评论，这或许更能“读其书，想见其为人”吧？说到底还是为了满足一点好奇心。

17至19世纪，先是英国后来扩大到整个欧洲的上流社会青年男子为考察各国文化、增进自身修养，以意大利、希腊为中心，大规模旅行欧洲各国，这种所谓Grand Tour的风气直接催生了现代欧洲旅游文学，其中就包括游记散文。若将Grand Tour译为“壮游”，则此等风雅之事中国古人早就有了。孔老夫子告诫弟子们“父母在，不远游”，但“游必有方”，必要时也不妨到处走走。孔子“周游列国”主要是推销他为各国君主设计的治国之道，至少《论语》中孔子“无心看风景”，但这并不妨碍他所欣赏的曾点之流实际上很可能就是跟着老师到处游山逛水。可惜除了“逝者如斯夫”这句著名的喟叹，他们都未曾留下什么旅游文学。《楚辞》相传出于屈原之手的篇章就不同了，三闾大夫因遭放逐，漂泊流离中抒发忠而被谤信而见疑的愤懑，同时活动空间显著扩大，读者追随其足迹，不仅看到他如何在想象中驾驭飞龙从九嶷山一下子遨游到昆仑悬圃和西海流沙，也依次看到他在地上所经过的沅湘之间各种风物。《哀郢》更详尽描述了楚国官民在首都沦陷后一路流徙的景象。这与后世“游历”以及现代“旅游”不是一回事，但至少都是到处走走看看。

说到文人“游历”，不能不提到司马迁，他正是凭借早年漫游经验所得书本之外的丰富知识，再结合太史公渊博家学，才著成彪炳千秋的《史记》。司马迁是历史学家，无意于单篇散文创作，但《史记》中保留了游历各地的大量感性经验，如苏辙《上枢密韩太尉书》所说：“太史公行天下，周览四海名山大川，与燕赵间豪俊交游，故其文疏荡，颇有奇气。”同一时期的汉大赋是扬雄司马相如等“帮闲文人”记叙帝王宫廷之瑰丽，田猎之壮观，多静态描摹，缺乏大的空间变换，但也不妨看作游记散文的一种类型，因为游记可写旅行各地的感受，也可写固定一处的见闻。降及东晋南朝，照刘勰的说法，“庄老告退，山水方滋”，大家厌倦了玄学空谈，转而寄情自然，不仅写出许多山水诗，也留下不少游记散文。北朝杨衒之《洛阳伽蓝记》、郦道元《水经注》等皇皇大著更使游记散文在文体上趋于多元和成熟。此后不用说伟大的《大唐西域记》了，唐宋两代文人无论僧俗，早年大多皆有“壮游”之举；中年遭遇战乱，或宦海浮沉，四处漂泊，天涯沦落，无论苦乐若何，普遍的游历范围总是更广阔了，诗歌之外的散文记游之作也因此而加多。唐宋八大家几乎都是游记散文高手。苏辙《上枢密韩太尉书》固是逢迎拍马之作，但你看他写得多么铿锵磊落，足以代表古人对旅游与文化修养之关系的经典认识：“辙生十有九年矣，其居家所与游者，不过其邻里乡党之人；所见不过数百里之间，无高山大野可登览以自广；百氏之书，虽无所不读，然皆古人之陈迹，不足以激发其志气。恐遂汩没，故决然舍去，求天下奇闻壮观，以知天地之广大。”唐宋以降，锦绣河山，四时景物，到处名胜，各族风俗，不知触动多少迁客骚人的情思，著为文章，粲然可观者多矣，而沈复《浮生六记》的《浪游记快》可算是压卷之作。

近代“睁眼看世界”，能文之士如黄遵宪、王韬、康有为、梁启超等记叙“海外轩渠”的文字不少。“新文学”某种程度上就是“留学生文学”，新文学家们描写各自海外留学生活的作品是现代文学重要而独特的组成部分。小说诗歌之外，游记散文举足重轻，有旅行国外的如胡适等人留美经历的记叙，周作人及创造社诸君子的日本印象记，王独清、朱自清、徐志摩等的欧洲和意大利随笔，很快也有了在国内的探幽访胜之作，如郁达夫《屐痕处处》。20 世纪 80 年代再度开放，许多作家有机会出国，纷纷写下见闻感想之类散文随笔，如王蒙《访苏心潮》。这也是“新时期文学”不可小觑的一个品种。90 年代以后开放程度不断提高，记叙海外经历的汉语游记散文数量剧增，其中“新移民作家”更不遑多让。不同于八九十年代成长起来的国内作家，“新移民作家”特殊的经历、身份和由此而来的思维与情感方式决定了他们的游记散文风貌独特，无可替代。奥列这本《故乡的云，异域的风》就是其中一个典型。本书所收作品分两组，一组写他出国后多次回祖国大陆和台湾、香港地区的经历，一组写他也是出国后旅行欧美、澳大利亚、新西兰和新加坡各国的见闻。倘要概括两组游记散文共同的特点，最好还是那句现成话，“平淡而近于自然”。这种写作风格，也让我真切地感受到奥列作为一个散文作者的心性。

奥列文笔朴实，但并不板滞，更不乏激情与灵感的火花。他写的许多地方，北京、上海、广州、厦门、成都、昆明这些一二线城市，以及广东侨乡“四邑”之一的开平，四川凉山彝族自治州和西昌卫星发射站，云南、贵州、青海许多少数民族居住区，不管你是否去过，是否拥有那些地方的历史文化知识，一读之下，还会有许多新鲜感，甚至不小的震撼，因为奥列在平实的叙事和交代性文字中敢于随处表达自己的思想，这是任何翔实的旅游宣传资料不会提供的。奥列文章一往情深，但绝不滥情。毕竟人过半百，感情沉淀下来，多了层理性的节制，抒发出来便自有一种分寸，一种智慧的启迪。每到一处，奥列都力求从表面热闹探究内里真相，可以见出他的今昔参照，东西方对比，小说家的叙事能力，散文家的文字功夫与评论家的理性分析习惯。他的思考并不刻意求深，更不一味剑走偏锋，因为他知道自己的所知，更知道自己的有所不知，故行于所当行，而止于其所不得不止。

你不仅跟随奥列脚踪在纸上深度旅行了世界各地，也不断加深对奥列这个“导游”的认识。他确实是称职的文化导游，按部就班，细大不捐，很让人“涨姿势”！且不说第二组“域外的风”，就看第一组“故乡的云”，我相信即使在国内到处游走的读者也会有新的感触，勾起新的回味。比如“多元文化”现在已成为西方现代移民社会专属的“政治正确”的一个好词，中国的“大一统”则似乎成了定论，但看奥列这组国内游记散文，一个最直观的印象是经过千百年融汇凝聚，固然造成了高度统一的中华文明，然而仔细观察，在高度统一的主流文明和流行文化表层之下仍然保留了不同地域和不同民族文化的差异性，这些差异性与主流文化并行不悖，由此造成立体多元的现代中华文明景观，远非一些西方的移民社会临时拼贴也因此麻烦不断的“多元文化”所可比拟。奥列还不时采用“闲笔”，记录了很多次跟他一同应邀旅行祖国各地的“四海作家”们的种种表现。这也是此书另外一大看点。奥列写这些旅途中的同伴，实际上是借用他们的眼光，让他们跟着自己一起看，一起感受，一起思考，一起发出各不相同的声音，并非简单的呼朋引类，制造热闹。没有这些大多数在90年代以后移民海外的华文作家不同的感受和眼光，仅凭一人所见，当下中国文化的复杂性恐怕还不会如此充分呈现出来。

所以奥列不聒噪、不自炫，也尽量避免贩卖常识。他一再声明只是从普通访客有限视角如实写来，宁可低调一点，点到为止，绝不包打天下穷追不舍，文章因此放得开，收得住。“引而不发，跃如也”，是本书在写作心态和写作方式上最大的好处。

临了说点题外话。我很喜欢他写“台北叔叔”“狮城舅舅”那两篇。在他的东南亚华侨大家族的背景中，肯定还有更多感人的故事有待挖掘。但这可能溢出了游记散文范围，那么，就先记上一笔，权当我对他的或许已如箭在弦上蓄势待发的后续之作的美好期盼吧。

（郜元宝）

张奥列作品选

爱恨唐人街

小时候，我就听说“唐人街”了，幼小的心灵中，就知道唐人街是海外中国人居住的地方。不过，我真正感受唐人街，读懂唐人街，还是在我移居海外，并游历过众多国家的唐人街之后。

当初到澳洲，一放下行李，就直奔悉尼唐人街。坐在中餐馆里，见到穿着红色旗袍的侍应，听着满耳喧闹的乡音，品尝着热气腾腾的粤式茶点，在异国他乡，真有种回家的感觉。因为要填写政府的一些申请表格，不谙英语的我，随后找到一家叫“澳华公会”的社团帮忙。女义工很热情，见我初来乍到，不仅为我翻译填写，还告知一些新移民将要面对的生活事项。那温婉的乡音，暖人心房。

海外华人社团，不仅是联谊性质，当初的形成，就是出于同乡互助，解困自救，今天则提供更广泛的慈善服务。放眼望去，唐人街老字号的社团还真不少，既有1854年开山立堂的洪门致公堂，也有上百年历史的四邑同乡会，还有经历过抗日战争洗礼，并在中澳建交时于唐人街打出第一面五星红旗的侨青社，而国民党驻澳总支部大楼顶上的1921几个大字也赫然入目。正是这些包括同乡会、校友会、商会、艺文社的大大小小的新老社团支撑，使唐人街越来越风生水起。因为唐人街的存在，来到英文国度的第一天就能顺利安顿，令我产生一种从容面对，重新起步的信心。

居澳的第一个春节，我是在唐人街过的。那时还未找到工作，就到唐人街游转，看到哪家商号，哪爿食肆门前张贴招聘广告，就进去探问。正值新春，唐人街也张灯结彩，虽然没有飘香的花市，但也摆了不少售卖应节物品眼花缭乱的商摊。古香古色的牌楼外，还搭了个戏台，一些文艺社团在表演民族歌舞。在狮龙舞动、锣鼓喧天中，我忽然感受到唐人街的生命力。唐人街既是一种文化象征，也是一种生存土壤。它在海外延续了中华文化，维系了华夏乡情，凝聚了民族自信心；在语言不通，环境生疏的异域他邦，为背井离乡的华人提供了生存发展的起点。

唐人街在各国的官方名字是 China Town，即中国城，或华埠。在澳洲和欧洲，官方的正式命名，大多是20世纪七八十年代之间，美国也许稍早些。而官方认同之前，华裔先民大抵称之为唐人街，此俗称也沿用至今。海外华人同声同气，喜欢聚居，习俗难改。世界各地的唐人街，因而成为中华文化象征的地标，构成地缘上的一道标志性的风景线。到世界各地旅游，如有机会，我都会到当地的唐人街走走。并不是说，我对唐人街情有独钟，而是总想感受点什么，捕捉点什么，究竟是什么，我也说不清。我见识过欧美澳亚众多的唐人街。对于世界各地似曾相识、大同小异的唐人街，我总有一种爱恨交织，欲迎又拒的尴尬情感。

不错，对于中国人，唐人街有种亲切感。在伦敦唐人街口，那十多米高的牌楼高高耸立，喻示着海外华人立足生存的能力。三藩市唐人街牌楼上“天下为公”的大匾，让人追寻海外华人的历史踪迹。悉尼唐人街牌楼上“四海一家”的横额，则展示华人浪迹天涯的胸怀。洛杉矶唐人街、巴黎唐人街等，几乎都是珠宝店、海味店、杂货铺、中药铺、中餐馆的扎堆。世界各地的唐人街都是一个面孔，除了牌楼、石狮、凉亭，就是商铺、饭馆，处处散发着浓烈的乡情，熟悉的文化，保持了家乡的那份感觉。

不过，唐人街的大同小异还有一个另类景象，就是大都毗邻红灯区和赌场。在伦敦，当我踏入唐人街之前，就站在街对面灯红酒绿的苏豪区，那是有名的红灯区。而阿姆斯特丹的唐人街更夸张，就躺在红灯区门口。我从中餐馆出来，就闻到小河对岸飘过来男欢女爱的情欲气息。漫步跨过石桥，就置身在世界著名的橱窗女郎群中。而这些搔首弄姿的女郎，竟与神佛木鱼的中国寺庙仅咫尺之遥。悉尼唐人街与红灯区和赌场则形成大三角。从唐人街经过江南风韵的中国花园，穿过情人港，便是骰牌声声的赌场。墨尔本唐人街，跨过雅拉河，就是南半球最大的皇冠赌场，那些脸红脸绿的赌客，有不少本地华人，而在贵宾厅，你会看到不少中国大豪客在孤注一掷。这是一种巧合，还是一种文化？

更要命的是，无论欧美，还是澳大利亚的悉尼、墨尔本、布里斯本，唐人街总是显得地方狭小、环境脏乱、重商轻文。五千年的中华文化张力，使唐人街形成自成一体保持传统的“中国式”生活圈。无论语言、文化、习俗，甚至观念，唐人街都很中国化。路是双语路名，店是双语招牌，告示也是双语书写，你不懂英语，也可生活自如。正因为如此方便，使不少华人产生惰性。后来我在唐人街上班，每天都要呼吸它，阅读它。在大悉尼的新鲜空气中，我对唐人街的那种气息，多多少少总感觉有那么点异味。唐人街虽然办事、购物、吃喝方便，但那种嘈杂，那种脏乱，实在与唐人街之外的周遭环境很不协调。

中国习俗，既有传统美德，又有惰性陋习。尤其是，嘈杂脏乱，似乎总伴随着中国人的身影。你知道吗？中餐馆与西餐厅最大差别是什么？不是美食的品质味道，而是环境的喧闹凌乱与轻声洁净的反差。在唐人街或华人聚居小区，不管是大陆人、香港人、东南亚华裔，大凡华人开的店铺，与洋人区店铺相比，无论是装潢、摆设、整洁度，都略显逊色。不是中国人的品位不足，而是随意、省俭惯了。如果华人店铺尤其是餐馆汇聚在那条街，那里的市容就会明显脏乱。华人食肆常被卫生检察官罚款，已不是什么新闻。华人的这种生活习惯，比之于龙狮锣鼓，或许更是文化深层。你可以说是因陋就简，生意灵活，也可以说囿于自身传统，别于他乡国情，但显然与现代文明不是一回事。

在整洁、礼貌、悠闲的环境里待惯了，一进入唐人街，你就会脑袋发胀。唐人街是旅游景点，消费热地，外国人可以从中领略一下中华文化、东方风味，调剂一下多元口味，体验一下“中国式”热闹；中国人也可以感受一下乡音、乡情，打开某些乡恋记忆。但如果不是在唐人街上班，如果不是要购买便宜多样的中国食品，说实在，我真的不想上唐人街了。

话说回来，唐人街在贫民窟中产生，唐人街在磨难中打造，所以唐人街本身就是一种悲情。但唐人街既有屈辱、挣扎的辛酸味，也有奋进、挺立的成功感。1985 年，伦敦唐人街获得英国政府正式承认，戴安娜王妃还亲自到访。在悉尼唐人街旁边的市政厅广场，矗立着一座铜帆雕塑，那是表彰华人对澳洲开发贡献的纪念碑。1992 年铜雕落成剪彩时，我抵达悉尼不久，刚好就在现场。看到英女皇伊丽莎白满脸笑容，徐徐掀开红布，露出“遨游四海，以澳为家”的帆船铜雕。经过一百多年的打拼，中国人在澳洲由次等公民成为国家主人，建立了主流社会认可的丰碑。英女皇身后的华人代表，悉尼副市长曾筱龙也眼眶湿润。我知道，曾筱龙的建筑师楼就开在唐人街，他是从唐人街走上澳洲政坛的。由建筑师到纽省上议员，个中滋味，一定是五味杂陈。唐人街由封闭性、边缘化，到逐渐融入主流社会，中国人从原乡走进他乡的国家舞台中间，足足经历了二百多年的世纪沧桑。

唐人街，一直被视作海外华人的文化图腾，海外华人的历史缩影。他们有自己的道德规范和处世准则，既遗下传统陋习，也散发民族精神。我对其既有认同感，也有疏离感，认同民族之根，认同优秀的文化传统，但对其有悖于文明时代的陋习，有违于社会进步的守旧，则望其冲破篱藩，脱胎更新。

今天绝大多数华人都居住在唐人街之外，许多人与唐人街也许没有什么关系了，只是去会朋友、吃顿饭而已。不过，唐人街仍然是华人社区的心脏，仍然提供了社交和各种服务。每年新春，每逢大选，澳洲政要们都会到唐人街走走，给中国人拜个年，或拉个选票什么的。如果在唐人街与总理、省长、党魁见个面，在中餐馆和政要拍个照，都不是很难的事。

唐人街，在东西方之间找到了一条缝，无论洋人华人，都可以穿越这条缝看到一片新天地。一代又一代的华人社群，打造了唐人街的繁荣，一拨又一拨的新移民，穿越唐人街这道文化桥梁，完成了跨文化身份认同的转变。踏足唐人街，走出唐人街，这是许多海外华人的经历，也是许多在海外成功的中国人经验之谈。

对世纪跨越的唐人街，我既爱且恨，这既是我心中的悲情，也是唐人街的悲情。

欧 洲

珠江文化丛书

朱颂瑜及其入选作品简析

朱颂瑜简介

朱颂瑜，生长于岭南，珠江水乡，冲积平原，草木葳蕤；又留学成家于瑞士，阿尔卑斯山脉绵延出雪山皑皑，湖光山色，秀美绝伦；得天地自然灵气之精华，中瑞婚姻，打开西边书窗，两重视野身份，提升了格局。其自小痴迷动植物，学摄影美术，从事旅游推广，后成为瑞士官方记者与华语作家，全球网站华人头条编辑，善画善写，开掘自然生态、民俗文化深厚，书写亲情乡情馥郁，语言精美流丽。中式与欧式、瑞士与岭南辉映，欧风岭语，中西合璧。

朱颂瑜作品简析

朱颂瑜是朱熹后人，祖家祠堂供奉着朱熹的全身像。儒家精神已渗入文风，她对长者、老者的深情，总让人感到孝道、责任、家和万事兴的可贵；这感恩之心又有欧洲宗教的宽厚、恕道、自由、随性等精神的浸润，可谓得中西文化正能量之精髓。为文不刻意说教，也无意载道，抒情渗理，毫无涩感，润物细无声。西方小品散文多重逻辑、理性、哲理思辨，中国随笔散文多重抒情、感性、直觉顿悟，但理性未必胜于感性，理未必胜于情，而是各有短长。

自小痴迷动植物，朱颂瑜笔下的荔枝花、鲁冰花、莲花、兰花……一路旖旎，十足的花仙子；描画岭南水乡佳果：石硖龙眼、胭脂红番石榴、杨桃、黄皮、荔枝、芒果、木瓜、菠萝蜜、鸡心柿，满满的乡情溢于言表。写岭南的韭菜，春意盎然，生机勃勃，而瑞士也有野韭，还能成为婚姻的疗伤剂。写野菌，中瑞对比，一网打尽，尤其写牛肝菌、松露、荔枝菌，珍稀罕见，寻找不易，若非亲历，实难写得如此入心入肺。由一草一木、一虫一鸟起笔，进而关注生态、公益、民俗、旅游等大问题，由小及大，见微知著。

岭南人爱将植物中草药制成凉茶，清心安神，体现出粤港澳的传统养生智慧。此风兴盛千年，源于岭南潮湿温热的气候，凉茶已申报为非物质文化遗产。《绕不开的相遇》欣赏濠江风月，笔墨重点落在澳门的凉茶，五花茶、鸡骨草、火麻仁……凉茶身世均与草木有关，中草药晾晒，摊开一地古典的中国香。凉茶以铜葫芦盛着，寓意悬壶济世，普救众生。澳门凉茶生意的延续多以家族传承为主，店家多会主动问候顾客的健康，用语言为客人先把个脉，古风俨然。这又让颂瑜想起了故乡，卖凉茶的老先生，草药迷。作者总能捕捉到具有人性暖度的精妙细节，活灵活现地呈现，为文章添色。

《大地的英雄》讲述瑞士的环境保护，群山连峰叠嶂，大地苍翠，果树婆娑，素花浅开，江河湖泊水清沙白，这个诗一般的国度，充满世外桃源的美感，看一眼，惊艳一生。瑞士人抵制城市包围农村，国策特重生态保护，独树一帜。这篇生态弘文获得2015年国土资源作协保护耕地散文大赛三等奖，收录于2015年“像保护大熊猫一样保护耕地”散文大赛获奖作品集。

她的《蛙声善引》从听觉角度入手，讲述蛙声如何引发自己对乡村的迷恋：“清清水塘边，潺潺溪流里，蛙声盈盈满耳，一浪接着一浪，以温柔的弧度在清明和立冬之间的时间线上延伸。起伏……浅池的风荷，夏虫的絮语，瓦上的猫步……听觉之内，每一道细碎的声响都是轮廓清晰，与世无争”。文尾还写道，从对方手机里听到蛙声一片，立马放下讨论的正事，冲向那一片方舟：“在一片鼎沸的蛙声里，按下了手机的录音键。”

收入本书的《邓村的竹子江湖》，讲述一根竹在人间的纸版旅行，要经历20多道工序，尤其是抄纸工序，网状竹帘在水槽里轻轻一荡，竹纸从水中抄出，“每一页都呈现出竹子的肌理和泥土的颜色，如一瓣瓣大地的翻版，辐辏了天地的玄机”。“世上有一种手工的温度和生活的美学，是在高效冰凉的机器和狼奔豕突的时代身上所无法体现的”。可惜这些传统工艺难以为继，知音难求。

回归原初，极目楚天舒，在山水草木虫鱼等自然中开悟，而不是在石屎森林中遮蔽双目。田野调查，考现开掘，才能有接地气的切实文字。

在文字的世界里，与草木自然对坐，相看两忘，这既得益于童年成长于岭南水乡胜景，也得益于成家于人间仙境瑞士，故乡与他乡的人文地理环境灵魂相契。颂瑜从土地情怀出发，继而扩展到环境保护、乡村建设、手工艺术、民俗民情、旅游文化，树立了清晰的思想坐标。热爱传统文化，对比演讲中西传统文化和民间艺术的传承倡导，关注民俗学、生态环境、农业科学、乡村建设、博物馆建设和野生动物保护的发展走向。

与自然生态内容相契的，是自然的真切文风。对于漂泊在外的游子，寂寞、乡愁是刻骨的体验，摆不脱的情绪。乡愁是中国文学的重要母题，童年、故乡与大地是乡愁文化的三大主体，此类书写汗牛充栋。如何不落俗套？朱颂瑜用画家式记忆，画出内心影像，乡愁之海，不易横渡，在牵挂两地亲情的撕裂般痛苦中，写出海内与海外游子们迥异的情感体验。

追念祖母一生，有《荔枝花开》：作为长女，嫁与年长五岁的祖父，夫妻情笃，生子有三。四子临产时，祖父感染急性肠胃炎，长辞于世。天妒良缘。祖母刚过而立，室如悬磬，独自撑家。有年，四子接连患病，却遭地痞闹事，强抢猪窝："锐利刺耳的声音划过夜空，叫破了冬夜的宁静，叫暗了一路的烛光，在萧飒漆黑的乡村路上渐渐瘦去，撒下一地的悲凉。""老来多健忘，唯不忘相思"，无意中窥见，祖母在月色下与祖父灵魂交谈。她守寡58年，坚毅地守住了家，儿孙满堂。全文用小说笔法，以荔枝花和蜜作为深情寄托点，在香气馥郁的语境中，记录祖母跌宕起伏的人生历程，力透纸背，获2014年第六届漂母杯全球华人母爱主题散文大赛欧洲赛区一等奖。

思亲探母，则有《一寸草心念母恩》，写突然得知母亲罹患乳腺癌，十几年来在异国，最担心的事情发生了，"在万籁俱寂的夜里，与猝不及防的生活震荡撞个满怀"。返乡探母，想起她从前的节育手术；沙场女工三班倒，再累也要先喂奶再睡；由自己的难产经历体验到母亲的辛劳，每年假期来欧帮忙照顾小孩；自己成为母亲，升级为"煮妇"，终于理解，把握一家人饭量的艰难，吃饭慢挨到最后，只为扫盘；而当母亲完成最后一次化疗，眉宇间有苦尽甘来的喜悦，浅盈于睫。全文以意识流手法，追忆似水年华，细述点滴感人细节，情真意挚，获2012年第四届漂母杯全球华人母爱主题散文大赛三等奖。后来写祖母，走笔更从容冷静，结构雕刻更细密，尤其是荔枝花蜜意象，恰当渲染了浓情蜜意。前后对比，颂瑜笔力大增。

远嫁异国，恍如昭君出塞。能回娘家，总是欣喜异常，成就佳文。《人生有一件事不可以等》写前年父亲急病，异乡的冬夜有多长，隔岸的牵挂就有多长。于是，觉悟，人生有一件事情不可以等，趁着子欲养，亲还在，及时尽孝，于是，返乡。《时光回到未嫁时》写小孩渐长后，回娘家小住，看父亲藏书和旧文有感，吃母亲手栽的蔬菜有香，亲情悠悠，爱意绵长，极尽抒情。

如何感悟异国婚姻和亲情?《天地晖映契阔情》追念12年前初见瑞士公公，在苹果园劳作，像山区农民，其实他担任过联合国教科文组织巴黎顾问、奔走救助匈牙利十月事件中逃亡瑞士的难民；将家中房屋腾出来给难民居住；写欧洲教育论著不少，却淡泊名利。一个人像面镜子，映照出社会民族的光泽，谈吐作风见出瑞士人的质朴和低调，来于自然，归于自然。瑞士历经百多年发展，由穷乡僻壤发展为民风朴实、和谐社会、国泰民安的典范，公职人员多亲民，不特权，不拜金。此文获2010年瑞士国际广播电台“我眼里的瑞士”征文比赛首奖。

由物写人，《墓园烛光》写蜡烛，既燃起光明，增添情调，也有精神疗效，安神入定，一如檀香。瑞士公公癖爱自己做蜡烛，每年去母亲墓碑前点烛。陪同祭坟，听他讲逝去的人事，感受异族文化氛围中生与死的距离。后来，与女儿在墓园里为公公点烛上花，烛光如雪，烛泪如诗。作者用中式贤孝儿媳的态度追忆家公，用岭南方式缅怀欧洲公公，烘托出瑞士优质文化的神髓：契约精神、奋争精神、精工精神、公共精神等。

同样由物念人，有《欧洲人的板蓝根》，讲瑞士婆婆带两个小孙女，去树林里采集接骨木花朵，手工制作糖浆，渗透出世代相传的温情，馥郁的口感，花香延伸为味觉。接骨木是欧洲人的万能药、板蓝根：驱邪避凶恰似中国的桃木、桃符；从皮到叶，从花到果，都可治病，仿佛中国秋梨膏，让人想起奶奶用故乡井水兑的荔枝蜜：“原来甜味也是会让人流泪的味道啊。”

《苏菲的二婚》写苏菲再婚，受邀去观礼，牧师阐述二婚家庭与孩子责任，气氛凝重。2005年，瑞士离婚率冲破50%历史纪录。但瑞士人离婚多悄然无声地进行，后来组成的两个家庭还常互帮互助，对异己家庭的孩子们视如己出。瑞士人更注重纯粹的爱情，尊重感情，淡然从容。这有爱的社会，迥然不同的生存方式，让人对婚姻与爱有了不同层面的认识和感悟。此文通过婚姻观念这个小而具体的切入口，探讨中瑞婚姻观的差异，瑞士婚姻令人心驰神往之处正是中式所缺乏的。作者既有中国女性根深蒂固的从一而终的重义意识，又向往西方女性的自由无拘的重情观念，笔下处处呈现出微妙的矛盾之处，透露出三观欧化之后内核还有中式基因的矛盾悖逆。

朱颂瑜足迹遍及亚洲、欧洲、北美洲和中美洲，用文字和镜头记录不同地域的风土人情。她逛游唐人街，发现那里留存着传统中国的底蕴。“传统是祖先对后世的馈赠，传承是后世对祖先的敬意”，《挥春，游子红色的梦》获 2014 年“文化中国·四海文馨”首届全球华文散文大赛首奖。让人感触中华文化的水温和涵泳古典汉字的情怀。

华侨光宗耀祖的光鲜背后，也有不为人知的血泪。她为苦难的侨民鼓与呼，《最后的古巴唐魂》写古巴华侨五十多年来的离散之苦。老华侨群体日见凋零，华人报业由盛转衰，最终关闭，而中古第二代混血儿女们，却多不懂汉语，中国文化的根脉难以传承，13 个曾经壮大繁盛的侨社也难以为继。该文以纪实手法，写下真切的古巴华侨群体的生存状况，警醒社会的关注。朱颂瑜从岭南出发，走向海外，一边通过文字回望故乡，一边怀揣乡愁在异国飞翔。

（凌　逾）

朱颂瑜作品选

邓村的竹子江湖

横穿广宁腹地进入邻县四会，一路上，拐个弯，是竹林，再拐个弯，还是竹林。这种千竿幽篁竹林成海的气势很有诗意，让人行走其中都不禁悠悠然让人产生一种幻觉，以为不经意顺着绥江水面闪闪的波光进入了隔世幽境，忘了今夕何年。

珠江水暖，氤氳温润，自古以来就是竹子生长的沃土。小时候我在珠江水乡的竹林里穿行，就尤其喜欢在雨后把耳朵贴在翠绿的竹皮上去享受竹壁的清凉。打很小的时候我就从竹皮上听到过，竹筒里面不但盛有蝉嘶，盛有虫鸣，还盛有地下刚刚破土的竹笋向上生长时哔哔剥剥的声音。那时候祖母老说竹子是空心的，我躺在天台的凉席上听她讲话，看着蓝夜下穿行的萤火虫，心里暗暗偷笑。那是我和竹子之间一个小小的秘密。竹子也一直守口如瓶。

乡村是竹子的知音，也是时光消停处可以寄存儿时回忆的地方。所以当我听说在毗邻竹乡广宁的四会县邓村镇如今仍然保留着用竹子手工造纸的传统技艺，心里便徒生向往，如一个在城市里迷失已久的孩子，需要一个小小的道场，把我渡回童年记忆深处那个恋恋有味的乡土世界。

由于道路不熟，我们在寻找的路上求助了一位在当地开摩托车的大哥为我们引路。大哥一路领着我们经过迂回的乡间小道，经过浅浅青碧的河流，经过一畦一畦的农田，似乎越走越清静，越走越隔世。这就对了，我忽然想，如此古朴之事，必定与现代生活保持着一点疏离感。也许，并不是现代都市容不下它们，而是它们不屑于去争热闹，如乡村暗夜里一只身披月光的刺猬，宁静自守，独自欢喜，唯恐城市道路上任何一声不耐烦的喇叭响都会扰乱了传统的氛围。

路上见到有村民在远处的竹林里砍竹，引路的大哥自豪地回过头来对我们说，这些砍下的竹竿经过处理后就是制造竹纸的材料。我抬头怔怔地看着在风中摇曳的青青翠竹，它们每一根都高洁雅致，各具情韵，让我不禁就想起那个在幼年时已经对竹木之馨深深着迷的小女孩。那时候，竹子是连接大地与天空唯一的符号，在我始顿初开的目光里，它们能与飞鸟对话，能与月亮交谈。

时至今天邓村仍保留有古法造纸的家庭作坊几百个，细密有致地分布在邓村不同的地方，如乡村大地的万家灯火，照亮了一方水土传统文化的夜空。这里的造纸工艺沿袭了1900年前蔡伦发明的造纸法，有热心的村民告诉我，他们至今保留下来的造纸传统，从原料、工具、操作技术到工艺流程都与《天工开物》所记载的基本一致。从一根竹到一张纸，要经过砍竹、挞竹、腌制、碎竹、舂竹、打浆、榨纸、松纸、晒纸等20多道工序。每一张纸的产生，从一双手到另一双手，从大地来再回到大地去，都是一根竹在人间一趟纸版的旅行。

古老的技艺既是历史的记忆，也是岁月的痕迹和人文的温度。时光易逝，谁能计算在接近两千年的岁月里，时间究竟消亡了多少记忆？毁灭了多少工艺？然而，千年前的古法造纸术却依然能在脚下的这片大地上手手相传，时至今天仍然余温未散，我敢肯定，蔡伦要是在天有灵，他老人家肯定高兴。

在砖瓦结构的半敞开式作坊里，我有幸见到了这门手艺的一批守护者，也第一次亲眼见到了原始的造纸水槽。这是一张纸坯真正初见雏形的地方。且慢。从砍竹到水槽抄纸，中间其实还有好几道工序。首先是需要有人挞竹。挞竹就是把砍下来的竹竿挞短挞破，长度一般控制在80厘米上下。挞好的竹要分别进入石灰池和水池腌沤与漂净，在乡村的阳光和月光里历经四十余天的洗心革面。

腌沤漂净后的竹把捞起来晾干后，须用竹斧砍碎成一寸长左右的竹段，然后再在水碓里舂成纤维状。舂熟的竹纤维放到浆池里，用水稀释，再用棍棒搅拌，最后才成为造纸的纸浆。纸浆舀到水槽中，与清水调和，就可以开始用特制的竹帘抄纸了。

抄纸的工序让我们这些外行的城市人大开眼界。我看到师傅把网状的竹帘在水槽里轻轻一荡，一张竹纸的雏形就变魔法一样出现了。它们被竹帘罩着从水中抄出来，每一页都呈现出竹子的肌理和泥土的颜色，如一瓣瓣大地的翻版，辐辏了天地的玄机。新鲜抄出来的竹纸由师傅提到池边的纸坯堆上一覆，浆膜便整齐地迭在水槽旁边原来的纸坯上。到了约莫千多张时，再用榨机提起来把多余的水分榨掉。这里头每一个动作师傅都操作得淡定自如，起落娴静，仿佛那已经不是工作，而是怀揣一种对天地万物极大的谦卑去跟传统纯粹地亲近。

我一直相信，世上有一种手工的温度和生活的美学，是在高效冰凉的机器和狼奔豕突的时代身上所无法体现的。生活中或许大家都有过如此经验，当我们甘于慢下节奏安心去做一点手工活的时候，内心也会随着慢时光变得宁静柔软，与世无争。在农耕社会不可避免地走向消亡的时代，民间手工艺的大量消失，我想一时半日我们未必会为失去的传统付出代价，但长远来看，失去的情怀必将一去不返。世上每一个民族都应该留存有一些手温的记忆以寄存自己独特的文化，何况传统古朴的况味其实恰恰就体现在这种甘于缓慢的笃定里。

云行雨施，品物流形。有时候细细一想，过去古人之所以能活得如此雅致纯粹，跟他们敬畏自然勤于动手的质朴品格当有莫大的关系。在中国几千年的传统文化里，琴棋书画自不在话下，哪怕是近代的大文豪，鲁迅喜欢自己动手设计封面，闻一多的双手还擅长刻印治。相比之下，现世虽是科技进步，但今人十指退化，一双手除了吃喝玩乐，最擅长的也不过是敲键盘和玩手机。

压榨后呈半干湿状态的纸朴，还要经过一个手工松纸的程序才能避免纸页在晾晒后相互粘连。在我采访的作坊里，松纸的师傅据说是村里造纸最有经验的老人，从幼年始跟从长辈学习造纸，如今照片还被张贴在村中的书院里作为典范传颂。我看到他用一柄特制的木板敲打切拨纸坯，另一只手跟着翻动，纸坯随即顺势一页一页松开，间隙匀称有致，如一朵纸版的黄玫瑰在空气中快速绽放。因为接续了祖辈的技术，工艺又有经年累月的重复，师傅做起事来了然于心，技艺别样纯熟麻利，让人啧啧惊叹，连入眼都觉得是一种享受。

边聊天边干活的老师傅一直笑意盈盈，脸上不带一丝匠气，倒是有一种真知其味的从容与喜悦挂于眉宇，源自内心。遗憾的是他告诉我说，时代不同了，现在村子里头的年轻人更愿意外出打工，因为外出工作不管做什么，随随便便就是月收入好几千甚至上万块钱。相比之下，手工作坊的造纸活烦琐、重复，费力，所以年轻人都不太愿意来学。村里头造纸的人越来越少，传统的民间工艺也像到了寂寞的暮年，日薄西山，知音难求。这意味着，传统的手工艺不仅在传承上会有难度，更难求有缘的年轻人去为民间工艺的前途思考创新。

松好了的纸张还要露天晾晒一段时间才能打包装，以彻底风干纸内遗留的水分。在邓村镇，这种晒纸的空地星罗密布，随处可见，于无声无息处自成一泊纸的江湖。我很喜欢这种空间的留白为视觉上带来的空灵与开阔感，它使老屋和大地之间保留了古老乡村的高低起伏和错落有致，而不是寸金尺土鳞次栉比的火柴盒式新农村面貌；它使月光和童话都有了落脚的地方，让时间在乡村每一秒的停顿都显得更情意绵长，正好稀释我心底未央的感伤。我情不自禁以膜拜的姿势俯下身去抚摸那些古朴温厚的竹纸，看着它们一叠又一叠向远方延伸，恍如纸版的波浪铺出一地古典的阴凉，把无尽的诗意推向无垠的大地。

邓村生产的竹纸多作国内以及东南亚地区佛教传统祭奠所需的元宝纸之用，所以面相忠厚朴实，质感璞玉浑金，别具大地自然本色，最显乡村内慧品格。在它们的身上，所有的一切都源于自然，素材、肌理、温度、纹路、颜色。自然天成，不可方物。在它们的身后，大地静默如谜，竹林清峻自持，绥江的河水与乡村的稻田纵横交错。我仿佛看到纸页上每一个纹路的走向都与它们有着某种不能割舍的关系，让人隐隐感觉到连耳边轻轻拂过的风，都蕴含了大量的自然密码。它们一起构成一个整体，是相互独立也是彼此相连，那种千丝万缕的关联让我好奇也让我破解无力。

民间文化的传承离不开一方水土对传统古老事物的坚守和自信。邓村就是这样一泊典型的南方乡村，这里除了起伏的草木和茁壮的竹林，还有着许多热爱传统和热爱乡村的人所喜欢的事物：溪流、老屋、鱼塘、田野、水牛、柴火……它们松散地混合一起，古旧甚至老得掉渣，却让人置身其中之时会莫名地产生一种安心的归属感。那既不是激情也不是兴奋，而是仿佛自己也于安静中被溶合成古旧的一部分，在不动声色处与传统时光自然链接。浑然一体，天人合一。

绥江水暖，暖了岸上的千家万户，也暖了民间手工的千手温情。时光易逝，容颜易老，唯他们对手工传统的谦卑和虔诚不老，使敲打竹浆的声音可以在这片大地上经久不息地颤动，连绵回响。天地亘古，岁月流金，手工的温情就是人文的温情，大地的温情，岁月的温情。只要传乘的温情尤在，工艺就会永远在民间活着，传统也不会消亡。

在离开邓村的路上，因为劳累，我一上车便倒头酣睡，摇摇入梦。梦里那头正值掌灯时分，蒙眬中我隐隐约约见到祖母在月光下摇着蒲扇，一扇一扇，摇出满地银色的清晖。那里的故乡大地万籁俱寂，偃音声息，我仿佛又听到竹笋们在雨后拔节，拱得泥土嘎吱嘎吱声声作响。那些尖尖的笋牙个个蓬勃向上，争着破土而出，身上除了挂着宝石般的露珠，还挂着一泊绿色的美意，笼罩着整个世界。

编后记

由本人负责编选的《珠江文海——海外粤籍华人作家记住乡愁作品选析》属于“珠江文派与记住乡愁书链”出版计划的子项目，书即将付梓，照例应该说几句。

由珠江文化研究会、广东旅游出版社共同策划实施的“珠江文派与记住乡愁书链”无疑是一个雄心勃勃的文化计划，它在清理广东近代文学与文化渊源方面无疑将写上浓墨重彩的一笔。本丛书可以勾勒出珠江水系孕育的丰富文化版图，彰显岭南学者对于地方文化重新清理的志趣，同时也启发人们如何从传统文化中吸取经验，应对后现代境况面临的诸种挑战，这在中国改革开放的前沿阵地尤其具有象征意义。

《珠江文海——海外粤籍华人作家记住乡愁作品选析》旨在通过作品编码和解码的方式，大体勾勒出近代以降粤籍移民在背井离乡的远行中通过文学不断回望故土的书写状况，再现华侨华人在异质文化空间遭遇的离散经验如何与故国文化融合而形成的独特景观。从学术研究的角度说，这样一种秩序的建构，可以为追踪华人文学的域外生存、文化适应、身份认同、社群想象等相关角度的考察提供更加集中的参照。我有幸能参与本项目的部分工作，首先要对黄伟宗、王元林两位负责同志的充分信任表示感谢。

虽然近年投入将近一半的时间和精力从事台港澳及海外华文文学教学与研究，但是本书编选任务对我而言还是相当棘手。自近代以来，广东一直就是移民输出大省，粤籍作家队伍极为壮观，即便根据主题直接排除不少，符合条件的作家作品规模仍然是巨大的。考虑到本书不是做类似文学史性质的作品选编工作，也就可以根据个人兴趣和美学趣味适当发挥。因此，我的原则就是在照顾文化乡愁主题表达的前提下，尽量将优秀的文本选出来，以期回归文学的本体立场。

因为时间匆促，我邀请钱超英、伍燕翎、凌逾、李良、侯桂新、李亚萍、温明明等朋友共同完成，此外我指导的研究生苏美华、何珊等同学撰写了部分内容，借此机会向他们表示诚挚的谢意。同时也要感谢广东旅游出版社的编辑厉颖卿小姐，她自始至终在推动本书的进程，为顺利出版付出了大量辛苦的劳动。错漏之处肯定还有不少，相关责任一概由本人承担。